FOLIO POLICIER

Sonja Delzongle

Abîmes

Denoël

Née en 1967, Sonja Delzongle a exercé le métier de journaliste pendant six ans, tout en commençant à écrire, riche de sa culture franco-slave et de sa passion pour le noir. C'est avec *Dust* qu'elle fait une entrée remarquée dans le monde du thriller. Son quatrième roman, *Boréal*, a confirmé tout son talent.

Mais il ne se décide pas de se tuer car la foi qui lui reste lui dit qu'il doit boire jusqu'à la lie ce calice de douleur, que cette douleur cruelle ancrée dans son cœur sera seule la cause de sa mort.

HERMANN HESSE,
Le Loup des steppes

Si tu regardes longtemps un abîme, l'abîme regarde aussi en toi.

FRIEDRICH NIETZSCHE

PROLOGUE

17 janvier 1999

Le temps était clair et froid, le ciel, d'un bleu infini sans nuages. Idéal pour une sortie. Ils étaient arrivés tôt à l'aéroclub des Vignobles, dans la région de Bordeaux. Assez pour ne croiser personne. Leur avion, préparé la veille, les attendait. Le rendez-vous avec le pilote qui devait les emmener jusqu'en Espagne, à Ibiza, avait été fixé en toute fin de matinée. Elle s'était déjà assise dans l'avion de tourisme. Un Beechcraft 58TC Baron blanc et bleu, racheté à un Anglais passionné d'aviation civile. Une folie de plus de trois cent mille francs. C'était ce genre de folie d'ailleurs, répétée à l'envi, qui avait eu raison de la fortune de ce riche hôtelier également propriétaire de quatre casinos et de trois boîtes de nuit, dont une à Ibiza. Sa chaîne d'hôtels de luxe, Blue Lagoon, présente en Espagne, au Maroc et sur la Riviera française, était en faillite. Un Russe venait de la lui racheter pour une bouchée de pain.

Une fois aux commandes, l'homme échangea avec sa femme un regard où se mêlaient les sentiments et les contradictions de toute une vie passée ensemble pour le meilleur et pour le pire. Or le pire était là et ils ne pouvaient espérer d'amélioration.

Ils enfilèrent leur casque et le moteur se mit à tourner. Tandis que l'appareil s'ébranlait, la femme, les yeux rivés à la piste qui s'ouvrait devant eux, sortit discrètement un cachet d'un pilulier et le mit sur sa langue avant de l'avaler avec une douloureuse contraction de la gorge. Son geste n'avait pas échappé à l'homme, mais il ne le releva pas et se concentra sur le décollage imminent. Elle essuya tout aussi discrètement, d'un vague mouvement de l'index, une larme qui venait de s'échapper du coin de son œil droit. Celui qu'il ne pouvait pas voir. À quoi cela aurait-il servi qu'il surprenne une émotion qu'elle ne pouvait plus contrôler? Elle qui avait pourtant tout maîtrisé dans sa vie. Jusqu'à ce que les événements s'emballent comme une voiture sans freins en pleine descente vers le précipice. Elle ne pouvait que se le reprocher à elle-même, pas à lui. Les choix qu'elle avait faits n'appartenaient qu'à elle.

Lancé, le Beechcraft toussa, mais l'appareil était encore vaillant. Ils mirent à peine une demi-heure à atteindre les premiers sommets dentelés des Hautes-Pyrénées. L'avion prit encore un peu d'altitude et l'homme bloqua les commandes. Il se tourna vers sa femme, les yeux brillants des larmes qu'il parvenait encore à contenir. Il ne savait pas exactement ce qu'il pleurait le plus. La faillite de ce qu'ils avaient mis des années à bâtir, un empire, ou bien celle de leur mariage, entraîné dans la débâcle.

— Il est encore temps de choisir, Dolores, lui dit-il doucement. Je te dépose à Ibiza et je repars.

— Non, Viktor, faisons ce qu'on a prévu. Allons jusqu'au bout, cette fois. Ensemble.

— Alors trinquons à nous, répondit-il en sortant

de sa sacoche camouflée sous son siège une bouteille de Dom Perignon, millésime 1977, et deux flûtes en cristal.

— Notre année de mariage…, souffla-t-elle.

Elle aurait voulu sourire mais ne donna à voir qu'une grimace.

Le champagne bruissa dans les flûtes, avant de déborder dans un jet mousseux.

— À nous, alors.

— À nous, murmura-t-elle dans un hochement de tête.

— Et pardon, Dolores, du fond du cœur, pardon.

Il avala une première gorgée, puis une deuxième en fermant les yeux, sa main sur celle de sa femme, puis coupa le moteur.

— Je ne regrette rien, tu sais, Viktor.

Ce fut leur dernier mensonge avant que le Beechcraft ne piquât du nez aux alentours de 8 h 30, les précipitant vers le massif éclatant de blancheur et vers la mort que, ensemble, ils avaient choisie.

1

Janvier 2023, dans la forêt

Après une année d'absence, elle était enfin revenue, se nichant partout dans la vallée de ces Hautes-Pyrénées. La neige. Lourde, compacte, dense, de la belle poudreuse. Sans raquettes, on s'y enfonçait jusqu'aux genoux et par endroits jusqu'aux cuisses. Elle était tombée quatre jours et autant de nuits sans s'interrompre. Durant ces heures infernales, on n'y voyait rien à deux mètres. Personne ne sortait, à part quelques fantômes. Quiconque s'y serait risqué aurait vu sa propre silhouette s'effacer peu à peu, prise dans les tourbillons blancs, avant de disparaître. Et, à regarder tomber les flocons, ces petites structures parfaites composées de minuscules cristaux de glace pouvant prendre des formes aussi variées que des « balles de fusil », des « étoiles » ou des « aiguilles », toutes à géométrie unique, on avait du mal à imaginer que ces merveilles de la nature, fondant aussitôt après s'être posées sur la paume, puissent devenir, une fois agglomérées sur la montagne, un danger mortel.

La tempête s'était calmée aussi brusquement qu'elle s'était abattue sur les versants et les vallons. Les branches des conifères ployaient sous une couche que le froid nocturne gèlerait un peu plus tard. Battant de leurs ailes alourdies comme des cygnes à l'envol, elles gémissaient sous le vent et toute la forêt n'était qu'un concentré de plaintes et de grincements. La bise retombée, comme souvent à cette heure du crépuscule, tout semblait s'arrêter, retenir son souffle avant la nuit froide et profonde. Une nuit sans étoiles, au cœur de la forêt de sapins, où quelques hêtres puisaient assez de force pour survivre dans la rudesse montagnarde.

Depuis un certain temps, on pouvait nettement percevoir le changement climatique. Les crues printanières faisaient déborder les torrents, les ruisseaux s'élargissaient en petites rivières, et celles-ci, nourries de leurs minces confluents et saturées d'eau de neige, se déchaînaient, emportant terre, pierres et arbres sur leur passage. Ainsi que quelques vieilles maisons familiales qui avaient pourtant résisté à des hivers bien plus rigoureux et aux intempéries séculaires. Un changement inéluctable qui faisait subitement remonter les températures négatives du cercle arctique de cinquante degrés, et redescendre le vortex polaire vers le sud, générant par ricochet une vague de froid sans précédent sur l'Europe et les États-Unis. Mais de cela, de cette physique du climat, Noah ignorait tout.

Il se contentait de vivre, de se fondre dans son environnement familier, cette forêt qui l'abritait depuis toujours et la neige, sa matrice. Il la sentait venir, à l'intérieur de son corps, dans ses veines, ses os et ses muscles qui se tendaient sous la peau. Il pouvait la respirer avant de voir les premiers flocons s'échapper du ciel bas et opaque. Son odeur caractéristique de fumée et de froid. Une odeur qui réveillait en lui cette envie…

Une bougie à la main, il entra dans la chambre où ronronnait le poêle à bois et approcha la flamme du visage endormi aux joues rebondies. La vie. Sa vie. Sa chair et son sang. Un petit gars, aussi vigoureux qu'il l'avait été au même âge, neuf ans. Avant de sortir dans la nuit, il se remplissait de cette vision et se sentait en paix. Il savait qu'il reviendrait. Pour eux. Parce qu'il ne pouvait en être autrement.

Il quitta la chambre, souffla sur la bougie, qui projeta quelques gouttelettes de cire sur sa main, et regagna la pièce principale, éclairée par les lampes à pétrole et un feu de cheminée. Son ombre s'allongea sur le plancher, presque d'un mur à l'autre.

— Tu sors, ce soir ?

Il regarda celle qui venait de prononcer ces mots. Un regard féroce. Insatiable. Celui qu'il avait une fois par an, à la même époque. À condition qu'il neige. Et là, il avait neigé pour au moins deux hivers. Et là, il s'en donnerait à cœur joie. Ça faisait si longtemps. Trop longtemps. La question était donc superflue et inopportune.

— Avec qui tu vis ? Tu le sais, au moins ? lâcha-t-il.

Sa voix, chargée de mépris. Elle ne répondit pas. Il valait mieux se taire, face à ce regard-là.

— Parce que moi, je ne le sais toujours pas. Peut-être parce que je vis avec personne. Peut-être parce que t'es personne.

Les mots flottèrent derrière lui comme une odeur de soufre quand il claqua la porte. Il n'avait pas choisi cette femme. Sans doute après quelques jours de séparation ne pourrait-il même pas la décrire. Il n'avait pas idée qu'il était possible de choisir celle qui serait sa compagne, qui partagerait sa vie et lui donnerait des enfants. Il n'avait pas idée de tellement de choses sur cette terre, des humains, de ses semblables qui étaient si différents de lui ou l'inverse. Alors l'amour… ce n'était qu'un vague écho de l'autre monde. Ce qui les avait liés était autre chose. L'instinct de se reproduire et de survivre. Il ne l'avait pas choisie, parce qu'on la lui avait mise entre les mains. Ils la lui avaient confiée, parce qu'il était le plus solide. Aussi solide qu'un de ces hêtres. « La même écorce, la même dureté », disait la matriarche, celle qu'ici on surnommait l'Espada, « l'épée », pour son tempérament aussi froid et ses mots aussi tranchants qu'une lame.

Tout comme les membres de sa communauté, que Ceux d'en haut appelaient Ceux de la forêt, l'Espada connaissait chaque arbre des bois où ils vivaient. Elle avait appris à Noah comment ceux qu'elle qualifiait de rois et de princes couronnés grandissaient. Comment ils s'entraidaient, se protégeaient les uns les autres, communiquaient par un frémissement de feuille ou de sève, un craquement de leur peau en écailles sombres. Elle lui avait parlé du rôle de sentinelle qu'avaient les champignons qui poussaient à leurs pieds. Car, dans la nature, tout était parfaitement organisé et se tenait. Les minuscules maillons d'une immense chaîne. Si l'un d'eux venait à défaillir ou à manquer, ce serait le chaos. Elle lui avait appris à choisir quel tronc couper pour le bois. Ceux qui étaient malades ou condamnés. Ensemble, ils en avaient planté, pour sauvegarder la forêt tandis que les chalets étaient construits avec ses troncs et ses branches. Lui redonner ce qu'on lui avait pris. Toujours. L'Espada lui avait dit qu'à quatre-vingts ans un arbre est à peine adulte, alors que la vie d'un être humain touche à sa fin.

Dehors, il retrouva enfin la neige. Elle s'était déposée partout. Blanche dans une douce phosphorescence. Sa matrice. Son enveloppe. Elle l'attendait.

Une dizaine de chalets comme le sien, bâtis entre les sapins, dont certains supportaient même les murs en rondins, semblaient déjà endormis, excepté la fumée qui sortait de la cheminée. Locomotives sans départ, amarrées au sol. Ces femmes et ces hommes qui étaient devenus, un jour, Ceux de la forêt, avaient préféré cette vie-là, libre et sauvage, au cœur de la nature et d'eux-mêmes, n'y puisant que l'essentiel pour un confort sommaire. Et parce qu'à toute communauté est nécessaire un guide ou bien un chef, ils avaient laissé la doyenne, l'Espada, prendre les rênes.

Raquettes artisanales fixées aux pieds, Noah fit quelques pas dans l'épaisseur encore vierge, ça crissait sous le cerclage, un bruit doux et feutré, un feulement étouffé. Il ouvrit sa parka et souleva ses épaisseurs, dégageant son torse où courait une toison si épaisse qu'il aurait presque pu s'en contenter pour affronter ce froid. Il prit une poignée de neige à pleines mains et se l'écrasa sur la poitrine dans laquelle son cœur battait fort. À l'endroit de la cicatrice. Un petit cratère que lui avait laissé la pointe d'un piolet. À quelques centimètres de l'aorte et du poumon gauche.

Ramassant une deuxième poignée qu'il serra dans sa paume, il s'en tartina le visage et le front sous son bonnet en fourrure. Un grognement de plaisir s'échappa de sa gorge. Narines ouvertes et tête renversée, il huma l'air. C'était bien son odeur de bois brûlé. Elle l'enveloppait. Le grisait. Il pourrait s'y perdre à jamais si rien ni personne ne le retenait ici.

Il dressa l'oreille. Rien ne résonnait, la neige absorbait tous les échos, les murmures, tous les sons de la forêt. Un sourire de fauve souleva sa lèvre supérieure sur ses canines. Il était prêt à accueillir comme à chaque fois son secret, son mystère. Il demeura ainsi, seul avec lui-même, dans un silence infini.

2

Janvier 2023, au village

Mathias avait perdu encore trois bêtes, cette nuit. Deux brebis et un petit. Trois qui s'ajoutaient aux quinze qui ne reverraient plus le jour. Presque autant que les vingt brebis retrouvées égorgées l'été 2020 au col du Soulor, à une soixantaine de kilomètres du village. Bien sûr, ce lâche, cette saloperie de loup, ne s'attaquait qu'aux plus faibles. Il était malin, plus malin même que ses deux patous. Il lui en aurait fallu au moins quatre, sans doute. Mais il était sur la paille, fauché comme beaucoup de petits éleveurs et producteurs.

Réintroduction de l'ours dans les Pyrénées, grand retour du loup dans le Mercantour et jusque dans le Vercors. Parce qu'un loup, ça se déplace, ça fait des milliers de kilomètres, même, qu'est-ce qu'ils croient, les écolos, là-haut, sur leur petit nuage ? Et… loup affamé, brebis en danger. Était-ce une raison pour faire justice soi-même ? Et comment ! Une bonne, oui ! Marre de retrouver les pauvres bêtes gorge ouverte, au petit matin. « Il n'y a qu'à les rentrer la nuit. » C'est ce qu'il avait fait, Mathias, bien sûr, cette question ! Mais ça bêlait, ça se pressait, ça se cognait tellement qu'il avait été obligé de céder. Retour à la bergerie, sous la garde des deux patous qui ne connaissaient pas d'autre humain que lui et sa petite famille. Élevés depuis leur plus jeune âge avec les moutons, ils se voyaient comme des membres à part entière du troupeau. C'étaient leurs frères. Quiconque s'en approcherait était déjà mort. Les chiens étaient issus d'une vieille race de bergers des Pyrénées dont le déclin avait correspondu à la disparition des grands prédateurs, qu'on avait eu la bonne idée de faire revenir, sous prétexte que c'est la nature. Retrouver ses bêtes égorgées, éviscérées, c'est aussi la nature ? Merde !

Et la fille du maire – un chasseur, comme tout le monde ici, et de surcroît président de la Société de chasse des Hautes-Pyrénées – qui s'était mis en tête de devenir écolo et vegan ! N'importe quoi... Elle voulait changer les comportements, faire prendre conscience à des siècles de traditions que la chasse était un fléau plus grand que les sangliers qui pullulaient et labouraient tout sur leur passage, que l'ours qui se rapprochait dangereusement des villages, ou encore que le loup, ce tueur, responsable de tant de massacres ces dernières années ! En grande prêtresse des produits naturels, elle prônait le bio. Mais, cocotte, on t'a pas attendue, pour ça ! On a toujours respecté nos terres, ici, et ceux qui consomment nos produits. C'était en ces termes que Mathias, représentant les éleveurs de la région, fulminait à chaque conseil municipal où la « morveuse bo-bio », comme il l'appelait, la ramenait. Son propre père, Txabi Hirigoyen, était agacé par ses grands airs. Mais il voulait voir jusqu'où elle irait, persuadé, en vieux renard, que ses idéaux avaient des limites.

Alors aujourd'hui, Mathias, avec d'autres éleveurs du village, allait se charger lui-même de ce qu'ils n'arrivaient pas à obtenir de leur maire. Qu'on le bute, ce salopard de loup ! L'autre jour, lors d'un repérage, il en avait aperçu deux. Il avait tiré deux coups de feu en l'air qui les avaient fait fuir. Il n'y avait que ça qu'ils comprenaient. Mais apparemment ça n'avait pas été assez. Il fallait passer à la vitesse supérieure. Quitte à risquer une amende salée ou la prison. Pour protéger ses bêtes et son gagne-pain.

Ils étaient partis peu avant la tombée de la nuit, une fois les bêtes regroupées à l'intérieur et les patous postés devant. Ils avaient traqué le loup une partie de la soirée et étaient rentrés vers minuit. Bredouilles. À croire qu'il avait senti la battue. Ou alors, c'était la lune gibbeuse, qui éclairait trop. Comme tous les monstres, il préférait l'ombre. La nuit profonde. Pourtant, l'hiver l'appelait plus près des fermes et des bergeries. Mais loup affamé ne veut pas dire imbécile-né.

Mathias était rentré vidé. Il s'était servi une gnôle qui l'avait suffisamment remonté pour qu'il aille arracher la grosse à son sommeil de bûcheronne et la fasse danser sur sa queue. Il l'avait prise. Par-devant, par-derrière. Il était en forme. La chasse l'avait excité. Pour finir, elle l'avait sucé. Il avait joui dans sa bouche comme un beau salaud, elle était allée tout recracher dans les toilettes et, pendant ce temps, renversé sur le dos, il s'était aussitôt mis à ronfler, gueule ouverte.

Après s'être lavée, elle s'était recouchée à côté de l'homme qu'elle n'aimait plus. Depuis longtemps. Mais les enfants étaient là. Trois. Dans l'ordre, Josu, Yannick et Clara. Et il y avait la ferme. Et aussi la belle-mère sur son fauteuil roulant. Il fallait s'occuper de tout ça. Il fallait, oui. Falloir, un verbe qui faisait désormais partie de la pauvre vie d'Inès. Un verbe qui en avait remplacé un autre, aimer.

Ce furent les gosses qui, levés avec le coq, donnèrent l'alerte.

— Quoi ? Encore ce fumier ? tonna Mathias en sautant du lit, les couilles à l'air.

— Viens voir, papa ! Trop drôle !

Au départ inquiet et furieux, Mathias, rassuré par ces derniers mots, prit le temps d'enfiler des vêtements avant de rejoindre les gamins dehors. Ce qu'il vit le laissa sans voix. Les enfants s'amusaient devant des bonhommes de neige disposés en cercle dans le pré tout blanc. Ils étaient sept, un bouchon en liège faisait office de nez, deux cailloux formaient les yeux et un bout de cordelette leur servait de bouche souriante. La scène avait toutes les apparences d'un jeu d'enfant.

— Vous êtes allés voir les bêtes, au lieu de rire de vos conneries, là ? gronda Mathias en rebroussant chemin.

— Mais non, s'esclaffa Josu, l'aîné, c'est pas nous !

— Allez, c'est bon, j'ai pas le temps… et vous non plus…

— Regarde, ici, papa ! cria la fillette.

Clara, le visage criblé de taches de rousseur, pointait son index vers le centre de la ronde.

— Eh bien quoi ?

— Au milieu, là… quelqu'un a tracé des lettres.

À contrecœur, Mathias s'approcha du cercle et regarda au centre. En découvrant les mots gravés dans la neige, il se sentit frémir de la tête aux pieds : « ONT VOUS AURAS ».

3

Janvier 2023, dans la forêt

Raquel avait entendu la porte s'ouvrir et retomber lourdement. Il partait dans la nuit froide. Mais pas pour venir la retrouver. Pas cette fois. D'habitude, c'était à ces heures qu'il la rejoignait, quand tout le monde chez lui était couché. Il avait fondé une famille, pas elle. Sauf qu'il ne l'avait pas choisie, l'autre. Il avait été obligé d'accepter, parce que l'Espada, on ne pouvait rien lui refuser. Après tout ce qu'elle et le Vieux avaient fait pour eux. Pourtant, Noah et elle, ça datait de bien longtemps. Ils n'avaient que onze et douze ans. Ou peut-être même moins, elle ne savait plus très bien. Sa mémoire s'était brouillée. Une eau trouble et stagnante. Elle en était restée au temps de l'enfance où Noah et elle marchaient, main dans la main, sur les chemins forestiers jalonnés de champignons. Et sur ces derniers, Noah en connaissait un rayon. Largement assez pour pouvoir survivre au cas où. Il lui décrivait chaque variété, des comestibles – le bolet granulé, le bolet rude que l'on trouve sous les bouleaux, le bolet bai poussant dans les forêts de conifères, le bolet changeant, seulement au pied des trembles, la lépiote élevée ou coulemelle avec sa silhouette longiligne et son chapeau en écailles, la seule partie qui se mange dans cet étrange champignon, la girolle, la morille spongieuse – aux toxiques – le bolet satan, l'amanite tue-mouches, le coprin pie –, et jusqu'aux carrément mortels – l'amanite phalloïde ou encore le tortueux gyromitre enturbanné, dont le chapeau extravagant pouvait en effet évoquer un turban soyeux aux teintes orangées. Il la mettait en garde contre ceux que l'on pouvait facilement confondre avec les comestibles, comme l'entolome livide, un fourbe dangereux poussant au pied des pins et des sapins, qui pouvait se faire passer pour un tricholome de la Saint-Georges, la fausse girolle, une tricheuse qui n'en avait que l'apparence, ou encore la lépiote brune. Il disait aussi qu'il en allait de même avec la vie. Qu'elle donnait autant qu'elle reprenait et qu'il y avait les bonnes choses et les mauvaises, leurs pendants toxiques, qu'on pouvait parfois confondre.

Raquel écoutait Noah, buvant ses mots. D'où tenait-il toutes ces connaissances ? En réalité, s'il était mauvais dans tout ce qui ne l'intéressait pas, il pouvait passer des heures sur ce qui le passionnait, et les champignons en faisaient partie. Ils sentent la terre, mais ils viennent d'ailleurs, disait-il. D'où ça ? demandait-elle, fascinée. D'ailleurs. Ce seul mot était exotique aux oreilles d'enfants qui n'avaient vu que la forêt et les montagnes. Même si celles-ci formaient un assez vaste monde pour les faire rêver.

Dans une autre vie, Noah avait sans doute été un sage avant de devenir cet homme gorgé de rage et de ténèbres, pensait à présent Raquel. Quand tombait la nuit, il lui parlait d'étoiles, ces points qui se reflétaient dans leurs yeux et sur les glaciers. Il les connaissait toutes par leur nom. En bordure de la frontière, non loin du mont Perdu, côté espagnol. Côté français, il y avait le glacier du Marboré, le glacier de la Cascade, et un peu plus loin, le glacier du Casque, le glacier de la Brèche. Ces magnifiques voiles de glace qui cimentaient la roche fragilisée par l'érosion. Un jour, ça fondra, disait tristement Noah. Et là, il n'y aura plus rien pour tenir la montagne, dont des pans entiers s'effondreront.

Depuis qu'il vivait avec l'autre, Raquel et lui se croisaient et se regardaient à peine. Comme si c'était trop douloureux. Parce que des individus avaient choisi pour eux. À elle, la solitude, et à Noah, cette fille à qui il avait fait des enfants sans l'aimer. « Un jour, on aura des enfants », avait-il promis à Raquel, autrefois. C'était sa façon de lui dire qu'il l'aimait. Mais quelque chose était arrivé. Et une partie de la mémoire de Raquel s'était effacée. Sauf les moments avec Noah. Les champignons, leur serment à la vie à la mort, le projet de Noah de la demander en mariage sur le sommet du mont Perdu, là où le vent chantait sur les fossiles marins. Autrefois, il y avait l'océan. Autrefois. Un monde perdu. Impossible de revenir en arrière. De changer les choses. Elles avaient changé d'elles-mêmes. Noah aussi avait changé. Il s'était refermé sur son âme devenue sombre et sauvage, il ne lui parlait plus de champignons, ni d'étoiles – d'ailleurs, pendant longtemps, il ne lui a plus parlé du tout. Et puis, un soir de neige, deux ans auparavant, il était sorti, elle aussi, avec son chien, son unique compagnon. Ils avaient marché côte à côte, écoutant le silence, leurs doigts s'étaient effleurés, leurs mains s'étaient retrouvées, un peu de leurs souvenirs d'enfants, mais un instant fugace, car il ne restait plus rien de cette pureté entre eux.

Noah s'était brusquement figé, avait tourné la tête vers elle, une lueur étrange au fond des yeux. Il avait plaqué ses mains sur ses frêles épaules et l'avait fait pivoter sur place, puis d'un coup, l'avait jetée au sol, lui avait relevé sa robe en laine en même temps qu'il baissait son pantalon et était entré en elle sans douceur. Le visage dans la neige, elle avait serré les dents en s'étouffant à moitié et avait recraché la poudreuse entrée dans sa bouche. Elle ne l'avait jamais fait. Pensait que c'était normal, que ça se faisait comme ça. C'était plutôt douloureux, mais en même temps, il y avait eu du plaisir. Surtout, c'était Noah. De lui, elle accepterait tout. Il la connaissait comme personne. Leur relation avait changé, depuis cette première fois. Le désir avait pris une forme plus évoluée. Plus de tendresse, des caresses un peu maladroites. Ils s'étaient même embrassés.

Ce soir, il était sorti de nouveau. Mais pas pour elle. Il aurait pu lui faire tout ce qu'il aurait voulu. Elle en avait envie. Elle avait toujours envie de lui. Pas seulement entre ses jambes. Envie qu'il soit à elle. Le sentir contre elle dans son sommeil, se réveiller dans son odeur, écouter leurs silences et les battements de son cœur, déposer un baiser sur le petit cratère, au milieu de sa poitrine.

4

Janvier 2023, chez Mathias Dangles

— C'est rien, les enfants, juste une blague, hein ! D'ailleurs, vous pouvez me le dire maintenant, c'est vous qui me faites marcher, non ?

Mathias accompagna cette question d'une boule de neige qui alla s'écraser sur la tête de son aîné, coiffée d'un épais bonnet en laine.

— Ah, tu veux la guerre ? cria Josu en sculptant sa revanche entre ses moufles.

Sa grande carcasse ne lui permettant pas de réagir à temps, Mathias la prit en plein visage dans un éclat de rire de Clara. La bataille effrénée qui s'ensuivit ne signa aucune victoire, mais au moins elle fit oublier ce qui, Mathias l'espérait sourdement, n'était qu'une mauvaise farce. Pourtant, le doute subsistait. Et l'accompagna jusque chez lui, alors qu'il se changeait dans la chambre.

— Tu peux pas les mettre dans le panier, au lieu de me les laisser par terre ? gueula Inès en tombant sur les vêtements trempés de neige à peine fondue, le tas formant une flaque sur la pierre grise du sol. Après, tu dis aux gosses qu'il faut pas le faire !

— Oh, ça va, la meule…, bougonna l'éleveur, dans

un regard sombre sous ses sourcils buissonneux, en passant un pull sec qui moula ses pectoraux mieux entretenus par les travaux agricoles que par la meilleure salle de musculation.

En temps normal, cet échange aurait vite tourné au vinaigre, mais depuis la découverte matinale, on n'était plus en temps normal. Il laissa couler pour cette fois et alla se servir une tasse de café aussi noir que son humeur. Les enflures… Et c'est sûr, c'est elle qui est derrière tout ça ! L'Astrid Hirigoyen, la fille du maire. C'est forcément eux. Les écolos. Les antichasse. «ONT VOUS AURAS». En plus, ils ont fait des fautes, pour faire croire que c'étaient des gosses…, se dit-il en se brûlant la langue, les yeux perdus au-dehors, sur le pré qui s'étendait dans toute sa blancheur neigeuse. On aurait dit que le ciel et ses nuages étaient tombés sur le monde. Juste derrière, le flanc puissant de la montagne. Le village entier y était adossé. Une nichée d'oisillons contre le ventre de leur mère. Elle le protégeait des vents glacés et des tempêtes et le maintenait dans son ombre même en été. Ce qui, par ces canicules de plus en plus régulières, n'était pas un mal. Pourtant, ces derniers temps, les coulées de neige, heureusement sans gravité, s'étaient multipliées et la montagne protectrice se transformait peu à peu en une menace latente. Malgré tout, personne ici ne songeait à quitter le village où il était né.

Le berger avala sa dernière gorgée de café dans un claquement de langue et prit son portable, un vieux modèle à clapet, dans ses paluches, pour composer un numéro.

— C'est Mathias, annonça-t-il au bout de cinq sonneries. Je dois te parler de quelque chose.

— Pas au téléphone, l'interrompit son correspondant. T'as qu'à passer.

Mathias coupa la communication en soupirant et enfila son anorak.

— Où tu vas encore ? Tu crois que ça va se faire tout seul, le boulot ?

La voix d'Inès le rattrapa au moment où il ouvrait la porte pour sortir. Il la referma derrière lui sans commenter. Il y avait longtemps qu'il ne commentait plus. Mais bon, c'était la mère de ses enfants et celle que, dans une autre vie, il avait voulu prendre pour femme. Et ses enfants, c'était ce qu'il avait de plus cher au monde. Avec ses brebis.

Il longea son champ, puis un autre qui ne lui appartenait pas et arriva à destination. Une maison de pierres grises semblable à la sienne, vieille d'au moins deux siècles, avec sa bergerie et d'autres petites dépendances, au bout d'un pré clos. La neige avait tout recouvert, à cet endroit aussi. Le grand chien au pelage clair qui l'accueillit joyeusement et le chat bicolore qui se tenait assis derrière la fenêtre, à s'amuser de ces petites choses blanches tombant, éparses, du ciel, étaient les seuls animaux ici. La bergerie était déserte depuis longtemps, l'unique occupant humain de cette ancienne demeure l'ayant héritée d'un grand-oncle pâtre, dont il n'avait pas voulu prendre le relais. Mathias frappa deux coups à la porte.

Ekain Loyola, cinquante-six ans, dit le Prêcheur, surnom qui lui était resté de son court passé de prêtre. À l'âge de trente-deux ans, l'appel de l'altitude résonnant plus fort que celui de Dieu, il était devenu guide de haute montagne, revenant à ses sources pyrénéennes. La montagne était toute sa vie. Et la seule compagne qu'on lui eût connue. Lorsqu'il ne menait pas des touristes friands de hauteurs immaculées, de glaciers et surtout de challenges, il partait plusieurs jours et revenait sans que personne ne sût à quel massif ou à quel glacier il s'était attaqué. Il les connaissait tous du bout des doigts, au sens propre comme au figuré. Ses mains les avaient tous touchés et caressés. S'y étaient cramponnées aussi, luttant pour une survie parfois miraculeuse. Loyola était un perpétuel miraculé.

Mathias s'apprêtait à frapper un troisième coup lorsque la porte s'ouvrit dans un craquement sur un visage aux arêtes de roc figé dans un clair-obscur, recouvert de part en part d'une barbe aussi hirsute et emmêlée que la tignasse où le moindre peigne n'avait pas dû passer depuis un certain temps.

— Entre, l'invita une voix caverneuse.

Celle-là même qui avait résonné dans les églises, honorant Dieu et la Bible qu'il racontait de façon si vivante que ses prêches attiraient même les non-croyants à des kilomètres.

— Viens par là. Et regarde.

Le doigt pointé désignait quelque chose de l'autre côté de la petite fenêtre de la cuisine, donnant sur l'arrière. Mathias pencha la tête et les vit, aussi grands que des gamins de neuf ans. Des bonhommes de neige. En cercle eux aussi.

— Il y en a sept, comme chez moi, souffla-t-il, sentant son rythme cardiaque s'emballer.

— Et « Vous êtes morts » écrit au centre, dans la neige… Avec des fautes aux deux derniers mots.

— Je suis sûr que c'est des gosses. En tout cas pas les miens.

— Tu es sûr que tu n'es sûr de rien, mon gars.

Mathias dut bien le reconnaître, d'un signe de tête contrarié.

— Alors, ce serait qui ? Pour moi, si ce sont pas des blagues d'enfants, ça peut être que ces connards d'écolos.

— Qui s'amuserait à faire des bonhommes de neige disposés en rond avec des menaces de mort ? Je sais que tu ne portes pas la fille Hirigoyen dans ton cœur, mais je la crois malgré tout au-dessus de ça.

— Elle, peut-être, mais les crevures de son parti…

— Ils n'auraient aucun intérêt à faire ça. Et je te rappelle que je ne chasse pas.

Le Prêcheur sortit de sa poche de pantalon un paquet de tabac et une pipe qu'il entreprit de bourrer avant de l'allumer par à-coups, gonflant et creusant tour à tour les joues.

— Qui veut notre peau, alors, Ekain ?

Mathias faisait les cent pas, aussi nerveux qu'un ours en cage. Et comme aucune réponse ne sortit du visage de pierre, il s'arrêta et plongea un regard désespéré dans les yeux incolores du Prêcheur.

— J'ai des gosses, une famille, moi, je dois savoir qui me menace de mort !

Une volute boisée accueillit la complainte du berger.

— Tu veux vraiment l'entendre ? lâcha Loyola.

— Parce que tu le sais, toi, Ekain, tu le sais ?

— Je ne sais rien de plus que toi. Mais je sais une chose. Personne n'échappe au passé. Surtout pas ceux qui veulent l'oublier à tout prix.

Dans la pénombre humide de l'ancienne bergerie que les quelques braises de la veille ne suffisaient plus à chauffer, Mathias sentit comme un courant d'air glacé l'envelopper.

— Qu'est-ce que tu veux dire ?

— Millaris, mon garçon. Je crois bien que Millaris se manifeste. Parce que ça fait trop longtemps qu'il n'a pas eu à manger.

5

Janvier 2023, au village

Ce même jour, quelqu'un était arrivé au village. Quelqu'un qui n'était pas le bienvenu. Bien qu'il fût le petit-fils de l'ancien maire et que, enfant puis adolescent, il ait passé ici presque toutes ses vacances, il demeurait *l'atzerritarra*[1]. Deux ans auparavant, lorsqu'il avait été appelé d'urgence au chevet de son grand-père mourant, il s'était rendu compte que ses racines étaient là, dans ces montagnes, et il avait demandé sa mutation dans la gendarmerie locale, qu'il venait d'obtenir. La brigade rurale.

Frantzisko Mendi, son grand-père, avait été foudroyé par un AVC alors qu'il venait de déblayer le chemin recouvert de plusieurs mètres de neige menant à la maison, à l'aide d'une simple pelle. Il allait avoir quatre-vingt-quinze ans.

Antoine Mendi venait rarement au village, mais il téléphonait régulièrement. Jusqu'au jour où c'est Edonia, la seconde épouse de Frantzisko, qui l'avait appelé.

1. L'étranger.

Edonia et Antoine avaient enterré le vieux Mendi dans un bien étrange cimetière, le cimetière du Bois-aux-chênes, à l'écart du village, là où, une fois le cercueil descendu dans la fosse, on comblait celle-ci de terre en prenant soin d'y planter ce qui deviendrait, presque un siècle plus tard, un chêne adulte. La croyance voulait que l'âme du défunt habite l'arbre qui porterait en lui une part de sa personnalité et de sa mémoire. Le chêne du vieux Mendi était encore à peine plus haut qu'un bonsaï.

Les nouveaux locaux de la gendarmerie se trouvaient à quelques mètres de la mairie. Construits cinq ans auparavant, c'étaient les seuls bâtiments du village à ne pas avoir le charme des vieilles pierres. À trente-quatre ans, Antoine intégrait une brigade composée de trois gendarmes sous les ordres de la redoutable Elda Flores, une géante brune de plus d'un mètre quatre-vingt-dix aux jambes et aux bras interminables plantés dans un buste ridiculement petit, dont le seul regard noir et transperçant pouvait vous pétrifier, ce qui lui valait discrètement le surnom de Medusa. Elle le savait mais s'en foutait royalement. Elle tenait la boutique depuis le début et avait connu les anciens locaux, si délabrés et vétustes qu'une rumeur les disait hantés. Par les cafards et les rats, c'était certain. Le grade d'Antoine, lieutenant, lui permettait de prétendre d'emblée au poste d'adjoint d'Elda, la capitaine de la Rurale. Si elle avait son propre bureau, c'était uniquement pour pouvoir y reposer ses longues jambes dans une position un peu trop nonchalante pour être vue des autres. À plus de quarante ans, personne ne lui connaissait de mari, ni de petit ami d'ailleurs, les hommes de sa génération et de la région n'étant pas assez grands pour espérer la prendre dans leurs bras. Or, depuis sa naissance, Flores n'avait jamais quitté le coin, qui valait tous les maris ou compagnons du monde. Elle avait un chien aux allures de poney dont la compagnie lui suffisait amplement. Les deux autres gendarmes, José Ramon et Olivia Perez, étaient eux aussi des enfants des Pyrénées, mais Orientales, et tous deux catalans.

Antoine fut accueilli plutôt cordialement, Ramon l'avertissant à l'oreille de ne pas se laisser changer en pierre par Medusa. Une connivence masculine s'établit aussitôt entre eux, José Ramon n'étant pas mécontent d'avoir un peu de renfort. Depuis le départ du précédent coéquipier pour la Bretagne, ça manquait un peu de testostérone. Ramon était un petit costaud au visage poupin, une fossette au menton et la peau grasse, tout fraîchement père d'une ravissante Iris, son premier enfant, dont il était déjà fou. Quant à Olivia Perez, la benjamine de la brigade, à vingt-trois ans, cheveux couleur feuilles d'automne et yeux verts piqués d'or, la montagne était sa passion.

Lorsque Flores, d'une voix étonnamment chaude et grave, les présenta à Antoine, elle en profita pour rappeler quelques règles, dont la première était de « s'assurer qu'il y ait toujours du café ». Une fois Antoine installé dans le même espace que Ramon et Perez, il y eut une petite réunion pour faire le point sur les affaires en cours, qui se comptaient sur les doigts d'une main.

— En hiver, ce qui risque de nous mobiliser le plus souvent, annonça Flores, ce sont les imprudents en hors-piste et les victimes d'avalanches, de plus en plus nombreuses, entre l'humidité et la fonte des glaciers. Ensuite, on doit suivre de près la guéguerre qui oppose Astrid Hirigoyen, chef de file des écolos et vegan extrémiste, aux éleveurs et chasseurs mobilisés en faveur de l'éradication du loup. Astrid étant, au passage, la fille du maire, ce qui ne change rien. Si elle et sa bande dérapent, on fait notre boulot. Même chose pour le camp d'en face. On n'est pour personne, on travaille pour l'ordre et la sécurité et, surtout, vu nos salaires, pour la gloire.

Ramon et Perez étouffèrent un rire entendu. En gros, si Antoine était venu ici en quête d'action et d'adrénaline, c'était raté.

Les premiers jours, Mendi prendrait ses marques, renseigné de bon cœur par José, dont le caractère enjoué et optimiste détendait l'atmosphère.

Antoine regagna le chalet familial à une heure raisonnable, après avoir fait quelques courses, et trouva Edonia en train de faire réchauffer sa garbure dans un gros chaudron au-dessus des flammes de la cheminée. Antoine ouvrit les narines sur la douce odeur de légumes – poireaux, céleri, carottes, navets, choux, légumineuses, haricots – et de viande de porc mêlée au confit de canard. La garbure… entre la potée auvergnate et le pot-au-feu, la soupe des Pyrénées et de son enfance que préparait sa grand-mère, la première épouse de Frantzisko, la laissant ensuite mijoter au moins trois heures dans son jus. L'occasion pour elle de raconter à son petit-fils envoûté quelques récits et légendes des Pyrénées. Ainsi s'ébattaient joyeusement tous ensemble dans l'assiette de l'enfant les *brujas*[1], les dragons, les géants et les fées des lacs et

1. Sorcières.

des rivières. Un jour, elle lui avait raconté comment elle-même, dans son enfance, avait vu le tamarro, que personne ne voit jamais et dont nul ne sait à quoi il ressemble. « Alors si on le voit jamais, comment tu sais que c'était lui ? » avait rétorqué Antoine, à qui on ne la faisait pas. « Je le sais, c'est tout, avait répondu sa grand-mère d'un air mystérieux. Il y a des choses qu'on sait sans explication. Ce sont ces choses qui se rapprochent le plus de la vérité ». Elle lui avait parlé aussi du matagot, un animal bizarre qui, si on arrivait à l'attraper et à l'enfermer dans une boîte en bois près de la cheminée, pondait chaque jour une pièce d'or. Cette histoire valait pour ceux qui s'enrichissaient subitement. « Grand-père et toi, vous en avez un ? » s'était esclaffé Antoine. « Mon Andoni ! avait ri la grand-mère, en lui versant une autre assiette de garbure. Si on en avait attrapé un, ça se saurait ! En revanche, peut-être que ton père, lui, en avait un en secret… » Louise Mendi faisait allusion à la fortune considérable amassée par son fils en peu de temps, une fulgurance qu'elle avait toujours trouvée un peu douteuse, sans le lui dire. Mais l'histoire qui avait le plus marqué Antoine, au point d'en faire des cauchemars, était celle du Drac, le diable qui, sous la forme d'un âne rouge errant au bord de l'eau, comme abandonné, attire les enfants un à un sur son dos… Une fois les enfants, le plus souvent au nombre de sept, bien calés, le Drac saute dans l'eau, noyant ses jeunes cavaliers. « Ne va jamais seul dans la montagne, ni près des cours d'eau », l'avait prévenu sa grand-mère. Terrifié, Antoine avait appliqué ses consignes à la lettre.

Une fois la garbure raclée au fond de l'assiette,

Edonia approcha sa chaise de celle d'Antoine et lui prit la main.

— J'ai quelque chose à te dire, Andoni. Je... je n'ai pas réussi jusqu'à présent. Avant de mourir, ton grand-père m'en a prié. Il aurait voulu te le dire lui-même, il est parti sans avoir pu le faire. Je veux respecter ma promesse, mais je te demande de ne pas en vouloir à tes grands-parents, ni à tes parents. Andoni... la mort de tes parents, de Viktor et Dolores... ce n'était pas un accident. C'était un suicide. Avant de prendre leur avion prétendument pour Ibiza, ton père avait laissé une lettre chez eux. C'est ton grand-père qui l'a trouvée. Viktor l'avait écrite pour toi, pour que tu la lises dans ta vie d'adulte et que tu comprennes. La voici, elle te revient maintenant.

6

Janvier 2023, chez Edonia

Respectant le désir d'Antoine de rester seul, Edonia était allée se coucher. Ses yeux tristes et bienveillants, deux perles grises dans un océan de rides et de sillons creusés aussi bien par le soleil que par les brutalités de la vie, s'étaient doucement détachés des siens et, sans rien dire, déposant juste une caresse sur sa joue d'une main à la peau froissée où apparaissait le bleu des veines gonflées, elle l'avait laissé à son silence. D'une oreille distraite, Antoine avait suivi le pas lourd de la vieille femme dans l'escalier qui conduisait aux chambres.

Edonia était arrivée dans la vie de Frantzisco à peine deux ans après la mort de sa femme, emportée par le chagrin de la disparition tragique de leur fils. Il n'aurait pas pu rester seul. Discrète et prévenante, elle s'était attachée à Antoine, même si, à partir du lycée, il avait cessé de venir aussi souvent au village où il avait vécu presque trois ans après le crash dans lequel ses parents avaient perdu la vie. Ensuite, il était parti chez son oncle et sa tante maternels à Bordeaux, d'où il s'était envolé pour entrer dans le corps des chasseurs alpins à Chamonix où il était resté huit ans.

Il y avait rencontré une fille qui s'était imaginé qu'il serait le père de ses enfants, projet auquel Antoine n'avait pas adhéré, mettant fin à la relation.

Se retrouvant seul face à la rudesse de la révélation sur ce qui était la tragédie de sa vie, Antoine avait laissé son regard errer dans la chaleur rustique de la salle à manger, sur les meubles en bois massif, la vieille horloge, le vaisselier, le buffet, la lourde table en hêtre, ressentant intensément la présence réconfortante de ses grands-parents. Cette vieille maison apaisante, dont il connaissait les coins et les recoins, avait finalement caché le plus lourd des secrets. Était-ce le matagot dont parlait Louise qui était à l'origine de cet acte d'une violence extrême ayant laissé un orphelin dans une incompréhension totale ? Tenant la lettre du bout des doigts, prête à glisser par terre, Antoine pensa la brûler sans même la lire. Il avait toujours été exclu du couple fusionnel que formaient ses parents. Tout en s'interrogeant sur ce qui les rapprochait en réalité, tellement ils étaient différents l'un de l'autre.

— Tu ne cherches même pas à savoir ?

La voix. Ça faisait longtemps qu'il ne l'avait pas entendue. Celle de Max, qui l'avait aidé à supporter sa solitude d'enfant-paquet déposé à gauche et à droite, tantôt chez les grands-parents, tantôt chez les oncles et tantes ou même chez des voisins, pourvu que le couple parental puisse vivre sa vie. Max était une compagnie quand il allait mal. Une compagnie un peu sombre, parfois. Antoine secoua la tête pour s'en débarrasser. Mais Max revint à la charge.

— Ouvre donc !

— Ça m'avancerait à quoi ?

— À mieux les comprendre.

Antoine eut un mouvement de colère.

— Ils ont cherché à me comprendre, moi ? Ils se sont demandé ce que j'allais devenir ? Comment j'allais le vivre ?

— Ils savaient que tu y arriverais. Viktor t'a toujours fait confiance.

— Un peu trop, ouais.

— Il a eu raison. Regarde ce que tu es aujourd'hui, malgré tout.

— Je ne sais même pas qui je suis vraiment. Alors je ne vais pas essayer de savoir qui ils étaient, eux. Des étrangers !

Dans un geste de rage, Antoine jeta l'enveloppe et son contenu dans les flammes, où elle commença aussitôt à faire disparaître le secret. Voyant le papier se tordre et se corner, il se brûla les doigts en tirant l'enveloppe du feu avant qu'il ne soit trop tard. Il l'emporta dans sa chambre, la glissa dans la poche avant de son sac à dos et s'allongea sur le lit sans se dévêtir.

Le matin neigeux le trouva encore endormi à 8 heures, heure à laquelle il aurait dû déjà être au travail. Ouvrant les yeux, il comprit qu'il était très en retard et appela Flores. Contrairement à ses collègues, il n'avait pas peur d'être changé en pierre.

— Mon capitaine, je crois avoir attrapé une grippe, je ne vais pas pouvoir venir aujourd'hui.

— Ça commence bien, le nouveau ! s'exclama Flores, dont les jambes devaient reposer comme des cannes à pêche sur son bureau. Depuis quand une grippe dispense-t-elle un chasseur alpin de se rendre sur le terrain ?

— Je ne voudrais pas contaminer tout le monde.

— Oh, monsieur est bien bon ! Eh bien, je vais l'être à mon tour... Si tu ne te radines pas dans le quart d'heure qui vient, ce sera ma ranger au cul ! Moi à la tête de cette gendarmerie, la seule chose qui pourrait t'empêcher de venir travailler, ce serait d'être mort ! Te voilà prévenu.

Antoine jeta son portable de côté en se renversant sur l'oreiller.

— Ah, on dirait qu'il y a un os..., lui souffla Max.

— Un gros, ouais.

— Parce que tes plans, c'était quoi, pour aujourd'hui ?

— Trouver un hélicoptère ou un drone.

7

Fin janvier 2023, dans la forêt

Amies depuis leur enfance, Raquel et Miren étaient comme des sœurs qui ne se ressemblent pas. Elles étaient même la nuit et le jour. L'une très brune aux yeux d'un noir velouté, et l'autre d'une blondeur elfique, la peau plus claire et les yeux d'un bleu de glace. Si elles étaient des éléments, Raquel serait la terre et le feu, Miren l'air et l'eau. L'une vous regardait gravement, parlait peu et ne se sentait bien qu'ici, au milieu des arbres qu'elle connaissait tous comme de vieux amis. Miren, elle, rêvait sans cesse d'un ailleurs, de voyages et d'aventures au-delà des montagnes, leur unique horizon.

Noah s'était attaché à la terre et pas à l'autre, il aimait Raquel qui lui inspirait l'essence et la profondeur des choses et dont un seul regard lui parlait plus que des mots. Mais alors que Raquel donnait le feu de son corps à l'homme qu'elle avait choisi depuis longtemps, Miren était encore vierge à trente-trois ans. Ce n'était pourtant pas faute de recevoir des avances obstinées de Yorick, le frère de Noah. Dans un flirt léger, elle avait juste consenti à un baiser qui n'avait pas dépassé la barrière des lèvres. Puis s'était dérobée.

Yorick, deux ans de plus qu'elle et plutôt beau gars, qui plaisait à d'autres filles de la communauté, ne s'avouait pas vaincu. Elle n'était sans doute pas prête, alors, il attendrait. N'avait que ça à faire, les autres filles qui le reluquaient ne l'intéressaient pas.

Il semblait à Miren avoir gardé la nostalgie d'une autre vie, qu'elle ne connaissait pas. Elle savait qu'elle partirait, qu'un jour elle déploierait ses ailes froissées et que le monde l'attendait, autre part. Et ce monde serait sans Yorick. Raquel, elle, resterait sans doute avec Ceux de la forêt. Elle n'avait pas le mal d'une autre vie. Elle avait tout ce qu'il lui fallait ici, et surtout, Noah. Même marié et père.

Chaque fois que ses yeux se posaient sur les montagnes, Miren sentait le désir d'aller voir plus loin les chatouiller. Ses promenades hors des bois, accompagnée de Nuage, le jeune loup qu'elle avait trouvé presque mort de faim et élevé, l'emmenaient de plus en plus près du village où vivaient Ceux d'en haut. Elle y pressentait une existence moins rude, organisée autour d'une vie moderne et non aux allures de Moyen Âge. Ceux de la forêt vénéraient plusieurs divinités, ce qui lui semblait affreusement dépassé. Miren était considérée, même par ceux de la communauté, comme une jeune femme bizarre et trop rêveuse. « Méfie-toi de Ceux d'en haut, ma fille, lui répétait l'Espada. Ils portent le Mal. Et fais attention à ton loup, parce que s'ils le voient, ils n'hésiteront pas. » Mais la lumière de la montagne attirait le papillon qu'était Miren et tous les avertissements de la matriarche ne suffisaient pas à lui faire choisir la prudence et à l'éloigner des maisons en vieilles pierres au milieu desquelles se construisaient des chalets modernes et même luxueux. Elle se sentait plus proche de leurs habitants avec leurs belles voitures que de Ceux de la forêt avec leurs traîneaux.

Parce que ce qui doit arriver arrive. Janvier et les premières neiges allaient bientôt laisser la place aux glaces de février, à moins d'un redoux prématuré. Miren, ce jour-là, se leva très tôt et décida de s'aventurer plus près du village, vers un pré clôturé en contrebas. Trop près. Lorsqu'elle vit la silhouette pointer un objet long dans sa direction, il était déjà trop tard. Son protégé la précédait d'une vingtaine de mètres, flairant les brebis. Contrairement à ses congénères à l'état sauvage, Nuage ne se méfiait pas des autres humains. Une première balle lui arracha une patte, la suivante le frappa en plein poitrail. Le hurlement de Nuage juste après la déflagration déchira les tympans et le cœur de Miren qui, le voyant faire un bond sur lui-même et retomber, inerte, dans une flaque de sang, s'écroula à genoux, un poing dans la bouche pour ne pas hurler à son tour. Puis, voyant la silhouette noire venir vers elle et se faire de plus en plus distincte, le fusil sur l'épaule, elle se releva à l'aide de son bâton de marche et, sans réfléchir, fondit sur l'homme au regard mauvais, avant qu'il ait pu comprendre ce qui lui arrivait.

Transformée en tempête et en furie, laissant toute sa rage et sa haine s'échapper entre ses dents, lèvres retroussées, la jeune femme se mit à le frapper sur les épaules et à la tête avec son bâton qui se cassa net, une moitié insuffisante lui restant dans la main. L'homme, costaud, à peine étourdi par un coup sur la tempe, profitant de la position délicate de son adversaire, lui allongea un coup de crosse derrière la nuque. Miren s'écroula, inconsciente, au moment où une autre silhouette arrivait en courant.

— Mathias ! cria-t-on. Ça va ?

— Ouais, grogna l'éleveur en se massant la tempe qui saignotait un peu, j'ai été attaqué par une cinglée. Mais je crois bien que j'ai eu le tueur de brebis… Elle m'a foncé dessus juste après.

— Encore une… de la bande d'écolos…, dit, essoufflé, celui qui venait de rejoindre Mathias.

— Possible, Pierrot. Mais je l'ai jamais vue aux réunions. Elle a de la force, en tout cas.

— Qu'est-ce que tu veux en faire ?

— Rien… On la laisse là.

— Mais… tu l'as quand même bien assommée… Tu ne crains pas que…

— Légitime défense, mon gars. À part nous, tu vois quelqu'un ? Elle se relève, tant mieux pour elle, sinon, tant pis. Et s'il y a d'autres loups dans le coin, ils vont se régaler.

8

Fin janvier 2023, au village

Courir. Antoine avait ça dans le sang, dans la peau et dans les jambes. Il courait tous les jours, de préférence très tôt. Courir le sauvait des autres et de lui-même. Et ce matin-là, il en avait plus que jamais besoin. La veille, Flores n'ayant pas cru un mot de sa prétendue grippe, il était finalement allé à la gendarmerie où l'attendaient des dossiers empilés sur son bureau qu'il fallait classer. Lorsqu'il avait croisé Medusa, son regard narquois lui en avait dit long sur les raisons de cette tâche incongrue. Il était rentré de sa corvée de paperasses sur les rotules et sur les nerfs.

Le réveil de son smartphone avait sonné à 6 heures. Une barre de pâte d'amande dans le ventre, vêtu de son jogging et des baskets de running aux pieds, il s'était lancé dans le froid matinal, en direction des champs enneigés. Il s'était échauffé, pour ressentir tous ses muscles et ses tendons avant de les faire travailler, puis s'était jeté, tel un cheval de course sur la piste immaculée. Les montagnes toutes proches se teintaient de rose, les dernières ombres de la nuit s'accrochaient encore aux creux des crêtes et aux arêtes.

À peine rencontraient-ils le sol que ses voûtes

plantaires et ses talons rebondissaient pour se poser plus loin dans un autre rebond et ainsi de suite, à l'infini. Enfant, déjà, il aimait courir, contrôler sa respiration et les battements de son cœur à chaque foulée. Il n'était pas question de compétition, comme certains professeurs l'y avaient encouragé. Antoine était un coureur dans l'âme, mais un coureur solitaire. N'entrant en concurrence qu'avec lui-même, avec ses peurs et ses failles. Courir l'avait toujours aidé à calmer ses émotions. Et, quand il courait, Max le laissait tranquille. Parfois, il pouvait être envahissant et son silence était le bienvenu.

Il accéléra encore, repoussant les limites de ce que son corps pouvait supporter. Ses foulées s'allongeaient, il avait l'impression de ne plus toucher le sol. Il aperçut, en sortant du village pour longer un pré, deux hommes, dont il ne put distinguer le visage sous leur capuche, à part une courte barbe brune. Le type à la barbe portait un fusil cassé sur l'épaule et l'autre un paquet sous le bras. Sans doute des chasseurs... en dehors de la période et des horaires de chasse. S'il avait été en uniforme, il serait allé vérifier, mais il s'éloigna.

La lumière du jour dissipait peu à peu les restes de brume. Antoine attaqua un espace plus sauvage, fuyant dans la vallée vers un petit lac en partie gelé, rendez-vous des pêcheurs du coin dès les beaux jours. Au loin, il pouvait apercevoir la forêt. Cet espace mystérieux où ne se risquaient pas ou peu Ceux d'en haut. La nuit y tombait vite et on s'y perdait facilement.

Antoine courait depuis une trentaine de minutes quand son regard s'arrêta sur de la neige rougie. Un rouge vif, encore frais – du sang, releva le gendarme en le portant et le reniflant sur ses doigts – d'où partaient des traces de semelles crantées et de quelque chose qu'on aurait traîné vers le petit lac en contrebas. Sur le point de les suivre, il entendit comme une respiration saccadée et des gémissements. S'assurant que ce n'était pas dans sa tête, il continua sur une dizaine de mètres et se figea. Là, étendue dans la neige, une jeune femme dont les mèches blondes et mouillées s'échappaient d'un bonnet vert vif en laine. Elle semblait à moitié inconsciente et bougeait à peine. Antoine s'accroupit près d'elle pour lui prendre le pouls, faible.

Remarquant ses lèvres presque bleues, il s'empressa de retirer sa doudoune, légère mais assez chaude, et l'en couvrit avant de prendre son portable et d'appeler les secours auxquels il envoya la géolocalisation.

— Vous m'entendez ? souffla-t-il à son oreille. Est-ce que vous m'entendez ?

Seules les paupières frémirent légèrement tandis qu'un gémissement s'échappait des lèvres entrouvertes.

— Les secours vont venir, accrochez-vous… Je reste avec vous…

— Elle est en hypothermie…

Antoine esquissa un mouvement d'impatience.

— Merci, Max, j'avais remarqué !

— Tu as remarqué aussi qu'elle ne saigne pas. Tout ce sang, là-bas, n'est sans doute pas le sien.

— J'ai pourtant l'impression que les deux sont liés. On en saura plus quand elle aura repris conscience.

— Elle a peut-être fait un malaise, un AVC…

— Max, pour l'instant, il n'y a que des peut-être, alors on va s'abstenir de faire des suppositions, d'accord ?

— OK, OK, mais comme moi, tu as vu ces deux types, dont le plus costaud portait un fusil.

— Elle n'a pas été blessée par balle.

— Non, mais elle a très bien pu recevoir un coup à la tête. Ou ça, regarde ce bâton cassé en deux… Elle a peut-être voulu se défendre avec.

— Pour une fois, Max, tu dis quelque chose de sensé…

À cet instant, son portable se mit à sonner, affichant le numéro des secours.

— Nous vous envoyons un hélicoptère, dit l'urgentiste.

— Faites vite, son état est préoccupant.

Il fallut une quinzaine de minutes à l'hélicoptère venu de l'hôpital de Bagnères-de-Bigorre pour être sur les lieux. Miren, qui reprenait un peu conscience, fut sanglée dans une coque et embarquée à bord de la libellule blanche et bleue. Faute de place, Antoine ne put l'accompagner.

Il ne poursuivrait pas sa course plus loin aujourd'hui. Il fonça, cette fois pour rentrer se doucher, avant d'arriver au travail avec dix minutes de retard.

— C'est une manie, chez toi, les retards, l'accueillit Flores alors que l'équipe était en débriefing dans la salle de réunion.

Mais le récit que fit Antoine de son début de matinée fut la meilleure excuse qu'il eût donnée jusque-là. Flores l'écouta attentivement, les sourcils plissés au milieu du front, sans l'interrompre.

— Eh bien, voilà du boulot au moins pour la journée, voire plus, s'écria-t-elle en se dépliant de sa chaise. Olivia et toi, retournez sur le terrain, inspectez les lieux. Tu dis que la fille, d'ailleurs il nous faudra son identité, n'avait pas de sang sur elle, le sang retrouvé provenait donc d'un deuxième individu. Les traces que tu as remarquées menant au lac de la Bête peuvent signifier qu'il y a fini. L'eau n'est qu'à moitié gelée, il est tout à fait possible d'y faire disparaître quelqu'un. Quant aux deux types que tu as croisés à proximité du pré, pourrais-tu les identifier ?

— À part la couleur de leurs anoraks et la barbe de quelques jours de celui qui avait un fusil, pas vraiment.

— Et ils te semblaient être du coin ?

— Ce n'étaient pas des touristes, c'est sûr...

— Bon, ici, tout le monde se connaît ou presque... avec une enquête de voisinage, on devrait pouvoir les retrouver. On s'y colle avec Ramon.

— J'ai dit à la fille que j'irais la voir dès que possible à Bagnères. Ne serait-ce que pour avoir son témoignage et son identité.

— Ça marche, il ne s'agirait pas qu'elle nous file entre les doigts. C'est parti !

Antoine et sa coéquipière ne mirent pas longtemps à retrouver l'endroit où la neige était rougie et, suivant les empreintes de semelles auxquelles se mêlaient des traces brunes de sang séché, arrivèrent au bord du petit lac. Ce qu'ils découvrirent les glaça. Flottant à la surface, au milieu d'éclats de givre, un amas de viscères aux teintes rosâtres et violacées qui aurait pu ressembler à un poulpe mort. Un être vivant avait été dépecé ici même très peu de temps auparavant.

9

Fin janvier 2023, chez Mathias Dangles

Mathias était rentré chez lui, suivi du dénommé Pierrot, et les deux hommes s'étaient aussitôt enfermés dans la partie de la bergerie où il arrivait que l'éleveur sacrifiât un agneau pour des fêtes. Pierrot posa sur l'étal en granit le lourd paquet qu'il portait sous le bras et Mathias se chargea de le défaire. Un liquide poisseux d'un rouge foncé coula sur la table. Debout de chaque côté de la peau du loup, les deux hommes se regardèrent. Un sourire éclaira le visage de Mathias. Le sang coagulé avait formé une petite croûte sur sa plaie.

— On l'a eu, mon gars !

— Et si ce n'était pas celui-là ?

— Ce que tu peux être rabat-joie ! Dans ce cas, on s'en occupera aussi. Mais, déjà, nos brebis, elles dormiront plus tranquilles cette nuit.

— Et lui, là, tu vas en faire quoi ? Un trophée ?

— Je vais d'abord le nettoyer, traiter la peau et en faire un bonnet pour ma grosse ! Tu sais, comme les Russkofs. Mais, déjà, la montrer aux copains pour que, eux aussi, puissent dormir sur leurs deux oreilles et…

Ils étaient en train de discuter depuis un bon moment quand la voix d'Inès les interrompit.

— Mat ! Mat ! T'es par là ?

— Ouais, ma puce ! Suis dans la *pleta*[1] ! cria-t-il. Pourquoi ?

— Y a la capitaine Flores qui voudrait te parler !

— Putain… les gendarmes…, trembla Pierrot.

— Chut, tu bouges surtout pas d'ici et tu me planques ça dans la paille ! Je reviens !

— Et ta blessure, ça se voit qu'elle est toute fraîche !

— J'arrive ! lança Mathias à Inès qui s'éloigna.

Mathias s'essuya rapidement les mains dans un chiffon, tamponna sa plaie et retourna chez lui, où l'attendaient sa femme et la géante accompagnée du gendarme Ramon.

— Bonjour capitaine… brigadier… J'imagine que vous n'êtes pas venus boire le café… Mais Inès peut vous en faire un quand même.

— Volontiers, merci.

— Asseyez-vous… Qu'est-ce que je peux faire pour vous ?

— Comme tu dis, Mathias, nous ne sommes pas venus tailler une bavette, alors nous allons rester debout et écouter tes réponses.

Le ton de Flores, qui se voulait courtois, ne prêtait pourtant pas à répliquer ni à jouer au plus malin. Et si elle se permettait ce tutoiement, c'est qu'elle avait connu Mathias en couche-culotte alors qu'elle allait passer son bac dans la même promo que sa mère. Pendant ce temps, Ramon, qui n'aimait pas le café, décida d'inspecter l'extérieur des lieux.

1. Bergerie.

— Es-tu sorti, ce matin, aux alentours de 6 heures ?

— Oui.

— Pour quoi faire ?

— Toujours pareil. Chercher et trouver ce salopard de loup qui massacre nos bêtes. Il m'en a égorgé encore trois…

— Tu dois pourtant savoir qu'il est protégé, tout comme l'ours.

— Ouais, capitaine. Mais on en a marre, on est excédés. Alors, même si je dois payer une amende ou faire de la taule, je préfère assurer la sécurité de mes bêtes qui, au passage, sont aussi mon gagne-pain, puisque rien n'est fait.

— Et pour cause. Il faudrait une autorisation gouvernementale. Ou une loi. Passons… Étais-tu à proximité du pré juste après la sortie du village et étais-tu accompagné ?

— Pour la première question, c'est possible, et pour la deuxième, c'est sûr. J'étais avec Pierrot Leprat.

— Aviez-vous un fusil ?

Mathias hésita une seconde.

— J'avais le mien. Forcément… pour le loup. Mais Pierrot n'avait pas pris le sien.

— Êtes-vous allés en direction du lac de la Bête ?

— Je sais plus…

— Ce serait mieux pour toi de retrouver la mémoire, Mathias, parce que le joggeur qui vous a aperçus était justement des nôtres, une nouvelle recrue à la gendarmerie, le lieutenant Antoine Mendi.

À ce nom, Mathias blêmit.

— Mendi… de la famille Mendi, d'ici ? demanda-t-il péniblement.

— Le petit-fils, oui. Tu le connais ?

— Les grands-parents seulement… et leur fils Viktor, de réputation. Et… du crash d'avion…

Mais Flores sentit, là encore, une hésitation de la part de son interlocuteur qui semblait très mal à l'aise. Sa femme arriva avec les tasses fumantes sur un plateau qu'elle leur présenta tour à tour. Flores revint à la charge.

— Alors ? Vous alliez vers le lac ?

— On a pris en effet cette direction, mais on a fait demi-tour.

— Tiens ? Et pourquoi donc ?

— C'est Pierrot… il m'a convaincu de laisser tomber.

— Pour quelle raison ?

— On sait quel est le risque, en tuant un loup. J'étais prêt à le prendre. Mais finalement, il m'a persuadé de rentrer.

— Tu semblais pourtant bien déterminé. En colère, même.

Mathias ne répondit pas.

— Que s'est-il passé, capitaine ? demanda Inès, une pointe d'inquiétude dans la voix.

Flores la dévisagea un instant.

— Le lieutenant Mendi faisait son footing matinal sur la piste, en direction du lac de la Bête. Et il est tombé sur des traces de sang et, un peu plus loin, sur une jeune femme inconsciente, suite à un malaise ou, plus probablement, une agression. Elle a été transportée à l'hôpital en urgence vitale.

La capitaine en rajoutait un peu, ou à peine, volontairement, sans quitter des yeux le visage de Mathias alors qu'elle répondait à sa femme. Elle était à l'affût du moindre changement d'expression, de la plus légère altération ou d'un regard fuyant. En vain. Peut-être un peu trop impassible, nota Flores.

— Tu es sûr de ne pas être mêlé à ça, Mathias ? demanda la capitaine, plus grande que lui d'une tête.

— Je vous assure que non. Franchement, vous me voyez cogner sur une femme ?

— Ce n'est pas parce que je ne te vois pas le faire que tu n'en es pas capable. Même un agneau peut cacher un loup.

— Ça n'est pas mon cas.

— Bon, alors tout devrait bien se passer, n'est-ce pas ? En attendant, on va aller faire un tour chez Pierrot. Mais avant, dis-moi, cette blessure à la tempe, ça vient d'où ?

— Je me suis pris une porte, hier soir, affirma-t-il sans se démonter.

— Ben dis donc… Tu devais être dans un état avancé !

À peine Flores et Ramon repartis, avant d'aller rejoindre son ami Pierrot à la bergerie, Mathias s'isola dans la chambre de son aîné, qui était à l'école comme les deux autres, prit son portable et appela.

— C'est moi, fit-il d'une voix tendue. Je viens d'apprendre une nouvelle qui devrait t'intéresser. Le gendarme qui vient d'être recruté à la Rurale, c'est Antoine Mendi… le petit-fils des Mendi.

— En effet, très intéressant, répondit le Prêcheur. Viens, je t'attends, tu vas me dire ce qui s'est passé et on va fêter ça.

10

Fin janvier 2023, près du village

Après les viscères, en cherchant aux alentours, Antoine et Olivia découvrirent la carcasse sanguinolente à demi recouverte de neige. Une tentative grossière de dissimulation faite à la hâte.

— C'est un animal, constata Antoine, soulagé.

— Oui, un loup.

Il se tourna vers Olivia, impressionné.

— Tu t'y connais, on dirait. Ça aurait pu être un chien…

— Mon père était chasseur.

— Était ?

— Il est mort. À la chasse, justement.

— Ah, désolé. Un accident ?

— Si on veut… accident cardiaque. Mais il a eu le temps de m'apprendre deux, trois trucs.

— Tu chasses aussi ?

— Avec un grand-père et un père chasseurs, ça me semble inévitable.

— Pourtant, la fille du maire, c'est tout le contraire de son père.

— C'est soit l'un soit l'autre. Ou tu hérites de cette passion, ou tu prends carrément le contre-pied. Et toi ?

— Moi ? Je ne chasse pas, non… du moins, pas le même gibier.

Olivia sourit. Un sourire qui inonda Antoine. Elle était encore jeune, pourtant, une maturité et quelque chose de posé se dégageaient de cette fille. Après avoir pris quelques photos des restes de l'animal, ils rebroussèrent chemin jusqu'au 4 × 4. Avant de monter, Antoine embrassa du regard la vallée encore en partie dans l'ombre des massifs. Une vague de tristesse le saisit au ventre sans prévenir. Il n'avait toujours pas lu la lettre de son père.

Ils roulèrent sans parler jusqu'à la gendarmerie devant laquelle Antoine déposa Olivia.

— Tu ne viens pas ? lui lança-t-elle une fois descendue de voiture.

— Je dois aller à Bagnères, essayer d'en savoir un peu plus sur la fille. Je te laisse faire le rapport à Flores. Dis-lui que je passerai au retour.

Olivia lui fit un signe de tête et monta les quelques marches du chalet de la gendarmerie. Un chalet dénué d'âme, en bois et en béton, sans autre prétention que d'être fonctionnel.

Antoine fit une quinzaine de kilomètres de lacets tout en descente sur le bitume luisant de l'eau des rigoles s'écoulant des hauteurs. C'étaient ces moments de solitude que Max prisait le plus pour venir lui prendre gentiment la tête.

— Tu es bien silencieux, mon vieux…

Antoine crispa les mains sur le volant.

— Que veux-tu que je dise ?

— Qu'est-ce que ça t'apportera d'aller là-bas ?

— Je veux voir l'endroit où l'avion s'est écrasé. J'en ai besoin.

— Tu as encore des doutes sur les circonstances ?

— Je ne sais pas.

— La lettre est une preuve, quand même. La preuve de l'acte volontaire.

— N'importe qui a pu l'écrire.

— Antoine, ne sois pas de mauvaise foi. Je sais combien c'est dur d'accepter que tes parents aient pu t'abandonner en se donnant la mort.

— Non, tu ne sais rien du tout, Max ! Et maintenant, laisse-moi tranquille !

— J'essaie de t'aid…

Antoine donna un coup de poing sur le volant, qui vibra quelques secondes.

— Fous-moi la paix ! Je n'ai pas besoin de ton aide ! cria-t-il.

Il arriva à Bagnères-de-Bigorre sur le coup de midi et, ressentant déjà un petit creux, décida de le combler avec une part de pizza qu'il prit à emporter et mangea au soleil, assis sur le banc d'un square. Ici, pas de neige, un air à peine froid pour la saison, contraste saisissant avec la montagne et même sa vallée. Moins de nuages, aussi. Il avait appris à les identifier, une de ses occupations favorites. La carte du ciel, avec toutes ses nuances, qu'il savait décrypter et qui le fascinait.

Une fois l'estomac calé, il regagna le 4 × 4, consulta son portable, vit un appel de Flores qu'il ignora et prit la route du centre hospitalier régional qui le fit passer devant le casino, un édifice cossu du XIXe formé d'un bâtiment central rectiligne rose saumon, flanqué de deux grosses tours carrées vert turquoise. Le casino contribuait largement à l'économie de la petite ville.

À l'hôpital, on l'envoya aux urgences où il vit le chef urgentiste.

Un homme de haute stature, roux, à la barbe fauve, le visage moucheté de paillettes de son, la blouse ouverte sur une chemise en jean, se dirigea vers lui. Antoine, notant son air embarrassé, devina aussitôt que quelque chose n'allait pas.

— Je viens pour la jeune femme transportée ce matin par hélicoptère, qui…

— Oui, je sais, c'est mon équipe qui l'a prise en charge, seulement…

— Elle… elle est…

— Non, non, je vous rassure, elle était très choquée mais consciente en arrivant.

— Elle a sans doute subi une agression.

— Un coup derrière la tête qui aurait pu lui être fatal, oui, je vous le confirme. L'IRM cérébrale a montré un petit hématome interne en formation et un léger trauma crânien.

— Je peux la voir ? Je dois l'interroger pour qu'elle nous aide à identifier son agresseur.

— Là est le problème, lieutenant. Elle est partie.

Antoine accusa le coup.

— Comment ça, « partie » ?

— Elle a faussé compagnie aux infirmières. Elle est partie de son plein gré, mais sans signer de décharge. Alors qu'elle devait encore rester en observation.

— Et il n'y avait pas de surveillance ? Notre brigade a pourtant contacté la gendarmerie de Bagnères…

— Personne n'est venu.

— C'est pas possible…, fulmina Antoine en levant les yeux au plafond. Elle a au moins donné son identité ?

— Elle n'a pas dit un mot. Nous avons attribué son mutisme au choc.

— Vers quelle heure a-t-elle quitté le service?

— Il y a une dizaine de minutes, pas plus…

Plantant là le chef urgentiste, Antoine gagna la sortie en courant. Si elle ne connaissait pas Bagnères comme il le supposait, dans son état, elle ne devait pas être bien loin. Il remonta dans le 4 × 4 et, après avoir fouillé du regard le parking, emprunta une avenue ponctuée d'arrêts de bus. Il avait écarté l'éventualité qu'elle prenne un taxi, la voyant davantage se fondre aux passagers d'un bus. Mais pour aller où? Il ne savait rien d'elle, ni d'où elle venait, ni pourquoi elle s'était retrouvée à proximité du petit lac, dans les parages d'un loup.

Les sens en éveil, les yeux naviguant des deux côtés de l'avenue où les stations se faisaient face, regrettant d'être sans coéquipier, Antoine roulait au ralenti, créant une file de voitures derrière lui mais peu importe, personne n'aurait osé klaxonner un 4 × 4 de la gendarmerie…

Et, soudain, il la vit. Ou plutôt, il la reconnut, à ce bonnet vert vif d'où s'échappaient de longues mèches dorées. Assise sur un plot, l'air perdu. S'arrêtant à sa hauteur, il fut frappé par la finesse de ses traits et par sa beauté. Une beauté presque surnaturelle, lumineuse, qu'il n'avait croisée qu'une seule fois dans sa vie. Mais, le temps d'accrocher son regard, elle s'était levée avec la vivacité d'un lièvre et avait disparu dans le flux des passants, ne laissant à Antoine qu'un vide.

11

Fin janvier 2023, au village

Quand Mathias arriva chez le Prêcheur, celui-ci l'accueillit bras ouverts, mais l'éleveur se déroba sans dire un mot.

— Quel est cet air sombre, Mathias ?

— Mendi. Son retour ici a pas l'air de te perturber.

— Il n'y a vraiment pas de quoi. Serais-tu jaloux ?

Les yeux du Prêcheur brillèrent. Ceux de Mathias se voilèrent.

— Raconte pas de conneries…, dit-il en s'approchant de la fenêtre.

De l'autre côté, les sept bonhommes de neige en cercle semblaient le narguer.

— Tu les as laissés ? s'inquiéta-t-il en pensant qu'il n'avait pas non plus touché aux siens.

— Ça m'amuse.

— Des menaces de mort t'amusent ? Comme par hasard, c'est au moment où Mendi revient dans le coin.

— Ah ! Maintenant, ce ne sont plus les écolos ?

Mathias plongea ses doigts dans sa tignasse. Un geste inconscient qui signifiait son embarras.

— Je t'avoue que je sais plus.

— Et si ce n'était rien ?

L'éleveur regarda Ekain d'un air stupéfait.

— Rien ?

— Les choses n'existent que si on leur en donne l'occasion.

— Suis pas d'humeur à philosopher, là, Prêcheur…

— Tiens, ça te détendra, lui dit l'ancien prêtre en lui présentant un verre de vin qu'il venait de verser d'une carafe.

Mathias le prit sans réfléchir et l'avala d'un trait.

— Oh oh… tout doux… un madiran 82, ça se déguste. Allez, prends-en un autre, pour te rattraper.

Le Prêcheur remplit le verre que lui tendait Mathias, déjà un peu moins à cran. Il but cette fois à petites goulées, en prenant le temps d'ouvrir le palais à cet arôme puissant et tanique. Le deuxième verre le calma complètement. Comme tout le monde ici, il connaissait Ekain depuis son retour au village. Mathias avait alors neuf ans. Son statut d'ancien prêtre conférait à son protecteur une aura qui s'était renforcée au fil des années. Toujours prêt à rendre service, à l'écoute des malheurs des uns et des autres, aussi bien guide de montagne que des esprits et guérisseur des maux du corps, il s'était très vite pris d'affection pour Mathias, dont le père était tristement réputé pour être violent. C'est Ekain qui lui avait appris les randonnées à raquettes et l'alpinisme. Partir dans la montagne permettait à l'adolescent d'échapper aux orages domestiques. Aux coups, aussi. Il ne pouvait pas échapper à ceux du soir, lorsque le père avait sifflé son troisième litre d'alcool. Ekain avait rapidement fait office de figure paternelle et de confident pour Mathias qui avait tout partagé avec le Prêcheur, tout, y compris ses secrets les mieux gardés. Son protecteur l'avait mis en garde contre Millaris, le croque-mitaine qui, caché dans les hautes roches, attendait les enfants pour les manger. Il lui avait appris comment calmer les colères du géant et lui avait fait le privilège de lui montrer sa chapelle secrète, un refuge tout en pierres et en rondins, perdu dans la montagne, là où il se retirait du monde pour prier et demander à Dieu qu'il pardonne aux humains tous leurs péchés.

— Si je fais quelque chose de pas bien, moi aussi, je serai pardonné, alors ? lui avait demandé Mathias à l'époque, ses grands yeux pleins d'interrogations.

— Bien sûr, Dieu nous aime, quoi qu'on fasse. Mais ce n'est pas une raison pour faire le mal.

— Et comment on sait ce qui est mal ?

— Le mal est ce qui s'oppose au bien. Parfois, ce qui est mal peut prendre les apparences du bien. C'est pourquoi Dieu pardonne. Et aussi parce qu'il nous a créés. Nous sommes ses enfants et il nous aime comme un père aimerait les siens.

— Ce qui est bien peut aussi ressembler au mal ?

— Ça arrive, oui. Par exemple, on dit de certaines choses que c'est « un mal pour un bien ». Ça donne l'impression que c'est un acte mauvais, mais en réalité, il cache une bonne action. C'est même parfois nécessaire.

— Comme pour Millaris ?

— Exactement. Tu as tout compris, mon garçon. La vie te sourira.

— À quoi penses-tu ?

La voix enveloppante du Prêcheur ramena Mathias à l'instant présent.

— À rien de particulier.

Mais ses cils humides le trahissaient.

— Si tu veux me parler, je suis là.

Mathias sentit la main d'Ekain sur son épaule et se raidit.

— Je peux pas le faire.

— Qu'est-ce que tu ne peux pas faire ?

— Recommencer… comme avant. J'ai une femme, des gosses. Et… j'ai eu la visite de Flores, ce matin.

— Qu'est-ce qu'elle te voulait ?

Mathias hésita un instant, puis se lança dans le court récit de ce qu'il avait fait avec Pierrot Leprat, le loup qu'il avait tué, la fille qui s'était jetée sur lui de façon inexpliquée, le coup de crosse, peut-être fatal, qu'il lui avait porté à la tête. Des actes ayant plutôt les apparences du mal. Et pourtant, les brebis seraient maintenant tranquilles.

— La fille, tu l'as déjà vue ?

Le berger secoua la tête.

— Je ne pourrais même pas la décrire… Tout s'est passé très vite.

— Et vous l'avez laissée inconsciente…

— On n'a pas pu faire autrement.

— On peut toujours faire autrement. Surtout quand on laisse des empreintes.

— Merde…

— Il y a un moyen de te racheter, Mathias.

— Non, ne me demande pas ça. Tout ce que tu veux, mais pas ça.

— Pourtant, tu sais que j'ai raison. Approche, viens prier.

Des mots que Mathias connaissait si bien… qui avaient longtemps résonné dans son ventre et qui résonnaient encore. Ekain lui avait enseigné le pouvoir de la prière. Cette vibration dans tout le corps, cette intensité qui le saisissait jusqu'au vertige. Comme un agneau docile, Mathias obéit à son protecteur, aux pieds duquel il s'agenouilla.

— Prions ensemble.

Dans le bourdonnement des mots pieux scandés par le Prêcheur, Mathias ferma les yeux et ses lèvres remuèrent. Lorsque les mains de l'ancien prêtre se refermèrent sur sa tête qu'elles attirèrent contre lui, ces mêmes lèvres s'ouvrirent, laissant la verge raide et dure entrer dans sa bouche.

Le va-et-vient commença, tandis qu'Ekain, la tête renversée, au bord de l'abîme, à son tour fermait les yeux.

12

Fin janvier 2023, Bagnères-de-Bigorre

Laissant le 4 × 4 en plan le long du trottoir, sur un emplacement de livraison, Antoine avait tenté de retrouver la fille parmi les passants, y compris dans les rues adjacentes, en vain. Avec ses treize mille habitants, Bagnères-de-Bigorre n'était pas une jungle urbaine où quelqu'un pouvait disparaître facilement. Mais elle s'était bel et bien volatilisée. Évaporée.

Contraint d'abandonner à cause des appels insistants de Flores, Antoine avait repris le volant et la route du retour. Elle s'était passée dans une sorte de sentiment d'irréalité, et il n'avait pas pu échapper à une discussion animée avec Max.

— Avoue qu'elle ne t'intéresse pas seulement pour l'agression qu'elle a subie…

— Tu es lourd, Max. Très lourd.

— Mais tu m'aimes aussi pour ça.

Antoine avait réussi à sourire entre les cumulonimbus de son humeur, sans répondre pour autant. Max avait vu juste et pointé une vérité naissante. Au-delà de l'enquête en cours, la fille et son mystère l'intriguaient. Il n'avait eu le temps que de voir ses yeux, deux étoiles bleues dans le pâle ovale de son visage.

Ramassée sur elle, aux aguets, telle une biche traquée. Une biche qui avait bien failli finir là, dans la neige, sous le ciel rosé du matin.

La neige… Antoine fit les vingt derniers kilomètres en sa compagnie. À l'adolescence, il avait brusquement déclenché une phobie de cette masse blanche, se traduisant par des crises d'angoisse dès les premiers flocons et un cauchemar récurrent dans lequel il se retrouvait enseveli sous une avalanche. Il avait alors onze ans. Pour lui, la neige avait l'odeur de la mort. À seize ans, il avait voulu venir définitivement à bout de cette phobie qui risquait de compromettre son désir de rejoindre un jour les chasseurs alpins. Une thérapie comportementale l'avait aidé à vaincre ses peurs. La neige l'avait accompagné toute sa vie et ça continuait.

Les pneus du 4 × 4 y traçaient leurs bandes parallèles. Les flocons serrés venaient s'écraser comme des papillons sur le pare-brise, aussitôt balayés par les essuie-glaces. De ses anciennes peurs, il ne lui restait qu'une légère tension dans la nuque, lorsque la neige tombait.

Il arriva à la gendarmerie en fin d'après-midi, en même temps que la nuit. Il n'avait pas rappelé Flores, qu'il trouva d'une humeur massacrante, faisant les cent pas avec Perez et Ramon dans la salle de réunion.

— Lieutenant Mendi ! tonna-t-elle en l'apercevant dans l'embrasure de la porte. Vous vous foutez de moi ou bien vous avez une connexion qui ne se fait pas ? J'essaie de vous joindre depuis ce matin, pourquoi n'avez-vous pas répondu à mes appels ?

Elle était délibérément passée au vouvoiement, qui donnait à sa colère plus de poids.

— J'ai cru avoir perdu mon portable, il était en

mode silencieux et avait glissé sous le siège de la voiture.

— Toujours ces excuses à deux balles qui me foutent hors de moi ! Trier la paperasse vous manque à ce point ?

— Je suis allé à l'hôpital de Bagnères-de-Bigorre, où j'ai vu le médecin qui s'est occupé de la victime, enchaîna Antoine, ignorant les récriminations et les menaces inutiles de sa supérieure. Il m'a dit qu'elle était partie, alors qu'elle devait rester en observation. J'ai foncé à sa recherche, l'ai aperçue dans une rue passante, assise sur un plot et, le temps que je me rabatte et que je sorte de la voiture, elle avait disparu.

— Tu es bien sûr que c'était elle ? dit Flores d'une voix radoucie.

— À cent pour cent. Blonde. Le même bonnet vert vif. Ça ne court pas les rues.

— Ils ont pu te donner son nom ?

— Elle n'avait pas de papiers d'identité et n'a rien dit.

— Bon, moi je t'ai appelé pour te dire qu'on est allés interroger Mathias Dangles, un des éleveurs du village. Bien sûr, d'après lui, lui et son copain Pierrot Leprat n'ont rien à voir avec l'agression de la fille ni avec l'animal dont vous avez retrouvé les restes dans le lac. Mais pendant que je l'interrogeais, Ramon, parti inspecter les extérieurs autour de la ferme, a trouvé quelque chose qui pourrait se révéler intéressant. Sept bonhommes de neige en cercle, au milieu duquel quelqu'un avait tracé « ONT VOUS AURAS ». Voici les photos qu'il a prises.

Les trois coéquipiers se resserrèrent autour de Flores, qui étalait les copies des clichés sur la table.

Avec leur rictus, les bonhommes de neige semblaient les narguer, sauf deux qui avaient déjà perdu leur bouche et leurs yeux.

— Si ce n'est pas une blague de gosses, on dirait que Mathias Dangles n'a pas que des amis, releva la capitaine en les regardant tour à tour.

— Mais en quoi ça pourrait être lié à l'agression de la fille ? interrogea Ramon.

— Ça, c'est justement notre boulot de le découvrir. En trouvant qui elle est, où elle habite et ce qu'elle fait dans la vie. Vous pouvez rentrer chez vous, mais demain, je veux tout le monde sur le pont à 7 heures. Il faudra aussi aller poser quelques questions à Astrid Hirigoyen.

— Vous pensez que la fille du maire pourrait être à l'origine de cette menace ?

— Je ne pense pas, je vérifie. La victime de l'agression peut très bien être un membre de son groupe d'écolos. Œil pour œil, dent pour dent.

— Et dans ce cas, ça nous ramènerait à Mathias…

— Exactement, Ramon.

Antoine attendit le départ d'Olivia et de José pour poser à Elda Flores la question qui lui brûlait les lèvres depuis qu'il était arrivé au village.

— Vous étiez déjà dans la gendarmerie en 1999, au moment du crash de l'avion de mes parents ?

— Tu sais que tu me vieillis, là ? Mais ça aurait pu, j'y suis entrée deux ans après, en fait. Pourquoi cette question ?

Antoine la regarda fixement.

— Si j'ai demandé ma mutation ici, c'était en grande partie pour découvrir ce qui s'est réellement passé.

— Pourquoi «c'était»? Tu as changé d'avis?

— Quelque chose a peut-être changé la donne. Une chose que m'a apprise Edonia, la dernière femme de mon grand-père paternel.

— Edonia, oui, je la connais…

— Elle m'a dit ce que mon grand-père n'avait pas eu la force de m'avouer…

Antoine s'interrompit et détourna ses yeux qu'il sentait devenir humides. Il parvint à se reprendre et poursuivit.

— Ce n'était pas un accident, mes parents se sont donné la mort.

Flores semblait s'être arrêtée de respirer.

— Tu veux dire que l'avalanche provoquée par la rupture du glacier aurait pu être évitée? Que toutes ces victimes pourraient être encore en vie aujourd'hui?

Antoine baissa la tête en silence. À cet instant, il sut que c'était lui, *l'atzerritarra*, qui devrait désormais répondre de ce que ses parents avaient laissé derrière eux en décidant de mourir.

13

Fin janvier 2023, chez Mathias Dangles

Ce même soir, une fois les enfants et la belle-mère couchés, le goût de la verge du Prêcheur dans la bouche, Mathias prit Inès sans lui laisser le temps de réagir et la baisa ardemment. Puis éclata en sanglots.

— Je ne suis qu'un connard avec toi, ma puce. Un minable connard. Je ne te mérite pas.

Il pleurait dans son giron, comme un gosse. Un peu désemparée et avec un geste hésitant, Inès finit par l'enlacer et, ne trouvant pas à le contredire, se mit à le bercer doucement.

— Tu me supportes depuis tout ce temps… je sais pas comment tu fais… Ou plutôt, si… tu es une sainte…

Sur ces mots que son connard de mari n'avait encore jamais prononcés, le regard troublé d'Inès alla se perdre dans la nuit par la fenêtre. Il est des choses qui peuvent lier des êtres à jamais, au-delà de l'amour et du respect mutuel. Des choses plus puissantes qu'une union, des choses qui scellent des existences jusqu'à la mort. Des choses enfouies qui appartiennent à l'obscurité. Et devoir supporter un homme avec ses défauts n'était rien, à côté du reste, de ce qui les enchaînait l'un à l'autre. Il y avait longtemps qu'elle avait renoncé à la vie dont elle rêvait. Parce que ce qui demeure à l'état de rêve est intouchable, personne ne peut le salir, ni le détruire. Alors elle avait laissé cette autre vie là-bas, dans ce jardin où personne ne viendrait jamais la lui voler. Et elle subissait la réalité à laquelle elle n'avait pas pu se soustraire, celle contre laquelle elle tenait à protéger ses enfants. Encore quelques années.

Mathias renifla, puis, se tournant sur le côté, se mit rapidement à ronfler comme un sonneur. Inès se leva et s'enferma dans la salle de bains où elle lava soigneusement chaque partie de son corps, chaque recoin intime que son mari avait touché et où il s'était répandu, en sperme, puis en larmes. Elle leva le visage vers le miroir. Ce qu'elle y vit la fit frémir. Une femme aux traits boursouflés, aux yeux rougis et cernés de gris, au menton fuyant dans le gras du cou, aux cheveux fourchus et secs, mais aux racines grasses, d'où s'échappaient des pellicules. Oui, une femme toute grise, dont les plus belles années – qu'elle n'avait pas vécues – étaient passées comme un train lancé à grande vitesse. Elle s'essuya, enfila son pyjama trop serré sur le triple bourrelet d'un ventre nourri à la graisse de canard et aux pommes de terre et se glissa sous la couette, à côté de son mari endormi. Parce que c'était sa place. C'était là qu'elle devait être. Jusqu'à sa mort.

Au même moment, Elda Flores, rentrée chez elle, ayant échangé son uniforme contre un débardeur et un short, qui flottait autour de ses maigres cuisses, donna à manger à Botox, son terre-neuve noir aussi haut qu'un poney et sentant aussi fort. Puis, pendant une bonne demi-heure, elle tapa dans son sac de frappe sans s'interrompre. Elle but ensuite d'un trait un litre d'eau de source au goulot et s'enferma dans sa chambre au mobilier spartiate. D'un tiroir qu'elle tenait fermé à clé, elle sortit une photo ainsi qu'une sorte de fouet au manche court et aux lanières en cuir, le long desquelles étaient fixées de petites billes en métal. Elle plaça la photo sur le bureau, en face duquel elle se posta, le martinet dans la main droite. Elle ajusta ses oreillettes Bluetooth connectées à son smartphone et lança la playlist, qui commençait par du Wagner.

Sans quitter des yeux la photo, dans un geste rapide et précis, les lanières volèrent par-dessus son épaule gauche et rencontrèrent l'omoplate tandis que les petites billes s'imprimaient sur la peau déjà couverte de bleus. Elle se donna ainsi une centaine de coups, jusqu'à avoir la partie haute du dos tachetée de meurtrissures violacées et les joues baignées des larmes que lui arrachait la douleur. Il n'y avait que ce moyen pour qu'elle parvienne à soutenir ces regards. Pour qu'elle continue à vivre avec ce poids à l'âme. Ces visages qui semblaient lui dire : « Pourquoi n'as-tu rien fait ? » Ils la fixaient en silence. Celui de l'éternité.

14

Fin janvier 2023, dans la forêt

Si elle avait pu, Miren ne serait pas rentrée. Se retrouver enfin au-delà du monde fermé dans lequel elle vivait, au-delà de la forteresse naturelle que formaient les montagnes était l'occasion pour elle de connaître d'autres horizons. Mais quoi… Sans argent, ni papiers, ni rien sur elle, où aller ? La matriarche y veillait bien, à rendre tout départ impossible. Mendier dans la rue, elle aurait pu le faire, mais combien de temps ? Et où aurait-elle dormi ? Même en ville, c'était l'hiver. Les températures étaient bien trop basses pour passer une nuit dehors. Elle aurait pu rester dans la chaleur de sa chambre d'hôpital. Mais tout était trop blanc. Et ces machines qui allaient fouiller à l'intérieur du corps, ça lui faisait peur. Alors elle était partie. S'était fondue dans l'inconnu. Sa tête la lançait, derrière, et elle n'avait pas pu avancer trop vite. Prise de vertiges, elle avait dû s'arrêter en pleine rue et s'asseoir sur un plot. Une grosse voiture bleue aux pneus énormes avait freiné à sa hauteur et elle avait vu l'homme au volant, son regard posé sur elle. Accroché à elle. Elle avait senti le danger, ne voulait pas être retrouvée. Alors, profitant d'une vague de piétons qui passaient de part et d'autre du plot, elle s'était levée et avait disparu dans une petite rue adjacente aussi vite que le lui permettaient ses jambes vacillantes. Elle s'était retournée pour voir s'il la suivait. N'avait vu personne. Mais elle n'oublierait pas ces yeux-là. Ce qu'elle avait vu dedans. Tout au fond. Miren possédait cette faculté de lire dans les êtres. Même en un seul regard. Et ce regard-là, sans trop savoir pourquoi, elle l'avait emporté avec elle.

Elle avait marché, marché, erré dans les rues, cligné des paupières que cinglait une petite neige qui s'était mise à tomber, fine et glacée. Ici aussi, alors. Elle avait trébuché, s'était retenue à temps, avait demandé son chemin sans savoir où se rendre, avait eu envie de retourner à l'hôpital, au moins y aurait-elle plus chaud. Mais toutes ces machines… Non, elle était mieux dehors, libre d'aller où elle voulait. Du moins, le croyait-elle. Trembler de froid et de faim au milieu d'inconnus, sans argent pour remplir un estomac douloureux, sentir ses pieds et ses mains s'engourdir, regarder les gens se presser, rentrer chez eux, indifférents à cette fille au bonnet vert, seule et perdue, c'était donc ça, être libre ? Elle avait pensé à Nuage, tué par cet homme qu'elle avait voulu anéantir à son tour, et s'était mise à pleurer. Elle qui rêvait d'un ailleurs, la forêt, ses *abets*[1], ses hêtres et ses frênes lui manquaient. Et son amie, sa sœur de cœur, Raquel, aussi. Terriblement. Plus qu'elle ne l'aurait imaginé. Et même Yorick, tiens ! Plus facile de vouloir partir que de le faire. Ils allaient certainement se demander où elle était passée. Même s'ils rallongeaient depuis

1. Sapins.

début janvier, les jours étaient encore trop courts. Surtout avec un ciel si bas et si gris.

Dans le camion qui l'emmenait vers la vallée, sur cette même route qu'avait prise Antoine deux heures plus tôt, Miren s'était endormie, la tête reposant sur son bras replié. Un pouce tendu peut faire des miracles. Et celui qui la sauverait d'une nuit glacée dans les rues d'une ville inconnue s'était produit. Un camion s'était enfin arrêté, la portière s'était ouverte, l'invitant à monter à l'intérieur. Elle n'avait même plus la force de se méfier d'un homme seul au volant. Heureusement, celui-ci, qui aurait pu être son père, s'était avéré honnête et bienveillant. « Vous allez où ? » lui avait-il demandé, simplement. On l'avait toujours tutoyée. Là, elle s'était aussitôt sentie spéciale, faisant l'objet d'une attention particulière. « Au lac de la Bête », lui avait-elle répondu.

Il se trouvait qu'il allait au village livrer la petite épicerie et la boulangerie en farine. Il ne l'avait pas tannée avec des questions, n'avait pas manifesté de curiosité déplacée et l'avait laissée s'assoupir.

Lorsqu'ils arrivèrent au village, à 18 heures passées, la nuit avait enveloppé les montagnes.

— Je peux vous déposer plus loin, dit le chauffeur à Miren en lui souriant sous sa moustache argentée.

— Merci, je continuerai à pied, répondit-elle avant de descendre.

Elle se retrouvait en terrain plus familier qu'à Bagnères, mais chez Ceux d'en haut, elle serait toujours une intruse. L'Espada les avait prévenus. Pourtant, quelque chose la poussait à s'arrêter au village. Elle savait comment regagner la forêt à pied.

Le village. Ou encore, le *vic*, comme on disait dans

les Hautes-Pyrénées. Elle était certaine que celui qui avait tué son loup ne se trouvait pas très loin. Elle voulait le retrouver. Découvrir où il habitait. Lui aussi, devait avoir des êtres chers… Une bonne odeur de potage aux choux lui rappela qu'elle n'avait pas mangé et qu'elle avait soif. Elle marcha jusqu'à l'unique café, qui faisait aussi restaurant, déterminée à calmer sa faim même sans argent et à disparaître dans la nuit.

Une main sur la poignée de la porte, prête à entrer, son geste se figea. Par la baie vitrée, elle venait d'apercevoir, assis seul à une table, devant sa chope de bière, l'homme dont elle avait emporté au fond d'elle le regard et tout ce qu'il contenait.

15

Fin janvier 2023, au village

Après avoir quitté le commissariat et Flores, Antoine avait eu envie d'une bonne bière et s'était installé chez Joshua, à une table derrière la vitre, la seule encore libre. Tout le monde venait ici boire un coup le soir. Le village entier s'y concentrait, toutes générations confondues. Y compris les deux camps qui s'affrontaient avec virulence, celui du maire, avec les bergers et les chasseurs, contre celui de sa fille, les militants pour l'environnement et la protection des espèces réintroduites dans les Pyrénées. Échauffés par l'alcool et leurs convictions, il arrivait qu'ils en viennent aux mains, ce qui contraignait Joshua et son fils Émeric au rôle exigeant de modérateurs et même parfois de videurs. Plongé dans ses pensées et dans la couleur miel de son Aoucataise, une bière artisanale ambrée, Antoine ne vit pas tout de suite la silhouette qui, immobile sur les marches du café, le regardait par la baie vitrée. Lorsque, pris d'une sensation étrange, il leva enfin la tête, il aperçut le bonnet vert et les mèches dorées qui s'en échappaient en tortillons. Ces yeux presque translucides, cette pâleur frappante… C'était elle, c'était la fille qu'il recherchait ! Il se leva d'un bond, renversant la chaise derrière lui et, sans prendre le temps de la redresser, il fut dehors, fouillant du regard les parages faiblement éclairés. Mais elle avait déjà disparu, avalée par l'obscurité. Elle allait lui échapper encore une fois…

Pourtant, il aurait juré qu'elle l'observait, de cet air apeuré de biche aux abois, alors qu'elle s'apprêtait à entrer dans le café. Au bout d'une dizaine de minutes passées à scruter les environs, Antoine déclara forfait et regagna sa table, devant laquelle sa chaise gisait toujours au sol. Il commanda une troisième pinte pour essayer de faire passer, avec celle de la bière, l'amertume de sa déception.

— Je peux m'asseoir ?

Levant les yeux, il découvrit une jeune femme une bière à la main, couronnée d'une tignasse brune aux reflets cuivrés, au hâle montagnard et aux iris aussi noirs que ses pupilles qui brillaient sous l'arc bien dessiné de sourcils peut-être un peu trop épais pour une fille, rappelant ceux de Frida Kahlo. Portant une minijupe en tissu épais qui mettait en valeur des cuisses musclées de skieuse et un haut assez décolleté pour la saison, moulé sur un buste charpenté, elle n'était pas dénuée de charme malgré une certaine rusticité.

Antoine n'avait pas prévu d'avoir de la compagnie ce soir-là et surtout pas de partager sa table.

— Installez-vous… J'allais partir…, grogna-t-il d'un air résigné.

— C'est pas moi qui te chasse, j'espère… Ton verre est presque plein…, sourit-elle, découvrant des dents aussi blanches que les sommets enneigés.

— C'est mon troisième, il y a un moment où il faut savoir s'arrêter.

— J'arrive trop tard…

Antoine ne répondit rien. Il n'était vraiment pas d'humeur à flirter. Le café se remplissait de plus en plus et il commençait à sentir quelques regards peu avenants peser sur lui.

— On peut faire au moins les présentations, avant que tu te sauves ?

Mendi regarda la main tendue aux ongles limés mi-longs et peints d'un vernis or métallisé. Il remarqua, à l'intérieur du poignet, un tatouage, une forme géométrique que, ne voyant pas dans sa totalité, il ne put rattacher à rien de précis.

— Antoine, répondit-il simplement, sans décroiser les bras.

— OK, c'est ce qui s'appelle se prendre un vent… Moi, c'est Astrid et je ne crains ni les vents ni les orages.

En entendant son prénom, Antoine la dévisagea soudain.

— Astrid Hirigoyen ? La fille du maire ?

— On dirait bien que mon nom me précède…

— Votre réputation aussi.

— C'est elle qui t'empêche de me tutoyer ?

La pointe de curiosité dans la question semblait sincère et sans ironie.

— Non, elle devrait ?

— Je suis un peu le mouton noir, ici et dans ma famille.

— Les militants écolos le sont souvent, dans des régions où les traditions ont la peau dure. Ça ne doit pas être simple.

— Le fait que ce ne soit pas simple ne m'arrête pas.

— J'imagine. On a au moins un point commun.

— Ravie. Et toi ?

— Quoi, moi ?

— Tu t'appelles Antoine et c'est tout ?

— Quoi d'autre ? dit-il en levant sa chope à ses lèvres.

— Tu n'es pas ici depuis longtemps…

— Oui et non.

— Ah, je vois… Monsieur Mystère !

— Enfant, j'ai habité au village et je venais aussi y passer mes vacances chez mes grands-parents.

— Alors tu es quand même un peu d'ici, dit-elle avec un clin d'œil.

— Ce n'est pas l'avis de tout le monde.

— Je peux savoir qui sont tes grands-parents ?

— Étaient… Frantzisko et Louise Mendi.

Astrid écarquilla les yeux et manqua avaler de travers sa gorgée de bière.

— Tu… tu es… Antoine Mendi ? toussa-t-elle.

— Lui-même. Ça te fait de l'effet, on dirait.

— Désolée… Je… On a des connaissances communes. On disait à l'époque que tu étais un peu bizarre. Que tu parlais tout seul.

— Ça arrive aux enfants uniques, et pas qu'à eux, d'ailleurs. Ce sont ces « connaissances communes » qui disaient ça ?

— Entre autres.

— Pourquoi tu es venue à ma table, Astrid ?

La fille du maire hésita, puis fit une petite moue en regardant la bouteille d'Aouacataise.

— Une intuition, peut-être. Et on aime la même bière ! Tu sais d'ailleurs pourquoi il y a une petite oie sur l'étiquette ?

Antoine secoua la tête d'un air las, pressentant que

s'il voulait se débarrasser de cette fille et goûter à un peu de solitude, il devrait se lever et partir le premier.

— Parce qu'elle est fabriquée à Armenteule, un village connu pour ses élevages d'oies, qu'ils appellent les « aoucatès ».

— Merci pour l'info, je me coucherai moins con. Et à ce propos, je dois y aller…

— Te coucher ? Avec les poules ? Ou les oies ? rit Astrid, ses yeux noirs collés à lui.

— Tu vois autre chose à faire, ici ?

— Antoine…

— Astrid ?

— Je suis contente que tu sois là.

— C'est sympa.

— Non, pas seulement. Je veux dire… vraiment contente.

— À ce point ?

— Oui, je croyais que tu faisais partie des disparus de l'avalanche de 1999.

Antoine, qui venait de se lever, se laissa retomber sur sa chaise.

— Pourquoi ? souffla-t-il, tandis qu'une sueur glacée lui traversait le dos.

— Parmi les noms des victimes, il y avait le tien.

16

Fin janvier 2023, chez Edonia

Le choc avait été d'une violence inouïe. Le bleu décapé du ciel s'était soudain dérobé, en même temps qu'une vague blanche le recouvrait, avalant tout sur son passage. Pris dans une essoreuse, il n'en finissait pas de rouler sur lui-même, pantin impuissant face aux forces de la nature. Ça tournoyait à une vitesse folle, le ciel et la terre se confondaient et, se refermant sur lui, la masse énorme menaçait de le broyer comme une noix. La neige lui entrait dans la bouche, dans les oreilles, les yeux et les narines, comprimait ses poumons, l'empêchant bientôt de respirer. Puis, aussi brutalement que ça avait commencé, tout s'arrêta et ce fut le silence. Un silence épais, profond, opaque. Écrasant. Bien plus que la tonne de neige qui le recouvrait. Enseveli. Noyé. Les adjectifs défilaient. Plus terrifiants les uns que les autres. Il perçut un bruit sourd mais régulier dans l'obscurité bleue. Son cœur. Il était donc vivant ! Petite étincelle au fond des ténèbres. Il sentit quelque chose bouger au bout de son bras gauche. Ses doigts. Son cerveau fit remuer l'autre main, puis ses orteils et ses pieds. On aurait dit du plomb. Mais il pouvait les bouger. Il se mit alors à gratter la masse froide et compacte. Au début timidement, comme un monstre qu'on n'ose pas trop titiller, et de plus en plus vite, il grattait fébrilement, avec toute l'énergie du désespoir. Sortir de là, ressurgir, revoir le ciel. Il sentit un à un ses ongles s'arracher, pourtant, les doigts en sang, il poursuivait frénétiquement son objectif. Tout à coup, ses mains heurtèrent quelque chose de dur et glacé. Plus dur que la chape de neige. Il parvint à ouvrir les yeux, juste deux fentes, par lesquelles il vit avec horreur se dessiner un visage. Des yeux fixes le regardaient et la bouche ouverte sur l'éternité de glace semblait l'implorer. À cette vue, il se mit à hurler, hurler à s'en briser la voix. Ce visage était le sien.

— Andoni ? Que se passe-t-il ? demanda Edonia, la tête dans l'embrasure de la porte de la chambre.

Antoine s'était redressé dans le lit, haletant et blême.

— Rien… C'était un cauchemar, Edonia, tout va bien, souffla-t-il.

Il respirait bruyamment et tentait de se calmer.

— Je t'ai entendu crier si fort…

— Ne t'inquiète pas, je vais aller boire un verre d'eau.

— Ne bouge pas, je te l'apporte.

— Non, merci, Edonia. J'ai besoin de respirer un peu dehors. Retourne te coucher.

— Te savoir dans cet état…

— Edonia, ça va aller, je t'assure.

La vieille femme s'exécuta à contrecœur et Antoine descendit boire de l'eau avant d'enfiler sa parka et de sortir sur le pas de la porte allumer une cigarette. Il avait arrêté un an auparavant, mais il avait toujours sur lui un paquet de secours. Ne pas y toucher au quotidien lui demandait un plus gros effort que le sevrage, mais le confortait dans sa détermination. Il ne le sortait que lors de circonstances exceptionnelles ou de stress extrême.

Parmi les noms des victimes, il y avait le tien. Les mots de la fille du maire résonnaient encore à ses oreilles et bourdonnaient dans sa tête. Mais ce n'était pas possible, ce devait être une erreur.

— Tu lui as dit que ça allait, alors que tu sais bien que non. La pauvre femme…

Lui, de nouveau, dans sa tête prête à imploser.

— Tu ne vas pas t'y mettre, Max. Pas maintenant.

— Tu mens à Edonia. Et à toi-même.

— Ça va aller, je te dis.

— Tu sais très bien que non. En venant vivre ici, tu as arrêté tes séances. Alors que tu en as plus que jamais besoin.

— Me fais pas la morale, Max. Tackian m'a dit que je pouvais l'appeler en cas d'urgence.

Antoine aspira tout au fond de ses poumons une dernière bouffée de cigarette et rentra. Une fois dans sa chambre, il sortit de la poche de son sac à dos l'enveloppe au pourtour noirci d'où il tira la lettre de son père. Il la déplia sous la lumière de la petite lampe de chevet. L'écriture paternelle, légèrement penchée à droite, aux caractères solides et tracés d'une main sûre, se déroulait sur une page et se terminait sur sa signature. Deux lettres enchevêtrées, V et M, pour Viktor Mendi.

Après une dernière hésitation, Antoine commença la lecture.

Mon cher fils,

Plus cher que ma vie. Je t'adresse ces quelques mots écrits avant notre ultime vol, ta mère et moi, vers la frontière espagnole. Vers ces montagnes que tu aimes tant. J'ai conscience que notre décision semblera incompréhensible aux yeux du monde, mais ce qui m'importe plus que tout est que toi, tu la comprennes.

Tout ce que j'ai construit, avec l'aide infiniment précieuse de ta mère, un petit empire d'hôtels et de casinos, était pour toi. Mais le destin en a décidé autrement et j'ai dû reconnaître mon échec, dû à un excès de confiance. Un homme en a particulièrement abusé, en nous portant le coup de grâce. Il a signé notre ruine. Je suis trop fier pour ne pas assumer mes erreurs. Tu sais combien j'admire la culture japonaise et ses traditions. Le suicide n'y est pas considéré comme une fuite. Au contraire, le hara-kiri, geste hérité du code d'honneur des samouraïs, est une manière de se retirer dignement après avoir perdu la partie ou le combat. Nous en avons longuement discuté avec ta mère, dont je n'ai pas trahi les convictions ni les souhaits. Elle a décidé de m'accompagner dans cet acte suprême. Avoir le contrôle absolu de notre vie est une liberté que personne ne peut nous contester.

J'ai fait en sorte que tu n'aies pas à hériter de mes dettes et de ma ruine, ce qui explique que tu n'aies pas eu d'héritage à proprement parler, en dehors de notre appartement à Toulouse et de la maison dans les Landes. Ce qui n'est rien, comparé à tout ce que je voulais te laisser.

Comme je l'ai demandé à ton grand-père, tu es majeur et tu peux enfin lire ces mots. Non pas que tu n'en aurais pas saisi le sens plus jeune, mais parce que c'est l'âge auquel tu as enfin accès à ce qu'il te reste d'héritage et que je ne veux pas qu'il soit entaché d'un mensonge qui sonnerait comme une trahison de tes propres parents. J'espère que tu me pardonneras de t'avoir livré aussi brutalement cette vérité avec laquelle il te faudra désormais vivre. Je ne te demande pas de nous pardonner ce que nous avons fait en âme et conscience. Ce serait présomptueux. Si le pardon vient un jour, ce ne sera que de toi et par toi seul. Quand tu seras prêt.

Tu ne pourras sans doute pas te recueillir sur notre tombe. De nous, il ne restera pas grand-chose, dans les débris de notre avion. Mais ce n'est que matériel. Un corps aussi. L'important est ce que tu garderas de nous en toi. Onze années d'amour. Un amour sans doute maladroit, mais réel et profond. Sois-en sûr. Parce que ce sera l'unique certitude au milieu de tous tes doutes et de toutes tes interrogations.

Adieu, cher fils, sois heureux et libre.

Ton père qui t'aime.

V. M.

Antoine relut la lettre trois fois. Elle était datée du 16 janvier 1999, la veille du crash. Puis il la rangea dans la poche de son sac à dos. Il ne ressentait rien, rien d'autre que le froid de la neige qui avait recouvert son visage comme un masque.

Il reçut l'appel de Flores sur son portable vers 6 heures, à peine sorti de la douche. Elle lui demandait de venir au plus vite, un homme ayant été retrouvé dans sa grange, une fourche plantée dans le cœur.

17

Fin janvier 2023, dans la forêt

La nuit était déjà bien installée lorsque Miren reprit le chemin du lac de la Bête. Raquel et les autres devaient s'inquiéter. Peut-être même la cherchaient-ils dans la montagne. Ou bien pensaient-ils qu'elle était partie vers ses rêves. Elle n'avait toujours pas bu une goutte d'eau depuis l'hôpital, avait mal à la tête et le ventre vide. Elle n'aurait pas les forces nécessaires pour parcourir les dix kilomètres jusqu'à la forêt, de nuit, dans une neige aussi épaisse. Aucune route praticable en voiture ne reliait directement la forêt. Sans raquettes, même avec ses cinquante-deux kilos, elle s'enfoncerait dans la neige jusqu'aux genoux.

À un kilomètre de la sortie du village, elle s'était sentie près de tomber, lorsqu'elle avait aperçu la ferme éclairée et la grange attenante. Elle s'était avancée prudemment, avait attendu un peu et, priant pour que la porte de la grange ne soit pas verrouillée, s'était glissée à l'intérieur. À tâtons, elle avait senti la paille sèche sous ses doigts, avait trébuché sur un objet qui y était à moitié enfoui et, constatant que le lieu était désert, avait arrangé la paille en un nid confortable pour y passer la nuit. Mais malgré sa fatigue, ses sens étaient restés en éveil. Cet instinct l'avait sans doute sauvée, lorsque, les étoiles faiblissant dans une nuit qui s'estompait peu à peu, la porte de la grange s'était ouverte et que quelqu'un était entré, allumant la lumière. Il avait trouvé Miren, tirée d'un demi-sommeil par le bruit des pas, assise dans la paille, au fond de la grange, son bonnet vert enfoncé sur les oreilles, l'air harassé.

— Oh oh ! En voilà une bonne surprise ! s'était exclamé l'homme, vêtu d'un bleu de travail et de bottes, les mains calleuses, rompues aux travaux extérieurs, tendues vers elle. Ça fait un bail que je me suis pas vidé les couilles dans un vrai trou ! Viens là, ma belle… Viens voir tonton… Tu veux que je te dise, t'es un cadeau du ciel…

Tout en parlant, il avait descendu sa braguette et sorti une verge déjà presque à la verticale tant il bandait.

— N'aie pas peur… Je vais pas te faire mal, au contraire, que du bien ! Mais pour ça, faut me laisser faire, hein, sinon tonton va se fâcher… parce que tonton, il aime pas les mauvaises filles…

Il marchait droit sur elle, bien décidé à tenir sa promesse. Non, pas ça, pas encore ça… Sans le quitter des yeux, Miren avait senti sous sa main le manche de la fourche sur lequel elle avait trébuché. Ses doigts s'étaient refermés autour et, aussi leste qu'un félin, elle s'était relevée d'un bond, alors que l'homme était déjà presque sur elle. Empoignant la fourche à deux mains, en même temps qu'un cri de rage s'échappait de sa gorge, elle lui avait enfoncé les quatre pointes dans la poitrine, au niveau du cœur. Dans un regard incrédule, se demandant ce qui lui arrivait, le souffle saccadé, l'homme avait tenté d'extraire la fourche de sa chair, mais Miren, transformée en furie, l'écume aux lèvres, n'avait pas relâché la pression. La grande carcasse s'était écroulée à ses pieds, le cœur et les poumons transpercés, un mince filet de sang coulant de la bouche.

Recroquevillée au fond de son lit, les paupières gonflées à force d'avoir pleuré, traversée de frissons comme d'autant de flèches, Miren repensait à tout ça. Malgré le soulagement d'être rentrée entière et d'avoir retrouvé Raquel et son sourire, elle ne pouvait s'enlever cette scène de l'esprit. L'homme et son membre dressé s'apprêtant à se jeter sur elle, stoppé net dans son élan par les quatre pointes de la fourche.

Devant le spectacle de la mort à ses pieds, une mort qu'elle venait de provoquer pour que son corps et son intimité ne soient pas souillés par cent kilos de crasse et de mauvaiseté, Miren s'était enfuie en courant à perdre haleine. Son bonnet avait disparu, sans doute dans la grange, mais il n'était pas question de retourner le chercher.

Miren la rêveuse était, en deux jours, devenue Miren la haineuse et la meurtrière. Voilà comment on lui avait pris sa virginité. Du moins celle de son âme. De ses rêves et de ses illusions. Que lui voulaient ces hommes ? Pourquoi s'en prenaient-ils à elle ? Parce qu'elle était une femme ? Ou bien parce qu'elle était cette femme-là ? À qui rêver était interdit. Qui n'avait pas encore couché. Les prédateurs flairent la pureté, elle les attire, ils reniflent la vierge à des kilomètres. Cours, Miren, cours…

Mais, à bout de forces, arrivée près du lac où Nuage avait été tué, elle s'était écroulée dans la neige et dans la lumière naissante. Très haut, au-dessus d'elle, dans le rose pâle du ciel, tournoyaient deux aigles dont le cri strident lui avait fait l'effet d'un encouragement. Elle aurait tant voulu être à leur place, libre de voler, loin, au-delà des montagnes, d'observer le monde de là-haut, là où il n'y avait ni limites ni frontières matérialisées par des murs ou des barbelés.

C'était Noah qui l'avait trouvée là, dans un état proche de l'hypothermie, déshydratée, presque inconsciente. Il l'avait hissée sur son traîneau qu'il avait tracté jusqu'à la forêt, jusqu'aux chalets de sa communauté. Il était de ceux qui n'avaient pas cessé les recherches.

Depuis son retour, Miren était couchée dans la chambre voisine de Raquel, avait accepté de boire de l'eau, mais, à part quelques cuillerées de bouillon, avait refusé de s'alimenter et ne cessait de pleurer. Revoir l'endroit où son loup avait été lâchement assassiné sous ses yeux l'avait terrassée, et l'image de l'homme agonisant dans la paille ne la quittait pas non plus.

— Tu es sûre que tu ne veux pas me raconter ce qui t'est arrivé ?

La voix douce et rassurante de Raquel, sa moitié d'âme, assise près d'elle sur le lit, sa main sur la sienne. Sœurs pour toujours. Tel avait été leur pacte, toutes petites déjà. Ne jamais laisser quiconque ni quoi que ce soit les séparer. Jusqu'à présent il avait été respecté. Mais Miren s'obstinait dans son silence et ses larmes. Raquel sentit qu'il était préférable de ne pas insister et se retira, dans l'espoir que son amie trouverait le sommeil malgré ce qui semblait l'accabler.

Ce ne fut qu'en début de soirée que Miren se décida à parler. Elle raconta tout à Raquel. La mort de Nuage, le coup de crosse qu'elle avait reçu à la tête en voulant le venger, le séjour à l'hôpital qu'elle avait écourté, le type au 4×4 bleu qui semblait la chercher et qu'elle avait revu au village, la scène tragique de la grange.

Raquel l'écouta sans l'interrompre, au bord des larmes à l'évocation de la mort de Nuage puis de la brute qui avait eu l'intention de violer son amie, mais également très secouée à l'idée que Miren aurait pu mourir, elle aussi.

— Tu dois tout raconter à l'Espada, Miren, lui dit-elle. Tout ce que tu viens de me dire. Elle prendra la décision qui convient.

— Du genre ? M'enfermer encore plus ?

— Ne vois pas les choses comme ça…

— Tu n'as qu'à lui dire, toi. Je n'ai pas envie de la voir.

D'un air boudeur, Miren se referma comme une huître. Raquel alla trouver l'Espada et lui fit le récit de ce qui était arrivé à sa sœur de cœur.

Lorsqu'elle revint, Raquel trouva Miren assise devant la cheminée, les yeux perdus dans les flammes, en train de ronger un quignon de pain rassis.

— Tu ne préfères pas manger autre chose ?

— Je n'ai rien d'autre…

— J'ai fait une soupe.

Miren tourna la tête vers son amie. Elle avait cessé de pleurer et son visage était plus détendu. Pourtant, dans son regard suintait quelque chose de nouveau, une gravité qu'elle n'avait jamais connue.

— Alors ? Qu'est-ce qu'elle a dit ?

— Ça ne va pas te plaire, mais je pense qu'elle a raison et que c'est pour ton bien. Elle a vraiment réfléchi, tu sais. Elle s'est tue un bon moment.

Miren la toisa sévèrement.

— Qu'est-ce qu'elle a dit, Raquel ?

— Que, pour quelque temps, tu devrais partir.

— Où ça ?

— De l'autre côté de la frontière. Au pied du mont Perdu. Là où vit le Messager. L'Espada le connaît bien. Tu y seras en sécurité. Ici, ils risquent de te retrouver.

— Ils ?

— Ceux d'en haut. Celui que tu as vu quand tu es sortie de l'hôpital et plus tard, au village, avec son 4 × 4 bleu, c'est un gendarme. S'il s'est arrêté en t'apercevant, ça veut dire qu'ils te cherchent. Mais tu n'avais encore tué personne. Là, c'est différent, Miren. Si tu te sens enfermée ici, ce n'est rien comparé à la prison.

— C'est elle qui t'a dit ça ?

— Oui, et je la crois. Elle a vécu plus que nous et elle sait des choses qu'on ignore.

— J'ai empalé ce type pour me défendre, Raquel ! Je n'allais pas me laisser…

— Je sais, mais tu l'as tué. Et il y a des lois contre ça. On part demain matin, Miren. Tu dois te tenir prête et être reposée. Il y a trois heures de marche et ça grimpe.

— Qui ça, « on » ?

— C'est Noah qui va t'emmener. Et je viens avec vous.

18

1er février 2023, au village

Antoine retrouva sa supérieure et Ramon à la gendarmerie. Ils partirent dans la même voiture tous les trois pour se rendre à la ferme. Le fils de la victime, un certain Manuel Sartola, les accueillit assez fraîchement.

Antoine nota l'absence d'une quelconque tristesse sur son visage. À l'intérieur, dans une forte odeur de paille et de mort, l'ampoule nue qui pendait de la charpente éclairait une scène qu'il ne serait pas près d'oublier. Un homme de haute stature, solidement bâti, gisant sur le dos, une fourche plantée dans la poitrine, qui tenait encore à la verticale.

— On ne l'a pas raté…, fut le premier commentaire de Flores.

— Le daron était une sale brute, je vais pas le regretter, mais si vous pouvez trouver le fumier qui l'a embroché, ce serait une bonne chose, fit Sartola junior en crachant de côté, les mains dans les poches de son pantalon. Surtout si c'est un de ces salopards de militants antichasse.

— Votre père était chasseur, supposa la capitaine.

— Vous en connaissez beaucoup, vous, qui ne le sont pas, dans le coin ?

Flores le fusilla du regard. Elle ne connaissait pas personnellement les Sartola, mais en avait entendu parler. Et pas forcément en bien. Il se disait qu'ils étaient mêlés à des trafics en tous genres. D'armes, notamment, avec le Pays basque. Mais il n'y avait jamais eu aucune preuve.

— Malheureusement non, répondit-elle froidement. Lieutenant Mendi, je vous laisse inspecter les lieux pendant que José et moi interrogeons monsieur.

En dehors de la gendarmerie et des moments informels entre collègues, la capitaine s'adressait toujours à ses équipiers avec respect et utilisait le vouvoiement. « Le linge sale se lave en famille, ça marche pour le nôtre aussi », disait-elle. Pour cela, elle avait hérité du meilleur de son père, lui-même autrefois capitaine de gendarmerie : discipline et rigueur.

— À mon avis, on peut tout de suite abandonner la piste des militants, déclara Antoine, penché sur le cadavre. À moins que ce ne soit une militante…

Suivant des yeux l'index d'Antoine, pointé sur le sexe de Sartola qui sortait de son pantalon.

— En effet… Bon, allons-y, je vous suis, monsieur Sartola.

Elle quitta la grange avec Ramon, précédée du fils, dont l'attitude paraissait un peu trop désinvolte face à la situation.

Alors que Flores procédait à l'interrogatoire dans une vaste salle à manger aux murs recouverts de trophées de chasse et de photos de famille, Antoine explorait la grange à la recherche d'indices. Ne trouvant rien d'intéressant, il revint sur ses pas et s'accroupit à côté de la victime. Le fermier était visiblement tombé à la renverse, repoussé par la fourche plantée dans son corps. Antoine scruta donc le sol devant lui, là où la paille avait été remuée. Son attention fut soudain attirée par quelque chose qui était à moitié enfoui. Quelque chose de vert vif. Il savait déjà de quoi il s'agissait avant de faire émerger l'objet de sous la paille. Un bonnet vert en laine. Identique à celui de l'inconnue qui lui avait échappé à deux reprises. Il alluma la torche de son smartphone en la pointant sur le bonnet retourné. Quelques cheveux dorés y étaient collés. Son cœur bondit dans sa poitrine. Absorbé par sa découverte, il entendit les voix de Flores et du fils Sartola au moment où ceux-ci entraient dans la grange, suivis de Ramon. Sans réfléchir, il fourra le bonnet dans la poche de sa parka et se leva en secouant les brins de paille accrochés à ses manches et à ses gants.

— Tout va bien, lieutenant ? demanda Flores, le fixant d'un regard insistant. Vous n'avez pas l'air dans votre assiette.

— Si, si, mon capitaine… C'est juste que la compagnie d'un mort n'est pas des plus agréables.

— Surtout un connard comme lui, renchérit le fils dans un nouveau crachat de côté.

— Monsieur Sartola, je vous demanderai un peu de respect, si ce n'est pas pour votre père, au moins pour le mort qu'il est, le somma Flores sèchement.

— Il en avait pour personne, du respect, même pas pour sa femme et ses enfants.

— Ce n'est pas une raison. Vous n'avez rien trouvé d'intéressant, lieutenant Mendi ?

— Non, rien du tout. À part ces marques et ce creux, là, dans la paille. Comme si quelqu'un y avait dormi ou s'y était caché.

— Sartola l'aurait surpris, alors…, risqua Ramon.

— Les rôdeurs, il détestait, le daron. Mais s'il avait vraiment entendu du bruit dans la grange, il aurait pris son fusil. Alors que là, il avait dû se lever comme chaque matin pour aller chercher de la paille ou des outils.

Antoine et Flores tournèrent la tête de concert vers le fils Sartola.

— Et il est tombé sur quelqu'un qui s'était introduit ici pour la nuit, en déduisit Flores. Quelqu'un qui ne s'est pas laissé impressionner… Ou bien qui a eu très peur d'être agressé sexuellement, une femme, peut-être…, renchérit-elle en jetant un regard à Antoine. Un regard qu'il n'aima pas.

— Bon, nous en avons fini, monsieur Sartola, rien à ajouter ?

— Il va rester dans la grange ?

— Bien sûr que non. Il va être autopsié. Afin de déterminer s'il n'y a pas de traces de coups ailleurs et si c'est bien, comme on le pense, la fourche qui a causé sa mort. Un examen approfondi et des analyses permettront ensuite d'identifier d'éventuelles traces d'ADN de l'agresseur, un homme ou une femme. Je vous demanderai, tant que l'enquête est en cours, de rester à notre disposition et de ne pas quitter la région.

— Où vous voulez que j'aille ?

— Le monde est vaste…

Le retour à la gendarmerie se fit en silence, Ramon et Flores réfléchissant à l'enquête qui se profilait et Antoine ne pensant plus qu'à une chose, retrouver cette fille avant que Flores ne remonte jusqu'à elle.

19

1er février 2023, près du bois de feuillus

Faisant fi de la trêve hivernale, Mathias Dangles partit chasser avec deux autres bergers. Sentir le bois et le métal de son fusil dans ses paumes et sous ses doigts le rassurait. Mais, ce jour-là, ce n'était pas le loup qu'ils traquaient. Un pâtre avait repéré un chevreuil qui avait eu le malheur de pointer le bout de son museau à l'extrémité de son pré, sans doute en quête de nourriture.

Ils étaient partis avant le lever du jour et s'éclairaient à la frontale. En bordure des champs enneigés, vers le cimetière aux Chênes, commençait le bois de feuillus, la *mata*. Sans doute le refuge du chevreuil. Ils y pénétrèrent avec un crissement feutré, s'enfonçant dans la couverture neigeuse jusqu'aux mollets, les yeux rivés au sol, à l'affût des premières empreintes de sabots. Mais les trois chasseurs eurent une autre surprise, beaucoup moins excitante.

Un mot apparut dans le cercle de leur frontale, avec des lettres couleur rouge sang, tracées à la bombe sur la neige : « TUEURS ». Puis un deuxième, un peu plus loin : « MEURTRE ». Et un troisième : « ORDURES ».

Les mots se succédaient sans relâche, menaçants, résonnant comme une sentence.

— Ils vont nous emmerder encore longtemps, ces malades ! rugit Mathias en se précipitant sur l'un des tags pour le piétiner. C'est du harcèlement !

— Justement, ils jouent là-dessus et avec nos nerfs.

— Faut pas leur montrer qu'ils ont réussi…

— Ils ont rien réussi du tout ! tonna Mathias.

Soudain, un son se fit entendre, suivi d'un autre, plus proche. Le premier était celui d'un carillon et le second, une conserve métallique. Un nouveau son retentit, sur leur droite. Puis un quatrième, cette fois sur leur gauche. Bientôt, tout le bois se mit à résonner de sons métalliques creux, de cloches et de carillons. Ceux d'une armée invisible.

— Qu'est-ce que c'est ? souffla l'un des chasseurs en serrant son fusil.

— Ah, ils veulent jouer…, lâcha Mathias entre ses dents, faisant volte-face en direction d'un son de cloche plus proche que les autres. Sauf qu'à côté d'un fusil, un carillon, ça fait pas le poids !

Il arma, épaula et tira en direction du bruit. La détonation retentit dans la pénombre, suivie d'un court silence. Mais l'orchestre des bois reprit aussitôt de plus belle. Le jour se levait, cependant pas assez pour dissiper la demi-obscurité dans laquelle glissaient, furtives et agiles, des ombres dont les bergers peinaient à distinguer les contours. Au-delà du tintamarre, Mathias sentait leur présence autour d'eux, derrière, devant, sur les côtés. Les deux autres bergers, dos à dos, se mirent à tirer au hasard. Une balle, une deuxième, une troisième… À la septième, lâchée par Dangles, un cri terrible jaillit du tapage. Un cri de douleur qui fit frémir les trois hommes malgré eux, en même temps qu'un sentiment de victoire mêlé d'incrédulité les traversait.

— Carton ! ricana Mathias en rechargeant son fusil. Ah, ils veulent jouer... Eh bien, on va jouer...

— Moi j'arrête, je me tire d'ici, dit le plus âgé des trois. Ça va mal finir. C'est peut-être déjà le cas... Imagine, si tu as blessé ou tué quelqu'un, là... Juste pour une grosse blague.

Dangles le toisa d'un regard sombre, sous sa frontale.

— T'appelles ça « une grosse blague » ?

— Ils n'ont pas d'armes, Mathias ! Que des cloches et des casseroles !

— Ils l'ont cherché ! Mais vas-y, casse-toi ! Continue à te laisser faire ! Et tes bêtes, grâce à qui elles vont être tranquilles, hein ? Pas grâce à toi, ça c'est sûr ! cria-t-il au berger qui s'éloignait déjà dans un haussement d'épaules.

— Et toi ? Tu fais quoi ? T'es avec moi ou avec le sans-couilles ? demanda-t-il à l'autre, silencieux et indécis.

— Il a peut-être raison...

Le vacarme avait subitement cessé. Dangles crut apercevoir une silhouette blanche courir d'un arbre à un autre, en direction du cri. Suivie d'une autre.

— Il vaut mieux partir d'ici, Mathias, Pasqual a raison. J'ai pas envie de finir derrière les barreaux. Pense à tes enfants, à Inès.

À contrecœur, Mathias cassa son fusil et acquiesça, résigné et minoritaire. Pour cette fois. Ils rebroussèrent chemin d'un pas rapide et sortirent du bois. Parvenus à un croisement, ils se séparèrent. Mathias arriva une vingtaine de minutes plus tard chez lui.

Il retira ses bottes, sa parka et son bonnet, qu'il accrocha dans l'entrée près de son fusil, enfila ses charentaises en peau de mouton retourné et, après un rapide baiser sur le front de sa belle-mère assise sur son fauteuil roulant devant la cheminée, retrouva Inès dans la cuisine, qui s'affairait autour des marmites.

— Salut… Où sont les enfants ? On ne les entend pas.

— Clara est dans sa chambre, elle fait ses devoirs. Josu et Yannick sont partis avec Ekain, dit-elle sans un regard pour son mari, tout en portant une cuiller de soupe à sa bouche.

Mathias sentit ses jambes flageoler.

— Ekain ? répéta-t-il, hébété.

Inès leva la tête et le regarda, surprise par les trémolos perceptibles dans sa voix.

— Ben quoi ? T'as l'air étonné ? Il m'a dit que t'étais au courant…

— Oui, oui, mais j'avais oublié, répondit Mathias d'une voix blanche. Il t'a dit où ils allaient ?

— Il est passé les prendre en voiture, je crois qu'il a parlé d'un glacier… le *seilh* de la Piche[1], en face du mont Perdu. Et toi ? Où t'étais ?

— Chez Pasqual. Je vais essayer de les rattraper.

— T'es sûr que ça va, Mat ? T'as l'air bizarre.

— Je te dis que ça va.

Il attrapa ses raquettes, ses jumelles et décrocha son fusil au passage. Il allait en avoir besoin.

1. Glacier de la Cascade.

20

1er février 2023, à la gendarmerie

— Tu sais ce que ça peut te coûter, d'avoir dissimulé une pièce à conviction, Mendi ?

Ses pieds étaient attachés à ceux d'une chaise, ses mains derrière son dos. Il était dans un sous-sol froid et humide éclairé d'une simple ampoule nue. Penché au-dessus de lui, le visage de Flores, déformé par la colère, une veine dilatée lui barrant le front à la verticale.

— Tu vas répondre ? Pourquoi tu veux la protéger ?

Mais aucun son ne sortait de la gorge rétrécie d'Antoine. Flores l'avait surpris à son bureau, en train de respirer le bonnet vert de la fille, pour se remplir du parfum de ses cheveux. Il avait compromis sa carrière pour elle. Une inconnue.

— Tu te rends compte, au moins, de ce que tu as fait ? Moi qui t'ai donné ma confiance ! Vas-y, Ramon, rafraîchis-lui la mémoire et les idées…

L'eau glacée le fit suffoquer encore une fois. Elle lui entrait par le nez et la bouche tandis que la main de Ramon appuyait sur sa tête pour la maintenir dans un seau. C'était la troisième fois. Et Flores continuerait tant qu'il ne se déciderait pas à avouer.

— Dis-lui pourquoi tu as caché ce bonnet… tu ne vas pas pourrir en prison pour cette fille !

Max… ta gueule… À ce rythme, il ne tiendrait plus longtemps. Il n'eut que le temps de happer un peu d'air, avant que Ramon lui enfonce de nouveau la tête dans le seau rempli d'eau et de glaçons. Il voulut se débattre, résister à la poigne de son collègue, échapper à l'asphyxie.

Sur le point d'étouffer, il se sentit tiré par les cheveux en arrière et aspira un grand coup. C'est à cet instant qu'il se réveilla, étourdi par le réalisme effrayant de son cauchemar. Il était assis à son bureau, face à son ordinateur en veille. Les événements lui revinrent peu à peu. Après une bonne partie de la journée passée à organiser le transport du corps de Manuel Sartola à Bagnères-de-Bigorre pour une autopsie, tous étaient rentrés, sauf lui, qui avait dit à Flores vouloir faire quelques recherches sur le crash. N'ayant pas le Wi-Fi chez ses grands-parents, il avait obtenu de la capitaine l'autorisation d'utiliser le réseau de la gendarmerie, mais avec son ordinateur portable personnel.

En réalité, ses recherches portaient sur ce qui avait été considéré comme une conséquence du crash, l'avalanche qui avait fait onze victimes. Un groupe parti à l'assaut du glacier du mont Perdu en janvier 1999. Des victimes parmi lesquelles, d'après Astrid Hirigoyen, il figurait. Il avait onze ans à l'époque. Le problème était qu'il n'avait aucun souvenir de cette expédition. Pourtant, il faisait ce cauchemar récurrent dans lequel, enseveli sous une masse de neige, il voyait son propre visage.

Le sommeil avait fini par le surprendre, le plongeant dans l'eau glacée de sa propre culpabilité vis-à-vis de

Flores. Mais il était bien décidé à ne rien dire de sa découverte dans la grange et à retrouver la fille.

Il mordit dans un sandwich qu'Edonia lui avait préparé à la hâte le matin et se remit à ses recherches. Il trouva deux articles de la presse régionale faisant état de onze victimes lors d'une avalanche dans les parages du mont Perdu, mais aucun nom n'était mentionné. Peut-être aurait-il plus de réponses à la mairie. Peut-être pourrait-il tirer parti de sa rencontre fortuite avec la fille du maire… Après tout, c'était elle qui lui avait dit avoir vu son nom sur la liste des victimes… mais combien de verres avait-elle bus ? En attendant, elle avait bien vu la liste quelque part. Il devait absolument savoir où.

Lassé de ne pas obtenir le moindre résultat, Antoine éteignit son ordinateur et le fourra dans sa housse avant de sortir. Il était 21 heures passées et la nuit était déjà profonde. À deux cents mètres de la gendarmerie se trouvait le bar où il avait rencontré Astrid Hirigoyen. La housse d'ordinateur en bandoulière, il s'y dirigea. La petite table derrière la baie vitrée l'attendait. Le café était bondé à cette heure, entre les consommateurs d'alcool au comptoir et ceux qui finissaient de dîner, mais les deux tables duo étaient libres.

Il avait à peine commandé la même bière que la dernière fois qu'une voix familière l'interpella dans son dos. Regardant par-dessus son épaule, il vit Astrid, souriante, cette fois vêtue d'un jean moulant et d'un pull rouge large qui tombait sur le côté, lui découvrant une épaule. Elle lui parut étonnamment plus séduisante que l'autre soir.

— Je peux ? demanda-t-elle sans attendre la réponse pour prendre place en face d'Antoine.

— On dirait que tu n'as pas besoin de ma permission, sourit-il.

— Je crois que je pourrais attendre encore un moment, avec un ours dans ton genre ! Un vrai ours des Pyrénées…

— Même un ours des Pyrénées doit se méfier de la louve.

— Un ours qui a de la repartie, s'esclaffa-t-elle. Ça me plaît ! Et tu as l'air déjà accro à l'Aoucataise… Contente de te revoir, en tout cas. Au fait, tu ne m'as toujours pas dit ce que tu fais ici… je veux dire, ton boulot, c'est quoi ?

— Ah… la question qui tue…, soupira-t-il. Au départ je suis chasseur alpin et j'ai été muté ici, à la gendarmerie rurale. En tant que lieutenant.

— Eh bien… pour une nouvelle…

— Il y a un problème ?

Malgré un air qu'elle voulait détaché, Astrid sembla tout à coup tendue.

— Non, enfin… c'est comme si tu annonçais à une vegan que tu manges du bœuf.

— C'est le cas aussi. Pourquoi ? Tu es vegan ?

— Perspicace, lieutenant.

— Extrémiste ?

Astrid leva les yeux au plafond.

— Pourquoi vegan doit forcément aller de pair avec extrémiste ?

— Reconnais que vous avez des positions plutôt radicales. Vous vous en prenez aux bouchers, alors qu'il faudrait plutôt aller à la source. Les élevages, les abattoirs…

— C'est ce que nous faisons aussi. Sauf que c'est moins facile. Ce ne sont pas nos positions qui sont radicales, c'est ce monde qui méprise les espèces autres que la sienne. Pour nous, toute vie se vaut, qu'elle soit humaine, végétale ou animale. Aucune hiérarchie, ni priorité. Ça ne me paraît pas trop demander. J'espère que tu n'es pas un chasseur, toi aussi…

— Non, pas de risque. Je ne fais que consommer. Pour tout te dire, j'espérais te rencontrer ce soir, mais pas pour débattre de ça, dit Antoine.

— Là, ça commence à m'intéresser, dit-elle avec un petit sourire, soudain plus détendue.

— L'autre soir… ce que tu m'as dit, c'est vrai ou bien tu me faisais marcher ?

La jeune femme le regarda d'un air interrogateur.

— Que mon nom faisait partie de la liste des victimes de l'avalanche de 1999. J'ai fait des recherches sur le Net et je n'ai rien trouvé.

— Ah… Moi qui croyais que tu voulais me revoir pour mes beaux yeux… On ne trouve pas tout sur le Net. C'est mon père qui a la liste. Si tu veux, je peux t'en faire une copie. Mais après réflexion, je pense plutôt qu'il y a eu une confusion sur ton nom. Ou alors tu es un miraculé. Ce qui me semblerait bizarre, vu que les onze victimes ont disparu et que les deux seuls survivants sont d'ici.

Antoine se raidit instantanément.

— Tu sais qui c'est ?

— Non, mais je peux essayer de le découvrir. Je n'étais pas au village quand ça s'est passé. Mes parents ne s'entendaient plus, ils n'arrêtaient pas de s'engueuler. Ma sœur aînée et moi avons été envoyées à l'internat à Tarbes.

— Et ta sœur, elle vit où ?

— Elle n'a jamais voulu revenir dans le coin. Elle vit à Toulouse, avec une femme.

— En effet, ici, ça aurait été un peu plus compliqué.

— Avec tous ces arriérés, tu m'étonnes. À commencer par mon père.

— Ce n'est pas la grosse entente entre vous non plus, on dirait.

— Quand on dit que les chiens ne font pas des chats… eh bien si, ça arrive. En fait, je dois tenir mes qualités de ma mère. D'ailleurs, elle s'est barrée dès que j'ai été majeure. Ce qui, avec un type comme mon père, est déjà une qualité. Elle s'est remariée et… elle est morte d'un cancer. Fin de l'histoire.

— Je suis désolé.

— Mon père aussi, s'est remarié. Avec une de ses cousines.

— Et toi ? Pourquoi tu es restée, alors, dans ce village d'arriérés, comme tu dis ?

— Parce qu'il y a beaucoup à faire, pour l'environnement, les espèces protégées, le loup, l'ours… c'est mieux d'être sur place. Et puis… j'ai connu le grand amour, ici.

Antoine la regarda avec curiosité en reposant sa pinte.

— Et ça aussi, c'est du passé ?

— Quand je suis partie à l'internat, la séparation a été très dure. Un vrai déchirement. On a pris des chemins différents. Voire opposés. Il s'est marié et je suis restée célibataire. Il est chasseur et je suis antichasse et vegan. Pour tout te dire, c'est Émeric, le fils de Joshua, le patron de ce bar.

Antoine resta quelques secondes interdit, la bouche ouverte.

— Tu es restée ici pour lui, un type qui chasse… et tu fréquentes le bar familial ? Tu ne serais pas un peu maso sur les bords ?

— Ce n'est pas si simple. De toute façon, l'amour n'est pas une chose simple. Au fond, je suis comme mon père, enracinée. Et mes racines sont ici, au pied de ces montagnes. Tu ne veux pas plutôt qu'on poursuive cette conversation chez moi ? C'est juste à la sortie du village.

C'était une proposition à peine voilée qu'Antoine accepta sans ciller. Ils partirent ensemble dans la petite voiture d'Astrid, un véhicule électrique rouge, de marque française, qui roulait sans un bruit. Alors qu'elle avançait vers l'entrée de son chalet, Astrid appuya sur le frein, livide. Là, devant eux, dans la lumière des phares, empalée sur un piquet métallique planté dans la neige, la tête ensanglantée d'un chevreuil dont les yeux exorbités semblaient les supplier de l'épargner.

21

1er février 2023, dans la montagne

Comme prévu, ils furent prêts à partir dès 6 heures pour une marche qui leur prendrait sans doute toute la matinée. Initié par le Vieux, Noah connaissait très bien cette partie de la montagne ainsi que le meilleur passage de la frontière espagnole vers le mont Perdu, qui leur permettrait d'éviter les douanes volantes. Le Messager ne quittait jamais le hameau abandonné qu'il habitait, mais une fois par an, Ceux de la forêt le retrouvaient dans la montagne pour célébrer Abellio, dieu du Soleil et du Vent, dont le culte remonte au moins au XVIe siècle. Dans les croyances bien entretenues et cultivées par l'Espada, le Messager aurait été envoyé par Abellio et serait le seul lien vivant avec les dieux. En revanche, pour la plupart de ceux qui l'avaient croisé, il ne s'agissait que d'une sorte d'illuminé ou d'un vieil ermite un peu dérangé.

Dans leurs sacs à dos chargés du matériel nécessaire à l'ascension, l'Espada leur avait fait prendre une offrande pour remercier le Messager d'accueillir la fugitive.

Depuis leur départ, Miren se murait dans un silence obstiné. Raquel lui avait donné un des bonnets qu'elle tricotait elle-même, encore plus chaud que le vert. Noah marchait devant, pas plus bavard, les deux sœurs de cœur le suivaient. Tous trois avaient dû fixer des raquettes à leurs bottes et mettre des frontales pour sortir de la forêt. Ils étaient également équipés de crampons pour les passages gelés les plus abrupts. Le temps s'annonçait clair et ensoleillé. Abellio était avec eux. Raquel avait annoncé à sa sœur trois bonnes heures de marche – en réalité, au rythme qui était le leur, ils en auraient pour au moins le double. Pourtant, ils devaient absolument arriver au hameau avant la nuit. C'est-à-dire avant 16 heures. Au cas où ils seraient retardés, ils avaient emporté deux tentes. Il n'y avait qu'un seul refuge sur le chemin et il n'était pas garanti qu'ils l'atteignent d'ici la nuit.

Au bout d'une heure, ils arrivèrent au pied de la chaîne montagneuse qu'ils allaient devoir franchir pour gagner le massif du Marboré par la vallée d'Estaubé. Miren n'avait pas desserré les dents. L'angoisse qui l'avait prise à la vue des sommets et des crêtes d'un blanc flamboyant, irisés là où les rayons du soleil caressaient la roche nue, ne cessait de croître et de lui comprimer la poitrine.

Elle s'arrêta brusquement.

— Je ne veux pas y aller, je ne peux pas.

— Noah, attends ! cria Raquel en revenant près de son amie. Miren, il faut avancer. Si tu renonces, ils risquent de te retrouver…

— Ils n'iront certainement pas me chercher dans la forêt…

— Tu n'as pas idée… Ils iront partout ! Ce sont des chasseurs, de véritables prédateurs… Viens, on ne doit pas traîner.

— Je ne suis pas coupable ! Il m'aurait… il m'aurait…

— Je sais, Miren, dit Raquel doucement. Mais le résultat est là. Même si c'était une ordure et un sale violeur, tu as tué un homme.

— Et si je refuse de continuer ?

— Qu'est-ce qui se passe encore ? Il faut avancer, on a tout le cirque et le vallon à traverser !

Noah redescendait vers elles, avec une irritation visible.

— C'est Miren, lui souffla Raquel, elle dit qu'elle ne veut pas y aller.

— Et tu le dis au bout d'une heure de marche ? gronda-t-il.

— Je l'ai déjà dit hier ! Mais il faut toujours obéir à l'Espada !

Noah s'approcha d'elle. Tout près, trop près.

— C'est pour toi qu'on y va, Miren, tu sais ça ? siffla-t-il entre ses dents. Et si tu restes, on risque d'être tous dans la merde ! C'est juste le temps que ça se tasse. Qu'à force de pas te trouver, ils abandonnent les recherches.

— Tu seras en sécurité, avec le Messager. On reviendra te chercher dans quelques semaines. Peut-être avant.

— Tu promets, Raquel ?

— Craché !

Ce mot, comme quand elles étaient petites. Un pacte gravé dans leur chair de sœurs de cœur. Péniblement, mais un peu soulagée, Miren se remit en route, encouragée par Raquel qui restait à ses côtés, tandis que Noah reprenait la tête.

Ils progressèrent encore une heure et, arrivés à

l'entrée de la haute vallée glaciaire d'Estaubé, firent une pause, dans la lumière encore pâle du soleil matinal.

— On va passer par le Port neuf et la brèche de Tuquerouye, dit Noah en mordant dans la galette de pain au fromage de brebis préparée par l'Espada. On s'arrêtera au refuge. On a déjà pris trop de retard.

Dix minutes plus tard, ils reprirent leur chemin en direction du cirque de Pineta. Ici, la nature semblait être restée telle qu'elle devait être à ses origines. Intacte, vierge, abritant dans ses rochers, ses lacs et ses cavernes une faune riche bien que discrète en cette saison. D'énormes pierres, comme jetées dans une partie de dés géants, émergeaient çà et là de la couche neigeuse, se mêlant au relief sur lequel poussaient des hêtres vigoureux au milieu d'une végétation de montagne aux teintes fauves. En hauteur se découpaient les crêtes dénudées où l'herbe se raréfiait en même temps que l'oxygène, aussi saillantes que les os de la carcasse abandonnée d'un dinosaure.

À l'avant, Noah humait l'air dont l'humidité et les odeurs lui permettaient d'anticiper l'arrivée de la pluie ou, plus certainement, de la neige. Tous les trois savaient à quelle vitesse le temps pouvait virer en montagne. Un ciel ensoleillé l'après-midi n'offrait pas la garantie d'un horizon embrasé le soir. Aucun randonneur n'était à l'abri du *boucharo*[1] ou, pire, d'un tourbet[2].

Ils atteignirent l'extrémité du cirque de Pineta et attaquèrent les lacets avant de franchir des terrasses

1. Vent pluvieux.
2. Cyclone.

rocailleuses. Noah se repérait à la forme du relief, d'une richesse et d'une variété saisissantes, entre cirques, belvédères naturels, canyons, cols et pics rocheux. Lors de la pause casse-croûte, ils avaient troqué leurs raquettes contre des crampons et chacun avait sorti de son sac un piolet qu'il avait fixé à la ceinture. Des gestes que, contrairement aux deux femmes qui ne les retrouvaient qu'une fois par an, il faisait régulièrement à l'arrivée de la première neige. Comme elle, la montagne l'appelait irrésistiblement. Il en ressentait les échos douloureux tout au fond de lui, qu'il ne parvenait à calmer qu'en y retournant. Encore et encore.

Des nuages, de plus en plus ténébreux, s'accumulaient au-dessus d'eux. Noah n'aimait pas ça, mais ne disait rien. La peur est un sentiment qu'il vaut mieux ne pas partager.

Il regarda le ciel, de plus en plus sombre au niveau de la brèche de Tuquerouye, qu'il leur fallait atteindre rapidement pour espérer arriver au refuge avant la tempête. Ils sortirent du chemin portant le nom de Marboré et s'engagèrent vers le col de la Lera, un immense désert pentu de pierres et de rocs où rien ne pousse. En hiver, il disparaissait en grande partie sous la neige et la glace.

Le sentier, à peine visible et peu emprunté en cette saison, traversait la pente vertigineuse du pierrier. Alors qu'ils arrivaient presque au col, le vent se leva subitement. L'instant d'après, ils furent pris dans des tourbillons de neige drue et glacée. Les flocons leur cinglaient le visage, les obligeant à cligner des paupières et à garder la bouche fermée. Bientôt, leurs cils et sourcils furent garnis de minuscules cristaux et la barbe de Noah devint blanche et gelée. Les rafales soulevaient la poudreuse par vagues sur la pente raide du pierrier, de véritables langues de neige menaçaient de s'enrouler autour des trois petites silhouettes courbées qui continuaient péniblement leur progression et de les effacer du paysage. Miren tremblait de tous ses membres et claquait des dents. Les larmes qui s'échappaient de ses yeux gelaient aussitôt sur ses joues.

— Tiens bon, Miren, cria Raquel en voyant son amie ralentir le pas, encore un peu, on va arriver au refuge…

En réalité, la cabane en pierres était encore à une bonne demi-heure de marche, surtout à ce rythme. Le vent en pleine face les entravait, arrachant au sol des volutes de neige fine. Autour d'eux l'air était saturé de particules blanches volatiles les empêchant de voir au-delà de leur bras et de leurs doigts tendus. Ils peinaient à respirer.

— Miren ! Miren ! Dépêche-toi ! Je ne te vois presque plus !

La voix de Raquel lui parvenait à peine, quand, saisie d'un vertige, Miren perdit l'équilibre, fit un pas de côté pour se retenir, mais le sol se déroba sous son pied et, poussant un cri, elle partit en tonneaux dans la pente. Elle roula sur elle-même et sur des plaques de neige glacées sans pouvoir se retenir à quoi que ce soit. Son dos heurta quelque chose si soudainement que le choc, légèrement amorti par l'épaisseur de sa tenue de montagne, la fit rebondir avant qu'elle ne s'immobilise complètement contre ce qui semblait être un panneau tout en longueur à moitié enfoui. Reprenant peu à peu ses esprits, elle promena une main sur le panneau pour en chasser la neige. Apparurent alors sur la paroi qui présentait des traces de peinture bleue et blanche écaillée des lettres et des chiffres. Et, bien qu'ils fussent à moitié effacés, elle put lire : Be.ch.raft 58TC.

22

1er février 2023, dans la montagne

Le Prêcheur avait de l'avance, mais les jambes plus petites des deux gamins et leur inexpérience le ralentiraient forcément. C'était ce sur quoi comptait Mathias, qui avait retrouvé leur trace. Il avançait aussi vite qu'il le pouvait avec ses raquettes aux pieds. Une rage sourde l'animait. Il redoutait ce qui pouvait se passer. Ekain Loyola lui avait parlé l'autre jour de calmer la faim de Millaris. L'ogre de la montagne. Longtemps, Mathias avait cru sincèrement en son existence. Il avait même aperçu sa silhouette à travers la neige tombant dru, lorsque le Prêcheur l'avait emmené pour la première fois à l'espugne. Il lui disait avoir aménagé un refuge douillet avec une chapelle et un autel où il aimait monter se recueillir et se ressourcer. Côtoyer la pureté, disait-il. Voir plus clair en lui en contemplant Dieu.

À neuf ans, Mathias avait découvert la grotte en compagnie de son nouvel ami. Il avait découvert aussi son secret le plus sombre et le mieux gardé. Son amour irrépressible des jeunes garçons. De préférence impubères. En le prenant sous son aile pour le sortir de l'ambiance viciée du foyer parental et de la violence quotidienne que Mathias risquait de reproduire plus tard, il avait réussi à l'attirer dans ses filets. Sous couvert d'amour, l'emprise avait duré des années et sans doute existait-elle encore, mais devenu adulte et père de famille, Mathias avait changé. S'il cédait encore, bien que de plus en plus rarement, à son initiateur, c'était davantage par réflexe bien ancré et conditionnement que par envie. Ekain Loyola avait marqué sa chair à jamais. Mais, à chaque fois, même s'il se soumettait, Mathias ressortait de chez le Prêcheur avec la sensation d'avoir été sali. Une souillure qui faisait malgré tout partie de lui. En revanche, il n'était pas question qu'il touche à ses fils. Cette fois était la fois de trop. Il devait arrêter tout ça et il n'y avait qu'un seul moyen.

Mathias attaqua l'ascension vers l'espugne, en direction du glacier de la Cascade. Dans sa hâte, il n'avait pas pris ses crampons et devait se servir de son fusil comme d'un bâton en plantant la crosse dans la neige meringuée. Le sentier grimpait tout en lacets sur le flanc de la montagne qui s'étendait devant lui et dont les hauteurs se fondaient aux nuages. Il soufflait déjà comme un bœuf, manquant d'exercice malgré ses virées de chasse qui se limitaient au doux relief de la vallée. Mais savoir ses fils entre les griffes du Prêcheur l'animait d'une volonté forcenée. Les imaginer dans la même situation que lui autrefois, soumis aux désirs et au bon vouloir d'un homme, lui était insupportable. Et Inès… Comment lui dire, comment lui expliquer, lui asséner cette vérité qui les séparerait tout le reste de leur vie. Elle ne voudrait pas de ce genre d'homme, ça non. Pourrait-elle le comprendre ? Il en doutait. Ce qu'elle ne pourrait surtout pas comprendre, serait ce qui le liait toujours au Prêcheur. Les raisons pour lesquelles il s'y rendait encore. Lui-même ne parvenait pas à se l'expliquer. Alors sa femme…

Non, il ne laisserait personne détruire sa famille. Ni Ekain, ni Millaris. Soudain, il les vit. Tout là-haut, trois petits points qui se mouvaient sur l'immensité blanche. Il accéléra le pas autant qu'il le pouvait. Il regarderait aux jumelles après. Inutile de perdre du temps. C'était eux, il le savait. Josu, Yannick… Non, pas ses fils. Il ne les aurait pas.

La dernière fois que le Prêcheur l'avait emmené dans la montagne, il avait quatorze ans. Ils n'y étaient pas allés seuls. Il y avait d'autres enfants. Eux n'étaient pas revenus. La colère de Millaris les a emportés, lui avait dit Ekain. Il ne se souvenait plus très bien comment c'était arrivé. Juste cette explosion qui l'avait rendu sourd, suivie d'une lumière aveuglante et puis, plus rien. Aucun signe de vie. Un silence soudain, un silence terrifiant. À partir de là, ses souvenirs s'obscurcissaient. Il n'avait gardé qu'une sensation d'immobilité et de froid extrême. Loyola lui avait dit que c'était un signe de Dieu. Qu'en envoyant Millaris prendre les enfants, il avait châtié les parents pour leurs péchés.

« Alors pourquoi il m'a pas emporté moi aussi ? » avait demandé Mathias, brûlant de fièvre et de colère. Il avait déliré plusieurs jours chez Loyola et, une fois remis sur pied, était rentré à la maison où l'attendait une pluie de coups. « T'aurais jamais dû revenir ! » lui avait hurlé son père en écrasant ses poings fermés sur le visage de son fils. Si seulement. Oui, si seulement il avait pu mourir, là-haut.

La vue brouillée par les larmes, Mathias avançait

toujours, quittant le sentier pour couper par la neige vierge avant de le regagner plus haut. Même s'il s'enfonçait dans la poudreuse, ça lui faisait gagner un peu de temps. Les trois petits points continuaient leur progression à bonne distance mais celle-ci s'était légèrement réduite. Estimant qu'il pouvait maintenant le faire sans allonger l'écart, il s'arrêta, sortit ses jumelles. Ce qu'il découvrit dans le double cercle lui fit l'effet d'une douche glacée. Ce n'était pas eux. Ce n'était pas le Prêcheur avec Josu et Yannick, mais des inconnus. Sauf une. Il en était certain, il reconnaissait ses mèches d'un blond si particulier, tirant sur le blanc. Même si elle portait un autre bonnet, c'était la fille au loup. Celle qu'il avait laissée pour morte dans la neige, près du lac de la Bête.

23

1er février 2023, au village

Astrid Hirigoyen n'était pas près d'oublier cette soirée funeste. En découvrant la tête de chevreuil planté sur un pieu métallique juste devant son chalet, elle était sortie de sa voiture, suivie d'Antoine qui l'avait retenue in extremis alors qu'elle s'affaissait, sur le point de se trouver mal. Ils étaient rentrés chez elle, Antoine lui avait servi un verre d'eau tandis qu'elle se ressaisissait, assise sur le convertible du salon, le visage entre les mains. Elle s'était longuement massé les tempes en silence, puis Antoine avait voulu la convaincre de la nécessité d'en informer Flores. « C'est un message, Astrid, peut-être même une menace de mort. Ça commence souvent comme ça avant un passage à l'acte. Il faut le prendre très au sérieux », avait-il insisté. « Je ne veux pas faire de vagues, ce serait les encourager, au contraire. Les exciter encore plus », avait-elle répondu. Bien qu'Antoine fût d'accord sur ce point, il avait rétorqué que si elle avait trouvé cette mise en scène morbide toute seule, elle aurait été libre d'appeler ou non la gendarmerie. Mais comme il était présent, il ne pouvait pas ignorer ce qui était peut-être un avertissement à ne pas traiter à la légère.

Ils attendaient donc Flores, qui devait arriver d'un moment à l'autre. Astrid, encore sous le choc, parlait peu. Antoine laissait son regard errer dans la pièce principale avec mezzanine du chalet qui, sans être très spacieux, était douillet et cosy, les éclairages indirects et le feu dans la cheminée dispensant une atmosphère feutrée. Avec un lit plutôt bas dont il apercevait seulement les pieds, l'espace de la mezzanine devait servir de chambre à coucher à la jeune femme. Les murs en bois étaient garnis de photos et de dessins à la pierre noire, la plupart animaliers. Des portraits d'un aigle, de loups, de renards, de biches et même de sangliers frappants de vérité et dont le seul regard pouvait capter l'âme. Il en émanait une telle force et une telle émotion que même le plus obstiné des chasseurs y aurait été sensible. Aux initiales qui figuraient en bas à gauche sur chaque dessin, « A. H. », Antoine devina qui était l'artiste et fut impressionné.

— Bravo…, souffla-t-il, l'œil rivé à l'aigle. C'est d'un tel réalisme… chapeau…

— Pardon ?

Astrid semblait émerger du brouillard.

— Les dessins d'animaux… Avec tes initiales. Tu as un talent fou, Astrid.

— Ah, les portraits… Oui… J'aurais aimé avoir ce talent, mais ce n'est pas moi… C'est ma petite sœur, Alba.

— Tu ne m'en as pas parlé… Tu m'as seulement dit que tu avais une sœur aînée.

— J'ai du mal à en parler. Elle est morte à douze ans d'une chute accidentelle. Ça a été terrible pour mes parents, mais surtout pour moi. Jusqu'à ce que notre sœur aînée et moi partions à l'internat, on était inséparables avec Alba.

— Elle n'est pas allée à l'internat avec vous ?

— Non… Elle adorait la montagne et la solitude. Elle savait s'enfermer dans sa bulle pour échapper à l'environnement parental trop toxique. Elle partait toute la journée à travers champs avec son carnet de croquis et dans son refuge là-haut, et elle dessinait. Elle s'était liée d'amitié avec un aigle royal blessé à une patte qu'elle avait soigné et nourri. C'est lui que tu vois.

— Magnifique…

L'émotion gagnait Antoine, qui en avait les larmes aux yeux.

— Comme elle, dit Astrid d'une voix altérée. Dire que je n'ai même pas pu lui dire adieu. On ne m'a pas laissée sortir de l'internat.

— Je suis désolé.

— On a tous nos chagrins, nos plaies et nos cicatrices. Pour toi aussi, ça a dû être éprouvant. Le crash, être orphelin si tôt. Et puis avoir survécu à une avalanche. Être un miraculé. Ce n'est pas rien. Ça doit être lourd à porter.

— Mon oncle et mes grands-parents se sont chargés de me rendre la vie plus… légère. C'est peut-être grâce à ça que mes souvenirs sont si confus. Je n'ai finalement gardé que le meilleur. Comme si je n'avais pas vécu le reste.

— Tu as de la chance, soupira la fille du maire.

— Et toi, c'est donc à la mémoire d'Alba que tu es aussi attachée à la protection des espèces et de la nature ?

Astrid acquiesça gravement.

— Et parce que c'est moi, c'est ce que je suis,

profondément. Mais j'ai mis plus de temps à m'en rendre compte. C'est pourquoi je suis revenue ici, alors que, franchement, ce n'est pas une vie pour une jeune femme, dans cette atmosphère chargée de testostérone et de plombs de chasse.

— Et pas que…, dit pensivement Antoine.

— C'est-à-dire ?

— Les regards que je sens peser sur moi dès que je quitte la gendarmerie. Et en particulier chez Joshua.

— Quelle en serait la raison ?

— Je ne sais pas… Mais je compte bien le découvrir. Peut-être y a-t-il justement un lien avec ce que tu m'as appris. Mon nom qui apparaît sur la liste des victimes de l'avalanche, alors que je suis vivant.

— Tu es une victime malgré tout. Ce n'est pas si déconnant.

— Ton tatouage, à l'intérieur du poignet, ce triple croissant, ça représente quoi ?

— C'est le symbole des dangers biologiques.

— Et pourquoi le porter sur ta peau ?

— Chaque être humain devrait se le faire tatouer. Nous sommes des dangers biologiques pour la planète. Tiens, on dirait que ta boss arrive… Comment tu vas justifier le fait d'être ici, avec moi ?

— Ça, c'est mon affaire, parvint à prononcer Antoine.

Un claquement de portière venait de se faire entendre juste devant le chalet. La porte résonna sous des coups répétés.

— J'y vais…, dit Antoine en se dirigeant vers l'entrée.

Flores apparut, plus haute que le chambranle, et fut obligée de se baisser pour franchir le seuil.

— Bonsoir, mon capitaine.

— Bonsoir lieutenant, Astrid…

— Asseyez-vous, je vous prie… Je vous sers quelque chose à boire ? demanda Astrid, pas très à l'aise.

— Un petit café, c'est possible ?

Le temps de mettre en marche la cafetière, Astrid revint s'asseoir sur le canapé, après avoir posé devant Flores la tasse fumante du breuvage qui moussait à la surface. La capitaine l'avala d'un trait.

— Un autre ?

— Merci, ça ira. Bien, on dirait que vous n'avez pas que des amis, dans le coin… Mais ce n'est pas nouveau.

Astrid fit une moue d'assentiment.

— C'est drôle, parfois, les coïncidences, reprit Flores après avoir parcouru du regard les portraits animaliers et les photos de montagne. Beaux dessins… La brigadière restée à la permanence aujourd'hui m'a justement fait part d'une plainte déposée contre trois chasseurs partis traquer un chevreuil. L'un aurait blessé, heureusement de façon superficielle, un membre de votre groupe. Un chevreuil… C'est bien le même type d'animal, dont la tête a été empalée sur ce pieu, devant votre chalet ? Un acte odieux qui ressemble à une vengeance. Ou une menace. Qu'aurait donc fait ce membre de votre groupe pour devenir une cible ?

— Je vois. Ce doit être à cause de Farès. Ils ont dû le suivre dans ce délire. Je leur avais pourtant dit de ne pas le faire, que la provocation ne mène à rien de constructif.

— Farès, qui est-ce ?

— Un membre du groupe. Encore plus extrémiste que nous.

— Comment est-ce possible ? tança Flores.

— Ça l'est. On a eu des frictions, lui et moi. Il voudrait que le groupe se radicalise, qu'il passe à la vitesse supérieure.

— C'est-à-dire ?

— Avec des actions coup-de-poing médiatisées, spectaculaires, encore plus que celles de Sea Shepherd ou L214. Un de ses délires est d'investir la centrale nucléaire de Golfech, escalader de nuit une des tours et la taguer de slogans. L'idée lui est venue l'an dernier, quand les autorités locales ont distribué des comprimés d'iode aux habitants dans un périmètre de cinquante kilomètres. Il est devenu fou. Il disait que ce ne sont pas des placebos qui allaient empêcher les gens d'être irradiés et que si on commence à donner de l'iode à la population c'est que le danger est déjà là. Ce qui n'est pas faux… En février 2021, il y a eu l'épisode de neige industrielle provoquée par la réaction entre la vapeur d'eau libérée par les aéroréfrigérants et les faibles températures. Alors le coup de l'iode a fait déborder le vase…

— Votre Farès, il aurait mené une action récemment ? Antichasse, par exemple ?

— Il a eu l'idée d'une provocation stupide. Je lui ai dit que c'étaient des gamineries dignes d'élèves de primaire. Il m'a envoyée bouler. Je sentais que ça risquait de mal finir.

— Qu'est-ce que c'était ?

— Foutre la trouille aux chasseurs, dans la forêt. Les rendre fous en faisant du bruit partout, des sons de cloches, de carillons, de boîtes métalliques.

— Ce n'est pas bien méchant, pour un type qui voudrait que le mouvement se radicalise, objecta Flores.

— Ça fait partie des paradoxes du personnage. De sa complexité. Il va voir grand et à côté de ça, il va être capable de lancer une action qui ressemble plus à un carnaval.

— Ne sous-estimez pas le carnaval… Savez-vous ce qu'est cette fête, à l'origine ? Ce que ça veut dire ?

Antoine regarda Flores avec intérêt. Où voulait-elle en venir ?

— Le carnaval est une fête, un rituel marquant une transition par le chaos. Chez les Romains ou les Égyptiens, durant le carnaval, les esclaves devenaient maîtres et les maîtres devenaient esclaves. C'était l'abolition des statuts, des règles et de la morale. Autrement dit, durant le carnaval, avant l'austérité du Carême, tout est permis… surtout l'humour et la satire. Mais pas seulement…

— Alors là, mon capitaine, je suis soufflé ! s'exclama Antoine en toute sincérité.

— Ah, c'est vrai que les forces de l'ordre, que ce soit police ou gendarmerie, ne sont pas souvent associées à la connaissance, ni à la culture générale… Tout ça pour dire que cette action colle parfaitement au rituel carnavalesque dont vous parliez, Astrid.

— Farès n'a pas dit son dernier mot, assura la fille du maire, sombrement.

— En plus, au vu de cet avertissement, il vous a sans doute fait porter le chapeau auprès des chasseurs.

— Je vais demander à mon père d'organiser une réunion avec les chasseurs. Cela me donnera l'occasion de redresser la barre. Je refuse que nos actions soient assimilées aux provocations stériles de ce militant fanatique.

— Dans le cadre d'une enquête sur une agression, commença Flores, nous sommes allés interroger Mathias Dangles chez lui et sommes tombés sur une autre mise en scène étrange, beaucoup moins macabre mais pas moins inquiétante, une farandole de bonhommes de neige avec, au centre, écrit en capitales : «ONT VOUS AURAS», avec des fautes d'orthographe. Pensez-vous que ça puisse être un autre coup de ce Farès ?

— Possible. Ça lui ressemblerait assez. En tout cas, ce ne sont pas nos méthodes. Du moins, chez les modérés.

— Il y a vraiment des modérés chez vous ?

Astrid lança à Flores un regard noir agacé.

— Plus modérés que les tueurs de loups, oui.

Alors que la capitaine allait répliquer, son portable sonna dans sa poche. Elle écouta attentivement, donna une réponse brève et raccrocha, tendue.

— C'était justement la femme de Mathias, qui me signalait la disparition de son mari parti dans les hauteurs ce matin essayer de rattraper ses deux fils que Loyola aurait emmenés en randonnée. Lieutenant, allons-y, la nuit risque d'être courte.

24

1er février 2023, dans la montagne

— MIREN ! MIREN ! Où es-tu ?

Blottie contre l'aile de l'avion qui faisait office de pare-vent, Miren avait déjà perdu espoir que Raquel et Noah la retrouvent dans la tempête. Elle se voyait mourir de froid sans avoir découvert ce qui existait au-delà de cette montagne, lorsqu'elle perçut la voix de Raquel. Au début, en entendant son prénom, elle crut à une hallucination. Un tour de son esprit pour lui redonner espoir. Au bout de cinq « Miren », elle fut certaine qu'elle n'hallucinait pas. Seulement, ce qui sortit de sa gorge fut un filet de voix couvert par le vrombissement du vent et arrêté par l'aile de l'appareil qui la protégeait.

Le corps douloureux, dans un ultime effort, elle se mit debout et, les mains en porte-voix, cria à son tour. Mais si les appels de son amie lui parvenaient avec les rafales arrivant de face, ses réponses étaient aussitôt étouffées. Ne pas pouvoir signaler sa présence alors qu'elle entendait Raquel la chercher la rendait folle.

— MIREN ! MIREN ! Tu m'entends ?

Oui, je t'entends, Raquel… Je t'entends… mais toi, tu ne m'entends pas…, pleurait-elle. De rage et d'impuissance, elle ferma son poing gauche qu'elle écrasa contre l'aile. Le métal fit un bruit sourd. Elle s'arrêta net, attendit, puis, creusant la couche de neige, ses doigts rencontrèrent une masse dure et rugueuse. Une pierre, qu'elle dégagea et dont elle asséna de toutes ses forces quelques coups sur l'aile d'avion qui résonna encore plus fort.

— Noah ? Tu entends ? souffla Raquel. On dirait que c'est par là…

— C'est le vent, Raquel…

— Non ! Je suis sûre que c'est Miren !

— L'endroit est dangereux, elle a dû tomber.

— Si tu ne veux pas venir, j'y vais seule !

— Pas question, on y va ensemble, mais tu me suis !

Les coups redoublèrent, plus proches. Ils avancèrent dans leur direction, penchés en avant pour ne pas être renversés par les bourrasques.

— MIREN ! MIREN ! C'est toi ?

Un coup.

— Oui, c'est elle !

Raquel exultait. Elle pressa le pas derrière Noah.

— Attends ! cria-t-il soudain en s'arc-boutant. Ça descend sec, ici ! Et les bruits viennent de plus bas ! Elle a dû glisser de là… On va y aller doucement…

Mais dans sa hâte de voler au secours de son amie, Raquel fit le pas de trop. Là où l'attendait le vide. Sa chute fut vertigineuse. Terrible.

— RAQUEL !!!! NON !!!

Le hurlement de Noah l'accompagna un peu, puis cessa. Tout comme, cassée en deux, la nuque brisée sur un rocher, elle cessa de respirer, puis de vivre, ses yeux grands ouverts sur le ciel se remplissant de cristaux de neige. Elle était tombée à quelques mètres de Miren, quelques mètres qui avaient suffi à faire la différence. À la projeter dans le vide, alors que Miren avait dévalé la pente du pierrier.

— RAQUEL !!! RAQUEL !!! criait Noah à s'en arracher les cordes vocales. RAQUEL ! sanglotait-il. RAQUEL !!

Miren avait cessé de taper sur son aile. Un prénom s'était substitué au sien dans un noir présage. RAQUEL ! rugissait le vent à ses oreilles. RAQUEL !! RAQUEL !! Elle s'aperçut que c'était elle qui criait, debout, les bras tendus vers l'impensable. Et vers la silhouette vacillante qui descendait dans sa direction.

— Noah ! Elle se précipita, trébucha, s'enlisa dans la poudreuse, s'époumona en agitant les bras au-dessus de sa tête. NOAH ! Je suis là ! Mais contre toute attente, la silhouette s'éloigna brusquement avant de disparaître dans la tourmente. NOAH ! répéta-t-elle plus fort, sur les traces de pas qu'elle venait de rejoindre.

Sans savoir quelle distance exactement elle avait parcourue, elle vit de nouveau la silhouette, de dos, haute et massive, surgir du brouillard neigeux, et se précipita. Noah !

Il l'avait entendue appeler. Elle l'avait repéré. L'avait pris pour un autre. Il ignorerait ses cris et descendrait encore pour l'attirer plus bas. Loin de celui qu'elle appelait. Pour qu'elle soit à lui, qu'il la bute une fois pour toutes sans témoins, cette chienne enragée, qu'il rende enfin justice aux éleveurs comme lui, Mathias Dangles.

25

1er février 2023, sur la Lera

— Noah ! C'est t…

La voix de Miren s'étrangla instantanément dans sa gorge. L'homme qui lui faisait face n'était pas Noah. Elle ne pouvait distinguer ses traits en détail sous sa capuche, mais il lui rappelait quelqu'un. Ce n'est que lorsqu'elle vit le fusil pointé sur elle qu'elle comprit. L'ordure qui avait tué Nuage !

— Je vais pouvoir finir ce que j'ai commencé ! cracha-t-il, haineux, dans sa barbe de quelques jours. Tu vas mourir, comme ce fumier de loup que tu protèges !

— Ce n'était pas un loup sauvage, c'était le mi…

La détonation couvrit ses derniers mots, mais elle ne sentit aucun projectile transpercer sa chair. Elle vit juste une autre silhouette jaillir derrière son agresseur et le prendre à bras-le-corps. Le coup était parti, mais la balle, déviée de sa trajectoire, alla se perdre dans le vide, tandis que Noah et Mathias Dangles, soudés l'un à l'autre, roulaient dans la neige. Au bout de quelques secondes d'une lutte acharnée, dans laquelle l'un prenait le dessus avant de se faire plaquer au sol à son tour, Miren vit Noah sur le dos, qui tentait de se dégager et l'autre, à cheval sur lui, le fusil en travers de sa gorge, sur le point de lui écraser la trachée.

Miren saisit la pierre avec laquelle elle avait tapé contre l'aile de l'avion et se précipita sur l'éleveur. Un premier coup s'abattit sur le crâne de Mathias qui perdit l'équilibre, un deuxième l'assomma et d'autres suivirent, avec acharnement, jusqu'à ce que sa boîte crânienne ne soit plus qu'esquilles et éclats d'os sous la peau. Pendant que Noah reprenait son souffle dans une quinte de toux, Miren frappait, frappait sur l'assassin de son loup avec toute sa rage qui pouvait enfin éclater. Tout autour, la neige se teintait de rouge.

— Arrête ! Miren ! Ça suffit… Je crois qu'il ne pourra plus rien nous faire.

La voix de Noah, tout près, et sa main, retenue par la poigne puissante. Elle se retourna, sentit l'haleine de Noah sur son visage. Leurs regards s'arrimèrent. Mais ce qu'elle lut dans le sien n'avait rien à voir avec le type gisant à côté d'eux dans sa cervelle et son sang. Non, ce qu'elle perçut dans le regard de Noah était un abîme sans fond. Celui d'une douleur qui ne le quitterait plus.

— Raquel ? murmura-t-elle, les lèvres tremblantes.

Noah secoua la tête sans un mot. L'attirant à elle, Miren le serra contre son cœur en silence, intensément. Ils n'étaient plus que deux, un homme et une femme à qui la montagne avait pris ce qu'ils avaient de plus cher. La légende aurait voulu que, enlacés dans le froid, ils se changent en statues de glace et que, de leurs larmes mêlées, naisse un ruisseau qui se transformerait en une petite rivière, puis en un torrent fougueux, emportant le corps de leur Raquel pour l'éternité. Mais il n'en fut rien, ni l'un ni l'autre n'appartenant à une légende, ce qui était arrivé était juste la réalité, terrible et écrasante.

La tempête se calmant peu à peu, ils cherchèrent Raquel qu'ils découvrirent un peu plus bas. Après un dernier baiser sur son visage gelé, Noah, aidé de Miren, recouvrit sa dépouille de toutes les pierres qu'ils purent ramasser en creusant la neige. Puis ils se mirent en route jusqu'au refuge où ils passeraient la nuit.

Ils ne touchèrent pas au corps de Mathias Dangles, dont les vautours feraient leur festin.

26

1er février, 22 h 12, au village

— Je ne te demande pas ce que tu fiches avec la fille du maire, ça ne me regarde pas, attaqua Flores une fois dans la voiture, Antoine sur le siège passager. Mais fais attention où tu mets les pieds. Ou autre chose.

— Je t'avais bien dit que ça ferait des histoires.

— Ta gueule, Max.

— Pardon ?

Flores tourna la tête vers lui, interloquée.

— Rien.

— OK, j'entends des voix, alors.

Antoine ne répondit pas. Un de ces jours, Max le mettrait dans la mouise. Il devrait vraiment lui clouer le bec.

— C'est elle qui est venue me chercher, se décida-t-il d'un air contrit.

— Et tu n'as pas dit non.

— J'ai mes raisons.

— Je te rappelle que nous sommes une équipe, Mendi, au cas où tu l'aurais oublié. Avoir TES raisons ne te dispense pas de nous en faire part, surtout si ça risque de se répercuter sur un membre de cette équipe. À commencer par toi.

— Si je vous disais que j'ai appris de sa bouche que mon nom figure sur la liste des victimes de l'avalanche de 1999 ? Alors que je n'ai aucun souvenir de m'y être trouvé. À part un cauchemar récurrent, dans lequel je me vois enseveli sous la neige.

— Les journalistes font parfois des erreurs. Ou bien c'est la personne qui a communiqué les noms qui en a fait une.

— Une erreur qui pourrait susciter des questions. Je crois que mon installation ici est mal vue.

— Tu n'es jamais revenu au village, après la catastrophe ? Je pensais que tu y avais même séjourné, ayant été recueilli par tes grands-parents après le crash…

— Mes souvenirs de cette époque sont confus. Je me rappelle surtout avoir été chez mon oncle et peut-être juste pour les vacances, ici. Ce qui m'est resté de mes grands-parents date d'avant, pour l'essentiel.

— Ça peut se comprendre, si tu as vraiment vécu cette tragédie. Tu as sans doute souffert d'un choc post-traumatique, avec, en prime, le syndrome du survivant qui peut s'accompagner d'une amnésie se portant uniquement sur l'événement et sur la période qui a suivi. Je comprends que tu veuilles creuser et je suis prête à t'aider. Cette liste, tu peux y avoir accès ?

— Astrid m'a dit qu'elle allait la récupérer dans les archives de la mairie.

— On arrive chez les Dangles, on en reparle.

— Merci, mon capitaine.

— Appelle-moi Flores et dis-moi « tu ». Il n'y a pas de raison. Laissons les grades et le vouvoiement pour nos sorties en public. Pas de chichis entre nous.

Flores se gara devant la porte du corps principal de

la ferme où les attendait Inès, les yeux rougis d'avoir trop pleuré.

— Toujours pas de nouvelles ? lui demanda la capitaine après l'avoir saluée avec douceur.

— Non, aucune ! renifla la mère de famille. Oh, mon Dieu, je vais devenir folle… Heureusement que mes gosses, ils sont rentrés !

— Comment ça ? s'exclama Flores en la rejoignant sur le canapé à côté duquel se tenait la belle-mère dans son fauteuil roulant, le regard vide.

Ses mains, posées sur ses cuisses, tremblaient légèrement. On n'aurait pas su dire exactement si c'était à cause de la vieillesse ou de l'angoisse. Peut-être les deux.

— Quand sont-ils rentrés ?

— Tout à l'heure, en fin d'après-midi. Ils étaient morts de faim et de fatigue. Ils ont avalé leur soupe et sont montés se coucher.

— Ils t'ont dit quelque chose ?

— Juste qu'ils en ont eu marre de grimper et qu'ils ont faussé compagnie à Loyola alors qu'il s'était éloigné pour se soulager. Ils l'ont trouvé « chelou ».

— Et lui ? Il est redescendu aussi ? Tu l'as vu ?

— Non. J'en sais rien.

— Raconte-moi tout depuis le début, Inès. Quand Loyola est venu chercher tes fils et ce qui s'est passé après.

— Mathias est parti chasser tôt, avec deux de ses copains, ils avaient repéré un chevreuil dans le pré.

Antoine et Flores se regardèrent. Ils pensaient la même chose. Sur les trois chasseurs, dont l'un avait blessé un activiste écolo, il y avait déjà Mathias Dangles. Et ils traquaient un chevreuil.

— Environ une demi-heure après le départ de Mathias, poursuivit Inès d'une voix fléchissante, le Prêcheur, Ekain Loyola, s'est pointé ici. Il a dit qu'il venait chercher Josu et Yannick, pour les emmener faire un tour là-haut, que ce serait une journée magnifique. Il m'a assuré que Mathias était d'accord. Et qu'ils ne reviendraient pas trop tard. Je les ai… je les ai laissés partir…

— Mathias et toi, vous le connaissez bien, Loyola ?

— Assez pour lui faire confiance. Enfin… jusqu'à l'autre jour. Mathias a filé chez lui après avoir découvert les bonhommes de neige dans le pré. Ça l'avait pas mal perturbé. Il y est retourné une autre fois, après. Quand il est rentré, il avait l'air bizarre. Je me suis dit qu'ils s'étaient peut-être engueulés. On a… enfin vous voyez quoi… et une fois qu'on a eu fini, il s'est mis à sangloter comme un gosse en répétant « Je ne suis qu'un connard. Je ne te mérite pas ». Et puis il m'a dit qu'il ne savait pas comment j'arrivais à le supporter depuis toutes ces années et que j'étais une sainte. C'étaient ses mots.

— Tout ça après avoir vu Loyola ?

Inès hocha la tête dans un frémissement du menton. Cette femme, au fond d'elle, sait quelque chose qu'elle ne veut pas s'avouer, se dit Flores, dont l'intuition lui avait fait résoudre des affaires que bien d'autres auraient classées.

— Il t'avait parlé de lui laisser vos fils en rando ?

— Non, mais comme il peut être tête en l'air, j'ai pensé qu'il avait oublié. Seulement… quand il a su que le Prêcheur les avait emmenés, il n'a rien dit de plus que « Je vais les rattraper » et il a filé. Il a même oublié son piolet… c'est pas dans ses habitudes. Je n'arrive même pas à savoir où il est, impossible de le joindre ! Il m'a déjà rendue dingue pour bien des choses, mais là, il m'aurait prévenue pour que je ne m'inquiète pas.

— Loyola t'avait dit où il allait avec tes fils ?

— Non… rien de précis. Un jour Mathias m'a parlé d'une grotte, là-haut. C'est le Prêcheur qui l'aurait découverte et y aurait aménagé une petite chapelle. Il a peut-être voulu leur montrer…

— J'aimerais parler à Josu et à Yannick, tu peux aller les chercher ?

— Ils dorment, là… Je voudrais pas les réveiller pour ça.

— Bon, on les laisse tranquilles, mais il me faudra leur témoignage. En attendant, essaie de ne pas t'inquiéter. Au moins, tes fils ont réussi à rentrer sains et saufs. Aux dernières nouvelles, le temps s'est gâté, au col de la Lera, il y a eu d'importantes chutes de neige et beaucoup de vent. Mathias a peut-être pu atteindre la grotte avant. Si demain matin tu n'as pas de nouvelles, on lancera les recherches. Maintenant, on va aller faire un tour chez Loyola, histoire de voir s'il est revenu.

Dans la voiture, sur le chemin de l'ermitage du Prêcheur, Flores ne décrocha pas un mot jusqu'à ce qu'ils arrivent. Tout était plongé dans le noir et le silence. Seule la fluorescence de la couche de neige éclairée par un quart de lune permettait d'y voir sans lampe torche.

— Il n'est pas rentré. On fait le tour, pour vérifier si rien ne cloche, dit enfin la capitaine. Je pars dans cette direction et on se retrouve à la voiture.

Ils se séparèrent et inspectèrent les lieux selon les instructions de Flores avant de se rejoindre là où ils s'étaient quittés.

— RAS pour moi, dit la capitaine dans une petite volute de vapeur blanche. Et toi ?

— Eh bien, j'ai fait une découverte peut-être intéressante. Des bonhommes de neige en cercle, exactement comme chez Dangles. Il y en a sept, avec une inscription dans la neige, au centre, « Vous êtes morts », avec des fautes d'orthographe aussi.

— Sept, tu dis ?

— Oui. Pourquoi ?

— Je ne pense plus que ce soit une blague de gamins, ni même les écolos ou ce Farès. C'est bizarre, mais j'ai comme l'impression que c'est lié à une histoire bien plus ancienne.

— Comme quoi ?

— Je ne sais pas encore, mais on va trouver, Antoine, on va trouver.

27

1er février 2023, chez Flores

Après avoir déposé Antoine, Flores rentra chez elle où Botox, dans sa joie de revoir sa maîtresse, plaquant ses pattes avant sur ses épaules, manqua la renverser sur le pas de la porte.

— Eh, mon gars, ce n'est pas comme si je n'étais partie que depuis deux heures ! rit-elle, la grosse tête du terre-neuve entre ses mains.

Elle fit un bref passage à la salle de bains et s'installa à son bureau, un simple plateau sur deux tréteaux dans sa chambre, face à son PC.

Dans le tiroir fermé à clé de son bureau, elle prit une boîte d'où elle sortit une clé USB, qu'elle inséra dans son ordinateur. Apparurent une vingtaine de dossiers, avec des initiales, des noms de lieux, ou des termes génériques comme « suicides », « meurtres », « viols » et « pédophilie ». Elle ouvrit ce dernier, qui contenait une centaine de fichiers et de documents numérisés, notamment des coupures de presse avec des photos d'enfants. Dans la région de Tarbes et dans la ville même, mais également à Lourdes, entre 1989 et 1995 avaient été signalées des disparitions d'enfants, ainsi qu'en 1997, cette fois dans des villages, entre le parc des Pyrénées et le massif du Néouvielle. Au total, une quinzaine d'enfants avaient été portés disparus. Elle ouvrit ensuite un des dossiers avec des initiales, dont un document qu'elle lut attentivement en prenant des notes. Au bout d'une heure de recherches, elle déconnecta sa clé USB, la rangea dans la boîte qu'elle replaça dans le tiroir du bureau en le verrouillant. Elle gardait toujours la clé sur elle.

Ouvrant un autre tiroir également fermé à clé, elle en sortit tout d'abord la photo, qu'elle regarda quelques minutes en silence, avant de prendre le fouet, comme chaque soir, depuis ce jour terrible. Ce jour où elle n'avait rien fait. Parce qu'elle n'avait réellement rien pu faire. Mais elle portait ça en elle depuis toutes ces années, se forçant à affronter leurs regards sur une simple photo. C'était tout ce qui lui restait. Se mortifier, expier une faute qui ne lui appartenait même pas, un silence coupable d'avoir été ça, juste un silence. Réagir aurait peut-être changé le cours des choses. S'opposer à cette décision, qui ressemblait à une condamnation à mort, même s'il n'y avait sans doute plus grand espoir de pouvoir agir. Par son silence, elle avait cautionné le pire.

Elle se déshabilla et, sur les premières mesures de la *Walkyrie* de Richard Wagner, donna un premier coup sur une omoplate. Le deuxième s'abattit avec précision entre les deux, et le troisième, le long de la colonne. Les hématomes apparurent aussitôt, rouges ou violacés. Mais elle aurait pu se lacérer la chair jusqu'au sang, rien ne suffirait encore à calmer sa culpabilité en lui donnant le sentiment d'une punition ou d'un châtiment qui serait à la hauteur de son impardonnable lâcheté.

Ce soir-là, elle prolongea le rituel de quelques minutes, frappa, encore et encore, frappa plus fort et s'arrêta, à bout de souffle, épuisée, montagne de douleurs dans son corps et dans son âme.

Elle se brûla sous la douche qu'elle termina par un jet d'eau glacée, frotta sa peau jusqu'à ce qu'elle vire au rouge, enfila un pyjama et s'agenouilla devant son lit. Ses lèvres remuèrent sur une prière à l'impossible.

28

1er février 2023, refuge de Tuquerouye et lac Glacé

Après un dernier adieu à la dépouille de Raquel, Noah et Miren étaient repartis, un poids immense sur le cœur, ne pouvant encore croire qu'ils ne reverraient plus celle qu'ils aimaient. Ils avaient réussi à atteindre, avant la pleine nuit, le refuge – deux petites maisons jumelles en pierre, au toit en ogive, fait de plaques de tôle – blotti dans le creux de la brèche, où, par chance, il n'y avait personne. Ils n'auraient pas supporté de devoir partager avec des inconnus cet espace réduit, ce soir-là.

Comment annoncer cette tragédie à l'Espada ? Raquel était comme sa fille. C'était la question qui rongeait Noah, tandis qu'après s'être forcé à avaler une part de galette complète au fromage avec de la viande séchée et du thé réchauffé au poêle à bois, il essayait de trouver le sommeil à côté des sanglots étouffés de Miren.

— C'est elle…, souffla-t-il d'une voix rauque dans la pénombre du refuge, éclairée par un pâle rai de lune à travers l'unique ouverture, de la taille d'une meurtrière. C'est elle et personne d'autre qui est tombée.

— Elle me cherchait ! C'est à cause de moi ! Je n'en pouvais plus, je me suis arrêtée… et…

— Ça suffit, Miren. Ce n'est la faute de personne. Ça sert à rien de chercher à se rendre coupable et surtout, ça ne la ramènera pas. Raquel est tombée, comme toi. À cause du mauvais temps. Sauf que… elle, ça lui a été fatal.

— J'aurais préféré que ce soit moi, pleurait Miren en se tordant les doigts. Et c'est encore à cause de moi, si on est partis ! En plus, j'ai… j'ai tué un autre homme… et je ne le regrette même pas…

— Tu m'as sauvé la vie, Miren. Sans toi, ce salopard nous aurait abattus comme des chiens. Tu nous as juste protégés. Mais… pourquoi il en avait autant après toi, le type au fusil ?

Miren s'enfonça un peu plus dans son sac de couchage posé sur un matelas poussiéreux et défoncé, recouvrant un sommier qui avait vécu. Un matelas qui en avait vu, des randonneurs exténués, mais le plus souvent heureux d'être là et impatients de poursuivre la route. Noah ignorait qu'elle avait été agressée près du lac.

— Si tu as envie d'en parler…

— Il… Je les ai croisés l'autre jour. Ce fumier a pris son fusil et… a tiré sur Nuage. J'ai crié et lui ai sauté dessus, il m'a assommée et laissée dans la neige. C'est pour ça que vous m'avez cherchée partout. Je ne me suis pas perdue.

— C'était où, ça ?

— Près du lac de la Bête. Ensuite, un type m'a trouvée et j'ai fini à l'hôpital de Ba… Bagnères, ou quelque chose comme ça. Mais je me suis vite tirée. Qu'est-ce que tu vas lui dire, à la vieille, quand tu rentreras ?

— La vérité.

— Que je suis une tueuse…

— Que tu nous as courageusement défendus. Dors, maintenant. On a encore du chemin à faire, demain. On se lève avant le jour.

29

2 février 2023, à la gendarmerie

— Loyola et Mathias ne sont pas redescendus, on lance les recherches, annonça Flores à son équipe, aussitôt avalé le café de mise en route à 7h35. En montagne, le temps ne s'écoule pas comme en bas. On ne plaisante pas avec ça.

— Vous pensez à des recherches au sol, ou aériennes ? demanda Antoine, qui n'avait eu le temps ni de se peigner, ni de se raser.

— Hélicoptère de l'unité de montagne. On verra ce qu'on trouve et si on peut poser l'appareil.

— Vous avez un pilote ?

— En face de toi.

Sur ces mots empreints d'une certaine fierté, Flores bomba légèrement le torse.

— Vous voulez dire que…

Ramon et Perez se regardèrent d'un œil amusé. La surprise du nouveau, bien qu'expérimenté, leur semblait d'une fraîcheur savoureuse.

— Ça t'en bouche un coin, hein, Mendi ! Une femme aux commandes d'un H145 de la gendarmerie ! le tança Flores.

— Je vous accompagne, décréta-t-il.

— Pas question. Perez viendra avec moi. Et, si nécessaire, vous grimperez là-haut avec Ramon sur vos deux jambes musclées de chasseur alpin. Pour le moment, nous allons effectuer un vol de reconnaissance. Olivia, prends tout ce qu'il te faut pour une observation en hauteur, on y va.

Antoine, bouillonnant, se précipita dehors, à la suite de Flores.

— Mon capitaine ! cria-t-il dans son dos.

Elle s'arrêta sans se retourner.

— Oui, Mendi ?

— Je veux faire le survol avec vous. J'en ai besoin !

Flores pivota lentement sur elle-même et lui fit face de son mètre quatre-vingt onze. Une géante des Pyrénées. Peut-être la fille de Millaris…, se dit Antoine.

— Je vais te dire une chose, lieutenant Mendi. Tes besoins sont le cadet de mes soucis, si tu veux tout savoir. Ce n'est pas parce que tu te pointes ici, de ton unité de Haute-Savoie, avec tes grands airs et ton grade, que tu vas avoir un traitement de faveur. Que tu sois le petit-fils de Frantzisko Mendi ou de la reine d'Angleterre n'y change rien non plus.

— Je faisais juste appel à un peu de votre humanité, mon capitaine, sans aucune autre prétention.

Flores fit un pas vers Antoine et ils se retrouvèrent presque rangers contre rangers.

— Humanité ? Tu penses m'apprendre ce qu'est l'humanité ? Commence par savoir travailler en équipe, on verra après. Tu crois que je ne me suis pas rencardée sur toi, Mendi ? Que je n'ai pas eu vent de ton insubordination et de tes problèmes avec la hiérarchie, tout comme avec le travail en équipe ? En venant ici, tu t'es sans doute dit qu'être dans une petite unité rurale te faciliterait la tâche... Alors je veux bien être patiente et te donner une chance de t'intégrer, mais ne me pousse pas trop dans mes retranchements, ce que tu risques d'y trouver ne te plaira pas beaucoup. Et ici, on ne mélange pas le personnel et le professionnel. C'est clair ?

Comme de l'eau de roche, se rembrunit Antoine sans répliquer, un poing serré dans la poche de son pantalon. Olivia, qui venait de les rejoindre avec son sac à dos, sentant le malaise entre Antoine et leur supérieure, fit mine de s'écarter un peu.

— Allons-y, Olivia, dit Flores. On est bien d'accord sur les consignes, Mendi ? Ramon et toi, vous attendez les instructions avant d'éventuelles recherches au sol.

Le regard sombre, Antoine inclina légèrement la tête sans répondre.

Ce serait une autre journée de ciel décapé et de soleil persistant sur cette partie des Hautes-Pyrénées. Ce qui facilitait considérablement la tâche d'observation depuis le H145 manié avec assurance par Flores lors du survol de la zone montagneuse.

L'appareil fit un vol stationnaire en différents endroits, se déplaçant à la manière d'un faucon pèlerin ou d'un gros insecte, tandis qu'Olivia Perez ratissait le secteur grâce à des jumelles de longue portée. Elles stagnaient au-dessus du pic de la Lera depuis une dizaine de minutes lorsque Olivia se tendit, les mains serrées sur les jumelles qui lui couvraient une partie du visage.

— J'ai quelque chose, mon capitaine !

— Où ça ?

— Là, un peu plus à droite… On dirait… une pièce d'un avion… un morceau d'aile…

— Tu veux que je descende ?

— Si c'est possible…

— À vos ordres, Perez !

Flores effectua d'un geste souple et assuré la manœuvre au-dessus de l'endroit indiqué.

— Là, à quelques mètres…, souffla Olivia qui scrutait toujours l'étendue du pierrier aux jumelles. Il y a un corps. La neige est rougie autour. Une mort violente, apparemment. Un fusil est posé à côté.

— Tu peux filmer ? Impossible de descendre davantage, c'est trop pentu. Les pales risquent de toucher…

Flores fit un nouveau vol stationnaire à une centaine de mètres au-dessus de la cible pendant qu'Olivia faisait la captation vidéo.

— C'est tout ce que tu vois ? demanda Flores. Pas d'autre corps ? Pas de mouvement suspect ?

— Non, c'est tout…

— Bon, on analysera tout ça sur ordinateur, on s'arrache. J'envoie Mendi et Ramon sur place. Loyola doit se terrer, une équipe au sol le retrouvera plus facilement.

Le H145 remonta d'un coup, puis décrivit une sorte d'arabesque avant de filer comme une libellule entre deux massifs et d'atterrir à l'héliport un quart d'heure plus tard.

Prévenus par radio, Mendi et Ramon étaient déjà en route pour la Lera. Flores et Perez regagnèrent les bureaux où elles s'installèrent face à un PC auquel Olivia connecta le caméscope pour y télécharger les images.

Un gros plan réalisé grâce à un zoom puissant

leur confirma qu'il s'agissait bien d'un débris d'aile d'avion et, un peu plus loin, elles virent le corps signalé par Olivia.

— Tu peux resserrer dessus et grossir au maximum? lui demanda Flores en proie à une agitation intérieure.

Perez s'exécuta et un visage se dessina à l'écran, les traits encore incertains.

— Vas-y, autant que tu peux…

— Ça commence à pixéliser…

Flores écarquillait les yeux, dans l'attente du résultat qu'elle commençait à redouter, à la lumière de quelques détails qui lui semblaient familiers. Oui, c'était bien ce qu'elle craignait…

— Nom de Dieu… C'est lui! C'est Mathias Dangles!

— Et là, mon capitaine… sur l'autre séquence, regardez…

Olivia mit sur pause et zooma sur ce qu'elle désignait à l'écran.

— Un monticule de pierres, ça ne semble pas naturel…, dit-elle.

— Et pour cause… Une tombe, Perez, c'est une tombe. Regarde la forme allongée. Il y a un autre cadavre, là-dessous.

30

2 février 2023, le lac Glacé

Miren et Noah descendaient vers le lac Glacé quand un lointain vrombissement dans le ciel leur fit tourner la tête. Suspendu dans le bleu azur, pas plus gros qu'une mouche à cette distance, un hélicoptère effectuait un vol stationnaire au-dessus de la Lera.

— Ils sont déjà là ! On doit accélérer !

— Qui ça, Noah ?

— Les gendarmes. Ils ont sûrement repéré le corps du type et ils ne vont pas tarder à nous rattraper s'ils décident de survoler la zone jusqu'à la frontière ! Il faut la franchir avant ! On va prendre par là, on sera moins visibles…

Les gendarmes… Miren se rappela le 4 × 4 bleu qui s'était arrêté à sa hauteur dans cette ville inconnue et cet homme qui l'avait regardée si intensément. Elle était sûre de l'avoir intrigué autant qu'il l'avait intriguée. Elle n'avait encore jamais ressenti cela pour un homme.

Leurs crampons poinçonnaient la neige cristallisée à chaque pas, y laissant comme des traces de morsure. Quand le relief les exposait de nouveau au soleil, leurs ombres siamoises, attachées à leurs pieds, tournaient et s'étiraient ou rapetissaient, malléables, en fonction de leur orientation. Puis ils replongeaient dans la pénombre des ubacs. Noah jetait de temps à autre un regard vers l'immensité bleue dans laquelle l'hélicoptère semblait flotter comme un bouchon sur l'océan. À un moment, ne le voyant plus, il s'arrêta, fit signe à Miren de l'imiter et dressa l'oreille, à l'affût d'un bruit de rotor. Mais ils n'entendaient plus rien, que le doux susurrement d'un rio quelque part entre deux rochers.

— Je crois que c'est bon, l'hélicoptère a dû quitter la zone, souffla-t-il avec soulagement. Mais restons quand même sur nos gardes.

Lorsqu'ils atteignirent le lac Glacé, il était presque 11 heures. L'air s'était sensiblement réchauffé et, avec la dépense physique, leurs anoraks étaient presque de trop.

— On est dans les temps, annonça Noah qui se défit du sien et le noua autour de la taille. On trouvera un endroit où poser la tente de l'autre côté du lac. On va le traverser.

Il tâta la glace de la pointe de son piolet.

— Tu es sûr que ce n'est pas dangereux ?

— La glace est épaisse, ça s'entend à l'oreille, tiens… écoute…

Il tapota de nouveau la surface gelée avec le piolet. Formé par un glacier qui se déployait autrefois sur le versant du Marboré, le lac Glacé s'était peu à peu réduit à un creuset naturel rempli d'une eau douce qui gelait en hiver et dont la fonte s'amorçait début avril pour donner un laquet aux teintes émeraude et turquoise, petit joyau posé sur le flanc gris ardoise du Marboré.

— Allons-y. Tu me suis, mais pas à moins d'un mètre. Mieux vaut répartir notre poids, on ne sait jamais.

Prise d'un tremblement intérieur, Miren ne répondit pas et lui emboîta le pas à la distance recommandée. Les crampons accrochaient bien la glace, les empêchant de glisser. Derrière eux se dressait, tel un rempart millénaire, la barrière du cirque d'Estaubé, creusée en son centre par la fameuse brèche de Tuquerouye où se nichait le refuge qui les avait abrités pour la nuit.

Alors qu'ils parvenaient à peu près au milieu du lac, le silence, troublé par le seul crissement des crampons, se fissura soudain en une série de petits craquèlements suivis d'une explosion juste sous leurs pieds. Paralysée, Miren vit Noah disparaître sous ses yeux, aspiré dans le trou qui venait de se former dans la glace.

Quelques secondes après, la tête de Noah émergea de l'eau gelée dans un râle désespéré.

— Miren ! La corde dans ton sac ! Vi… vite !

Mais il disparut de nouveau avant de réapparaître, la bouche ouverte, transi, cherchant à reprendre son souffle.

— Miren ! Dépêche-toi, bon sang ! Je… je vais pas tenir longtemps !

Il claquait des dents et, avec une pensée désespérée pour son fils, cherchait à s'agripper au bord glacé qui tenait encore, mais qui, coupant comme du verre, transperça ses gants et entailla ses doigts.

— Qu'est-ce que tu fous, Miren…, haleta-t-il en la regardant.

Mais la jeune femme, pétrifiée, ne bougeait pas, en

proie à un bouillonnement intérieur, seule face à un choix terrifiant. Noah était déterminé à la conduire chez l'ermite contre sa volonté. Il ne faisait qu'obéir à l'Espada sans se soucier de ce que Miren voulait vraiment. Était-ce pour la protéger ou pour leur éviter des ennuis à eux ? À Ceux de la forêt… Là où elle ne s'était, au fond, jamais sentie chez elle. Et voilà que la nature lui servait une occasion unique… Personne ne saurait… Le temps que l'Espada, ne voyant pas Noah et Raquel revenir, s'inquiète et apprenne la vérité, elle serait loin. Loin et libre. Oui, mais où aller ? Déjà, il lui faudrait sortir de là vivante… Elle ne connaissait pas la montagne aussi bien que Noah. En revanche, elle possédait un instinct presque animal qui pourrait lui être plus utile qu'une boussole.

— Miren…

La voix de Noah faiblissait, il s'essoufflait, pourtant, Miren ne faisait rien et se contentait de le regarder se débattre, l'œil vide. Encore quelques minutes et ce serait fini. Elle serait seule, mais libre. Ses lèvres remuèrent des mots inaudibles. Peut-être était-ce « Je suis désolée, Noah » ou encore « Va chier », elle ne le savait pas vraiment elle-même.

— Qu'est-ce que… qu'est-ce que tu dis, hein ? La corde, Miren ! Hé ! Je vais…

La tête disparut une quatrième, une cinquième fois sous les morceaux de glace. Cette fois un peu plus longtemps. Miren s'approcha prudemment, debout au-dessus de l'orifice dans lequel clapotait une eau d'un vert sombre. Elle scrutait avec fièvre l'abîme mouvant devant ses pieds, quand une main surgit du trou, s'accrochant à sa cheville. Surprise, elle fit un mouvement pour se dégager, glissa et tomba à la renverse. Elle secoua sa jambe, aussi fort qu'elle le put, mais Noah ne lâchait pas son étreinte et parvint à lui saisir l'autre pied. Miren se vit attirée vers la trouée béante dans la glace, puis noyée dans cette eau gelée. Envahie d'une rage folle, elle replia une jambe et, prenant son élan, asséna de toutes ses forces un coup à Noah en plein visage. Les crampons se plantèrent dans la chair et dans l'arcade sourcilière d'où le sang jaillit aussitôt, chaud et visqueux.

— Miren ! hurla-t-il en lui serrant l'autre cheville encore plus fortement.

Mais un autre coup à la tête le fit lâcher prise. À plat ventre sur la glace, Miren empoigna son piolet et frappa quand il refit surface. La pointe en métal traversa l'os du crâne de part en part en passant par la cervelle. Le pourtour des lèvres garni d'une écume blanchâtre, Miren ne cessa de frapper que lorsque, la tête défoncée, Noah ne fit plus un mouvement. Son corps flottait, inerte, à moitié caché sous la glace.

Haletante comme une louve sur sa proie, échevelée, Miren ramassa son bonnet qui avait glissé et se releva, chancelante. Ses épaules furent prises d'un tremblement soudain qui gagna tout son corps et un rire explosa dans sa gorge, puissant, rauque, libérateur. Jamais elle n'irait chez le Messager. Non, l'Espada ne l'enverrait pas en pâture pour célébrer une divinité quelconque, comme elle l'avait fait avec d'autres filles de la communauté.

Abandonnant à son sort glacé la dépouille de l'unique amour de sa sœur de cœur, Miren rassembla ses affaires éparpillées à cause de la lutte et rebroussa chemin sur le lac Glacé, attentive au moindre grincement suspect. Devant elle, au loin, l'attendaient la barrière rocheuse du cirque d'Estaubé et tout le chemin du retour. Mais, surtout, sa liberté.

31

2 février 2023, sur la Lera

Au terme d'une ascension sans encombre, avançant d'un bon pas et relevant au passage des empreintes de raquettes, Antoine et Ramon poursuivirent jusqu'à la partie plus délicate qui menait au col de la Lera, où s'étendait le pierrier sous la neige. Flores leur avait envoyé les coordonnées de géolocalisation du corps et du monticule suspect. Ils avaient pour consigne de sonder ensuite la zone à la recherche de Loyola. En principe, ils bénéficieraient sur tout le parcours d'une bonne fenêtre météo, mais Antoine jetait un œil de temps à autre aux nuages qui se formaient, çà et là. Enfant déjà, se passionnant pour ces masses de vapeur d'eau, il avait appris à les reconnaître et à anticiper les changements de temps en fonction de leurs caractéristiques. Les stratus et les stratocumulus, nuages de basse altitude, apportaient la pluie dans leurs bagages, tout comme les nimbostratus et altostratus, plus hauts. Les cumulus ressemblaient à de grosses pelotes nuageuses, tandis que les altocumulus évoquaient un troupeau de moutons. Le cumulonimbus, souvent spectaculaire, prenait la forme d'un champignon atomique ne laissant rien présager de bon. Quant aux cirrus et aux cirrostratus, ils étaient plutôt allongés et filamenteux. Mais celui qui fascinait le plus Antoine était ce fameux rouleau menaçant aux teintes d'acier qui semblait sur le point de tout engloutir, l'arcus, visible surtout par temps orageux.

Rien de tel dans le ciel, à part quelques cirrus effilochés au-dessus des sommets et des crêtes. Il était presque midi, quand ils amorcèrent la descente sur le pierrier vers l'endroit où Olivia avait repéré le corps du berger.

— Ça va ? cria Antoine à José Ramon qui avait l'air de peiner à quelques mètres derrière lui.

Le brigadier tendit un pouce tourné vers le haut. Mais son pas manquait d'assurance.

— C'est juste que je peux avoir le vertige, sur certaines parties, avoua-t-il à Mendi en le rejoignant enfin.

Mais Antoine ne répondit pas. C'est à peine s'il releva sa présence. Son regard s'était figé sur un objet métallique qui émergeait de la couche neigeuse. Et surtout sur les lettres et les chiffres à moitié effacés visibles dessus : Be.ch.raft 58TC.

— Une aile d'avion…, nota Ramon, ébahi, oubliant instantanément le vide qui s'ouvrait devant eux, un peu plus loin.

— On n'est pas ici pour ça, dit Antoine sombrement.

Dans un effort pour maîtriser l'émotion qui lui soulevait les tripes, il balaya les environs du regard et ses yeux embués s'arrêtèrent sur ce qu'ils cherchaient. Un corps. Recouvert d'un linceul de neige.

— Le voici.

Les deux hommes s'approchèrent de la dépouille,

dont le visage n'était plus que des lambeaux de chair violacée.

— Les vautours s'en sont donné à cœur joie…, énonça Antoine en posant un genou à terre. Il est méconnaissable, alors que sur les photos d'Olivia on distingue encore ses traits. Prends-le recto verso.

Une fois quelques photos faites et les poches fouillées en quête de papiers d'identité que l'homme n'avait pas sur lui, Mendi passa ses mains sous le corps et le retourna avec précaution, aidé de son coéquipier au bord de la nausée.

— On lui a défoncé le crâne. Sans doute avec une pierre… comme une vulgaire noix de coco, dit-il en soufflant devant la violence du geste.

— Sans doute celle-ci…

Ramon tenait une pierre de bonne taille, aux arêtes prononcées, souillée de taches brunâtres.

— Bonne pioche, Ramon ! On l'embarque avec le fusil. Et maintenant, on trouve le monticule. Plus au nord-est, d'après les coordonnées.

Malgré la mince pellicule neigeuse, ils ne tardèrent pas à tomber dessus.

— Voyons ce qu'il cache…, dit Antoine, bien que, comme Flores, il le devinât déjà.

S'y mettant ensemble, ils défirent pierre par pierre la tombe de fortune sous laquelle reposait Raquel et découvrirent le cadavre, vêtu d'une parka rouge, presque intact.

— Merde, une femme ! s'exclama Ramon, cette fois au bord des larmes. Elle… elle ressemble à ma Paquita…

— Au moins, elle aura échappé aux vautours, contrairement à l'autre.

— C'est pas humain, de faire ça.
— Attends, sa mort est peut-être accidentelle.
— Et toutes ces contusions ?
— Justement, regarde sa jambe. Fracture ouverte, le tibia est perpendiculaire à la cuisse. C'est sans doute une mauvaise chute.
— On a pu la pousser. Peut-être ce type, suggéra Ramon.
— Possible. Il n'en serait pas à sa première agression sur une femme.
— Comment ça ?
— Tu te souviens de la fille que j'ai découverte à moitié assommée et qui a été transférée aux urgences à Bagnères ?
Ramon hocha la tête.
— Il était dans les parages, avec un autre type. Ça s'est passé près du lac de la Bête. S'il n'a pas pensé à nettoyer la crosse de son fusil, il y a peut-être encore des traces d'ADN. La fille aurait été justement assommée d'un coup de crosse. Si c'est la même arme, ce sera un ADN féminin.
— L'ordure.
Le jeune brigadier peinait à cacher son émotion.
— J'informe la capitaine Flores de la découverte d'un deuxième corps non identifié et lui confirme qu'on a bien trouvé le premier pour qu'elle envoie le légiste sur place au plus vite. Avant que les vautours ne reviennent finir leur festin. Ramener deux cadavres sans hélicoptère risque d'être compliqué, sur un terrain comme celui-ci. Impossible de faire monter des motoneiges et encore moins des véhicules. Ramon, tu vas redescendre au poste montrer les photos à Flores et faire analyser la pierre et le fusil. Moi,

je vais continuer et essayer de trouver où se planque Loyola. Il n'est peut-être pas étranger à tout ça.

— Je ne vous laisse pas y aller seul, mon lieutenant. S'il est armé, c'est trop risqué.

— Pas de discussion, brigadier, c'est un ordre, fit Antoine en haussant la voix.

— Medusa va me démonter.

— Tu lui rapporteras ce que je viens de te dire. J'en prends l'entière responsabilité. Et c'est « capitaine Flores ».

Abandonnant les corps, ils remontèrent ensemble la pente de la Lera jusqu'au sentier, où ils se séparèrent, chacun partant dans une direction opposée.

Antoine regarda Ramon s'éloigner et, une fois qu'il eut la certitude que le jeune gendarme ne le suivrait pas, il bifurqua. Quelque chose le motivait bien plus que de mettre la main sur le Prêcheur : trouver d'autres débris de l'avion qui s'était écrasé avec, à son bord, ses parents, Viktor et Dolores Mendi.

32

2 février 2023, à la gendarmerie

En voyant Ramon arriver seul, Flores explosa de colère dans le bureau.

— Le lieutenant Mendi en prend toute la responsabilité, risqua Ramon, qui ne savait déjà plus où se mettre. Et ce n'était pas à moi de…

— Bien sûr, Ramon, merci de me le rappeler ! Mais ça ne change rien aux faits, ni à l'arrogance de Mendi ! Il est censé travailler en équipe et il choisit de n'en faire qu'à sa tête ! Je l'avais pourtant recadré ! Il t'a dit qu'il partait à la recherche de Loyola ? Vraiment ?

— Je vous le jure, mon capitaine.

— Ne jure jamais, Ramon. Tu es certain qu'il n'y a pas d'autre raison ?

Le pauvre José, seul face aux foudres de sa supérieure, semblait désemparé par la question.

— Je ne vois pas, non…

— Bon, va chercher Perez, j'ai quelque chose à vous montrer à tous les deux.

Ramon s'exécuta. Une fois revenus, sa collègue et lui prirent place devant Flores, face à son PC allumé.

— J'y ai passé une partie de la soirée hier, et prise d'un doute, je me suis relevée dans la nuit pour faire des recoupements qui me font dire que les deux fils Dangles avaient raison de se sentir en danger, que leur père le savait, c'est pourquoi il est parti régler son compte au Prêcheur. Voulant creuser un peu dans la vie d'Ekain Loyola qui, au passage, porte bien son prénom. Ekain, «celui qui se cache», et il s'est bien caché aux yeux de tout le monde, j'ai découvert que ses changements de paroisse, lorsqu'il était prêtre, coïncidaient étrangement avec les années où des disparitions d'enfants ont été signalées près des villes où il exerçait. Tarbes et la région, Lourdes, entre 1989 et 1995, mais également des villages du parc des Pyrénées et du massif du Néouvielle, un peu plus tard, en 1997. Au total, une quinzaine d'enfants ont disparu, à ces deux périodes et là où Loyola, dit le Prêcheur, s'est arrêté plus ou moins longtemps. Vous voyez où je veux en venir?

Ramon et Perez se regardèrent, pensant à la même chose. L'innommable.

— Il n'y a aucune preuve, bien sûr, poursuivit Flores, un chewing-gum roulé entre les dents. Juste des coïncidences plus que troublantes qui, au bout de trois, ou même deux, n'en sont plus. Mais c'est tout et il va falloir, tôt ou tard, contacter les collègues de la SR de Toulouse avec ces éléments, les dossiers ayant été classés faute d'indices. Et… la cerise sur le gâteau, si je puis dire… Les onze victimes de l'avalanche de janvier 1999 qui s'est produite le jour du crash étaient des gosses. Un groupe parti faire un sommet espagnol, le mont Perdu, justement. Et qui était leur guide? Ekain Loyola. Assisté d'un adolescent du village qu'il avait pris sous son aile, Mathias Dangles. On n'a retrouvé que sept corps… Les parents des quatre autres n'ont même pas pu se recueillir sur les tombes de leurs enfants.

— Mais là, c'était une avalanche…, observa Olivia, abasourdie par ce qu'elle venait d'apprendre.

— Ce que je veux dire, Perez, c'est que s'il n'y avait pas eu l'avalanche, ces gosses auraient peut-être disparu malgré tout… Bon, en attendant des nouvelles de Mendi, je vais demander au légiste de se rendre là-haut afin de nous en dire un peu plus sur les circonstances de la mort de Mathias Dangles et de cette jeune femme. Je n'ai pas encore annoncé à Inès le décès de son mari. Par la même occasion, je verrai si leurs fils ont quelque chose à dire.

33

2 février 2023, entre Tuquerouye et le lac Glacé

Antoine se dirigea vers la brèche du Tuquerouye par le chemin qu'avaient emprunté Noah, Raquel et Miren. Il ne tarda pas à apercevoir le refuge, coincé entre les rochers. Et lorsqu'il arriva au niveau des cabanons jumeaux, il se rendit compte que s'il poursuivait, il risquait d'être rattrapé par la tombée du jour, puis, très vite, par la nuit. Excepté sa couverture de survie, il n'avait rien pour se protéger.

D'après ses informations sur la localisation du crash, ses recherches devaient le mener dans le périmètre du mont Perdu. Mais quand un avion s'écrase, même s'il s'agit d'un appareil de petite taille, on peut retrouver des débris très loin du point d'impact. S'il voulait avoir des chances d'en localiser d'autres, et peut-être même ce qui restait de la carlingue, il lui faudrait effectuer une exploration aérienne. À pied, seul, il ne ferait que perdre du temps. Un drone serait l'idéal. Or, contre toute attente, la gendarmerie de montagne n'en avait aucun à disposition.

— Qu'est-ce que tu veux voir ou savoir, en fait ?

Max était de retour. Forcément. Antoine choisit

de l'ignorer. Ce n'était pas le moment de se laisser distraire. Mais Max insista.

— Antoine ! Tu m'entends ?

— Tais-toi, Max. Si tu veux m'aider, ferme-la.

— Pourquoi t'enliser dans le passé ? Ce n'est pas l'idéal, pour avancer.

— Ce qui n'est pas idéal, c'est que tu te mêles sans arrêt de mes affaires.

— Pour ton bien. Ça t'apportera quoi, de retrouver les restes de l'avion ? Et tu ne seras même pas sûr que ce seront ceux du Beechcraft de ton père.

— Il n'y a pas trente-six Beechcraft Baron qui se sont crashés ici. Maintenant, laisse-moi, Max. Pour ton bien à toi.

— OK, OK, si tu le prends comme ça. De toute façon, c'est toi qui décides.

Contournant le refuge, Antoine fit quelques pas et eut le souffle coupé. Devant lui se déployait un paysage unique, sauvage, dont la blancheur contrastait avec le bleu pur du ciel. Au fond, au-delà du lac Glacé qui formait une étendue plus sombre, se dressait la silhouette massive du mont Perdu. Les épaules et le dos d'un géant. C'était donc dans cette partie des Hautes-Pyrénées que ses parents avaient choisi d'en finir. En finir avec quoi ? Malgré la dernière lettre de son père, la question le brûlait. En réalité, il ne savait rien de ce qui avait vraiment pu les pousser à commettre un tel acte. Le plus absolu, le plus radical qui soit. On n'avait jamais retrouvé les corps. Antoine n'osait pas imaginer ce que la violence du choc avait pu produire. Peut-être même avaient-ils été consumés dans l'explosion. En tout cas, ça s'était passé là… dans le silence de ces montagnes. Provoquant la rupture d'un glacier et une avalanche… S'y était-il trouvé, comme le laissait penser son nom sur la liste ? Il n'en avait aucun souvenir. Seul ce cauchemar qui le poursuivait. Il sortit son portable et appela Flores.

— C'est Antoine, commença-t-il, Ramon est bien rentré ?

— Bien rentré, oui, mais seul, dit-elle, d'une voix aussi sèche qu'un pétard.

— Je sais, je suis désolé mais j'en assume la responsabilité.

— J'espère que tu l'assumeras jusqu'au bout. Sanction disciplinaire comprise.

— N'exagère pas…

— Depuis quand tu me tutoies ?

— Depuis que tu me l'as demandé l'autre soir. « Pas de chichis entre nous. »

— Tu me tutoieras quand tu apprendras à travailler en équipe, Mendi. Tu comprends cette notion ?

— Je ne capte pas bien… le réseau est mauvais…

Et Antoine raccrocha, un vague sourire aux lèvres.

— C'est bien, ça, Andoni, je suis fier de toi !

— J'aime quand tu parles comme ça, Max.

Il éteignit son portable. « Sanctions disciplinaires. » Il n'y croyait pas. Elle avait trop besoin de lui pour faire tourner la Rurale. Et il sentait qu'au fond, elle l'aimait bien. Comme on peut aimer un sale gosse qui donne du fil à retordre, mais qui se révèle finalement attachant.

Prenant ses jumelles d'une portée de cinq kilomètres, il les braqua sur le lac Glacé. Quelque chose à la surface l'intrigua. Réglant les oculaires au maximum de leur puissance, il les fixa sur cette anomalie et vit que la glace avait cédé, laissant apparaître l'eau, d'un vert sombre. Peut-être un animal, mais à part un ours ou peut-être un bouquetin, le premier devant encore hiberner à cette période, Antoine ne voyait pas ce qui aurait pu faire céder la surface gelée. Balayant une dernière fois les environs, il crut percevoir un mouvement en amont. C'était très furtif, pourtant quelque chose avait bougé tout au bord du cercle formé par ses jumelles. Il les recentra sur l'objet en question, mais celui-ci avait déjà disparu de son champ de vision. Sans doute derrière le rocher qui se trouvait sur la droite. Il se pouvait que ce soit un animal ou un humain, aussi son instinct le poussa-t-il à attendre que la chose réapparaisse. Il n'oubliait pas que Loyola se cachait quelque part dans le massif de Marboré et qu'il était censé le chercher.

Ne voyant rien d'autre que le miroitement de la neige sous le soleil de presque 15 heures, il était sur le point d'abandonner quand quelque chose bougea, cette fois plus proche de lui. Il effectua un réglage rapide et apparut, en contre-jour, une silhouette se déplaçant avec effort à l'aide d'un bâton de marche. Un humain, distingua-t-il, vêtu d'un anorak, la tête couverte d'un bonnet, une écharpe autour du cou, portant un sac à dos. Se pouvait-il que ce soit Loyola ? La démarche mal assurée et le gabarit lui firent penser plutôt à un adolescent ou une femme. L'individu, équipé de raquettes, avançait péniblement, prenant de face le vent qui s'était levé et qui le contraignait à garder la tête baissée. Malgré la portée et la précision de ses jumelles, Antoine ne parvenait pas à voir son visage.

Lève la tête, bon sang…, marmonnait-il. À cette distance, un peu moins d'un kilomètre, et à cette hauteur, le marcheur ne pouvait pas le remarquer. Le vent était très froid et, malgré les gants Thermolactyl, ses doigts commençaient à se raidir. Il sortit de son sac une barre de chocolat aux céréales et mordit dedans. Avec ce vent, qui risquait de faire tourner le temps très vite, il allait devoir passer la nuit dans le refuge.

Tout à coup, le marcheur s'immobilisa dans une attitude qui ressemblait à celle d'un animal aux aguets. L'avait-il aperçu ? Mais l'individu prit son sac à dos, l'ouvrit et en sortit une bouteille à laquelle il but d'un trait. C'est alors qu'Antoine la reconnut avec stupeur. C'était elle, il en était sûr, elle, la fille au bonnet vert. Celle à laquelle il n'avait pas cessé de penser depuis que leurs regards s'étaient croisés.

34

2 février 2023, près du lac Glacé

Alors qu'elle marchait, raquettes aux pieds, les larmes roulaient sur les joues cuisantes de Miren. Et ce n'était pas seulement à cause du vent dans ses yeux. Nuage. Comme Raquel, elle ne le reverrait plus. Lui aussi, était une part d'elle-même qui s'était détachée. Et maintenant… elle était seule.

Tout en avançant sur la neige où s'imprimaient les croisillons de ses raquettes, Miren se demandait si elle connaîtrait un jour cet amour que lui avait décrit Raquel. Un soir, Miren l'avait vue avec Noah. C'était là qu'elle avait découvert ce qu'on fait quand on s'aime. Quelque chose de brut et de sauvage. Comme les animaux, comme ce cerf et cette biche qu'elle avait surpris dans la forêt, mais avec des sentiments en plus. « Pas seulement pour se reproduire », lui avait dit Raquel. « Comment ça fait ? » lui avait demandé Miren, toute rouge de curiosité et de gêne. « Ça fait du bien, parfois ça fait un peu mal, mais c'est bon, très bon. Tu as l'impression que ton corps explose, que ça s'ouvre d'un seul coup et que tu deviens légère, si légère que tu vas presque t'envoler. Parfois, au contraire, c'est douloureux. Tu te resserres alors que tu voudrais te relâcher. C'est pour ça qu'il faut le faire avec l'homme que tu aimes et qui t'aime, avec personne d'autre. » Ces mots avaient résonné en Miren. Ils s'étaient installés, gravés dans son être. Avec personne d'autre. C'est pourquoi elle ne l'avait jamais fait. Parce qu'elle n'avait ressenti ces choses-là pour aucun homme.

Malgré tout éprouvée par sa lutte farouche avec Noah, elle peinait à avancer, surtout depuis que le vent s'était levé. Un vent sec, glacial, coupant, qui la forçait à marcher tête baissée pour pouvoir respirer. Raquel… Raquel…, pleurait-elle en silence, prise entre le chagrin et la colère. Elle avait tenu à venir, alors qu'elle aurait pu rester au chalet. Elle aurait dû rester. Elle serait encore en vie. Mais Raquel savait faire la bourrique. Peut-être voulait-elle être juste avec Noah… Elle l'aurait eu rien que pour elle au retour. Ils auraient dormi dans le refuge, comme à l'aller, sauf qu'ils auraient été libres de le faire. C'était ça. Pas du tout pour elle, en réalité, se disait Miren en grinçant des dents.

Épuisée par la marche dans une neige lourde et par l'émotion, Miren s'arrêta, sortit de son sac à dos une bouteille où il restait un peu d'eau et l'avala d'un trait. Elle pourrait continuer à s'hydrater en faisant fondre de la glace ou en suçant de la neige. Ses lèvres asséchées commençaient à craqueler et le sang qui perlait des crevasses lui laissait un goût métallique sur la langue. Le village. Si elle s'y arrêtait, elle risquait de tomber sur les gendarmes. Même si personne ne pouvait savoir qu'elle avait tué le type au fusil, là-haut. En revanche, il y avait l'autre, le fermier, la poitrine transpercée d'un coup de fourche. Son bonnet, qu'elle avait perdu. L'homme auquel elle ne cessait de penser, un gendarme, lui aussi. Même s'il n'était pas comme les autres. Que se passerait-il, si elle le croisait au village ? S'ils retrouvaient le corps de cette ordure sur le pierrier, feraient-ils le rapprochement avec l'agression dont elle avait été victime ? Lui la ferait, elle en était sûre. Aller au village était donc trop risqué.

Elle renversa la tête en arrière, paupières closes au soleil, laissant le vent froid lui fouetter le visage. Lorsqu'elle les rouvrit, un bref scintillement au loin, sur les hauteurs du refuge, l'alerta. Ce n'était pas un jeu de lumière sur la glace ou sur le granit. Ça se répétait. Miren percevait un mouvement. Très léger, furtif, mais un mouvement. Ce n'était pas non plus un animal. Il y avait quelqu'un, là-haut. Quelqu'un qui l'avait peut-être même déjà repérée, bien visible, se détachant sur cette blancheur. Si elle continuait dans cette direction, elle s'exposerait forcément. Il n'y avait que ce sentier pour gagner Tuquerouye. L'autre option était de rebrousser chemin et de gagner la frontière franco-espagnole. Elle devait se décider sans perdre de temps. Décider entre le Messager et l'inconnu. Aspirant une grande bouffée d'air glacé jusqu'au fond de ses poumons, Miren lâcha un cri qu'elle étouffa d'une main. Un cri qui venait des tripes, un cri de rage contre ce fantôme qu'elle avait pris pour sa liberté. Mais elle avait choisi et se remit en route dans l'ombre du lac Glacé.

35

2 février 2023, dans la montagne

Toujours à travers ses jumelles, Antoine la vit se redresser, plisser les paupières dans sa direction et faire subitement volte-face pour repartir d'où elle venait. Merde… elle m'a repéré… le con ! pesta-t-il, se rendant compte un peu trop tard que c'était sans doute la réverbération des rayons du soleil sur ses jumelles qui l'avait trahi. La suivre ou rentrer… S'il quittait son poste d'observation maintenant, il aurait une chance de la rattraper.

Sans plus hésiter, abandonnant le promontoire du refuge, Antoine se lança sur les traces de la fille. Il devait absolument la rattraper. Et ne pas lui faire peur. Sinon il risquait de la perdre cette fois encore. Elle savait être insaisissable et pouvait très bien se faufiler là où il ne pourrait pas la suivre. Cette fille était un chat. Ou peut-être un puma, corrigea-t-il.

Les raquettes l'empêchaient de courir et le ralentissaient. Mais c'était la même chose pour elle. De temps à autre, il s'arrêtait quelques secondes, reprenait ses jumelles et vérifiait où elle en était. Elle arrivait déjà aux abords du lac. Elle allait forcément le traverser. La suivre sur la glace allait poser problème à Antoine, à cause de son poids et de sa carrure. Pas ceux d'un ours, mais quand même. Il accéléra le pas autant qu'il le put. Eut l'impression que la distance entre eux se réduisait, quand il la vit s'arrêter juste au bord de l'étendue d'eau gelée et se pencher pour enlever ses raquettes et fixer les crampons à ses chaussures. C'était maintenant ou jamais… Levant les genoux plus haut, il essaya de courir, y parvint sur quelques mètres, mais la raquette droite heurta une petite excroissance dans la neige, sans doute une pierre dissimulée, et il roula par terre après un vol plané. La bouche pleine de poudreuse, soufflant par le nez celle qui lui était entrée dans les narines, il se releva en vacillant et, retrouvant l'équilibre, poursuivit sur sa lancée. Cinq cents mètres à peu près les séparaient désormais. C'était cependant assez pour qu'elle lui échappe.

— La laisse pas filer cette fois, mon vieux…

— Encore faut-il que j'y arrive, bougonna Antoine à Max, qui n'en manquait pas une.

Il n'avait pas vraiment réfléchi à ce qui le motivait à la retrouver à tout prix. Cherchait-il simplement à lui parler, à la connaître, ou bien le traqueur en lui se réveillait-il afin de l'interroger de façon musclée à la gendarmerie ? Ce qu'il ne pouvait nier, c'était la troublante coïncidence entre la présence de cette fille ici, dans la montagne, et la découverte du corps de Mathias Dangles, probablement l'auteur de l'agression sur le chemin du lac de la Bête. Et, avec ce qui était arrivé au fermier, il devinait que pour se défendre cette fille était prête à tout.

Il la chercha à nouveau avec ses jumelles, mais ne parvint plus à la voir. Elle n'était plus sur le lac. Quel con ! se tança-t-il de nouveau, en scannant les environs du glacier. Tout semblait figé, désert. Un instant, il craignit que le pire se soit produit et que, à son tour, elle n'ait été engloutie dans l'eau sombre, à un endroit où la glace aurait cédé. Mais il n'observa rien dans son sillage, aucune faille, ni brisure.

Où elle a pu passer, bon sang ? grondait-il, bouillonnant. À tel point qu'un court instant, il en vint même à douter de la réalité, se demandant s'il n'avait pas été victime de son obsession de la retrouver. Il insista malgré tout, arrivant pratiquement à l'extrémité du lac dans le prolongement duquel se trouvaient les restes du glacier. Malgré le jour déclinant, il n'était pas question d'abandonner.

Il dépassa donc le lac Glacé et allait attaquer la cheminée, après laquelle il continuerait sur l'étendue gelée qui, aux beaux jours, demeurait sous la forme d'un large névé. Il ne put s'empêcher de penser à l'une des fascinantes histoires de montagne que se plaisait à lui raconter Frantzisko, son grand-père. Malgré ses 3 355 mètres, le mont Perdu n'était pas, comme on l'avait longtemps clamé, le sommet le plus haut des Pyrénées. D'une altitude de 3 404 mètres, c'était l'Aneto, un sommet du massif de la Maladeta, qui l'emportait. Dans la rivalité impitoyable qui avait opposé alpinistes et scientifiques dans la conquête de l'Aneto au XIXe siècle, un guide de haute montagne, considéré à l'époque comme le meilleur de la région, s'était tué lors d'une chute dans une crevasse. « Et tu ne vas pas me croire, mon garçon, lui avait dit son grand-père, les yeux humides, la montagne l'a recraché plus d'un siècle plus tard. Tu te rends compte, le cadavre de ce malheureux a été charrié sur un kilomètre et demi pendant cent sept ans dans le ventre du glacier avant de réapparaître. »

Les ponts de neige sont sans doute parmi les plus grands dangers en haute montagne. Antoine s'en méfiait comme de la peste. On pose un pied sur ce qu'on croit être un sol stable sous la couverture neigeuse et on se retrouve cinquante mètres plus bas, au fond d'une crevasse, brisé ou mort.

Antoine savait que cette partie de son périple serait la plus dangereuse. Comme elle l'avait toujours été. Peut-être plus encore aujourd'hui, avec le réchauffement climatique. Mais le désir de retrouver la fille l'emportait. Il se lança donc, persuadé que, en retrouvant la terre ferme à la sortie du lac Glacé, elle avait accéléré le pas.

Ses yeux tombèrent au même moment sur de petits trous dans la neige, qui se succédaient en un sillon très net. Des crampons…, se dit-il en reprenant espoir. Le regard rivé aux marques, concentré sur leur tracé, il ne s'aperçut pas tout de suite de leur interruption. Lorsqu'il s'en rendit compte, stoppé net dans sa progression vers la cheminée, il était trop tard. Le coup à l'arrière du crâne le fit basculer en avant, son corps rencontra le froid de la neige et ce fut le trou noir.

36

2 février 2023, vers le mont Perdu

Lorsqu'il reprit conscience, les paupières lourdes, une vive douleur à la tête et à la nuque, Antoine entendit d'abord un bruissement, qu'il reconnut : celui du vent sur la couverture de survie qui le recouvrait jusqu'au menton. Elle était coincée sous lui, l'enveloppant comme un filet de poisson en papillote. Il tenta de se redresser, mais un vertige l'en empêcha.

— Doucement, il faut y aller doucement.

La voix d'homme au-dessus de lui le fit sursauter. Il chercha en vain son arme à sa ceinture, elle ne s'y trouvait plus.

— Je ne te veux pas de mal, mon garçon, lui souffla la voix, d'un ton doux et bienveillant, avec un roulement feutré sur les *r*.

Clignant des yeux, il aperçut la silhouette d'un homme penché sur lui, dont la barbe incroyablement longue lui chatouillait les joues et le front.

— Vous êtes qui ? articula-t-il avec effort.

— Je ne suis personne. On m'appelle le Messager.

— C'est vous qui m'avez assommé ?

— C'est moi qui t'ai trouvé, sous cette… pelure dorée. Tu as reçu un sacré coup.

Antoine s'appuya sur un coude.

— Peut-être que vous mentez ? Et qu'en réalité, c'est vous qui me l'avez donné, ce coup…

— Et dans quel but ?

— Prendre mon arme, par exemple.

— Le Messager n'a pas besoin de ça. Il n'a pas d'ennemis.

Antoine essaya de l'examiner plus en détail, malgré sa douleur au crâne. Il portait une barbe et des cheveux tombant jusqu'aux épaules d'une couleur jaune sale qui, entretenus, et surtout lavés régulièrement, auraient pu être d'une blancheur de neige. Ils lui pleuvaient sur les yeux. Sa tenue vestimentaire aurait fait hurler une vegan comme Astrid. Il était habillé de peaux et de fourrures d'animaux dans lesquelles on reconnaissait du mouton retourné, du lapin et, Antoine n'osait l'imaginer, peut-être de l'ours. Il devait être aussi armé que pouvait l'être un chasseur. Pourtant, son allure et son visage taillé à la hache, sillonné de fissures tel un vieux mur lézardé, lui donnaient davantage l'aspect d'un prophète, ou d'un illuminé, auquel Antoine ne pouvait donner un âge précis. Peut-être entre soixante-cinq et soixante-dix ans, malgré son allure alerte et vigoureuse. Pour tout équipement, il avait une longue corde d'alpinisme en bandoulière, ainsi qu'un piolet à la ceinture.

— Alors que faites-vous là ? Qu'attendez-vous ? Que je crève ?

— Que tu sois en mesure de marcher. On ne t'a pas raté.

— J'aimerais savoir qui.

— Quelqu'un qui portait des crampons aux pieds,

comme ces empreintes tout autour de toi le suggèrent. Pas besoin d'être un policier pour le constater.

— Je suis gendarme. Chasseur alpin, dit Antoine en essayant de s'appuyer sur une jambe pour se mettre debout.

Il jeta un coup d'œil aux pieds de celui qui se présentait comme « le Messager ». Il n'aurait pas pu fixer de crampons sur les espèces de bottes d'esquimau qui le chaussaient. Peut-être disait-il vrai.

— Vous n'avez pas croisé une jeune femme, seule, en venant jusqu'ici ?

En même temps qu'il lui posait cette question, Antoine se disait qu'il ne savait même pas d'où sortait ce type.

— Non, personne, comme souvent ici, en hiver. Pourquoi ? Elle t'a faussé compagnie ?

— Pas exactement. Mais il faut que je la retrouve.

— Le jour décline. Tu n'as rien pour dormir, pas de tente et, à cette saison, si tu es pris dans une tempête, tu ne t'en relèveras pas. Viens avec moi.

— Où ça ?

— J'habite un hameau abandonné de l'autre côté de la frontière. Un ancien village de bergers. On peut y être dans une heure. Quand on arrivera, il fera nuit. Mais au moins, tu auras où dormir avant de repartir chercher cette fille.

Cette fille est désormais armée, si c'est bien elle qui m'a assommé, pensa Antoine, enfin debout, en pleine réflexion. Ça pulsait dans sa tête au rythme de ses battements cardiaques. Le vieux trappeur avait raison. S'il s'obstinait, il ne passerait pas la nuit, avec cette température.

— Je vous suis.

— Allons-y alors, je connais un rac...

Un cri terrible interrompit net le Messager. Les deux hommes se regardèrent, saisis.

— Ça vient d'un peu plus haut, allons-y ! dit l'ermite.

Un autre cri, plus étouffé, leur fit accélérer le pas. Le jour baissait rapidement et, déjà, les montagnes plongeaient dans une ombre bleutée.

— Attention ! alerta le Messager, un bras tendu, barrant la route à Antoine, qui eut tout juste le temps d'éviter le piège béant devant eux.

Une crevasse d'une dizaine de mètres de long s'ouvrait comme la gueule d'un monstre, là où un pont de neige avait cédé.

— Quelqu'un est tombé là-dedans ! dit le vieil homme en déroulant sa corde. Tiens, aide-moi, je vais descendre...

— Pas question, c'est moi qui descends. Je suis formé pour ça. Et j'ai des crampons, un baudrier et deux piolets.

— Seulement, si c'est toi qui restes en haut, tu auras plus de forces pour m'assurer...

Mais Antoine avait déjà attaché les extrémités de son double filin à deux des trois piquets qu'il venait de sortir de son sac à dos et de planter au bord de la crevasse. Il enfila son baudrier, l'ajusta, et fixa l'autre extrémité à la paroi à l'aide de mousquetons.

— Assurez-vous juste que le dispositif tienne bon, dit-il avant de plonger en rappel dans l'obscurité du boyau, à la seule lumière de sa frontale, armé de ses deux piolets.

Après avoir franchi un premier palier, il sentit sur son visage le souffle coupant de la cavité glaciaire.

Mais son instinct de sauveteur avait repris le dessus. Il en avait sauvé, des vies, dans les entrailles de la montagne. La plupart du temps celles d'inconscients qui, en plus de la leur, mettaient l'existence d'autrui en danger. Malgré un profond mépris pour ce type de comportement, Antoine s'était toujours porté volontaire pour les secourir dans les situations les plus périlleuses. Comme ce père et son fils, emportés par une avalanche qu'ils avaient eux-mêmes provoquée en faisant du hors-piste. Antoine les avait retrouvés tous les deux. Mais il avait dû annoncer au père, censé donner l'exemple, le décès de son fils.

Un gémissement lui parvint de plus bas. Il évalua la profondeur de la crevasse à plus de cinquante mètres. Il n'aurait jamais assez de longueur de corde pour atteindre le fond. Il allait devoir descendre à l'aide de ses crampons et de ses piolets. En revanche, si, comme il le pressentait, la personne était sérieusement blessée, il ne pourrait pas la remonter sans corde. Il en avait déjà déroulé dix mètres et il lui en restait autant avant de devoir se détacher pour poursuivre. Mais ses pieds rencontrèrent soudain quelque chose de dur. La tête penchée pour éclairer sous lui depuis sa frontale, il découvrit une petite plateforme rocheuse, en même temps qu'une autre plainte résonnait, cette fois toute proche.

— Je vais vous aider ! cria-t-il. Tenez bon !

Avant de passer la plateforme et de continuer, il promena le faisceau de la frontale sur le petit plateau et s'arrêta brusquement de respirer. Là, devant lui, au fond, une plaie ouverte et saignante sur la longueur du tibia, le visage transformé par la douleur mais malgré tout reconnaissable, se trouvait celle qu'il cherchait. La fille au bonnet vert.

37

2 février 2023, à la gendarmerie

— Mendi n'est pas redescendu et je n'arrive pas à le joindre. Et dans à peine une demi-heure, il fera complètement nuit, enrageait Flores, dans un mélange d'inquiétude et de colère.

— Il a l'habitude de la montagne, risqua José, qui se préparait à rentrer chez lui.

— S'il me la fait à l'envers, il va prendre cher ! Il vaudrait encore mieux pour lui qu'il lui soit arrivé quelque chose.

Ça, on n'en doute pas, pensèrent en même temps Olivia et Ramon, qui avaient en tête le recadrage mémorable par la capitaine d'un gendarme venu de la section de recherches de Toulouse n'ayant fait que passer par la Rurale. Il avait échappé de justesse à une mise à pied pour s'être endormi dans la voiture alors qu'il filochait un suspect.

— Bon, vous pouvez y aller, je vais attendre un peu, j'ai encore quelques paperasses à faire. Le rapport du légiste sur l'autopsie du fermier est tombé tout à l'heure, ça va m'occuper. Je vous ferai le compte rendu demain matin. Mais si Mendi n'est toujours pas revenu, il faudra lancer les recherches.

— J'aurais dû rester avec lui, dit Ramon, confus.

— Il a pris ses responsabilités en continuant seul. Même pour un sportif chevronné, la montagne reste dangereuse et imprévisible. Rentrez bien.

Flores quitta la gendarmerie au moins deux heures après le départ de Ramon et de Perez. Le rapport du légiste n'avait fait que confirmer les causes de la mort du fermier. C'était bien le coup de fourche porté à la poitrine qui avait entraîné le décès. En revanche, elle n'aurait que dans deux ou trois jours le rapport des autopsies des deux autres corps, celui de Mathias Dangles et celui de l'inconnue. Elles devaient être pratiquées sur place par le légiste et ses assistants, la configuration des lieux ne permettant pas le transport des corps sans danger.

Comme chaque soir, Botox lui fit une fête monstrueuse, partagé entre la joie de retrouver enfin sa maîtresse et l'impatience d'avaler une bonne pâtée. Flores lui remplit une gamelle pour un repas bien mérité, avala elle-même un bol de soupe aux légumes, puis sacrifia à son rituel au fouet sur fond du *Vaisseau fantôme* de Wagner, face aux regards innocents de ceux que la montagne avait emportés.

Au moment où elle entrait dans la cabine de douche pour se laver de cette journée de tensions, la lumière s'éteignit. Maudite ampoule, gronda-t-elle. Mais après une vérification sur l'interrupteur du salon et de sa chambre, elle se rendit compte qu'il s'agissait d'une coupure. Ouvrant le placard du compteur, elle constata qu'il n'avait pas disjoncté : tout le secteur était sans doute touché. L'hypothèse lui fut confirmée par des bruits de voix sous ses fenêtres. Les voisins étaient surpris dans leurs activités. Flores enfila à la hâte un survêtement de jogging et des baskets et sortit avec Botox prendre le pouls des échanges et voir si la coupure d'électricité concernait tout le village. Alors qu'elle remontait à pied vers le centre à la lumière de sa torche, Botox soufflant comme un bœuf contre sa cuisse, elle entendit un tintement dans son dos. Elle se retourna et leva la torche devant elle, mais ne vit rien d'autre que des flocons épars qui commençaient à valser dans l'obscurité. Après un premier émoi, les gens s'étaient peu à peu dispersés et chacun était rentré chez soi allumer des bougies. Flores ne croisa plus que de rares retardataires, la plupart ayant été contraints de quitter le bar où ils avaient échoué comme chaque soir. Un nouveau tintement, plus proche, cette fois, la fit sursauter. Botox, auquel il en fallait beaucoup pour arracher un grognement, se mit à aboyer, les yeux fixés sur l'invisible.

— Qu'est-ce que tu as senti, mon vieux? souffla Flores en regardant tout autour dans le cercle de sa torche, les sens en éveil.

Au même instant, une ombre blanche traversa le faisceau lumineux. Si vite que Flores se demanda si elle n'avait pas la berlue. Mais le comportement inhabituel du terre-neuve lui disait le contraire. Il y avait bien quelqu'un, dans le noir. D'autres tintements suivirent, accompagnés de mouvements furtifs. Flores fit aussitôt le rapprochement avec l'aventure des trois chasseurs dans le bois. La forêt avait résonné de bruits étranges, des sons métalliques, comme des carillons. Ce soir aussi.

Soudain, sur la place principale du village, des masques menaçants, d'un blanc phosphorescent, surgirent dans la pénombre. Certains représentaient une tête de mort, d'autres, le célèbre masque au rictus figé de Guy Fawkes, un des membres de la conspiration des Poudres, repris par les Anonymous, d'autres encore des têtes d'animaux. Un lapin aux dents acérées, un loup aux yeux injectés de sang, un sanglier aux défenses effrayantes, un cerf écorché, des têtes de pit-bulls et des chats féroces. Peu à peu, dans une musique entêtante, se mit en place une sorte de chorégraphie animale sauvage aux allures de carnaval et aux danseurs masqués. Et puis tous s'éloignèrent.

Des pierres jaillirent de nulle part, faisant voler des vitres en éclats, des voitures garées s'embrasèrent spontanément dans les rues, bientôt envahies de gens courant dans tous les sens et hurlant. Flores et Botox déboulèrent au centre du village au milieu d'un chaos indescriptible.

— Qu'est-ce qui se passe ? cria-t-elle à un type qui avait surgi à côté d'elle, effaré.

— Si on le savait ! On se demande bien ce qu'ils foutent, les gendarmes ! Ils roupillent, comme d'habitude ! dit-il en s'éloignant, sans savoir à qui il s'adressait.

— C'est ça, on roupille…

Flores haussa les épaules en secouant la tête sous sa capuche.

— On les a vus ! Ils… ils portent des masques horribles, lâcha une femme, le visage entre les mains. C'est pas encore carnaval, pourtant !

Carnaval… Le mot résonna dans l'esprit de Flores. Aussi clair qu'un carillon. Elle repensa à la discussion qu'ils avaient eue récemment chez Astrid Hirigoyen à ce propos. Et à ce nom dans sa bouche. Farès. Il était à la tête de cette mascarade, sans aucun doute.

Flores prit son portable et appela Astrid, mais tomba directement sur la messagerie. Et si la fille du maire s'était finalement ralliée à ces extrémistes ? Ou bien peut-être même jouait-elle double jeu depuis le début ?

Les feux, voitures ou poubelles enflammées, se concentraient sur certaines zones, en même temps que l'orchestre invisible poursuivait sa progression dans les rues plongées dans une nuit sans lune et sans étoiles, où seuls les flocons tourbillonnaient comme une nuée de papillons.

Bon sang, mais qu'est-ce qui se passe ici ? gronda Flores en raccourcissant la laisse de Botox qui ne cessait d'aboyer, babines retroussées et pupilles dilatées. Sa maîtresse ne l'avait jamais vu dans cet état.

Tout le monde se terrait maintenant chez soi, dans l'attente d'un retour au calme, certains avaient même éteint les bougies et restaient dans le noir, de peur de recevoir une pierre sur les fenêtres. Mais toutes les demeures n'étaient pas visées par les mystérieux lanceurs de pierres qui semblaient avoir des cibles bien précises.

Puis, le calme revint, aussi soudain que ce qui l'avait troublé. Mais un calme inquiétant, sourd, un silence inhabituel, comme si la montagne retenait son souffle juste au-dessus du village. Sur le chemin du retour, Flores tenta un nouvel appel sur le portable d'Astrid, sans plus de succès, et sur celui d'Antoine, toujours aux abonnés absents. En revanche, Ramon et Perez répondirent aussitôt. Elle leur donna rendez-vous à la gendarmerie et ramena Botox à la maison, où elle remit à la hâte son uniforme. C'est alors qu'un grondement retentit, qui fit trembler les murs. Botox manqua renverser la table sous laquelle il fila s'abriter, la queue entre les pattes, en gémissant. C'est pas vrai…, se dit Flores en se précipitant à la fenêtre. Le grondement s'intensifiait, la capitaine le ressentait jusque dans sa poitrine. Un tremblement de terre…, pensa-t-elle aussitôt. Mais tout à coup, de l'autre côté de la fenêtre, elle vit le flanc de la montagne se mouvoir, puis une masse monstrueuse dévaler vers eux à grande vitesse.

— Une avalanche !

Une nouvelle secousse, plus forte, fit vibrer jusqu'aux verres dans les placards. Une vitre éclata en même temps qu'un fracas épouvantable retentissait. Dans un réflexe de protection, Flores se jeta au sol, à plat ventre, la tête entre les mains, et attendit. Dehors, l'air tremblait, vrombissait de grincements et de craquements sinistres. Puis tout cessa d'un seul coup, laissant de nouveau place à un silence cette fois tombal.

Flores resta encore quelques instants au sol avant de se relever, un peu sonnée, mais soulagée d'être entière et d'avoir toujours son plafond au-dessus de sa tête. Son premier élan fut de vérifier que tout allait bien pour Botox sous la table. Le terre-neuve s'était roulé en boule, tremblant de tous ses membres, la gueule ouverte. Flores le caressa et il finit par se détendre. Se refusant à le laisser seul, elle le harnacha avant de sortir avec lui. Lorsqu'elle arriva au centre du village, à la place des commerces, du bar-restaurant, de l'église, de la mairie et de la gendarmerie, il n'y avait plus qu'un immense monceau de neige et de débris.

Ramon… Perez… non…, fut la seule pensée d'Elda Flores, tandis que ses yeux fixaient la croix en bronze du clocher qui dépassait, au sommet de cette montagne sinistre.

38

Quelques heures plus tôt, là-haut…

Elle pointait quelque chose dans sa direction. La lumière de sa frontale se réfléchissait sur l'objet. Son arme de poing. Antoine frémit. Entre les mains de n'importe qui, le coup pouvait partir si vite. Mais peut-être savait-elle manier les armes à feu.

— Ne fais rien que tu risques de regretter…, lui lança-t-il, passant d'instinct directement au tutoiement.

Cette inconnue lui inspirait une étrange sensation de familiarité, qu'il ne pouvait s'expliquer.

— Si je devais… regretter tout ce que j'ai fait, je passerais… ma vie à ça, dit-elle d'une voix incertaine.

— Tu t'es salement blessée, on dirait, laisse-moi voir.

— T'approche pas…

— Tu veux rester seule au fond de ce trou, alors ? La nuit risque de rendre ton sauvetage plus difficile. Je veux t'aider, mais le temps presse. Comment tu t'appelles ?

Antoine voyait son visage pâlir à vue d'œil, la peau devenir presque translucide et les cernes violacés se creuser. Elle ne tiendrait pas longtemps dans l'atmosphère glacée de la crevasse.

— Je t'ai... déjà vu... dans cette ville... Tu me suis... pourquoi?

Mendi comprit qu'il n'obtiendrait rien de cette fille, aussi sauvage qu'un lynx, sans l'avoir rassurée. Et même, apprivoisée. Or, pour ça, il n'avait que quelques minutes.

— C'est moi qui ai appelé les secours après ton agression sur le chemin du lac de la Bête, où je t'ai trouvée inconsciente. Je suis allé à l'hôpital de Bagnères où tu avais été transportée pour essayer de savoir ce qui t'était arrivé... Pourquoi on t'avait agressée, et si tu pouvais identifier ou décrire ton agresseur.

— T'es un flic, c'est ça?

— Gendarme à la Rurale. Alors, tu me fais confiance et je te remonte? Mais avant tout, baisse cette arme, dans ton état tu risques de faire une connerie et tu auras un mort sur la conscience...

Même si tu n'en es pas à ton premier, eut-il envie d'ajouter. Mais ayant une dernière carte à jouer face à l'obstination de la fille, il s'abstint.

— Avant que tu me répondes, dit-il, je vais te rendre une chose qui t'appartient.

Lentement, sans quitter la fille et le pistolet des yeux, il glissa une main dans la poche intérieure de sa parka et sortit le bonnet vert qu'il lui tendit. Il vit ses yeux s'agrandir et ses lèvres bleues s'entrouvrir.

— Mon... bonnet...

— Depuis que je l'ai trouvé dans la paille de cette grange, il ne m'a pas quitté. C'est aussi pour ça que je voulais te retrouver. Mais il n'y avait pas que ton bonnet, dans la grange... Il y avait un homme, mort, une fourche plantée dans la poitrine. En tombant sur ton bonnet, à moitié enfoui dans la paille, j'ai tout de suite fait le rapprochement avec toi. D'ailleurs, il m'avait semblé te voir la veille, sur les marches du bar du village. Je buvais une bière à une table, devant la baie vitrée, et j'ai croisé ton regard. Je me suis précipité dehors, mais tu avais déjà disparu, une vraie femme anguille…

Un semblant de sourire accueillit ces derniers mots. Elle avait à peine la force de répondre. Il fallait faire vite.

— C'est toi qui as tué le fermier… Et tu devras me dire pourquoi, mais là, tout de suite, je vais te remonter. Et on s'occupera de cette vilaine blessure.

— Je… veux pas retourner à l'hôpital.

— De toute façon, les secours ne peuvent pas accéder à cet endroit par hélicoptère. On devra donc se passer d'eux dans un premier temps. Mais il te faudra des médicaments.

Miren avait laissé retomber la main qui tenait l'arme et avait du mal à garder ses yeux ouverts. Elle avait perdu beaucoup de sang, constata Antoine, et était en hypothermie. Même s'il agissait maintenant, l'espoir qu'elle tienne le coup était très mince. Elle serait bientôt en urgence vitale. À ce stade, sa formation de secouriste ne lui servirait pas à grand-chose. Mais il n'était pas question de la laisser mourir ici. Pas si vite après l'avoir retrouvée, pas comme ça. Il se sentait lié à elle de façon indicible.

— Tiens bon, ce n'est pas ici que ça finit, lui murmura-t-il à l'oreille, lui retirant le pistolet de la main et le remettant dans son holster de ceinture.

Après lui avoir fait un garrot au-dessus de la plaie avec une sangle, il enleva son baudrier, le lui enfila, l'attacha au double câble avec les mousquetons et, se campant sur ses jambes, tira de toutes ses forces sur l'extrémité de la corde qu'il serrait entre ses doigts. Par chance, elle était plutôt frêle et la remonter ne lui demanda pas trop d'effort. Il s'était bien gardé de lui dire qu'elle serait cueillie par quelqu'un, en haut. Il récupérerait son sac à dos et le lui rendrait une fois qu'il serait à son tour sorti de la crevasse.

Quand Miren parvint à la surface, elle avait déjà sombré dans un état d'inconscience. Elle ne vit donc pas l'homme se pencher sur elle et la libérer de son harnachement. De la petite plateforme plongée dans l'obscurité glacée, Antoine ne le vit pas non plus arracher, en même temps que le câble, les trois pitons qu'il avait plantés au bord de la crevasse, pour s'assurer la remontée, et les jeter loin de la cavité.

39

3 février 2023, au village

— Ce n'est pas possible, ce n'est pas possible…

Hébétée devant le paysage qui se dressait devant elle, Flores ne parvenait pas à prononcer d'autres mots. On aurait dit qu'un géant avait balancé là une énorme masse composée d'une colline de neige et de décombres. La capitaine craignait le pire. Quinze minutes avant la catastrophe, elle avait donné rendez-vous à Ramon et à Perez à la gendarmerie. Laquelle avait disparu sous le monticule. Flores espérait maintenant une seule chose. Que ses deux équipiers n'aient pas sauté dans leur voiture aussitôt après son appel. Mais connaissant les exigences de leur supérieure sur la ponctualité, ils s'étaient forcément dépêchés. Et Ramon était celui qui habitait le plus près de son travail.

La place du village commençait à se peupler et à résonner de cris affolés. La sirène des pompiers dont la caserne se trouvait à l'entrée du bourg ne tarda pas à se faire entendre. Trois de leurs véhicules déboulèrent et les sauveteurs se déversèrent par grappes sur le pavé. Leur chef rejoignit Flores, qu'il avait aussitôt repérée dans la foule.

— Capitaine, dit-il, les traits tirés par une stupeur contenue.

Lui-même, dont la carrière avait été émaillée de visions terribles lors d'interventions sur des accidents ou des incendies, n'arrivait pas à trouver les mots.

— Capitaine Mori, le salua gravement Flores.

— Je suis sincèrement désolé.

— Je souhaite que les dégâts soient matériels, souffla-t-elle. Deux gendarmes de la Rurale devaient me rejoindre ici ce soir. Je ne sais pas où ils sont.

— Je vais prévenir mes gars sur le terrain. Je vous tiens au courant si…

— Oui, merci.

Flores le regarda s'éloigner vers les camions et ferma les yeux. Elle se rendit compte qu'elle priait. La chaleur de Botox contre ses jambes lui faisait du bien. Mais il commençait à s'agiter au bout de la laisse. Une agitation inhabituelle pour l'animal placide et débonnaire qu'il était. Il essayait de la tirer vers l'amas de neige en poussant de petits gémissements.

— Doucement, loulou…

— Votre clebs, il a envie d'y aller, on dirait ! Peut-être qu'il pourrait aider à voir s'il y a des gens là-dessous…

Flores regarda le type qui venait de parler, juste à côté d'elle. Il portait une capuche et, bien qu'elle ne l'ait jamais croisé par ici, son visage lui disait vaguement quelque chose. Elle nota une petite cicatrice à l'arcade sourcilière gauche.

En tout cas, il n'avait pas tort, Botox paraissait tout à fait disposé à flairer une éventuelle présence humaine.

— Il y avait un conseil municipal, ce soir ! cria une femme, un peu plus loin.

Flores se sentit défaillir. Ces réunions pouvaient parfois s'éterniser… Raccourcissant la laisse, elle fonça vers la femme éplorée.

— Vous êtes sûre de ce que vous dites ? demanda Flores, une pierre dans la gorge.

— Mon mari s'y trouvait et… il n'est pas rentré ! Mon Dieu…

La capitaine la dévisagea. Elle devait avoir entre cinquante-cinq et soixante ans.

— Où habitez-vous ? Il était peut-être déjà en chemin…

— À la limite du village, la maison de la Coustète, en remontant…

— Le maire assistait aussi à ce conseil, j'imagine…

— Oui !

— Laissez-moi votre nom et votre téléphone et rentrez chez vous, dit Flores d'un ton ferme. Les recherches vont commencer.

— Je veux voir si mon mari est… est là-dessous…

— Je vous promets de vous tenir informée, s'il vous plaît, rentrez chez vous.

Flores enregistra le nom et le numéro dans son portable et regarda la femme échevelée remonter dans sa voiture. Elle se retourna vers le monticule et, au même moment, croisa le regard de Perez.

— Olivia ! s'écria Elda avec un soulagement sincère, en se précipitant vers la jeune femme.

— Mon capitaine…

Le menton de Perez tremblait alors qu'elle prononçait ces mots.

— Je suis contente de te voir ! Ramon ?

Olivia secoua la tête, au bord des larmes.

— Il… il m'a envoyé un SMS… pour me dire qu'il… qu'il partait. Quand je suis arrivée, c'était déjà…

— Il est peut-être dans les parages, à nous chercher et à s'inquiéter, comme nous…

Mais la voix de Flores manquait cruellement de conviction. Et l'absence de Ramon laissait présager le pire. Botox recommença à tirer en direction du monticule.

— Je crois qu'il a senti quelque chose, là-dessous, s'étonna Flores, il y a peut-être quelqu'un. Il le flaire, même s'il n'a pas appris.

Sans lâcher la corde de Botox, elle lui laissa du lest et le suivit. Olivia leur emboîta le pas, tête basse, un poids incommensurable sur les épaules. À cinq minutes près, elle aurait été ensevelie entre les murs de la gendarmerie. Enterrée vivante sous des tonnes de neige.

Botox se dirigea vers un point précis, là où la masse était moins haute, et commença à creuser frénétiquement de ses grosses pattes.

— Il y a quelqu'un là-dessous ! Olivia, va chercher les pompiers, qu'ils viennent avec leurs sondes et des pelles !

Perez s'exécuta et revint quelques minutes plus tard, accompagnée de trois gars volontaires. Ils plantèrent de fines tiges qui rencontrèrent un obstacle, puis se mirent à creuser de concert, assistés du terre-neuve qui léchait la neige accrochée à ses babines en soufflant comme un phacochère.

Les pelles heurtèrent soudain une surface dure. Peu à peu les trois pompiers, dont l'un s'était retrouvé perché sur ce qui devait être le toit, mirent au jour la carcasse d'une voiture noire au toit écrasé et aux vitres pulvérisées par le choc. Olivia porta une main à sa bouche. Elle venait de reconnaître le coupé Audi de Ramon.

40

2 février 2023, dans la crevasse

— C'est quoi, ce merdier ? OH ! Répondez !

Antoine venait d'être frappé au visage par quelque chose qui tomba à ses pieds. Braquant la frontale dessus, il vit avec effroi la double corde que l'autre avait détachée et jetée dans la crevasse, ainsi que son sac à dos.

Il tendit le visage vers l'ouverture qui s'assombrissait à vue d'œil avec la tombée de la nuit.

— Oh ! Vous m'entendez ?

Mais au fond de lui, Antoine détenait la réponse. Une réponse qu'il ne voulait pas entendre. Pour ne pas reconnaître sa naïveté et, désormais, son impuissance. L'autre s'était fait la malle en le laissant dans ce trou de glace, c'était aussi simple que ça.

— Et merde ! hurla-t-il, les poings serrés. MERDE !

— Le fumier !

La voix de Max, toujours là, quand ça se corsait.

— Pour une fois, on est d'accord !

Antoine se retrouvait sans moyen de remonter, dans l'obscurité totale d'un boyau, que seule transperçait sa frontale. Une piqûre dans le cuir d'un buffle. Ne pas perdre son sang-froid, ne pas céder à la panique, juste réfléchir. Il s'était déjà retrouvé dans des situations extrêmes, en pleine tempête sur une paroi presque verticale, à dormir, accroché à la roche par son baudrier, toute une nuit. Bien sûr, là, il était au fond d'une crevasse qui commençait à prendre des airs et une froide odeur de tombeau. Mais il avait ses piolets en main, ses crampons aux pieds. Une solution se présentait, aussi périlleuse qu'insensée. Remonter sans filet et sans baudrier les trente mètres de glace à la force de ses bras et de ses cuisses. Avant que ses membres ne commencent à s'engourdir.

Avisant un endroit de la paroi qui pourrait réunir ces conditions, Antoine, chargé du sac à dos de la fille, enfonça la pointe du premier piolet dans un bruit sec et se hissa légèrement pour planter le deuxième, tout en prenant appui sur ses crampons. Mais son pied droit ripa et le piolet qu'il tenait du même côté se décrocha. Il retomba sur un petit plateau et dut recommencer en se déplaçant de quelques centimètres. Il savait que le risque était de glisser et de faire une chute mortelle. Cette fois, piolets et crampons semblaient bien accrocher la paroi lisse, aussi polie qu'un bloc de sel que des vaches auraient léché. Il entama une ascension qui pouvait à chaque seconde virer au drame. Ses muscles, doublement sollicités, le brûlaient déjà et étaient de plomb. La sueur ressortait par tous ses pores, garnissant son front de milliers de gouttelettes salées. Sa respiration saccadée se transformait peu à peu en râles à chaque poussée sur les cuisses, chaque traction des bras. Il ne pouvait même plus s'accrocher à l'espoir d'atteindre la lumière du jour, la nuit étant complètement tombée. Dans cette obscurité, toute distance était abolie. Il lui était impossible d'évaluer à combien de mètres de la surface il se trouvait.

— Allez, Antoine, tu y es presque, tiens bon… Et ensuite, tu retrouveras cette pourriture et tu lui régleras son compte !

La voix de Max se voulait rassurante, mais elle lui donnait plutôt envie de pleurer. Espèce d'ordure, lâche… Le retrouver, ce salopard, oui, le retrouver et lui apprendre à abandonner quelqu'un dans une crevasse ! Et la fille, qu'en a-t-il fait ? Cette perspective inquiétante l'aidait à progresser, de vingt ou trente centimètres à chaque fois. Soudain la glace céda, cette fois sous son pied gauche. Le droit suivit et en deux secondes, il se retrouva en torsion, suspendu dans le vide à un seul piolet, que serrait sa main gauche. Il sentait son cœur taper contre ses côtes, jusque dans son dos. La moindre erreur lui serait fatale. Un mouvement de trop et il s'écraserait au sol. Il ferma les yeux, rentra en lui-même pour calmer sa respiration. Lorsqu'il se sentit prêt, retenant son souffle, il chercha un appui pour ses pieds à l'aide des crampons et planta l'autre piolet dans la paroi. Avant d'exercer une traction pour s'élever, il évalua la solidité de ce nouveau point d'accroche et poussa sur ses jambes dans un effort surhumain. Antoine crachait sa rage, exsudait sa colère et sa volonté de sortir de là.

Lorsque sa tête émergea enfin à l'air libre, la lune éclairait les montagnes et les étoiles tapissaient un ciel pur. Il inspira une grande bouffée de cet oxygène mêlé d'odeurs de neige et d'herbe et laissa couler des larmes chaudes sur ses joues. Il poussa sur ses deux pieds dans un ultime effort et la pointe d'un des piolets se ficha dans la couche neigeuse durcie par le froid, l'aidant à sortir complètement de la crevasse dans une dernière traction. Rampant sur les coudes, il finit de s'extraire de la béance noire et se laissa retomber à plat ventre, une joue contre la neige fraîche pour reprendre ce qui lui restait de souffle. Un froissement tout proche lui fit lever la tête. À quelques pas, sa couverture de survie battait le sol doucement, soulevée par un vent joueur. Elle aurait dû s'envoler, mais quelque chose la plaquait en partie au sol. On l'avait coincée avec une pierre. Dans quel but ? Elle ne lui aurait servi à rien, au fond de la crevasse, se dit Antoine en se traînant jusqu'à elle. Les courbatures et les crampes contractaient ses muscles, sa bouche était sèche, sa gorge douloureuse et il ne restait qu'un fond d'eau dans sa gourde.

Les paupières plombées et la vue troublée par l'épuisement, à l'abri du vent derrière un rocher, Antoine s'enroula dans la couverture qu'il rabattit sur sa tête, elle-même enfoncée dans un bonnet, et sombra dans un sommeil court et réparateur.

41

2 février 2023, au village

Flores se mordait la joue pour ne pas laisser paraître son émotion. Selon toute probabilité, son jeune brigadier était arrivé à la gendarmerie, s'était garé comme à son habitude sur les places réservées et… Flores n'osait aller jusqu'au bout de ce qu'elle entrevoyait désormais comme une triste certitude. Cette nuit, il y aurait une petite orpheline de plus sur cette terre.

Il fallait se concentrer sur la catastrophe, sur ses victimes, et Dieu sait qu'il y en avait.

— Elda ! Mon Dieu, c'est affreux…

Flores se retourna en direction de la voix fluette et chevrotante. Une petite vieille aux cheveux courts et frisottés, en tenue de maison sous sa veste en polaire, venait d'arriver. Elle semblait dévastée.

— Edonia ?

— Antoine, où est-il ? Il devait rentrer ce soir…

La question vibrait de trémolos.

— Il est parti faire des recherches dans le cadre d'une enquête, là-haut. Mais tu ne devrais pas être ici…

— Et pourquoi il n'est pas rentré, Elda ?

— Ne t'inquiète pas, il connaît la montagne, il sait ce qu'il fait. Il a dû s'arrêter au refuge de la Brèche.

— Si, je m'inquiète, il n'a pas l'air dans son assiette, ces derniers temps. C'est sans doute la lettre… je n'aurais jamais dû la lui donner. En tout cas pas maintenant.

Flores la fixa avec surprise.

— La lettre ?

— Il ne t'en a sûrement pas parlé… Il garde tout pour lui. C'est son père, Viktor, qui lui avait écrit pour lui confier que sa mère et lui avaient décidé de mettre fin à leurs jours.

— Comment ça ?

— Le crash de janvier 1999, leur avion… Ce n'était pas un accident, Elda… Mais un suicide. Et j'en suis certaine, car la lettre est écrite de la main de Viktor. Frantzisko devait la remettre à son petit-fils à sa majorité, mais il n'en a jamais eu la force. Il est parti sans la lui donner. Alors je l'ai fait. Antoine l'a lue, c'est certain. Il m'a dit que ça allait, mais je suis sûre que non. Comment peut-il bien aller après une telle révélation…

— C'est terrible, en effet…

Tout autour d'elles, les gens affluaient, se pressaient, couraient dans tous les sens, les bousculant au passage, criant des noms. D'autres demeuraient immobiles face à l'ampleur du drame, hagards et désorientés. La dernière tragédie qu'avait connue le village remontait à ce jour de janvier 1999. Avec les onze disparus.

— Tu ne devrais pas rester là, Edonia. Rentre chez toi, lui dit doucement Flores, entraînant la vieille femme à l'écart. Je te tiens au courant pour Antoine.

— Tu me prom…

Un hurlement interrompit net Edonia et elles virent surgir, un bébé dans les bras, les traits déformés par l'angoisse, une jeune femme brune, plutôt jolie et ronde, en larmes, portant legging et pantoufles.

— JOSÉ ! s'égosillait-elle.

Abandonnant Edonia, Flores se précipita vers la femme de Ramon dont les cris couvraient les pleurs de la petite.

— Lily !

— Où il est, hein ? OÙ IL EST ?

— Lily, s'il te plaît, calme-toi… On n'est sûrs de rien pour le moment…

— Quoi ? Ça veut dire qu'il n'est pas avec vous ? Olivia ?

Perez venait de les rejoindre, le visage fermé, les lèvres presque inexistantes, serrées sur ce qu'elle n'arrivait pas à formuler.

— Olivia ? Tu le sais, toi, hein ? TU LE SAIS ! Je… je le vois dans tes yeux…

Flores se tourna vers Olivia, vers l'indicible. Perez cligna des yeux.

— Du neuf ? lui glissa la capitaine entre ses dents.

— Qu'est-ce qui se passe ? JE VEUX SAVOIR !

La petite gigotait et braillait dans sa grenouillère, effrayée par les cris de sa mère, qui ne semblait pas s'en préoccuper.

— Lily, laisse-nous faire notre travail, dit Flores cette fois sévèrement. Je reviens te voir, on m'appelle là-bas. Olivia, je te suis.

Sans laisser à la jeune femme le temps de répliquer, elle emboîta le pas à Perez, se frayant facilement un chemin dans la marée humaine grâce au terre-neuve.

— Par ici, souffla Olivia, défaite.

Elle fit encore quelques pas puis s'arrêta, laissant passer Flores et Botox. À leurs pieds, le front ouvert et la mâchoire défoncée, le corps de José Ramon, prêt à être transporté en même temps que trois autres cadavres, une femme et deux hommes que les pompiers venaient de désincarcérer. Flores reconnut trois élus.

— C'est pas possible…

Son menton tremblait. Elle tira d'un coup sec Botox qui s'apprêtait à lécher le sang visqueux sur le visage du jeune gendarme, qu'on aurait dit recouvert d'un masque.

— C'est un vrai cauchemar, dit Olivia, ses mains jointes sur la nuque.

— Pire que ça, c'est la réalité. Et c'est moi qui vous ai appelés…

— Mon capitaine, vous n'y êtes pour rien.

Mais Flores ne l'entendait déjà plus, les yeux fixés sur ce qui émergeait d'un autre monticule, tout près. Une main pointait de l'épaisseur de neige entre les débris, tendue vers le ciel, toute grise. Un détail venait d'attirer l'attention de Flores, un tatouage au poignet. Un motif insolite qui lui rappelait quelque chose ou quelqu'un. C'était bien ça, le tatouage que portait au poignet droit Astrid Hirigoyen.

42

2 février 2023, le hameau de la Guara

D'une surprenante vigueur, le Messager avait porté Miren inconsciente sur ses épaules, comme un chasseur son gibier, une heure durant jusqu'au hameau. Ou plutôt jusqu'aux ruines de ce village abandonné où il vivait en ermite, quelque part dans la rocailleuse Sierra de Guara, non loin du mont Perdu. Il y avait retapé et aménagé une des maisons de pierre proches du clocher encore debout. Celle dont les quatre murs avaient tenu. Il n'avait eu à construire qu'une toiture de fortune. À l'intérieur, en l'absence d'eau courante et d'électricité, le confort était sommaire, mais des lampes à pétrole remplaçaient les ampoules et une cheminée dispensait un feu qui servait aussi bien à réchauffer la pièce qu'à faire mijoter la soupe dans un chaudron récupéré dans les ruines. Il puisait dans une petite rivière voisine son eau qu'il faisait bouillir.

Toutes ces maisons avaient autrefois abrité des vies, ces murs délabrés avaient résonné de bruits du quotidien, de rires, de pleurs, de cris aussi et de gémissements de plaisir, jusqu'à ce que le hameau, comme tant d'autres dans la région, privé de ses ressources et de son économie dans les années soixante, exsangue, soit peu à peu déserté. Ici, le temps semblait s'être arrêté sur les vestiges d'un dîner ou sur le sifflement d'une bouilloire encore posée sur un poêle qu'on n'allumerait plus. Quelques chaises renversées à l'assise en paille éventrée, des fenêtres sans vitres auxquelles pendaient des rideaux mités, des portes arrachées par les vents ou la main d'un rôdeur, comme si la vie avait été subitement interrompue dans ses élans. On disait les lieux hantés. Et le Messager entretenait la rumeur pour éloigner les intrus.

Aussitôt arrivé, il déposa Miren sur son lit et enflamma un morceau de papier gras sur une poignée de branchettes pour amorcer le feu. Au bout de quelques minutes, les flammes enveloppèrent les bûches qui se mirent à crépiter joyeusement. Ensuite, il s'employa à sauver une vie qui ne tenait qu'à un fil. Ceux de la forêt lui prêtaient des pouvoirs de guérison par les mains et les plantes. Ses connaissances sur le corps humain étaient suffisamment précises pour qu'il comprenne que sa protégée se trouvait dans un état critique. Sa science de la nature et de ses vertus lui permettait par exemple de savoir que la betterave renfermait une hémoglobine végétale capable de se substituer à l'organique, et de combler la perte de sang lors d'une hémorragie. C'est possible grâce à la betterave, mais aussi grâce à la chlorophylle que produisent certaines plantes. Il lui faudrait cependant un moyen de pratiquer la transfusion, lui faire avaler une infusion de plantes ne suffisant pas.

Le Messager sortit d'une boîte de secours en fer un fin tuyau en plastique transparent. De retour dans la pièce principale, il désinfecta les deux extrémités avec de l'eau-de-vie de mirabelle qu'il distillait lui-même, nettoya son couteau à lame incurvée et réalisa une petite incision dans une veine, à la saignée du coude de Miren. Il glissa quelques millimètres d'une extrémité du tuyau dans l'entaille, la fixa à l'aide d'un bandage de gaze et introduisit l'autre extrémité dans le goulot d'une des bouteilles en verre dans lesquelles il gardait des mixtures à base de plantes. Des années de tâtonnements, de préparations ratées et d'observation auprès de bergers qui, astreints à rester sur les hauteurs avec leurs troupeaux, puisaient dans les ressources de la montagne pour se soigner, avaient formé le Messager à ces soins. Un long et patient apprentissage de la nature, qui avait porté ses fruits.

Une fois le dispositif installé, et la bouteille placée en hauteur à côté de Miren, le liquide commença son lent goutte-à-goutte dans les veines de la jeune femme toujours inconsciente.

Il profita de son coma pour remettre l'os du tibia en place et panser la plaie, après l'avoir nettoyée et y avoir appliqué un cataplasme d'argile verte. Il lui fabriquerait une attelle, qu'il lui poserait une fois la plaie cicatrisée.

Au bout de quelques instants, elle se mit à gémir et à trembler en claquant des dents, sans doute sous l'effet de la douleur. Le Messager la couvrit d'une deuxième fourrure, une peau d'ours, puis réchauffa ses pieds entre ses mains.

Il lui avait retiré son bonnet en même temps que ses vêtements et contemplait sans se lasser l'or blanc de ses cheveux. Une blondeur qui lui semblait venue d'un autre monde. Une blondeur qui avait hanté ses rêves. Il l'aurait enfin pour lui seul lorsqu'elle se réveillerait.

L'autre était resté au fond de la crevasse, d'où il ne ressortirait pas.

Au bout de presque une heure de lente perfusion, Miren, qui avait peu à peu repris des couleurs, ouvrit les yeux. La vue encore brouillée, elle ne distinguait que des ombres et la silhouette voûtée du Messager assis près du lit à veiller sur elle. Elle perçut sa respiration toute proche et se raidit. Sa jambe la lançait et elle était trop faible pour parler.

L'ermite, une main sous la tête de sa protégée, lui fit boire par petites gorgées une infusion chaude et sucrée. La vie revenait dans les veines et le cerveau de Miren, sous le regard attentif du vieil homme.

— Vous êtes… le… le…

— Économise tes mots, ma jolie. Tu es encore trop faible. On fera les présentations quand tu te seras reposée.

— Mon… mon sac…

— On verra ça aussi plus tard. Dors, tu en as besoin.

Il releva la vieille couverture jusque sous son menton, et la laissa s'endormir. À regarder son visage se détendre, le souvenir ressurgit… Il avait déjà vu cette fille, il y avait bien longtemps. Elle n'était alors qu'une adolescente, une fleur encore fermée, mais ces traits d'une finesse remarquable, il n'avait jamais pu les oublier. Elle et les autres, que l'Espada couvait comme une louve. Pourquoi était-elle venue seule dans les parages du mont Perdu ? Était-ce pour le trouver ? L'Espada l'avait-elle envoyée ? Il en doutait. Pour avoir la réponse, il attendrait qu'elle se réveille.

Tout à sa contemplation et à ses souvenirs, le Messager n'entendit pas la porte d'entrée s'ouvrir doucement, le glissement feutré des pas sur la pierre polie du sol. Mais soudain il sentit sur sa nuque le froid du métal et entendit ces mots dans son dos : « Lève doucement les bras et retourne-toi. »

43

2 février 2023, au village

Flores regardait les pompiers occupés à extraire le corps d'Astrid des décombres et des kilos de neige sous lesquels elle était ensevelie. Le capitaine des pompiers venu les rejoindre secouait la tête tristement. Il l'avait vue grandir.

— Une tragédie…, souffla-t-il d'une voix brisée.

— Pire que ça, une catastrophe qui aurait pu être évitée, corrigea Flores.

L'officier lui lança un regard surpris.

— Comment ça ?

— Pas une seule expertise de spécialiste en avalanches. Et pourtant, avec celle de 99, on aurait dû en faire venir un.

— Elle avait été déclenchée par un crash d'avion. Sinon, il n'y aurait peut-être pas eu d'avalanche.

— Il y en a chaque année en montagne. Et cette fois elle a emporté presque tout le village.

— Et quand bien même la mairie aurait eu l'avis d'un spécialiste, vous pensez vraiment, capitaine Flores, que le village aurait été évacué ? La plupart des habitants y sont nés et s'y succèdent de génération en génération. On leur annoncerait un tsunami ou une éruption volcanique que les anciens, en tout cas, refuseraient de quitter leurs terres. Et les bergers aussi.

— Ça y est, mon capitaine, le corps est dégagé.

Flores regarda le pompier qui venait de parler comme s'il sortait d'un rêve. Tout lui semblait terriblement irréel. Et pourtant, c'était là, sous ses yeux. Brutal, d'une violence pure, absolue, imprévisible. Comme si toute la puissance de la nature s'était concentrée ici, avec son pouvoir de vie et de mort.

Accompagnée d'Olivia, Flores s'approcha du corps étendu sur une bâche bleue. Il semblait aplati et fracturé de l'intérieur, aussi désarticulé qu'un pantin sans ses ficelles. Le visage, d'où le nez et les yeux avaient disparu, n'était plus qu'une plaie béante. Un funeste aperçu de l'horreur qui attendait les gendarmes et les pompiers au fil des exhumations.

— Il n'y a plus qu'à procéder à l'identification dentaire ou par ADN, lâcha Flores à mi-voix. Bon sang…

Dès lors, ce fut un défilé de corps déterrés et placés sur des bâches. À chaque identification visuelle, si elle était possible, des cris et des pleurs éclataient. De parents, d'amis, de voisins. Ceux d'en haut étaient tous liés et même s'il arrivait qu'ils ne se connaissent pas directement, il se trouvait toujours un ou plusieurs amis communs. Aux premières lueurs d'une aube déchirée, on comptait déjà une trentaine de morts. Trente sur les quelque huit cents habitants. Et il y en aurait encore. Le petit cimetière du Bois-aux-chênes allait se remplir dans les jours prochains… Une véritable saignée pour le vieux village.

Il y avait des hommes, des femmes, des enfants, des jeunes aussi. Les morts s'étalaient sur au moins trois générations. En plus de Ramon, Flores apprit la disparition de deux de ses amies de collège, Lisa et Bénédicte. Elles avaient emprunté des chemins différents, mais il arrivait qu'elles se croisent dans les petits commerces du coin et discutent un brin. Une dizaine d'anciens avaient trouvé une mort qu'ils n'imaginaient pas, se voyant partir si ce n'est dans leur lit, au moins pas comme ça, écrasés sous des tonnes de neige, dans leur maison devenue un cercueil de pierres.

Dans la débâcle subsistait toujours l'espoir d'extraire des survivants. Une solidarité poignante s'était organisée autour des secours à pied d'œuvre, sans répit depuis bientôt cinq heures. Une chaîne humaine travaillait sans relâche à déblayer neige et gravats à mains nues, et lorsque leurs efforts ne suffisaient plus, les machines prenaient le relais sous les regards terrifiés de ceux qui attendaient un signe de vie. Les mouvements saccadés d'un bras mécanique risquaient, à chaque tentative, d'entraîner d'autres éboulements, ne faisant qu'aggraver la situation.

Le bar-restaurant de Joshua et sa clientèle du soir avaient échappé de peu à la coulée de neige. C'était bien la première fois que boire de l'alcool avait sauvé des vies.

Flores laissa un cinquième message sur le portable d'Antoine, toujours hors de portée. Cette fois, elle mentionna volontairement la découverte du corps qui, au vu du tatouage sur le poignet, était sans aucun doute celui d'Astrid. Avec l'espoir que la nouvelle ferait réagir Mendi.

Une coïncidence, en était-ce vraiment une, travaillait Flores. L'étrange carnaval avait eu lieu peu de temps avant la catastrophe. Deux événements pour le moins inhabituels, qui avaient touché le village en plein cœur, étaient survenus le même soir. Sans qu'elle se l'explique, cette concomitance la troublait.

— Olivia, tu me remplaces sur le terrain, dit-elle, le temps que j'aille faire une vérification. Je te retrouve ici dans un peu moins d'une heure. Regarde ton portable de temps en temps, je t'appellerai si besoin.

Tirant sur la laisse de Botox, Flores marcha jusqu'à sa voiture, garée en bas de chez elle. Elle fit monter le terre-neuve et, deux minutes plus tard, elle roulait à toute allure en direction du chalet d'Astrid.

Voyant de la lumière, elle ralentit et s'approcha lentement, feux éteints, puis s'arrêta à une cinquantaine de mètres en coupant le moteur. Elle attendit un peu au cas où quelqu'un sortirait. Peut-être Astrid avait-elle laissé allumé en partant. Autre hypothèse, elle vivait avec quelqu'un qui avait appris la terrible nouvelle de l'avalanche et qui, ne la voyant pas rentrer, était parti précipitamment sur les lieux. Mais dans le doute, Flores préféra jouer la prudence. Quoi qu'il en soit, ce n'était pas Astrid qui se trouvait chez elle. Et s'il lui fallait regagner la voiture rapidement, il serait mieux de réussir à la rapprocher sans attirer l'attention. Sans rallumer les phares, elle se rangea sur le côté du chalet, à l'endroit le moins éclairé. Avant de descendre, elle vérifia le chargeur de son arme, un Sig-Sauer SP2022 – le Glock 17 n'étant pas encore arrivé à la gendarmerie rurale des Hautes-Pyrénées –, et la remit dans son holster d'épaule, sous sa parka.

Elle avança, aussi courbée que son mètre quatre-vingt-onze le lui permettait, jusqu'à une fenêtre latérale éclairée qui donnait sur une cuisine. Un pull rouge jeté sur le dossier d'une chaise, un mug et une assiette où traînaient un couteau et quelques miettes : les restes d'un petit déjeuner, se dit-elle en rasant les murs pour atteindre la fenêtre du salon, où une lampe dispensait sa lumière d'ambiance. On entendait des bruits de voix et des tintements de verres. Alors qu'elle jetait un regard par la vitre, le cœur de Flores fit un bond. Assise entre une fille dont le visage lui était inconnu et un type au teint basané et aux cheveux noirs remontés en chignon, une bouteille de bière à la main, se trouvait Astrid Hirigoyen, bien vivante et bien défoncée.

44

2 et 3 février 2023, le hameau de la Guara

Le Messager fit exactement ce que la voix de l'homme dans son dos lui disait de faire. Il l'avait reconnue, malgré les trémolos de colère dont elle était chargée. Les mains en l'air, il pivota lentement sur lui-même et se retrouva face à l'étranger qu'il avait abandonné dans la crevasse.

— Je savais que tu t'en sortirais, sourit-il malgré l'arme à feu braquée sur lui.

La colère, la rage, il les avait prévues, en revanche, ce qu'il ne pouvait pas deviner, c'était que le survivant serait armé.

— Tais-toi, espèce de pourriture, siffla Antoine entre ses dents, collant le canon de son arme sur le front du vieux renard.

— Pourquoi ? Tu vas me tuer si je parle, c'est ça ?

— C'est moi qui pose les questions ! Tu as voulu que je crève au fond de ce trou, pourquoi, hein ? POURQUOI ?

Le Messager fit un signe de tête vers la jeune femme toujours plongée dans un profond sommeil.

— Tu m'aurais empêché d'emmener la fille. Tu la suivais. Elle t'a assommé, sans doute parce qu'elle avait peur. Elle devait avoir de bonnes raisons de te craindre.

Antoine inspira.

— Elle est recherchée pour meurtre. Je suis en charge de l'enquête.

Le Messager ferma un instant les paupières. Lorsqu'il les rouvrit, le bord était humide.

— Un gendarme, c'est ça ?

Mendi acquiesça, le pistolet toujours braqué sur le vieux dont il continuait à se méfier. Il devait avoir une sacrée force pour avoir porté la jeune femme jusqu'ici. Et il semblait la connaître. Miren. C'était la première fois qu'Antoine entendait ce prénom qu'elle n'avait pas voulu lui dire.

— Elle n'est pas en état de te suivre et tu te doutes que je ne la livrerai pas aux gendarmes, quoi qu'elle ait fait. C'est la fille d'une amie très chère. Je ne comprends d'ailleurs pas pourquoi elle est venue seule jusqu'au mont Perdu. D'habitude, Ceux de la forêt viennent à plusieurs. Surtout pour se faire soigner. Un malade ne vient jamais seul.

C'était la première fois qu'Antoine entendait le vieil homme parler aussi longtemps. D'un trait. Sa voix lui semblait familière, comme venue de loin. Peut-être était-ce parce qu'elle s'écoulait comme une source, chaude, posée. C'était la voix d'une existence retirée, plus encline à la sagesse.

— Tu es un guérisseur, c'est ça ?

Le Messager hocha la tête.

— Et Ceux de la forêt, qui sont-ils ? Une communauté fermée ? Des marginaux ? Une secte ?

Le vieillard émit un petit rire silencieux.

— Tout dépend de ce qu'on entend par marginaux.

Si c'est « ne pas vivre conformément aux normes d'une majorité », alors oui. Mais avant tout, ils vivent au rythme de la nature et des saisons. Tout comme moi. Et comme c'était le cas pour bien plus de gens, autrefois.

— Et Miren, elle vient de là-bas ?

— Oui. Et elle n'aurait pas dû s'aventurer seule dans la montagne. Surtout pas dans son état.

Antoine sentit malgré lui un pincement au cœur. « Un malade ne vient jamais seul », avait dit le Messager. Il pensa aux corps que Ramon et lui avaient découverts sur la Lera. L'agresseur supposé de Miren et la femme sous le monticule de pierres.

— Son état ? Qu'est-ce qu'elle a ?

— Elle est très malade. Elle n'en a pas pour longtemps.

Cette fois la colère jaillit dans les veines du chasseur alpin. Ce vieux, qui était-il pour avancer un tel diagnostic ?

— Comment peux-tu en être si certain ? Tu n'es même pas médecin…

Au regard voilé par ses mèches sales que lui lança le vieil homme, Antoine comprit qu'il venait de se trahir. L'autre avait percé à jour son intérêt si particulier pour Miren, qui n'était pas seulement celui d'un enquêteur pour un suspect.

— Je suis vraiment désolé, lâcha le Messager d'une voix douce et résignée. Tu peux passer ta colère sur moi, cela n'y changera rien.

— Dès qu'elle aura repris des forces et qu'elle pourra marcher, je l'emmènerai à l'hôpital passer des examens.

— Tu parais tenir beaucoup à elle. Pour une personne suspectée de meurtre…

— Tu n'es pas dans ma tête, vieux salopard, alors un conseil, garde tes réflexions pour toi ! Et que tu le veuilles ou non, j'attendrai ici qu'elle aille mieux.

— Ce ne sera pas avant trois ou quatre semaines. Sa fracture est vraiment vilaine, il lui faudra du temps.

Avec une attelle, Miren aurait pu tenir debout, et même marcher à l'aide d'un bâton, mais le Messager espérait qu'Antoine revienne la chercher le plus tard possible.

— Surtout si elle reste ici sans les soins appropriés ! J'appelle tout de suite les secours…

Antoine sortit son portable de sa poche. Il n'y avait aucun réseau.

— Pas de réseau ? C'est quoi, ce bordel ? Une zone blanche ? pesta-t-il.

— C'est juste la nature, la montagne…

— Mais on capte même sur le mont Blanc !

— Heureusement que ça ne passe pas partout, qu'il y a des zones encore vierges de ces ondes néfastes…

— On est au XXIe siècle, pas au Moyen Âge ! J'en ai rien à cirer, si tu as choisi de vivre comme un arriéré ! Il n'est pas question que cette fille crève ici !

— C'est bien, continue, mon gars…

Max… Il ne manquait plus que lui…

— Je ne peux pas rester sans rien faire…

— Cet homme a l'air d'en savoir plus sur elle que toi…

— Et il la veut pour lui, ce vieux pervers !

— Tout va bien ? demanda le Messager, toujours calme, en regardant les lèvres d'Antoine remuer toutes seules.

Mendi se troubla un instant. Le temps que Max daigne la fermer.

— Je ne peux pas rester ici aussi longtemps… Je vais descendre chercher du réseau et contacter les secours qui se chargeront de la transporter à l'hôpital. Elle a besoin de soins. En attendant, tu n'as pas intérêt à la toucher, ni à l'emmener ailleurs. Je te retrouverai et là, je n'aimerais pas être à ta place… C'est bien compris ?

— Passe au moins la nuit ici, tu risques de te perdre ou de te faire surprendre par le froid.

Il avait raison, même s'il était difficile à Antoine de l'accepter. Se risquer à repartir seul, de nuit, serait de la folie. Il ne baisserait pas la garde pour autant et veillerait aussi longtemps qu'il le faudrait, au cas où le vieux aurait quelques mauvaises intentions.

Il s'installa donc sur une chaise qu'il enfourcha à l'envers, appuyant ses bras croisés sur le dossier, son arme à la main.

Antoine essaya de résister à la fatigue, mais peu à peu la chaleur émise par les flammes dans l'âtre l'enveloppa d'une torpeur contre laquelle il lui fut impossible de lutter. Il ne se réveilla qu'au matin, bien vivant, tassé sur sa chaise, sans le pistolet. Il se redressa et quitta le siège d'un bond, à la recherche du vieux et de son arme.

— Il t'a échappé quand tu dormais, je l'ai posé sur la table.

La voix du Messager dans la pénombre le fit sursauter. Il se précipita vers l'endroit désigné et y trouva l'arme dont il vérifia aussitôt le chargeur, toujours plein. Pas une balle manquante. Le vieux aurait eu dix fois le loisir de le neutraliser pendant son sommeil. Antoine s'en voulut malgré tout d'avoir été aussi négligent. Il se retourna et s'approcha du lit où Miren reposait, endormie. Ses traits étaient toujours pâles et creusés. *Elle n'en a pas pour longtemps.* Les mots du Messager le rattrapaient. Mordants. Sans appel. C'était peut-être la vérité. Une vérité à laquelle il ne pouvait se résoudre. En attendant, il devait repartir. Subir les foudres de Flores. Mais ce n'était rien à côté de ce qu'il éprouvait à devoir abandonner Miren, à peine retrouvée.

— Tiens, voici son sac à dos, que j'ai rapporté de la crevasse. J'y ai jeté un œil, je pense que le contenu est précieux pour elle. Je récupère le mien. Prends bien soin d'elle.

— Tes mots sont inutiles, garde ton énergie pour le retour, soupira le Messager. Mais ni toi ni moi ne pourrons rien contre la réalité. Je ferai tout pour qu'elle puisse retrouver les siens.

45

2 février 2023, au chalet d'Astrid

Flores devait prendre une décision sans tarder. Passer une soirée entre amis n'était pas un crime, pourtant, son instinct rodé avertissait la capitaine que quelque chose sortait du cadre. Elle décida de prendre Astrid Hirigoyen de front. Comment, alors que la mort s'était abattue sur le village, pouvaient-ils tous faire comme si rien ne s'était passé ? Les rires qu'elle entendait fuser du salon étaient une insulte aux cris de peur et de désespoir qui résonnaient encore à ses oreilles.

Ce fut le type au chignon qui lui ouvrit. Elle reconnut aussitôt l'air béat et les yeux injectés du fumeur de chanvre. L'odeur lui piqua les narines.

— Capitaine de gendarmerie Elda Flores, dit-elle en brandissant sa carte tricolore. Astrid Hirigoyen est-elle là ?

— Euh… je… nan, elle va revenir tard.

— Il est déjà plus que tard et je viens de l'apercevoir par la fenêtre, marrant, non ? Alors tu vas vite me la chercher, sinon je me verrai obligée d'interrompre votre petite sauterie.

Malgré son état avancé, le type comprit que Flores

ne plaisantait pas, et il s'exécuta au ralenti. De toute façon, il ne pouvait guère faire mieux. Quelques secondes après, Astrid, chancelante, se dessina devant la capitaine sur le pas de la porte. Mêmes yeux injectés, même élocution balbutiante.

— Qu'est-ce que vous voulez ?

Flores n'y alla pas avec des pincettes.

— Ça ne vous dérange pas de faire la fête pendant que le village compte ses morts ? Dont votre père, peut-être…

— Vous délirez ou quoi ?

— Je préférerais, Astrid, je préférerais… Personne n'est au courant ici, malgré vos smartphones ? Tu ne vas pas me faire croire ça ! Une avalanche a enseveli la moitié du village. La mairie, la gendarmerie, l'école et l'église se trouvent dans la zone la plus touchée. Le cœur du village.

— Quoi ?

Astrid semblait encore nager dans les vapeurs de cannabis et d'alcool, sans prendre la mesure de la réalité que venait de lui asséner la gendarme.

— Mon… mon père ? Où… où il est ?

— Il y avait une réunion à la mairie ce soir, je vous croyais là-bas aussi.

— Où est mon père ?

Cette fois, la voix de la jeune femme tremblait. Elle se passa une main dans les cheveux, découvrant son tatouage. Flores revit en même temps cette main et ce poignet de femme, portant le même tatouage, ces doigts pointés vers le ciel dans une prière muette ou une accusation…

— Tu n'es pas la seule à porter ce tatouage au village, tu le sais ? demanda Flores.

— Je vois pas le rapport avec mon père…

— Une des victimes de l'avalanche, une jeune femme, a ce même motif exactement au même endroit que toi. Un signe de reconnaissance ?

Astrid se mordillait nerveusement les lèvres.

— Si c'est pas un interrogatoire, j'ai pas à vous répondre.

— Je peux être plus formelle en te demandant de me suivre.

La fille du maire éclata d'un rire insolent.

— Vous venez de me dire qu'il n'y a plus de gendarmerie ! Ça risque d'être un peu difficile…

Flores se retint de gifler cette garce arrogante. Le pire était qu'elle avait raison. La gendarmerie n'existait plus…

— Tu ne peux pas en parler, c'est ça ? demanda-t-elle. Parce que le type qui m'a ouvert est Farès, le cerveau de votre groupe, n'est-ce pas ? Lui aussi, il porte ce tatouage.

— Vous n'y êtes pas du tout, capitaine, ce tatouage, c'est moi qui en ai eu l'idée la première, cracha Astrid. C'est pas de ma faute si ça les a inspirés ! Sinon, on a terminé ? Je peux retourner auprès de mes invités ?

— Votre père était à la mairie. Retrouver son corps dans les décombres n'est qu'une question d'heures. Peut-être même moins. Je vous tiendrai au courant, mais je ne voudrais surtout pas jouer les trouble-fêtes, dit Flores sur le point de partir, glacée par tant d'indifférence.

— Chacun son destin, lâcha Astrid Hirigoyen en refermant la porte.

Soit ce sont les effets du mélange d'alcool et de cannabis, soit cette femme est un monstre, pensa

Flores en regagnant sa voiture. En marchant, elle sentit quelque chose craquer sous sa semelle droite. En se penchant, elle vit à la lumière de son portable un masque au sourire figé. Le même que ceux qu'elle avait croisés lors du sinistre carnaval, juste avant l'avalanche. Le masque de Guy Fawkes, dont le rictus victorieux semblait la narguer.

46

3 février 2023, hameau de la Guara

Après trois quarts d'heure de marche d'un pas aussi rapide que le lui permettait le sol par endroits gelé et très glissant, Antoine était passé à côté de la crevasse où il avait bien failli laisser ses os. Vieux salaud, bougonna-t-il.

Le retour du réseau téléphonique se manifesta par une série de vibrations dans sa poche, lui signalant tous les messages de Flores. Il préféra les ignorer pour un temps. De toute façon, il était cuit.

L'instinct poussa Antoine à traverser le lac Glacé sans le contourner, comme il l'avait fait à l'aller. Le sentiment d'avoir négligé un détail, d'avoir laissé filer quelque chose, trop occupé à suivre la fille au bonnet vert, le tenaillait. Il n'en était plus à une heure près. Le trou dans la glace qu'il avait repéré aux jumelles ne s'était pas refermé, il allait lui falloir redoubler de prudence.

Il fixa ses crampons et attaqua la couche gelée, attentif au moindre craquement. À quelques mètres du trou dans lequel clapotait l'eau glacée d'une teinte gris orage, il s'arrêta et s'accroupit lentement pour évaluer l'épaisseur de la strate glacée. Elle ne semblait pas fragilisée, mais Antoine savait combien la glace, comme la neige, peut être trompeuse. Il avança encore un peu, puis, malgré le froid, se mit à plat ventre et rampa sur les coudes jusqu'au trou. C'est alors qu'il vit des traînées d'un rouge brun bordant l'orifice. Du sang… En regardant mieux, Antoine remarqua des marques de crampons de l'autre côté du trou. Quelqu'un était visiblement arrivé de la direction opposée et s'était laissé surprendre. Cela signifiait soit que la personne avait réussi à se hisser hors du trou, soit… qu'elle n'était jamais remontée, avalée par le lac. Mais une inspection plus minutieuse révéla au chasseur alpin que certaines marques de crampons étaient moins profondes que les autres. Ils étaient deux. L'individu qui avait laissé les encoches les plus profondes avait dû arriver à cet endroit avant et se faire happer tout seul. L'autre le suivait, mais n'avait pas été suffisamment lourd pour faire céder la glace. Un adolescent ou bien une femme… Or, à part Miren, il n'avait pas vu de femme ici… Les marques les moins profondes formaient un tracé bien distinct. Antoine pouvait en déduire que la personne était repartie seule. Que s'était-il passé ici exactement ?

À l'affût du moindre grincement anormal, il poursuivit son inspection des lieux et surtout des traces, puis revint au bord de la trouée. Au même instant, il y eut comme un choc sourd sous la glace, suivi d'autres, tandis que l'eau clapotait dans le trou par petites vagues.

— Nom de… C'est quoi, ça ? s'exclama Antoine à voix haute en s'agenouillant pour y voir de plus près.

— Tu le sais, ce que c'est…

— Pourquoi tu dis ça, Max ?

— C'est juste que c'est flagrant, mais ce n'est pas facile de l'accepter.

— Recommence pas avec ta morale à deux balles, OK ?

— Tu devrais te servir de ton piolet…

— Pour quoi faire ?

— Tu le sais bien…

Cette fois Antoine ne chercha même pas à lui fermer son clapet. Max avait tristement raison. Il prit son piolet, se mit à plat ventre et plongea le bras dans l'eau gelée. Le froid le saisit jusqu'au cœur, qu'il sentit se contracter. Mais il tint bon et promena le piolet sous l'eau, là d'où provenaient les heurts. La pointe de l'alpenstock accrocha enfin quelque chose, une masse flottant juste sous la surface, coincée sous la couche de glace. La bouche à quelques centimètres de l'eau, il tira la chose à l'aide du piolet, frémissant à l'idée de ce qu'il allait découvrir.

Un visage violacé et gonflé comme une outre surgit juste devant ses yeux, monstrueux, difforme. Antoine se ramassa sur ses jambes et fit un bond en arrière, perdant l'équilibre. L'atterrissage sur les fesses fut rude. Un instant, il crut que la glace allait céder sous son poids, mais rien ne se produisit. Reprenant son souffle, il se traîna au bord du trou où des yeux grands ouverts et vitreux le fixaient. Le visage de l'inconnu était entièrement piqueté de petites incisions noires qu'Antoine identifia aussitôt comme des marques de crampons. Max avait raison. La vérité était là, insoutenable. La personne qui l'accompagnait ou qui le suivait avait voulu empêcher l'homme de remonter en le repoussant à coups de crampons, avec une rage telle qu'il était presque défiguré. Le meurtrier était donc forcément la personne dont les crampons avaient laissé les encoches les plus superficielles, probablement une femme. Et jusqu'à présent, dans le coin, Antoine n'en voyait qu'une seule capable de tuer, parce qu'elle l'avait déjà fait dans une grange…

47

3 février 2023, au village

La nuit allait être courte pour les rescapés, mais encore plus pour les pompiers et l'équipe réduite de la Rurale, qui travaillèrent sans relâche. Le corps de José Ramon fut placé à côté des quatre-vingt-une autres victimes sorties des décombres. Les sauveteurs avaient installé une morgue provisoire à ciel ouvert, dans la neige. C'était le meilleur moyen de conserver les corps en attendant de pouvoir organiser les obsèques. Face à la pression et pour éviter d'embraser les esprits, Flores avait dû renoncer à l'idée d'enchaîner les autopsies. De toute façon, la cause de leur mort était là, sous les yeux des survivants. Une putain d'avalanche.

Flores fit part à Olivia de sa visite au chalet d'Astrid, et lui avoua qu'elle avait mis le masque en lieu sûr, chez elle, dans son coffre.

— Il va falloir procéder à quelques interpellations et mettre tout ce petit monde en garde à vue, dit Flores une fois son récit terminé, mais pour ça, mieux vaut attendre le retour de Mendi.

En d'autres circonstances, elle lui aurait collé une mise à pied, voire un licenciement pour abandon de poste. La catastrophe et ses conséquences tragiques sauveraient la mise à l'insubordonné. Flores préférait concentrer son énergie sur les enquêtes qui s'annonçaient fastidieuses et nombreuses. Il y avait la mort du fermier dans sa grange, Mathias Dangles, cette inconnue découverte sous un monceau de pierres sur la pente vertigineuse de la Lera, les agitateurs de carillons et de conserves en pleine forêt, les organisateurs du carnaval destructeur, et enfin, l'avalanche meurtrière. Flores comptait bien faire appel à une spécialiste des avalanches à Davos, en Suisse. Mais d'abord, les gendarmes de la Rurale et leur capitaine avaient besoin de nouveaux locaux, même provisoires. La totalité du matériel, ordinateurs, dossiers et armes compris, était hors d'état de marche, noyée sous des tonnes de neige.

— Olivia, rentre chez toi et repose-toi, dit-elle enfin à la jeune gendarme, à presque 2 heures du matin.

Des mots qui sonnaient plus comme un ordre que comme une suggestion.

— Je vais essayer…

— Moi aussi. De toute façon, les fouilles reprendront au lever du jour. Tout le monde est exténué.

Les deux femmes se quittèrent sur un regard résigné et, Botox à ses côtés, Flores retrouva son appartement et sa solitude. Ramon occupait l'essentiel de ses pensées. Elle n'arrivait pas à se défaire de la vision de son corps dégagé par les pompiers, ni de celle de la douleur de sa jeune épouse dont la petite allait grandir sans le moindre souvenir de son père.

Flores envoya un énième message à Antoine, cette fois sans menace de sanction, juste un appel à venir la seconder dans ce chaos. S'il ne donnait toujours pas signe de vie d'ici le lendemain matin, elle partirait à sa recherche en hélicoptère avec Olivia.

1999-2023. Vingt-quatre ans entre ces avalanches mortelles. Vingt-quatre ans… Autant d'années de silence. Un silence coupable et mortifère. Personne n'avait jamais rien dit sur ce qu'il s'était vraiment passé. Personne n'avait jamais cherché à savoir pourquoi seuls deux hommes étaient revenus sains et saufs. Un adolescent et un adulte. Le jeune Mathias Dangles et le guide, Ekain Loyola. Il avait fallu se taire, chacun gardait pour soi l'impuissance de tous. « On arrête les recherches », avait décrété à l'époque le capitaine de gendarmerie, son père, Esposito Flores.

C'est trop tôt ! avait-elle voulu lui opposer. Mais parce que c'était son père et qu'un seul regard de lui suffisait à faire taire tout le monde, Flores s'était contentée d'obtempérer. Elle n'était alors que stagiaire. Pourquoi ne pas avoir poussé les investigations, pourquoi avoir abandonné sans même avoir envoyé une deuxième équipe sur le terrain ? À la place, Esposito Flores avait envoyé un hélicoptère survoler la zone. Les gendarmes avaient alors repéré aux jumelles les corps qui émergeaient de la neige. Sept sur onze.

Flores ressortit la photo d'un de ses tiroirs secrets. Mais cette fois, ce n'était pas pour expier la lâcheté et le silence de tout un village, elle comprise. Cette fois, elle regarda les visages un à un. Parmi eux, sept corps retrouvés. Au dos de la photo, elle avait écrit le nom et l'âge de six d'entre eux :

Saverio MORA (douze ans)
Ando MORA (onze ans)
Enéa FERRER (dix ans)
Naïa BERGES (douze ans et demi)

Adur ABADIE (douze ans)
Bergon CASTRO (onze ans)

Des identités à moitié effacées par le temps, comme des lettres sur une tombe.

Flores connaissait presque tous les parents des victimes identifiées. Certains en avaient perdu la raison, d'autres étaient partis ou morts, fauchés par la maladie et surtout, les remords.

Quatre enfants, dont Raphaël et Maël Borie ainsi que la petite Emma Cazes, n'avaient pas été retrouvés. Après avoir eu le statut de disparus, ils avaient fini par être considérés comme morts eux aussi. Le nom du quatrième enfant manquait. D'après la photo, il s'agissait d'une autre fillette.

Le septième corps n'avait jamais pu être identifié. Sept corps et autant de bonhommes de neige retrouvés dans le champ des deux survivants, Mathias Dangles et Loyola. Lequel était parti juste après dans la montagne avec les deux fils de Mathias.

Antoine Mendi avait confié à Flores avoir sans doute fait partie du groupe d'enfants ce jour-là, même s'il n'en avait aucun souvenir. D'après Astrid, son nom figurait pourtant sur la liste des victimes. Ce qui portait leur nombre à douze. Un de plus que sur la photo. Était-ce une erreur ?

S'armant d'une loupe, Flores s'arrêta sur chaque visage, qu'elle scruta attentivement. Presque tous lui étaient tristement familiers. Sauf un. Mais à présent, il lui disait vaguement quelque chose. Elle tourna la loupe sur ce visage afin de le grossir au maximum. Durant des années, elle s'était demandé qui était ce garçon, sans avoir la réponse. Et maintenant, elle se trouvait sous ses yeux. Car elle en avait presque la certitude, cet enfant qui ne souriait pas et cet adulte aux traits durs et fermés qui lui ressemblait étaient une seule et même personne, Antoine Mendi.

Douze enfants avaient été pris dans l'avalanche de ce 17 janvier 1999, et un seul était revenu.

48

3 février 2023, au hameau

— Qu'est-ce que tu ferais, toi, Max ? soupira Antoine.

C'était l'une des rares fois où il faisait appel à sa voix intérieure.

— Comme toi.

— Ça m'avance drôlement !

— Ne me dis pas que tu n'as pas une petite idée ? Il faut juste affronter ta chef dès maintenant, par téléphone.

Convenant qu'ils avaient la même vision de la situation, Antoine prit son portable, mais à la deuxième sonnerie, la batterie lâcha.

— C'est pas vrai…

Prévenue, Flores serait sans doute venue en hélicoptère et ils auraient pu charger le cadavre à bord. Il y avait un plateau naturel assez large pour accueillir l'appareil sans danger. Si Antoine ne voulait pas abandonner le corps ici, il n'y avait qu'une solution, le ramener lui-même. Il n'avait sur lui que la couverture de survie mais serait-elle assez solide pour servir de brancard…

Il lui fallait déjà sortir le cadavre de là. En commençant par agrandir la trouée en rognant la glace au piolet. Après un nouvel examen de la couche glacée, il prit ses deux alpenstocks et attaqua les bords par petits coups, puis cassa de plus gros morceaux. Les ubacs silencieux, ces versants ombragés que le soleil ne réchauffait jamais, dessinaient un rempart à l'extrémité du laquet, au-dessus duquel planaient quelques aigles royaux, les ailes tendues jusqu'à la pointe de leurs rémiges primaires, se laissant descendre en cercles successifs avant de remonter vers le soleil. Mais Antoine n'avait pas le temps d'admirer la valse gracieuse de ces rapaces au-dessus du chaos géologique. Sous la pointe de ses piolets, les bords du trou continuaient à s'effriter.

Concentré sur les éclats qui se détachaient, révélant à chaque coup un peu plus du corps du noyé, Antoine ne prêta pas attention à la fissure qui se formait sur la croûte gelée depuis le bord. Aussi fine qu'un cheveu sur de la porcelaine. Alors qu'Antoine donnait un nouveau coup de piolet sur la glace, celle-ci se rompit sous ses crampons dans un grincement terrible, le précipitant dans l'eau glacée. Suffoquant, le thorax compressé dans un étau, Antoine perdit l'un des deux piolets mais planta l'autre dans l'épaisseur de la glace encore stable. Cependant la pointe ripa sans mordre la couche gelée. Antoine glissa et, alourdi par ses vêtements mouillés et ses crampons, s'enfonça de nouveau dans l'eau, jusqu'aux yeux cette fois. Alors qu'il tentait de refaire surface, le sommet de son crâne buta sur une paroi dure et glacée. Il avait dû se déporter en se débattant, ou bien, avec les mouvements du lac, les deux plaques s'étaient rejointes, le recouvrant. Quoi qu'il en soit, c'était un cauchemar. Mais plus il paniquerait, moins il aurait de chances de s'en sortir.

Sans lâcher son unique alpenstock, en apnée dans la pénombre glacée, il longea le dessous de la couche gelée à la recherche du trou. Avec sa main armée du piolet, il tapait la glace espérant trouver un endroit où la strate, moins épaisse, céderait. Le froid gagnait ses membres et, à ce rythme, il ne tiendrait pas longtemps. Son pouls ralentirait, sa température sanguine baisserait rapidement, d'abord dans les extrémités, puis au niveau des organes vitaux. Il perdrait peu à peu ses facultés motrices et de coordination, son cerveau privé d'oxygène produirait des hallucinations. Et au bout, ce serait la mort.

Ses épaules heurtèrent quelque chose. Il se retourna et ses doigts rencontrèrent ce qui ressemblait à un tissu détrempé et durci par le froid de l'eau. C'était le corps de l'inconnu. Antoine comprit que le cadavre obstruait le trou qu'il avait élargi au piolet. Surtout, garder son calme. Alors qu'il n'avait qu'une envie, hurler sa rage et son désarroi de se retrouver pris au piège pour récupérer un macchabée.

Tandis que l'engourdissement gagnait ses membres et ses mâchoires, Antoine devait prendre à l'instant la décision qui le sauverait de la noyade par hypothermie. Puisant dans l'énergie vitale qui lui restait, le chasseur alpin s'agrippa au cadavre et l'attira de toutes ses forces sous l'eau, pour prendre sa place et pouvoir enfin sortir. Mais le corps, gonflé de gaz, les vêtements raidis par l'eau gelée, pesaient le poids d'un âne mort. Pour survivre, un être vivant dispose de facultés et de ressources insoupçonnées. Le temps pressait. Antoine n'avait plus droit à l'erreur. Son cerveau devait prendre seul les commandes des membres, qui répondaient de moins en moins, perdant en précision. Il se concentra mentalement sur le corps qu'il lui fallait à tout prix dégager de là. Dans un ultime élan vital, arrachant à sa poitrine un râle désespéré, de l'eau plein le nez et la bouche, il donna un coup d'épaule au mort, qui bougea enfin. Pas encore assez pour laisser toute la place à Antoine, mais suffisamment pour qu'il puisse l'écarter encore en le repoussant sous la couche de glace. À la fin, seules les chaussures auxquelles étaient encore fixés les crampons dépassaient. Antoine put enfin respirer à l'air libre. Au ralenti, la parka et le pantalon alourdis par des litres d'eau, le visage à ras du bord coupant, il parvint à piquer la pointe du piolet dans la glace et, dans une traction qui lui brûla les muscles des bras, à se hisser hors du trou jusqu'à la taille. Restait peut-être le plus difficile, surtout à ce degré d'épuisement : s'extraire complètement de ces mâchoires de glace.

Il avait assez d'espace, mais les forces lui manquaient. Il était frigorifié de l'intérieur, ses dents s'entrechoquaient. Le soleil qui lui réchauffait doucement le crâne et ce besoin instinctif d'aller vers sa lumière lui donnèrent l'impulsion nécessaire. Sans savoir comment, il planta son unique piolet un peu plus loin du bord et tira de nouveau sur ses bras. Ce fut comme s'il venait d'être désincarcéré d'un amas de ferraille. Il ne sentait presque plus la partie inférieure de son corps et fut obligé de tourner la tête pour vérifier qu'il était complètement sorti. À cet instant, il l'entendit. Le vrombissement lointain d'un hélicoptère.

49

3 février 2023, le lac Glacé

Tel un gros insecte dont la précision compensait la taille imposante, l'hélicoptère parvint à se poser à proximité du lac Glacé. Antoine sentait le vent chaud des pales lui fouetter le visage. Elles ralentirent avant de s'arrêter complètement. Le temps de se défaire de leur harnachement, Flores et Olivia mirent pied à terre.

— Tiens bon, Mendi, on vient te chercher ! cria la capitaine, les mains en porte-voix.

Antoine voulut lui répondre, l'avertir que c'était dangereux, que la couche de glace s'était fissurée à cet endroit, mais aucun son ne sortit de sa gorge. Même ses cordes vocales semblaient avoir gelé. S'il avait pu se voir, il aurait pris peur. Les lèvres bleues et craquelées, la peau du visage tirant sur le gris, les cernes autour des yeux comme tracés au charbon. Il ne put que regarder les deux femmes marcher dans sa direction et prier pour qu'elles ne passent pas au travers elles aussi. Mais en vraies habituées de la montagne, elles avaient repéré la plaque qui s'était détachée et la contournèrent.

Lorsqu'elles furent enfin près de lui avec la civière gonflable, Flores et Perez se jetèrent un regard entendu sans rien dire. Ayant sans aucun doute frôlé la mort, il en portait encore l'empreinte glacée. Il fallait le transporter d'urgence à Bagnères.

— Non… non, tenta-t-il dans un souffle.

— On ne te demande pas ton avis, Mendi, lâcha Flores tout en disposant la coque avec Perez pour y allonger Antoine.

Malgré ses allures de longue tige frêle, Flores était dotée d'une force insoupçonnée. Celle que l'on développe ailleurs que dans les muscles, qu'elle avait au demeurant bien dessinés et bien présents. Cette force propre aux tempéraments nerveux et colériques. Et s'il y avait quelque chose qui l'animait à ce moment précis, c'était la colère. Sa façon à elle de transformer une inquiétude passive en action et en réaction. La colère de découvrir que son lieutenant avait risqué sa vie en contrevenant aux instructions.

— Là… là…

Antoine essayait désespérément de tendre le bras vers le trou dans la glace. Là où flottait avec indifférence le corps de l'homme qui avait failli l'attirer au fond.

— Je crois qu'il veut nous dire quelque chose, dit Olivia.

— Il délire sûrement, tu as vu sa tête ? Il est en hypothermie, il faut faire vite.

Pas vraiment convaincue, Olivia acquiesça malgré tout et se plaça à une extrémité de la civière gonflable, prête à la soulever.

— Non… non… att… attendez…

La voix d'Antoine avait du mal à se frayer un chemin mais cette fois, le dernier mot fut audible.

— Quoi, Mendi ? Qu'est-ce qu'on doit attendre ? Tu veux vraiment finir ici ?

— Le… le corps… là… dedans…

— Un corps ? Dans le trou ? demanda Flores, incrédule, un sourcil froncé.

Antoine cligna des yeux. C'était tout ce qu'il pouvait faire pour lui répondre. Ses forces le quittaient peu à peu. Les dernières, dans lesquelles il avait tapé pour survivre.

— Perez, jette un œil là-dedans.

Olivia s'approcha du trou avec prudence et écarquilla les yeux. Un visage gonflé et effrayant s'encadrait dans l'ouverture.

— Mon capitaine…

Voyant la jeune femme devenir aussi blanche que du givre, Flores la rejoignit au bord du trou.

— *Fache de*… Je comprends mieux ce que Mendi fichait ici !

— Il faut sortir ce cadavre de là…

— J'avertis les collègues de la gendarmerie de Bagnères afin qu'ils envoient un hélico. On n'a plus de place, on ne peut pas charger un autre passager, qui plus est raide mort et alourdi par l'eau et les gaz de décomposition.

— Mais il risque de disparaître complètement sous la couche de glace…

— Je préfère prendre ce risque, Olivia, plutôt que de perdre Mendi, allez, on décolle !

Elles soulevèrent la coque à bout de bras et portèrent Antoine jusqu'à l'hélicoptère. L'appareil s'arracha du sol enneigé et s'éleva vers le bleu éclatant d'un ciel de février. Une fois dans les airs, Flores appela Bagnères et leur demanda d'envoyer illico une équipe au lac Glacé pour récupérer un cadavre. Noah allait devoir patienter encore dans son linceul liquide avant de leur livrer ses secrets.

50

6 février 2023, entre l'hôpital et le village

Cette fois, Flores avait préféré ménager Antoine et ne lui annoncer la triste nouvelle de la catastrophe et de la mort tragique de José Ramon qu'à sa sortie de l'hôpital. Il était resté quarante-huit heures en observation avant d'être transféré dans une chambre qu'il n'avait occupée qu'une nuit. Flores avait fait le nécessaire pour qu'Edonia soit rassurée sur son état de santé. Mais elle n'avait pas prévu qu'Antoine, malgré ses recommandations, fausserait compagnie aux infirmières et se pointerait au village après avoir été pris en stop. Ni qu'à son arrivée il serait déjà au courant de ce qui avait ébranlé le village en son absence et coûté la vie à quatre-vingt-une personnes.

Antoine, que le transporteur avait déposé à distance du centre du village transformé en chantier, se tenait immobile, la mine hébétée, devant le spectacle des pelleteuses et des équipes de secours prêtes à intervenir au cas où l'on découvrirait d'autres cadavres ou des miraculés.

— Tu vois à quoi tu as échappé…

La voix de Max à son oreille.

— Rien que pour ne plus t'entendre, j'aurais

préféré me retrouver là-dessous, lâcha Antoine, d'un ton sinistre.

— Je ne te parlais pas de cette avalanche…

— Raison de plus pour te taire.

— Vous aussi, vous avez perdu quelqu'un ?

La voix dans son dos, qui le fit sursauter, n'était pas celle de Max. Antoine se retourna et vit un type mal rasé, vêtu d'un sweat bleu nuit, la capuche rabattue presque jusqu'aux sourcils, dont l'un était barré d'une cicatrice. N'ayant pas demandé à avoir de la compagnie, il répondit à contrecœur.

— Non.

— C'est dingue, quand même, cette avalanche, tout à coup, comme ça, sans crier gare.

— Ça ne crie jamais gare.

Le type sortit un paquet de cigarettes et le lui tendit. Antoine déclina d'un signe de tête.

— Vous êtes du coin ?

Non et j'aimerais bien que tu me lâches la grappe, se retint-il de balancer à la figure du type. Quelque chose dans son attitude lui déplaisait.

— De passage, esquiva-t-il.

— Chez quelqu'un en particulier ?

Un appel de Flores lui sauva la mise, ou plutôt, évita au type une réponse salée. Sans un regard pour son interlocuteur, Antoine s'éloigna, dos tourné, le portable contre l'oreille.

— Décidément, Mendi, on dirait que tu n'en as pas eu assez. Tu as quitté l'hôpital contre l'avis du médecin et…

— Pourquoi ne m'avoir rien dit ?

— Tu es où, là ?

— Sur la place du village, devant la gendarmerie, ou plutôt, ce qu'il en reste.

— J'arrive.

Cinq minutes plus tard, la capitaine le rejoignait, à grandes enjambées d'échassier.

— À côté de toi, un mort est bronzé, Mendi ! Tu devais rester…

— Bon, tu m'expliques ?

— Il n'y a pas d'explication, pas encore. Je vais faire venir une spécialiste en avalanches du SLF, l'institut pour l'étude de la neige et des avalanches de Davos. Mais ça n'aurait pas dû se produire. Pas comme ça.

— La plupart des phénomènes naturels qui surviennent aujourd'hui ne le sont plus vraiment. Réchauffement climatique, cycle naturel qu'on accélère avec nos émissions de gaz…, nota Antoine.

— Peut-être. Mais juste avant, il y a eu un événement inhabituel, dans les rues du village.

— C'est-à-dire ?

Flores lui raconta le carnaval, les masques d'animaux et de Fawkes, les voitures et les poubelles en feu, un embrasement soudain qu'on n'avait jamais vu ici auparavant.

— Tu penses qu'il y a un lien entre le carnaval et l'avalanche ? demanda Antoine

— C'était le même soir.

— Une coïncidence, peut-être.

— C'est ce que je voudrais éclaircir.

Les yeux de Flores s'arrêtèrent sur une silhouette qu'elle reconnaissait vaguement. Le type à capuche qui l'avait abordée juste après la catastrophe, et dont elle surprit le regard avant qu'il ait eu le temps de le détourner.

— Tu es venue me chercher avec Olivia. Et Ramon ? Ça va ?

Voyant le bord des paupières de Flores rougir instantanément, Antoine comprit.

— Où est-il ?

— Avec les autres victimes. Sa femme a été prise en charge par la cellule psychologique. Elle voulait se tuer avec leur bébé.

— Qui d'autre ?

— Le maire. Trois gosses. Quatre élus. Quatre-vingt-une vies fauchées. On n'a plus de locaux, mais on a du boulot.

En quelques mots, Flores fit à Antoine le récit de la découverte du présumé cadavre d'Astrid, suivie de sa petite visite à la fille du maire, bien en vie et en pleine sauterie. Elle lui raconta aussi la copie du masque de Guy Fawkes trouvé devant son chalet.

— J'attendais ton retour pour mettre tout ce petit monde en garde à vue. Ah, c'est Olivia, je lui ai demandé de faire une vérif.

Flores cliqua sur l'écran de son smartphone pour ouvrir le mail qu'elle venait de recevoir de Perez, accompagné d'une pièce jointe.

— Non, c'est pas vrai…

— Qu'est-ce qu'il y a ?

Flores présenta à Antoine l'écran de son téléphone, sur lequel apparaissait la photo qu'Olivia lui avait envoyée, accompagnée du nom qui lui avait servi pour ses recherches : Sergio Farès. Antoine reconnut aussitôt le visage sur la photo. Celui du type au sourcil balafré qui l'avait abordé un peu plus tôt.

La capitaine le chercha du regard, mais il s'était déjà volatilisé.

51

6 février, au village

— Olivia, tu es sûre de l'identité du type de la photo ? À cent pour cent ?

Encore sous le choc, Flores venait d'appeler Perez pour avoir confirmation de vive voix de ce résultat. Comme s'il pouvait encore changer ou se révéler faux. Elle avait compris qu'elle s'était trompée, en prenant l'autre camé chez Astrid Hirigoyen pour Farès. Ce n'était pas lui qui avait ouvert, les yeux injectés de cannabis.

— Oui, mon capitaine, répondit Olivia. À deux cents pour cent. J'ai même quelques infos complémentaires. Il a trente-cinq ans, c'est un enfant de l'Assistance, placé dans une famille d'accueil à l'âge de trois ans, à Tarbes. Il a vécu dans cinq familles au total. Il a un casier. Petite délinquance, vols à l'arraché entre treize et quinze ans, apprenti chez un mécanicien auto, ce qui l'a calmé. Puis service militaire, engagements militants dans des ONG et des groupes écolos activistes. Quelques interpellations et gardes à vue pour avoir balancé des cocktails Molotov sur les forces de l'ordre lors de manifestations, tagué la façade de la mairie de Tarbes et répandu du fumier sur les marches…

— Un petit connard, en somme, mais surtout un pauvre gosse. C'est tout ?

— Pour le moment, oui.

— Merci, Olivia.

Flores rangea son portable et se tourna vers Antoine.

— Qu'est-ce qu'il fiche ici et surtout, qu'est-ce qu'il cherche, en nous approchant incognito ?

— Ça doit être jubilatoire. Approcher des représentants de l'ordre sans qu'ils sachent à qui ils ont affaire. Et se réjouir d'avance de leur tête lorsqu'ils s'en apercevront, tôt ou tard.

— Ce sont plutôt les meurtriers ou les tueurs en série qui jouent à ça avec la police.

— Apparemment, Farès fait partie de ces jouisseurs anonymes.

En un sens, Antoine était soulagé de savoir Astrid vivante grâce à sa petite fête. Son père, en revanche, n'avait pas eu cette chance ou cette bonne étoile. Le village était désormais sans maire et plus de la moitié des élus avait été emportée.

— Antoine !

Reconnaissant la fêlure dans la voix, Mendi se retourna. Astrid arrivait en courant.

— Antoine ! Où t'étais passé ? J'ai cru que tu faisais partie des victimes !

Il recula d'un pas, gêné. La trop grande familiarité de cette fille l'embarrassait. Mais il n'eut pas le temps de répondre, Flores s'interposa aussitôt.

— Tu tombes à point, Astrid ! J'imagine que tu le reconnais ?

La capitaine lui mit sous le nez son portable avec la photo de Sergio Farès. Astrid blêmit instantanément.

— Je n'ai pas le temps, là…

— Oh que si, tu l'as. Et si tu l'as eu pour venir coller Mendi, tu l'auras bien pour répondre à quelques questions. À celle-ci, pour commencer.

— C'est officiellement un interrogatoire ? Parce que sinon, je ne suis pas tenue de répondre. Seulement en présence de…

— Astrid, intervint Antoine, fais ce que te dit la capitaine Flores. Ça ne te coûte rien.

Astrid planta ses yeux dans ceux de Mendi. Deux poignards.

— Qu'est-ce que t'en sais ? Je viens de perdre mon père !

— Désolé, toutes mes condoléances.

— Nous le regrettons sincèrement, dit Flores, sans oublier la réaction d'Astrid en apprenant la nouvelle. Mon père le connaissait bien, je le voyais souvent à la maison.

— Et à la chasse aussi, sans doute.

— Oui, ils allaient chasser ensemble, c'est vrai, admit Flores.

— Et vous, votre père vous obligeait à le regarder éviscérer le gibier qu'il rapportait ? Et même à l'aider ? J'avais à peine huit ans !

Antoine observa la réaction de Flores. Une légère crispation dans les mâchoires.

— Ton père était dur, c'est vrai, mais il ne te voulait pas de mal.

— Ça, c'est sûr, il m'a même rendu service en provoquant chez moi le contraire de ce qu'il aurait souhaité ! Il voulait une carnivore, il a eu une vegan, il voulait une fille qui sache tenir un fusil et qui chasse avec lui, il a eu une fille engagée dans la protection des animaux sauvages et de la nature.

— Bon, tu reconnais ce gars sur la photo ? demanda Flores.

— Pourquoi me demander, alors que vous avez déjà son identité ?

— Veuillez lui passer les menottes, lieutenant, dit Flores à Antoine, sidéré.

— Hé, ça va pas ! protesta Astrid, faisant mine de partir.

Mais une poigne la retint sur place. Celle de Flores, Antoine hésitant encore.

— Ce n'est pas réglementaire, on n'a rien contre elle, glissa-t-il à sa supérieure.

— Il est exactement 11 h 03, nous sommes le 6 février 2023 et à partir de maintenant, Astrid Hirigoyen, vous êtes placée en garde à vue, énonça Flores, ignorant la remarque d'Antoine. Lieutenant Mendi, vous m'entendez ? Menottez-la !

— Pour quel motif ?

— Mendi, c'est un ordre !

— Vas-y, Antoine, te gêne pas pour moi.

Astrid présenta ses poignets à Antoine, le regard effrontément rivé sur Flores, un sourire ironique aux lèvres.

— De toute façon, dans une heure, je ressors. Vous n'avez rien contre moi.

— Tu crois ça, lâcha la capitaine, lui rendant son sourire.

Dans les préfabriqués près de la caserne, ils avaient réussi à ramener quatre chaises et deux tables prêtées par les pompiers. Flores s'installa en face d'Astrid et attaqua l'interrogatoire. Antoine se tenait debout, dans un recoin, silencieux et sombre.

— Je réitère ma question. Le type sur la photo, il te dit quelque chose ?

La fille du maire se renfrogna sans répondre.

— Bien, on passe à une autre question qui t'inspirera peut-être davantage. Toi et tes petits camarades, avez-vous participé à ce carnaval sauvage qui a précédé l'avalanche ?

— Je ne sais pas de quoi vous parlez. J'étais chez moi toute la soirée.

— Avec tes petits copains défoncés ?

— Juste quelques pétards… On va pas en faire une histoire. En plus, c'était du bio.

— C'est sûr, vegan jusqu'au bout du joint. C'est drôle mais j'ai comme l'impression que tu ne me dis pas tout.

— Le reste est d'ordre privé.

— Et ça ? C'est d'ordre privé aussi ?

Flores sortit d'une poche intérieure un sachet plastique bombé et le posa sur la table, sous le nez d'Astrid.

— Qu'est-ce que c'est ?

— À toi de me dire. Ouvre et regarde.

Astrid lui lança un regard suspicieux.

— Ha ! ha ! Et vous pensez vraiment que je vais tomber dans le panneau en laissant mes empreintes dessus ?

Flores se pinça l'arête du nez entre le pouce et l'index et respira profondément. Sans un mot et sans quitter Astrid des yeux, elle ouvrit le sachet et fit glisser à l'extérieur le masque à moitié écrasé de Fawkes en prenant soin de ne pas le toucher.

— Alors ?

Astrid fixa l'objet avec indifférence.

— Eh bien quoi ? dit-elle du bout des lèvres, le regard vide.

— Tu ne sais pas ce que c'est ?

— À part un masque, pas la moindre idée.

— Alors comment expliques-tu sa présence, le soir du carnaval et de l'avalanche, devant ton chalet ?

— Je n'explique rien, je ne suis pas responsable des objets perdus, même devant chez moi. D'ailleurs, qui me dit que vous n'avez pas monté ça pour me faire accus…

— Attention, Hirigoyen, tu vas trop loin, grinça Flores entre ses dents.

Elle s'était levée tel un ressort et se tenait penchée au-dessus de la table, appuyée sur ses bras écartés, le visage à deux centimètres de celui d'Astrid. C'était à peine si la fumée ne lui sortait pas des narines.

— Ce masque traînait devant TON chalet, le soir où tes petits copains étaient chez toi. S'il n'est pas à toi, il appartient forcément à l'un d'eux. Il te suffit juste de me dire s'ils ont, ou si vous avez, participé à ce carnaval sauvage.

— Je ne suis pas une balance. Et vous n'avez rien contre moi. Donc, au terme de cette garde à vue, je serai libre.

— Mais je peux te garder encore un bout de temps et je ne m'en priverai pas. Tu verras, après une nuit dans le préfab sans chauffage, tu risques de déchanter. Ce n'est pas aussi douillet que ton chalet.

Astrid se contenta de se mordre la joue sans répondre, les yeux dans le vague.

Olivia entra dans le préfabriqué, légèrement essoufflée.

— Mon capitaine, la spécialiste en avalanches est arrivée de Davos.

52

6 février 2023, le hameau de la Guara

Il était là lorsqu'elle ouvrit les yeux. Il n'avait cessé de la veiller ces derniers jours, attendant qu'elle reprenne conscience. Elle avait dormi tout ce temps, entre sommeil et coma, tirant de ses ultimes ressources la force de vivre. Avec les soins aux plantes et à l'argile que lui avait prodigués le Messager, sa fracture était moins douloureuse. Mais il lui faudrait encore des semaines, voire des mois, pour récupérer et espérer marcher de nouveau normalement.

En se réveillant, le premier mouvement de Miren fut pour se lever, mais sa jambe la lança et elle retomba aussitôt sur l'oreiller, les traits déformés par la douleur.

— Attention, ma jolie, j'ai pu te replacer l'os du tibia, mais il reste fragile. Le moindre mouvement peut rouvrir la fracture. Il ne s'agirait pas que ça s'infecte et que je sois obligé de t'amputer ici…

Il lui fit délibérément peur, pour qu'elle reste tranquille.

— J'ai… très soif…

Le Messager, qui avait anticipé cette demande, se

pencha vers elle, un bol en terre dans la main. Lui maintenant la tête de l'autre, il la fit boire.

— Là… Ça va mieux ?

Miren hocha faiblement la tête en fermant les yeux.

— Tu n'es pas obligée de me raconter maintenant ce que tu faisais seule dans la montagne, repose-toi, tu en as besoin. Je suis en train de te fabriquer une attelle. Je te la mettrai d'ici quelques jours.

Il commença à se lever, mais les mots que prononça la jeune femme le clouèrent sur son siège.

— Je suis déjà venue ici. Il y a longtemps. J'avais onze ans, je crois. Avec ma presque sœur, Raquel.

Les yeux du Messager se troublèrent comme un étang sous la pluie.

— Je sais… Tu étais blonde et toute bouclée.

Un sourire douloureux étira les lèvres de Miren.

— Et les autres ? Raquel, Noah ? Lui, il venait une fois par an, murmura le Messager. Et l'Espada ?

Sa voix frémit en prononçant ce nom.

— L'Espada est restée avec les autres, dans la forêt. Elle… elle nous a envoyés ici avec Raquel et Noah, le temps que ça se tasse.

— Quoi ? Qu'est-ce qui doit se tasser ? Vous avez fait quelque chose ?

— C'est Noah… J'ai été agressée par un chasseur. Noah a voulu me venger, il l'a retrouvé, c'était un berger de la vallée et… il l'a tué. C'est pour échapper aux gendarmes et à la prison que l'Espada nous a dit de venir ici… Elle nous a assuré que nous serions bien accueillis et en lieu sûr.

— Si j'ai bien compris, vous êtes partis tous les trois, Noah, Raquel et toi… Où sont-ils ? Pourquoi tu es toute seule ?

— Raquel… a fait une chute mortelle, sur la Lera, dit Miren en sanglotant.

— Oh… Et Noah ?

— On l'a recouverte de pierres et… et on a continué. Mais le type qui était ici, c'est un gendarme. Depuis ma sortie de l'hôpital, il ne m'a pas lâchée. Il me croit peut-être coupable…

— Je pense que c'est pour une autre raison, qu'il ne te lâche pas. Une raison que trahit son regard posé sur toi.

— C'est peut-être pour ça, alors…

— Pour ça, quoi ?

— Il devait déjà nous suivre, quand on est partis pour le hameau et, après l'accident de Raquel, il nous a rattrapés, sur le lac Glacé. Il voulait me ramener avec lui. Noah m'a défendue, mais la glace s'est brisée sous son poids et il est tombé…

— L'autre type aussi ?

— Non, il a eu plus de chance. Noah essayait de remonter, mais l'autre l'en a empêché et il l'a repoussé de toutes ses forces à coups de crampons sur le visage et à la tête.

— Et toi ?

— Noah me criait de me sauver pendant qu'il s'occupait de lui, c'est ce que j'ai fait… Et en m'enfuyant, je suis tombée dans cette crevasse. Je ne sais pas comment ça s'est fini pour Noah, mais quand j'ai vu l'autre réapparaître au fond de la crevasse, j'ai compris. J'ai compris que Noah non plus, je ne le reverrais jamais.

Le Messager serrait les poings.

— J'aurais dû l'achever quand j'en avais l'occasion ! gronda-t-il. Je comprends mieux pourquoi tu avais si peur… Ma pauvre petite…

Sa main calleuse et tannée par le soleil de la montagne se posa sur le front de Miren. Il était brûlant.

— Je vais te refaire une tisane médicinale, tu as encore de la fièvre.

— Je… je suis fatiguée, balbutia Miren, la tête tournée sur le côté. J'aimerais dormir un peu.

— Très bien, bois la tisane avant, elle t'apaisera. Tu sembles agitée, ce sont tous ces mauvais souvenirs… Raquel, puis Noah, c'est terrible, ce que tu as traversé. Tu es en sécurité, maintenant. Et quand il reviendra, je le tuerai de mes propres mains.

À cet instant, on cogna à la porte. Le Messager se leva d'un bond, en alerte, et saisit un couteau de berger. La seule arme dont il disposait. Il entrouvrit tout d'abord, puis ouvrit en grand, laissant entrer une femme aux cheveux argent tirés en chignon, un air de rapace et une silhouette effilée en tenue de montagne, suivie d'un jeune homme que l'ermite n'eut pas de mal à reconnaître. Yorick, le frère de Noah. Il accompagnait la matriarche du clan de la forêt, l'Espada.

53

6 février 2023, au village

Partie tôt la veille de Davos, Carol Wieder avait roulé sur un peu plus de mille deux cents kilomètres, en deux étapes. À 11 heures et des flocons, elle arrivait au village. Flores lui avait précisé que les locaux de la gendarmerie étaient en omelette sous des tonnes de neige et lui avait donné rendez-vous à la caserne des pompiers. Pendant que la capitaine cuisinait Astrid dans le préfabriqué destiné aux gardes à vues et aux interrogatoires, Olivia était chargée d'attendre et d'accueillir l'experte en avalanches.

À trente-huit ans, Carol Wieder comptait déjà une quinzaine d'années au SLF de Davos, où elle s'était spécialisée dans les recherches sur les avalanches : comment et pourquoi elles se produisaient, leur dynamique et les moyens de les prévenir et de s'en protéger.

Lorsqu'elle franchit le seuil du préfabriqué, son rayonnement, qui n'émanait pas seulement de sa blondeur mais aussi de l'intérieur de son être, enveloppa instantanément Flores, Antoine et Astrid. Elle avait une aura mystérieuse, celle d'un iceberg baignant dans l'or d'un soleil polaire. Une fossette au menton comme un coup de poinçon, une mâchoire carrée, des yeux vert atoll presque translucides, plantés dans un visage de montagnarde strié de minces sillons, ceux que creusent le soleil et le vent au fil des années. Aussi l'accueil fut-il silencieux, le temps d'évaluer la nouvelle venue.

— Carol Wieder, enchantée. Je ne serre pas la main et je ne fais pas non plus la bise, annonça-t-elle, malgré tout sans froideur.

— Bienvenue en tout cas et merci de vous être déplacée de si loin, répondit Flores qui s'était levée pour l'accueillir.

Même si la Suissesse faisait partie des femmes plutôt grandes, la capitaine la dépassait d'une tête. Ce qui ne semblait pas intimider Carol Wieder.

— Je suis en plein interrogatoire, mais le lieutenant Mendi va prendre la suite. Le deuxième préfabriqué vient d'être terminé, nous pourrons nous y installer. Je suis désolée de vous recevoir dans ces conditions.

— J'en ai vu d'autres, répondit Carol Wieder avec un regard vers Antoine, que celui-ci ne chercha pas à soutenir. Et ce sont justement ces conditions qui m'ont amenée ici.

— C'est vrai… Tristement vrai, soupira Flores. Mendi, je vous prie de bien vouloir prendre la suite avec la demoiselle Astrid. Vous me tenez informée. Vous ne la laissez pas partir avant la fin de la garde à vue. Olivia, assiste le lieutenant, s'il te plaît.

Surveille-le, c'est ce que tu veux dire plutôt, pensa Antoine, qui prenait la relève contraint et forcé.

Astrid détourna la tête, humiliée devant l'étrangère. Flores et Wieder sortirent du premier préfabriqué pour gagner l'autre, aussi sommairement équipé et peu chauffé.

— C'est provisoire, heureusement, s'excusa la capitaine.

— L'essentiel est que je puisse me poser quelque part avec mon PC. Mais avant ça, je dois me rendre sur le terrain. Comment est-ce arrivé ? Et quand ?

— Dans la nuit du 2 au 3 février, peu de temps après un carnaval qui a dégénéré.

— Un carnaval avant l'heure ?

— Un prétexte, plutôt. En réalité, c'était pour s'en prendre au village. Il y avait une réunion à la mairie ce soir-là et la plupart des élus, comme, d'ailleurs, les gens du cru, sont partisans de la chasse et contre la réintroduction du loup et de l'ours dans les Hautes-Pyrénées. Mais la fille du maire, que vous venez de voir, fait partie d'un groupe d'activistes écolos. L'avalanche s'est produite dans la foulée. Et ce que je veux découvrir, Carol, c'est ce qui l'a provoquée.

— Je comprends. Donnez-moi tous les éléments que vous avez sur cette coulée de neige et ensuite j'irai sur le terrain.

— D'accord, je vous accompagnerai.

— Non, je travaille seule et j'y tiens, dit Wieder avec un sourire, mais fermement. Savez-vous un peu comment une avalanche se déclenche ?

— Pas vraiment. Je sais juste que, parfois, ça ne tient à rien. Il y a déjà eu une avalanche dans notre montagne en janvier 1999, indirectement déclenchée par le crash d'un avion de tourisme qui avait entraîné la rupture d'un glacier.

— Il y a toujours un élément déclencheur, visible ou invisible, dit Wieder. Les avalanches de neige molle ou meuble sont les plus lentes et donc les moins dangereuses. C'est, en quelque sorte, un effet boule de neige.

Le manteau neigeux, dans ce cas, est constitué d'une neige qui n'est pas agrégée. Sur une pente plutôt raide, des particules s'en détachent, en entraînent d'autres et ainsi de suite, jusqu'à provoquer une avalanche qui aura le plus souvent une forme de V renversé. D'après les photos que vous m'avez envoyées, ce n'était pas le cas de celle-ci.

— Non, elle est arrivée très vite sur le village, dans un grondement terrible.

— Je pencherais plutôt pour une avalanche formée à partir d'un glissement de plaque. Pour vous la faire courte, la principale condition à ce genre d'avalanche est un manteau neigeux comportant plusieurs couches. Une sorte de mille-feuilles de neige. Si l'une d'elles, composée de cristaux de givre, est fragilisée par une fissure et que se produisent d'importantes chutes de neige sur le versant, le poids de cette neige fraîche va entraîner la rupture de la couche. Le panneau de neige récente commencera à glisser sur la couche endommagée et c'est le début de l'avalanche dite « de plaque » pouvant atteindre cent kilomètres-heure. Ce type d'avalanche destructrice et meurtrière est souvent provoqué par des skieurs imprudents ou par un réchauffement. À votre connaissance, personne ne se trouvait dans les hauteurs du village ce soir-là ?

— A priori non, mais ça reste à éclaircir. En tout cas, il y a eu de récentes chutes de neige.

— Ah, c'est déjà un élément à retenir, en plus des températures plus élevées cette année. Les avalanches spontanées se multiplient, ces derniers temps. L'expertise de terrain nous en dira un peu plus.

— Très bien, alors, je vous explique au moins

comment vous y rendre, puisque vous voulez y aller seule.

Les deux femmes se levèrent et se dirigèrent vers la porte. Quelques flocons tournoyaient dans un ciel d'acier.

— Au fait, dit Flores, l'hôtel du village ayant été réquisitionné pour reloger ceux dont les maisons ont été détruites, je vous propose de dormir chez l'habitant, comme on dit. Ce sera chez Edonia Mendi, la veuve du grand-père paternel du lieutenant Mendi. Antoine y loge aussi.

— Je préférerais trouver un hébergement ailleurs, si c'est possible.

Flores la dévisagea avec surprise.

— Oui, je sais, ma demande peut surprendre, voire paraître déplacée, mais… Antoine Mendi et moi avons eu une liaison il y a longtemps. Je vois qu'il a fait du chemin. Il semble avoir plutôt bien réussi malgré…

Wieder s'interrompit, l'air soudain tendu.

— Je suis désolée, oubliez ce que je viens de vous dire…

— Malgré quoi ?

La Suissesse hésita.

— Malgré sa schizophrénie.

— De quoi parlez-vous, Carol ?

— Antoine Mendi a été diagnostiqué schizophrène à l'âge de quinze ans, il était l'un des patients de mon père.

54

6 février 2023, au village

Antoine Mendi, schizophrène. Flores dut tout d'abord intégrer la nouvelle. Dès qu'elle eut repris ses esprits, elle laissa Carol Wieder se rendre sur le site de la catastrophe en lui demandant de l'appeler, une fois son expertise terminée, et fonça chez elle récupérer son ordinateur. Surpris de voir sa maîtresse rentrer avant l'heure, Botox ne se leva même pas de son panier king size et se contenta de remuer la queue. Se disant qu'elle serait plus au chaud et plus à l'aise dans sa chambre faisant aussi office de bureau, Flores se prépara un café et s'installa devant son PC portable. En quelques clics et mots de passe, elle fut sur la fiche de renseignements d'Antoine Mendi, où figurait son C.V. Il avait fréquenté un lycée privé à Toulouse, Saint-Augustin, l'année de son bac en sciences économiques et sociales. Si elle appelait le secrétariat maintenant, elle était encore dans les temps. Elle ne savait pas trop par où commencer, mais sentait qu'elle devait déjà fouiller dans la jeunesse de Mendi. Dans ses ombres. Ensuite, elle essaierait de joindre le père de Carol Wieder.

— Bonjour, que puis-je pour vous ? demanda une voix claire de femme.

— Capitaine Flores, gendarmerie de Bagnères-de-Bigorre, je souhaiterais avoir quelques renseignements sur un des anciens élèves du lycée, Antoine Mendi.

— Il lui est arrivé quelque chose ?

— Non, c'est juste une formalité, parce qu'il vient d'intégrer l'équipe et que je veux m'assurer qu'il n'ait aucun passif.

— À quand remonterait sa présence dans notre établissement ?

— Sur son C.V., il est mentionné qu'il a passé son bac en 2006. Apparemment, il n'a fréquenté votre lycée que cette année-là.

— Ne quittez pas.

Flores entendit des voix étouffées avant que la secrétaire ne reprenne le combiné au bout de cinq minutes.

— Il a eu son bac avec mention bien. C'était un bon élève, discret, sérieux. Un peu sombre, parfois.

Avec ce qu'il a vécu, on le serait à moins, pensa Flores.

— Quels étaient ses rapports avec les autres élèves ?

— Il n'y a rien dans son dossier, des bulletins très bons, pas de problèmes de sociabilité. Ah… avec une petite réserve…

— Laquelle ?

— « Tempérament plutôt solitaire, devrait s'ouvrir davantage », énonça la secrétaire.

— Il n'était donc pas vraiment sociable.

— Seulement s'il le fallait, mais s'il pouvait y échapper, il n'allait pas au-devant des rapports sociaux. Ce sont les remarques unanimes de ses professeurs. C'est tout ce que je peux vous dire sur Antoine Mendi.

— C'est déjà ça. Merci.

En notant ces quelques informations sur la fiche de Mendi, Flores s'aperçut que quelque chose lui avait échappé au moment de son recrutement. Avant d'intégrer les chasseurs alpins, Antoine avait fait une formation de pisteur secouriste. Un atout certain pour la Rurale, sourit-elle. Puis elle tapa « Dr Wieder, psychiatre », dans le moteur de recherche, sans succès. Il n'apparaissait nulle part. Sans doute Wieder était-il le nom marital de Carol.

— *Fache de con*, grogna-t-elle en avalant une gorgée de café presque froid.

Elle aurait voulu ne pas avoir à passer par sa fille, faire ses recherches le plus discrètement possible, mais il lui fallait à tout prix le contact de l'ancien psychiatre d'Antoine. À contrecœur, elle appela la spécialiste de Davos.

— Désolée de vous déranger, Carol, mais il me faudrait le contact de votre père.

— C'est à cause de ce que je vous ai dit sur Antoine…

La Suissesse paraissait essoufflée.

— Il a intégré l'équipe récemment. S'il a un passé psychiatrique, je dois en savoir un peu plus.

— Je comprends, mais… mon père est en établissement spécialisé… Il a un Alzheimer depuis trois ans. Navrée de ne pas pouvoir vous aider.

— C'est moi qui le suis, pour votre père et pour vous. Ce doit être très dur d'accompagner un proche dans cette terrible maladie. Sinon, vous avancez ?

— Oui, mais il est encore trop tôt pour tirer des conclusions. Je remonte progressivement le couloir de l'avalanche. Et la neige est de la partie…

— Faites attention à vous, Carol, et si ça se gâte trop, revenez. Vous reprendrez demain.

— Ne vous inquiétez pas, pour le moment je peux encore travailler sur le site. Je vous rappelle.

Bon sang, qui pourrait me renseigner sur Mendi? soupira Flores en raccrochant. Edonia? Peut-être savait-elle des choses. Flores irait la voir, mais avant, elle voulait encore vérifier certains points. Loyola, assisté de Mathias Dangles, encore adolescent à l'époque, avait organisé cette randonnée en montagne qui avait mal tourné. Mais son instinct disait à Flores que, même sans cette avalanche, le sort des enfants était scellé. Elle reprit ses notes sur le Prêcheur, sa vie religieuse itinérante, les périodes passées dans différentes villes, qui coïncidaient étrangement avec des disparitions d'enfants entre neuf et douze ans. Elle devait creuser de ce côté-là. Pourquoi cette tranche d'âge? Vérifier la date et le lieu de naissance des enfants signalés disparus. Cela lui prit presque une heure. Pour ne pas avoir à entrer dans le fichier des personnes recherchées et attirer l'attention sur ses investigations, elle passa par des sites qui répertoriaient les disparitions de mineurs depuis les années soixante-dix. Chaque année en France, cinquante mille disparitions de mineurs sont signalées, dont les causes vont de la simple fugue à l'enlèvement. Un chiffre qui lui donnait le vertige. Tout comme ces visages d'enfants, garçons ou filles, de tous types et de toutes origines qu'elle faisait défiler, les doigts sur le pavé tactile. Des visages parfois souriants, parfois tristes ou fermés. Des gosses dont la vie avait viré au cauchemar, ou en était déjà un avant leur disparition. Des prénoms, Axel, Mathis, Camille, Zora, Tifaine,

Jenna, Thomas, Wissem… Presque autant de garçons que de filles. Des dates de naissance aussi, et c'étaient ces dernières qui intéressaient Flores.

Une fois qu'elle eut fini, elle obtint un tableau auquel ses yeux s'attachèrent un bon moment. Comme souvent, l'évidence est là, devant soi, mais passe tout d'abord inaperçue. Et puis, sans qu'on sache pourquoi, le voile se lève et elle apparaît dans tout son éclat. Ce fut ce qui se passa à cet instant pour Elda Flores.

La plupart de ces enfants entre neuf et douze ans signalés disparus, ainsi que les victimes de l'avalanche de 1999, étaient nés entre le 25 novembre et le 1er décembre. Une période qui, en général dans la région, correspondait à la première neige. La première neige. Flores se souvint d'une légende des montagnes pyrénéennes que lui racontait sa grand-mère. La légende du berger qui avait près de mille ans. Un berger nommé Millaris.

55

6 février 2023, au village

Il était une fois, dans la petite vallée d'Arizes, dans l'ombre de l'imposant pic du Midi de Bigorre, un vieux berger dont on ne comptait plus les années, nommé Millaris, qui veillait sur ses vaches et ses moutons nuit et jour, sans interruption. À cette époque, la neige ne tombait jamais sur les montagnes et nulle part ailleurs. Pourtant, un jour, alors qu'il venait de célébrer ses neuf cent quatre-vingt-dix-neuf ans, la neige recouvrit les reliefs d'un linceul blanc. Le vieux pasteur sentit alors que son temps était révolu.

Il appela ses deux fils pour leur annoncer la triste nouvelle sur son lit de mort. Ils tentèrent de lui redonner quelques forces mais ce ne fut pas suffisant et, avant de rendre l'âme, Millaris les pria d'exaucer ses dernières volontés. Il s'agissait d'abord de rejeter ce linceul de neige vers les hauteurs. Mais les fils firent l'inverse, l'envoyant dans la vallée. C'est pourquoi, depuis, il neige aussi en bas.

Il fallait également suivre l'une de ses vaches noires, celle qui portait autour du cou une cloche dont le tintement se faisait entendre de loin. Ils devaient la suivre partout où elle irait, jusqu'à ce qu'elle s'arrête là où la neige ne tombait pas. Ses deux fils promirent à leur père qu'ils suivraient la vache noire et Millaris mourut en paix. Les fils lui creusèrent une tombe qu'ils recouvrirent de pierres. Ensuite, comme ils le lui avaient promis, ils se mirent en quête de la vache noire. Une fois retrouvée, ils la suivirent jusqu'à ce qu'elle s'arrête une première fois dans un endroit où ils découvrirent des sources d'eau chaude qui feraient de Bagnères-de-Bigorre une ville riche et prospère. Pourtant, la vache reprit son chemin, les incitant à lui emboîter le pas. Mais elle s'arrêta de nouveau et, sous les yeux éberlués des deux fils, se changea en rocher. Ce fut à cet endroit qu'ils décidèrent de s'installer pour toujours.

Ce fut à cet endroit également que, des siècles plus tard, le village de Montgaillard vit le jour. Depuis, la neige tombe toujours sur les Pyrénées.

Un soir de beuverie, des hommes de ce village, passablement éméchés, dérobèrent les pierres de la stèle du vieux pasteur. C'est à ce moment que la pluie commença à tomber pour ne plus cesser, causant des inondations et des catastrophes naturelles. Pour un peu, le village aurait été englouti, si, au bout de quarante jours, les pierres n'avaient été retrouvées et la sépulture de Millaris reconstituée. Depuis lors, il est interdit d'y toucher.

Cette légende que lui racontait autrefois sa grand-mère revint mot pour mot à Flores. Elle opposait Millaris aux villageois. Là encore, une histoire de neige et de pasteur. C'était peut-être un peu tiré par les cheveux, se disait la capitaine, pourtant, un lien existait, indéniablement, entre la légende et la réalité. Sans avoir tous les éléments lui permettant de l'établir de façon rationnelle, elle sentait que c'était là qu'elle devait chercher. Millaris avait été un pasteur, au sens de berger, gardien de troupeaux. Loyola avait, lui aussi, été un pasteur, mais au sens religieux, lui aussi gardien d'un troupeau. Humain. Ses brebis étaient des humains, oui. Peut-être même… Flores eut la sensation que sa gorge se resserrait. Peut-être même des enfants. Des enfants nés après le 25 novembre. Des enfants de la première neige. Cette neige virginale qui avait été le linceul de Millaris.

Flores consulta des pages web qui traitaient de la légende du vieux pasteur. Aucune mentionnait le jour de sa naissance. Il n'était question que de sa mort, à plus de neuf cents ans. Une sacrée longévité, il faudra qu'il me dise quel régime il a suivi, s'esclaffa Flores. Alors qu'elle déroulait les pages, son regard s'arrêta net sur une ligne. C'était la première fois qu'apparaissait la date de la mort de Millaris. Un 25 novembre. Ses pulsations s'intensifièrent à mesure qu'elle notait cette nouvelle information. Le fil qu'elle tirait de la pelote venait de plus en plus facilement. Pourvu que ça dure, souffla-t-elle.

Millaris était donc mort un 25 novembre d'une année inconnue, à neuf cent quatre-vingt-dix-neuf ans précisément, et les enfants dont elle avait établi la liste étaient nés entre le 25 novembre et le 1er décembre… Se pouvait-il que ce ne soit qu'une coïncidence ? Ils avaient été conçus en mars et avril, le retour à la vie, quand la nature renaît de l'hiver. Elle reprit la liste, les dates de naissance. Toutes convergeaient. Elle s'aperçut cependant qu'il lui manquait celle d'Antoine Mendi. Elle était pourtant la plus facile à trouver. Sans doute était-ce pour cette raison qu'elle l'avait oubliée.

Il lui suffisait de consulter son C.V. Ce qu'elle fit, s'arrêtant de respirer. Était-ce possible ? Il était né un 25 novembre. Le même jour que Millaris. Alors qu'elle encaissait cette découverte, son portable vibra sur le bureau, tel un coléoptère renversé sur le dos. Elle reconnut le numéro de Wieder.

— Capitaine Flores, il faudrait que vous veniez sur le site dès que possible.

— Que se passe-t-il ?

— L'avalanche qui s'est abattue sur votre village est le résultat d'un acte délibéré.

56

6 février 2023, au-dessus du village

Le constat était sans appel. Il confirmait ce que Flores redoutait. Depuis les derniers événements venus troubler la quiétude du village, notamment ce carnaval sauvage, ses doutes s'étaient multipliés. Demeurait une question… Qui en voulait assez aux gens de ce village pour déclencher une catastrophe aussi meurtrière et pourquoi ? Plus elle avançait dans cette nuit, plus elle craignait de découvrir qu'elle connaissait déjà la réponse.

Elle venait d'arriver sur les lieux, où elle retrouva Wieder qui l'attendait. L'experte avait les traits tirés et l'air grave.

— Il va falloir monter, dit celle-ci. Je n'ai touché à rien, là-haut. Cet endroit est sans doute ce que vous appelez une scène de crime dans votre jargon.

Oui, un crime odieux, d'une violence inouïe, pensa Flores, peinant à contenir son émotion.

— Je vous suis, souffla-t-elle d'une voix éteinte.

— Vous devez vous équiper… Il vaut mieux être encordé, le terrain est encore instable, surtout avec ces températures trop douces pour la saison. Vous mettrez vos pas dans les miens et vous suivrez bien mes instructions. La moindre erreur risque de provoquer un nouveau glissement.

— Je vous crois sur parole. Allons-y, soupira Flores.

Sous un ciel de plomb, comme pour entrer en résonance avec la gravité du moment, les deux femmes, Flores derrière la spécialiste, amorcèrent la montée à contresens de la coulée blanche.

— Nous y sommes.

Flores posa sur le sol des yeux éberlués. C'était donc d'ici qu'était partie la mort blanche, pour aller s'abattre sur le village en quelques secondes. En revanche, elle ne voyait pas ce qui faisait dire à Wieder que l'avalanche avait été délibérément provoquée.

— C'est par ici, indiqua la spécialiste, comme si elle avait compris ses doutes.

Elles firent quelques pas prudents perpendiculairement à l'inclinaison et Carol Wieder s'arrêta, l'index tendu vers plusieurs points dans la neige. Des débris et des traînées noires, épars sur une bonne vingtaine de mètres. Flores sentit des fourmillements dans ses extrémités. Elle n'osait pas y croire. Pourtant, c'était là, devant elle, sans appel.

— Des restes d'explosif, confirma la spécialiste, de la dynamite. Mais pas seulement.

Elle se dirigea vers des éclats qui se trouvaient en aval, en ramassa un et le montra à Flores. Du plastique orange.

— Des morceaux de luge.

— Vous voulez dire que quelqu'un a utilisé des explosifs et une luge pour déclencher cette avalanche ?

— La technique la plus facile à réaliser à moindres frais, bien que très risquée pour celui qui l'exécute. La charge explosive a été fixée sur une luge que l'auteur de l'avalanche a lancé dans la pente avant de déclencher l'explosion à distance, probablement au moyen d'un détonateur. Votre gars s'y connaît, je peux vous l'assurer.

À cet instant, Flores sentit peser la montagne entière sur ses épaules. Qui donc maîtriserait cette technique mieux qu'un pisteur secouriste… Antoine Mendi. Encore et toujours lui.

— Le salopard, siffla-t-elle entre ses dents.

— Je suis désolée, capitaine.

— Appelez-moi Elda, ce sera plus simple.

57

6 février 2023, hameau de la Guara

— Yorick ! s'écria Miren qui essaya de se lever, mais que la douleur fit aussitôt retomber sur sa couche.

— Tu vas te faire mal, petite, grogna le Messager sans quitter des yeux ceux de l'Espada.

— Miren ! Heureux de te revoir !

Yorick s'approcha du lit, mais l'ermite le retint par le bras d'une poigne de rapace.

— Elle doit se reposer.

— Qu'est-ce qu'elle a ?

— Je vous expliquerai. Que me vaut votre visite ?

Le Messager savait que l'Espada ne se déplaçait jamais sans raison valable, ce qui n'était pas toujours de bon augure. Et que ce n'était pas pour sa douceur qu'on l'avait affublée de ce surnom. Pour protéger son clan, telle une lionne, elle n'avait jamais hésité à affronter l'adversaire. Que, parfois, elle jugeait un peu trop hâtivement comme tel. L'ermite devait donc faire attention à chaque passage de son récit. Or, il avait à lui annoncer la mort de deux membres de sa communauté. Noah et Raquel. L'Espada resterait impassible et froide, mais elle risquait de s'en prendre à Miren. C'est pour cela que le Messager devait bien peser ses mots, tout en préservant sa protégée des foudres de celle qu'il connaissait si bien.

— Nous sommes ici pour que tu nous racontes tout précisément, décocha l'Espada, sans un regard pour Miren.

Une première flèche qu'il fallait contrer.

— Bien, dit-il, résigné. Dans ce cas, allons à côté.

Il ne tenait pas à ce que Miren revive dans les détails la perte de Raquel et de Noah. Il leur prépara une tisane aux plantes bien chaude et s'installa à table, en face d'eux. Comme il l'avait prévu, l'Espada l'écouta sans ciller, ce qui ne laissait rien présager de bon. À l'annonce de la mort de son frère, Yorick serra le poing sur sa cuisse, s'entaillant presque la chair avec ses ongles à travers le tissu de son pantalon. Quant à la matriarche, pas un muscle de son visage ne frémissait.

— Et tu la crois ? dit-elle entre deux longues gorgées brûlantes, lorsque le Messager eut fini.

— Pour quelle raison je ne la croirais pas ? Elle semble assez secouée et, en plus, elle s'est fait une fracture ouverte en tombant dans cette crevasse.

— Si le type qui a tué Noah est vraiment un gendarme, je le vois mal achever un homme de cette façon, comme un chien. Alors que Miren, elle, a déjà tué. Mais elle n'a pas dû t'en parler, bien sûr. Un fermier, dans sa grange. Il aurait voulu abuser d'elle et elle l'a transpercé avec une fourche, comme un vulgaire sac de farine. Raquel m'a tout raconté. C'est pour ça que je te l'ai envoyée. Noah était chargé de te l'amener, et Raquel a tenu à partir avec eux.

— Qu'est-ce qui te fait penser qu'elle aurait pu

vouloir éliminer aussi son amie ? Elle m'a dit qu'elle était comme une sœur pour elle.

— Miren ment. Elle est comme ça. Elle ne s'est jamais intégrée à la communauté. Elle a toujours été différente, secrète. Peut-être même un peu dérangée.

— Au point de tuer Raquel ?

— Elle ne voulait pas aller au hameau. Elle a pu faire croire à Noah que Raquel avait glissé et qu'elle était tombée dans le vide.

— Tu te rends compte de ce que tu dis ?

La voix du Messager vibrait, électrique.

— Je le pense.

— Tu n'as jamais aimé cette fille.

— Je préférais Raquel, c'est vrai. Mais je n'ai jamais voulu aucun mal à Miren, même si, avec les années, je la sentais de moins en moins.

Yorick se taisait, sombre. Le Messager et l'Espada étaient en train de parler de la fille qu'il aimait depuis toujours. Il connaissait le sort que réservait l'Espada à ceux qui violaient les règles. Certains en portaient les stigmates sur leur chair toute la vie. Le Messager aussi, savait. Il savait que Yorick portait à la matriarche une reconnaissance et une dévotion sans limites. Qu'il devenait, lorsque c'était nécessaire, son bras armé.

Sans un mot, l'ermite se leva et revint avec la bouilloire remplir leurs bols de tisane fumante.

— Voulez-vous manger ?

— Merci, nous devons rentrer, mais nous emmenons la fille, dit l'Espada d'un ton cinglant.

Les yeux du Messager étaient deux braises posées sur elle.

— Elle n'a pas encore la force de faire un tel chemin, elle ne tient même pas debout.

— Nous avons un traîneau. Yorick la tractera.

— Tu sais bien que ça ne sera pas possible partout.

— Alors il la portera.

L'Espada regarda le jeune homme silencieux, dont le visage avait viré au vert.

— Qu'est-ce qui t'arrive, mon garçon ? Parle !

— Non… rien… j'ai un peu trop chaud. Je vais faire un tour.

Il se leva, fit quelques pas en chancelant et s'écroula, pris de convulsions, une écume blanchâtre lui cernant les lèvres. À son tour, l'Espada ressentit de violentes nausées, en même temps qu'une crampe fulgurante lui traversait l'abdomen et, aussitôt, elle comprit.

— Qu'est-ce que tu as fait, vieille ordure, grimaça-t-elle, pliée en deux sur son siège.

— Ce que j'aurais déjà dû faire il y a longtemps. Quand tu as sali notre amour et que tu m'as humilié en choisissant de vivre avec ce tas de merde plutôt que venir avec moi… Seulement parce qu'il t'obéissait au doigt et à l'œil et que je t'aurais donné un peu plus de fil à retordre. C'est lui qui a élevé notre enfant, parce que même si tu m'as fait croire que tu étais enceinte de lui, j'ai toujours su que ce n'était pas vrai. Que cet enfant était de moi. Mais à cause de cette fille, tu m'as obligé à en arriver là. Je sais ce que tu lui aurais fait. Et je ne pouvais pas l'abandonner à ta colère.

— Ce… ce n'est pas à toi… de décider, vieille ordure…

Le Messager vint s'agenouiller aux pieds de l'Espada qui se tordait de douleur sur son siège.

— Je ne voulais pas que ça finisse de cette façon, Kristina. Sache que même si tu as décidé de ma vie, c'est toi que j'aimais, je n'ai jamais cessé…

Mais avant qu'il ait pu terminer sa phrase, la main de l'Espada, serrant un couteau affûté qu'elle avait tiré de son étui attaché à sa ceinture, s'abattit sur son cou. La pointe lui perça la carotide d'où le sang jaillit comme un geyser jusqu'au plafond.

— Tu sauras que l'Espada a toujours le dernier mot, vieux salaud ! cracha la matriarche avant de s'affaisser à son tour, penchée en avant, les bras ballants, un filet de bave rosée coulant de sa bouche sur le cadavre du Messager.

Ainsi la mort fit-elle ce que la vie n'avait pas su faire, réunir les deux anciens amants pour l'éternité.

58

6 février 2023, au village

Après ce que Wieder venait de lui annoncer, Flores devait réfléchir rapidement à la façon dont elle allait aborder le lieutenant Mendi en vue d'un interrogatoire. L'auteur de cette avalanche criminelle maîtrisait visiblement cette technique à l'explosif, que seuls les pisteurs secouristes étaient habilités à pratiquer. Le fait que Mendi ait suivi une telle formation était un élément qui, à lui seul, justifiait des questions. Mais Flores craignait que le lieutenant, schizophrène et de ce fait instable, ne se laisse pas approcher si facilement. Restait le bluff. Pour cela, elle devrait redoubler de finesse pour qu'il ne se doute de rien lorsqu'elles le rejoindraient aux préfabriqués. Aussi demanda-t-elle à Wieder de ne pas évoquer sa découverte. Flores s'en chargerait. La Suissesse l'ayant avertie des antécédents psychiatriques de Mendi, elle savait qu'elle pouvait compter sur sa discrétion. Qu'il n'y aurait aucun risque que leur lien passé mette en danger son plan.

Une fois que Flores eut procédé à quelques relevés d'indices et de pièces à conviction sur les lieux devenus « scène de crime » et en attendant que l'équipe scientifique vienne les compléter, les deux femmes redescendirent pas à pas le long de la coulée. Certains passages où la couche neigeuse présentait quelques fragilités se révélaient délicats et, d'après Wieder, on pouvait craindre d'autres glissements, peut-être pas meurtriers, mais assez importants pour provoquer d'autres dommages.

Mais lorsqu'elles entrèrent dans le préfabriqué où Antoine était censé poursuivre l'interrogatoire de la fille Hirigoyen, il était vide. Plus de trace ni de Mendi ni d'Astrid. Sentant ses joues s'embraser, Flores prit aussitôt son portable et appela Olivia, qui n'était pas là non plus. C'est alors qu'elle entendit des coups venant de l'autre préfabriqué, en même temps que des cris étouffés.

— Attendez-moi ici, Carol ! lança-t-elle en ressortant, son portable plaqué contre l'oreille.

Elle se dirigea à grands pas vers le deuxième préfabriqué, celui qui n'avait pas de fenêtres et d'où venaient les coups dont le bruit se fondait aux battements accélérés de son cœur. La porte était verrouillée de l'extérieur, avec un cadenas.

— Au secours !

— Olivia ! cria Flores en réponse. J'arrive ! Le temps de faire sauter ce cadenas !

Sans une hésitation, elle sortit son arme du holster, pointa le canon sur le cadenas et tira. Le métal se fendit en deux dans une détonation qui déchira les tympans de Flores. Poussant la porte d'un coup de ranger, son pistolet à la main, la capitaine fit irruption dans le préfabriqué où elle découvrit Olivia debout, encore tremblante, les mains presque en sang à force d'avoir frappé contre les parois du préfabriqué.

— Personne ne t'a entendue avant ?

— Ils ont fini de monter les préfabriqués, alors ils… ils sont partis…

— Et ton portable ?

— Dans la précipitation, je l'avais laissé dans l'autre préfabriqué, sur la table.

— Quelle précipitation ? Allez viens, tu vas tout me raconter.

Elles retournèrent dans le premier préfabriqué où patientait Wieder. La crispation se lisait sur son visage. Mais, discrète, elle ne posa aucune question et attendit la suite.

— Assieds-toi, Olivia, et reprends-toi. C'est Mendi ?

La jeune femme toisa Flores d'un air surpris.

— Non, non… pourquoi aurait-il fait ça ? Il… il était en train d'interroger Astrid Hirigoyen, comme vous le lui avez demandé, et je l'assistais. Une porte a claqué juste à côté, je lui ai dit que ça devait être celle du deuxième préfabriqué et que j'allais vérifier. Je suis entrée et la porte s'est aussitôt refermée derrière moi. J'ai tout de suite reconnu le cliquetis d'un cadenas.

— Eh bien, détrompe-toi, je crains que le lieutenant Mendi ne t'ait lui-même enfermée.

— Comment ça ? Et pourquoi faire une chose pareille ?

— C'est exactement ce que je me demande, Olivia. Mais il n'est pas impossible qu'il soit impliqué dans le déclenchement de l'avalanche qui a emporté le village.

Le regard de Perez, chargé d'incompréhension et d'effroi, était celui d'un chevreuil aux abois.

— Antoine Mendi, enchaîna Flores, a suivi une formation de pisteur secouriste. Il a donc appris la technique de déclenchement des avalanches à l'explosif, entre autres. Or, lors de son expertise sur le terrain, Wieder a découvert des restes de dynamite et des morceaux de la luge qui aurait servi de support à la charge explosive.

— Ce n'est pas possible, souffla Olivia, atterrée.

Peu à peu, elle réalisait qu'un acte délibéré était à l'origine de la mort de son jeune collègue, qui laissait derrière lui une veuve et un bébé. Et ça, elle ne pouvait le supporter. À l'accablement premier succédait un vif sentiment de colère et de révolte.

— Si Antoine a un lien avec ça, vous pouvez compter sur moi pour mettre la main dessus, mon capitaine, lâcha-t-elle. Mais alors… Astrid Hirigoyen est en danger…

— À moins qu'ils ne soient complices. Peut-être visait-on le conseil municipal. Astrid et Mendi se sont vus en dehors du cadre professionnel. Et je dois avouer que depuis qu'il est arrivé à la Rurale, les choses ont commencé à dégénérer. Il faut que je te dise autre chose, Olivia. J'ai eu la confirmation que Mendi est psychotique. Plus exactement, schizophrène.

— Quoi?

— Tu m'as bien entendue. C'est pourquoi je t'invite à redoubler de prudence. Nous sommes en sous-effectifs pour le moment et il le sait. En plus, les reporters de presse et de télévision commencent à arriver.

— Si je peux vous être d'une aide quelconque, je repousserai mon départ.

Flores et Perez se tournèrent de concert vers Wieder, dont elles avaient, l'espace de quelques instants, oublié la présence.

— C'est une proposition plutôt inattendue et un beau geste, merci, Carol, mais toute cette histoire devient trop risquée, même pour nous, qui, pourtant, sommes formées et préparées aux pires situations.

— J'ai failli entrer dans les chasseurs alpins, j'ai étudié une année à l'école même si j'ai abandonné en chemin. Je peux vous aider.

Flores se résolut à poser les questions qui la taraudaient depuis l'arrivée de Wieder.

— Je peux vous demander pourquoi vous vous intéressez tellement à Antoine Mendi ? C'est pour lui que vous êtes venue de Davos ? Pour tenter de le revoir ? Vous l'aimez toujours ? Ou bien vous lui en voulez, au point de livrer à sa hiérarchie des informations confidentielles ?

— Je pensais qu'elles vous aideraient dans votre enquête. Et pour répondre tout aussi directement à votre question, en effet, j'ai tenu à être chargée de cette expertise, parce que j'ai appris qu'Antoine avait intégré un poste ici.

— Pourtant, vous avez refusé d'être hébergée chez la femme de son grand-père, parce que vous ne vouliez pas de cette promiscuité avec lui.

— Il y a une différence entre le croiser le soir avant d'aller se coucher ou le matin au réveil, et le revoir dans un cadre strictement professionnel.

— Mais prendre cette mission ici dans l'espoir de le revoir, c'est déjà dépasser le cadre professionnel, non ?

Wieder avait vite compris qu'elle avait affaire à une traqueuse redoutable, doublée d'une enquêtrice perspicace. Il serait plus simple de collaborer. C'était d'ailleurs pour cela qu'elle était ici.

— Je le reconnais, mais c'est plus facile pour moi de le voir de façon impersonnelle dans un premier temps.

— C'est étrange qu'il disparaisse aussitôt après

vos… retrouvailles, inattendues pour lui. Vous lui avez fait peur au point qu'il ait préféré prendre la tangente ?

— Je sais des choses sur lui, c'est vrai. Il s'est peut-être dit que j'allais vous en parler.

— Et il ne s'est pas trompé. M'en parler… par vengeance ?

Wieder eut un léger rictus.

— Me venger de quoi ? D'un garçon de dix-huit ans à l'époque, qui ne m'a pas vraiment aimée, ou pas comme je l'aurais voulu ?

Un point pour toi, pensa Flores, qui esquissa une petite moue. Perdre le fil arrive même aux meilleurs. En toute modestie, se railla-t-elle.

— Écoutez, Carol, vous êtes assez fine pour avoir mesuré au millimètre près l'effet que produiraient vos révélations. Alors excusez-moi d'oser émettre cette hypothèse : si vous aviez voulu lui savonner la planche, vous n'auriez pas trouvé mieux.

— J'ai pris le risque qu'on tire sur l'ambulance et c'est exactement ce qui se passe. Mais c'est sans regrets. Et je n'avais aucune intention de lui « savonner la planche », comme vous dites.

— Alors pourquoi ? Quelles sont vos réelles motivations ? Vous en avez trop dit ou pas assez.

Wieder jeta un regard par la fenêtre du préfabriqué, comme si elle allait trouver l'inspiration de l'autre côté. Là où la neige tombait à gros cristaux. Il était temps de dire le reste. Quitte à ne pas être crue. Parce que, parfois, la vérité est bien plus tordue que la dissimulation et le mensonge.

— Malgré les apparences, je veux aider Antoine. Mais le vrai Antoine, pas celui qui se prétend être lui.

Flores se crut dans un cauchemar ou un mauvais jeu de rôles. Avec elle dans celui de dindon de la farce.

— Qu'est-ce que vous racontez, Wieder ? C'est quoi encore, ça, « le vrai Antoine » ?

La Suissesse sortit alors de sa besace un portrait photo en noir et blanc. La capitaine reconnut aussitôt le gamin au visage fermé qui était sur la photo du groupe des jeunes victimes de l'avalanche de 1999.

— Je suis sûre que c'est lui, Antoine. Et pas celui avec qui j'ai couché.

Flores crut un instant que Wieder avait perdu la raison et que c'était elle qui souffrait d'une maladie psychiatrique.

— Celui avec lequel vous avez couché n'est finalement pas Antoine Mendi ? On est chez les fous ou bien… Vous m'expliquez ?

— Disons que j'ai un gros doute. Enfin… plus qu'un doute. Une quasi-certitude. Je connais Antoine depuis plus longtemps en réalité. Il allait avoir dix ans, j'en avais quatre de plus. Mais physiquement, il faisait bien plus que son âge. Déjà athlétique, il avait la corpulence d'un adolescent. Je suis tombée folle amoureuse de lui, comme on peut l'être à l'adolescence, sans limites, pour la vie.

— Comment et où vous êtes-vous rencontrés ? Pas vraiment lors d'une formation de pisteur secouriste, alors…

— Ce n'est vrai qu'en partie, avoua Wieder.

Cette fois Flores naviguait dans le brouillard le plus complet. Et, les jambes coupées, déjà bien éprouvée par les événements, Olivia avait dû s'asseoir pour écouter la suite.

— Celui que j'ai retrouvé des années plus tard,

croyant que c'était Antoine, était en fait son frère jumeau, que je n'avais qu'aperçu auparavant.

— Mendi a un frère jumeau ? s'écria Flores, dont les tempes battaient comme deux marteaux sur une enclume.

— Oui, enfin… le Mendi qui travaille avec vous, mais qui n'est pas Antoine.

— Et Antoine, il est où, alors ? Ne me dites pas qu'il…

Wieder hocha la tête d'un air grave.

— En effet. Antoine Mendi se trouvait parmi les victimes de l'avalanche de 99. Il n'a pas survécu.

Flores se remémora ce visage d'enfant, un peu en retrait et ombrageux, dont elle avait retrouvé l'expression chez celui qui s'était présenté à la Rurale sous le nom d'Antoine Mendi.

— Quelle est la véritable identité du présumé Antoine ? Vous devez donc la connaître…

— Il s'agit de Maxence Mendi.

59

6 février 2023, hameau de la Guara

Aux vociférations de l'Espada, parvenues jusqu'à Miren dans un brouillard, avait succédé un silence fracassant. Au bout d'une heure ou deux d'un calme terrifiant, Miren s'était traînée sur le sol froid, tremblant sous le coup de la douleur, jusqu'au seuil de la grande pièce où elle avait découvert les trois cadavres gisant dans une mare de sang.

Si elle n'avait pas été blessée, la mort du vieux l'aurait plutôt arrangée. Elle avait le souvenir de ses mains brunes aux ongles sales sur ses cuisses de pré-adolescente, glissant sur sa peau vierge telles deux reptiles. L'Espada était arrivée à temps. Les doigts lubriques n'avaient fait qu'effleurer les poils pubiens du même blond presque blanc que ses cheveux ondulés. En le voyant étendu devant elle, mort, le souvenir lui revenait, cru, brutal, insupportable. Mais ce qu'elle supportait encore moins était le plaisir naissant que ce geste lui avait inspiré. Un plaisir aussitôt avorté, dont le goût sucré s'était changé en amertume et en répulsion, non seulement envers cet homme d'âge mûr qui tripotait sans scrupule une gamine, mais envers tous les hommes qui le lui rappelaient. Ce salopard de fermier dans la grange, cette ordure qui s'en était pris à Nuage et qui l'avait laissée pour morte. Sauf Noah. Lui, c'était pour d'autres raisons qu'elle l'avait noyé dans ce trou. Et ce gendarme, le seul inconnu face auquel elle dépassait cette méfiance et cette rage. Ce qu'elle avait éprouvé à son contact la surprenait. Plus surprenant encore était qu'elle n'avait cessé de penser à lui avec des sensations dans le bas-ventre, comme des brûlures. Elle avait envie qu'il la prenne sans ménagement, comme un mâle une femelle lors de l'accouplement. Quelque chose de sauvage et de violent à la fois. Pourtant, s'il en prenait l'initiative, elle le tuerait.

Alors qu'elle se traînait vers les cadavres, un bruit du côté de la porte d'entrée la fit sursauter. Une silhouette apparut à contre-jour. Tout ce que Miren parvint à voir fut une capuche rabattue sur une tête. Elle ne distingua pas la petite croix qui se balançait au bout d'une cordelette, sur la poitrine du visiteur.

— Va-t'en ! Tu entends, barre-toi ou je te crève !

Lèvres retroussées, arc-boutée sur le sol, la lame du couteau de l'Espada pointée sur l'intrus, Miren était prête à se défendre jusqu'à la mort. Mais le visiteur, l'ombre de la capuche lui mangeant presque tout le visage, n'avait pas bougé. Et ce qu'il avait sous les yeux semblait plus l'amuser que le dissuader de rester.

— Tu devrais te ménager, petite…

— Qu'est-ce que tu veux ? haleta la jeune femme à bout de souffle, les joues et le front brûlants de fièvre.

— Rien, j'ai vu de la lumière et je me suis arrêté. J'étais à la recherche d'un endroit où passer la nuit. Je crois avoir trouvé. En charmante compagnie, en plus.

Sur ces mots, l'homme libéra ses épaules des bretelles d'un sac à dos noir rempli à craquer.

— Pas question ! Tu t'en vas… tout de suite…

— Pas très convaincante, il va m'en falloir un peu plus, dit l'intrus en faisant un pas à l'intérieur. Mais rassure-toi, tu n'es pas le genre de gibier que je chasse…

Derrière lui voletaient quelques flocons. Sans quitter des yeux Miren qui, malgré son couteau à la main, s'avérait inoffensive, le visiteur entra et referma la lourde porte en bois. La capuche lui dissimulait toujours une partie du visage.

— C'est toi ? demanda-t-il en montrant les cadavres au sol.

— Non… C'est lui… et elle.

Miren désigna tour à tour le Messager et l'Espada. Son regard d'aigle posé sur les deux corps, l'homme respira profondément.

— Pourquoi ? fit-il.

— Je ne sais pas… j'étais… dans la chambre…

— Tu m'as l'air salement amochée. Tu devrais y retourner et te reposer.

Sa voix lui sembla tout à coup plus douce. D'une douceur surprenante et apaisante, comme un bon feu dans la cheminée.

— T'es du coin ? osa Miren à bout de forces, le couteau toujours pointé dans sa direction.

— Tu peux le poser, tu n'en auras pas besoin. Je ne te veux aucun mal, tu as déjà assez souffert comme ça. Je suis de passage. Je vais en Espagne.

— Tu y es, en Espagne.

— Je voulais profiter encore un peu de ma terre natale, avant de la quitter…

La quitter… Des mots qui, malgré elle, lui parlaient, faisaient étrangement écho à son envie d'ailleurs. Raquel, Noah, Yorick étaient morts, le Messager les avait rejoints avec l'Espada, elle était seule, désormais, sans attaches. Si toutefois elle en avait jamais eu.

— Moi aussi, je veux partir loin d'ici, souffla-t-elle.

— Tu n'es pas en état. Et pose ce couteau, tu es si épuisée qu'il semble trop lourd dans ta main.

— T'es qui ?

Une barbe foisonnante et argentée dépassait de l'ombre de la capuche.

— Je vais faire du feu, tu trembles.

Sans répondre à la question, le visiteur enjamba les cadavres, ramassa du bois dans la pile à côté du poêle et le déposa sur les braises encore chaudes avant d'allumer une des lampes à pétrole.

— Allez, appuie-toi sur mon bras, tu dois te coucher maintenant. Je vais préparer de la soupe, j'ai vu qu'il y avait des patates et des carottes. Ça ira très bien.

Il n'était plus question pour Miren de réagir ni de tenter quoi que ce fût. Si elle voulait vivre, le seul moyen était de reprendre des forces et de s'hydrater. Finalement, le destin lui avait peut-être envoyé cet homme providentiel pour survivre. Elle lui demanderait de rester jusqu'à ce qu'elle puisse marcher, même en s'aidant d'un bâton, et elle partirait avec lui.

À peine couchée, elle ferma les yeux et s'endormit, un sourire sur les lèvres à l'idée de réaliser enfin son rêve de toujours.

— Réveille-toi, tu dois boire ta soupe.

Cette voix presque paternelle, dans son sommeil. Croyant qu'elle rêvait, elle grogna et continua à dormir.

— Comme tu veux, mais tu la boiras froide, alors.

Miren ne s'éveilla qu'au petit matin, dans un

profond silence. Elle tendit l'oreille, mais n'entendit aucun bruit. Seul un rai de lumière du jour par les interstices des épais volets en bois lui indiqua que la nuit était passée. Le visiteur devrait déjà être debout… sauf si… Le cœur de Miren battait la chamade.

— Oh ! oh ! Il y a quelqu'un ? cria-t-elle, sans obtenir de réponse.

Ses yeux se posèrent au même moment sur le bol de soupe à côté d'elle. Froide, bien sûr. Mais il avait tenu promesse et lui avait préparé le potage dans lequel flottaient des cubes de pomme de terre et des rondelles de carotte. Une attention qui, en plus de ce silence obstiné, lui fit monter les larmes aux yeux.

— T'es là ? appela-t-elle de nouveau, un peu plus fort. Sans succès.

Elle attendit, puis cria encore. Qu'avait-elle espéré ? Qu'il resterait gentiment auprès d'elle à jouer les gardes-malades jusqu'à ce qu'elle soit rétablie ? Il était parti, voilà tout. Parti avec ses rêves d'ailleurs.

— T'es qu'un salaud ! Voilà ce que t'es !

De rage, elle balança le bol par terre d'un revers de main. Contenant et contenu se répandirent sur le sol, l'un en morceaux et l'autre en flaque, dans laquelle nageaient les légumes découpés avec le couteau qui avait servi à saigner le Messager.

Lorsqu'elle en trouva la force après quelques pleurs, Miren se leva et se traîna jusqu'à l'autre pièce, à l'aide du bâton de berger que le visiteur avait pris soin de laisser à sa portée. Il n'y avait plus trace ni de sac à dos ni de cadavres, juste l'auréole brunâtre sur la terre battue, à l'emplacement du corps du Messager. Pourquoi avait-il fait tout ça ? Qui était-il ? Elle ne le saurait jamais, pas plus que la raison qui le poussait à quitter sa terre natale, comme il disait.

Alors que, assise à table, perdue dans sa solitude, ses pensées erraient tristement, son regard fut attiré par quelque chose sur le sol, là où l'homme s'était débarrassé de son sac de voyageur. Ça ressemblait à une vieille photo. Elle parvint à l'atteindre en se penchant, les doigts tendus, et la regarda. Son cœur s'arrêta de battre quelques instants. Là, sur le papier mat jauni, souriait un groupe d'enfants vêtus pour la montagne et, au centre, un adulte que, bien qu'il fût plus jeune, elle reconnut aussitôt à ses yeux d'aigle et à sa barbe. C'était lui, le visiteur.

60

6 février 2023, au village

En l'état actuel des choses, Flores aurait dû demander des renforts à la gendarmerie de Bagnères, et même passer le relais à la section de recherches de Toulouse. L'affaire était maintenant du ressort du pénal. L'avalanche avait été provoquée pour entraîner la destruction et la mort. La cible était probablement le conseil municipal et peut-être même les locaux de la Rurale. Mais elle ne pouvait s'y résoudre. Tout ça remuait trop de choses qu'elle voulait régler elle-même. Le temps était venu de déterrer les secrets trop longtemps enfouis dans la neige. À la mémoire des enfants. Qu'ils reposent enfin en paix. Et que le village retrouve sa tranquillité d'antan. D'avant 1999. Si cela était possible.

La soirée qui clôturait cette journée éprouvante et décisive se passa chez Edonia. Wieder avait consenti à y accompagner Flores. De son plein gré ou non, Antoine s'était volatilisé et ne s'y trouverait certainement pas. Sur la route, Flores avait exigé de Wieder quelques explications. Pourquoi ne lui avait-elle pas tout de suite parlé de Maxence Mendi, et qui avait finalement été le patient de son père, lui ou Antoine ?

— Vous ne m'auriez sans doute pas crue, avait répondu la Suissesse. Et puis, je l'ai découvert récemment. Grâce à leur ressemblance, Maxence a pu se faire passer pour Antoine. Sachant qu'Antoine avait un frère jumeau, j'ai toujours eu un doute. Certains ressentis, surtout dans l'intimité, ne s'expliquent pas. D'infimes détails dans les traits du visage, la façon de sourire, de cligner des yeux, de vous regarder ou de vous fixer… J'avais appris qu'Antoine, quelques mois après que nous avions fait connaissance au bord de la mer en vacances, était parti avec un groupe dans la montagne, qu'ils avaient été surpris par une forte coulée de neige et que seuls le guide et un adolescent s'en étaient sortis. Antoine figurait donc sur la liste des victimes, mais son corps n'avait jamais été identifié. Je me suis donc penchée sur cette avalanche de janvier 99, la plus meurtrière en France cette année-là. Les conséquences d'un crash d'avion dans la même zone.

— D'où votre choix de vous spécialiser dans ce domaine. Pour savoir comment était mort Antoine.

— C'est ça, avait acquiescé Wieder dans un soupir. À l'époque, j'ai cru qu'Antoine était mort dans l'avalanche, jusqu'à ce qu'il refasse surface des années plus tard. Sauf que c'était son frère jumeau, Maxence, qui, pour une raison que j'ignore, se faisait passer pour lui. À l'issue de mes recherches, avec l'aide d'un ami dans la police, j'ai découvert qu'en réalité douze enfants étaient partis avec le guide ce jour-là, et non onze. Le douzième s'était greffé au dernier moment.

— Maxence Mendi.

— Exact. Sauf que la photo qui a circulé dans la presse après le drame montrait un groupe de onze enfants. D'où la confusion.

Avec ce nouvel élément, tout s'emboîtait parfaitement pour Flores. Le septième corps non identifié devait être celui d'Antoine Mendi, dont le jumeau avait survécu.

— Ce que je ne comprends pas, avait continué Wieder, c'est pourquoi les secours n'ont cherché que onze enfants…

— Je pense que je le sais, moi, gronda Flores. Le guide n'avait rien dit sur le douzième…

Loyola s'était tu, comme tous les autres. Comme son père, alors capitaine de la Rurale. Comme Frantzisko Mendi, le propre grand-père des jumeaux, qui l'avait accompagné dans les recherches. C'était donc ça. Ils avaient retrouvé un jeune survivant, l'avaient ramené pensant que c'était Antoine, alors que c'était en réalité Maxence. Une question taraudait désormais Flores : avaient-ils été dupes ? Frantzisko avait-il su que le frère jumeau d'Antoine avait rejoint le groupe à la dernière minute ? Probablement. Surtout si Antoine et Maxence étaient tous les deux chez lui. Il était peu plausible qu'il ait pu confondre le jumeau survivant, Maxence, avec le jumeau mort, Antoine. À moins que, sous le choc, il n'ait été dans le déni. Il aurait ainsi préféré se convaincre qu'Antoine avait survécu plutôt que Maxence. Pour quelle raison ? Avait-il une nette préférence pour Antoine, au point d'avoir voulu que ce soit lui qui vive, plutôt que Maxence ? Ou bien s'en était-il rendu compte et avait-il choisi de l'ignorer ?

Seule Edonia pourrait l'éclairer. Cette ordure de Loyola s'était évaporée, Frantzisko Mendi était mort, tout comme le père de Flores. Si la vieille dame ne savait rien, le mystère resterait peut-être entier.

Le feu dansait dans la cheminée en pierre. Les trois femmes étaient attablées autour de la longue table en hêtre et un lourd silence avait succédé au récit qu'avait fait Flores à Edonia. Elle n'avait pas tout dit à la vieille femme, pour la ménager. Juste assez pour qu'elle accepte de parler. Mais avant, il lui fallait encaisser ce qu'elle venait d'entendre.

Flores n'avait mentionné ni la schizophrénie d'Antoine, ni l'éventualité que l'homme hébergé sous son toit soit son frère jumeau. Elle n'avait pas dit non plus à Edonia que celui qu'elle aimait comme son petit-fils était peut-être à l'origine de la récente l'avalanche criminelle. La pauvre femme risquait de ne pas le supporter. En revanche, Flores avait évoqué le jumeau d'Antoine, Maxence, dont l'existence même était apparemment et de façon surprenante inconnue au village. Comment était-ce possible ?

Du coin de son mouchoir à carreaux roulé entre ses doigts fripés, Edonia essuya ses yeux humides. Antoine avait disparu. C'était tout ce qu'elle avait retenu.

Flores se sentait coupable d'avoir dû lui cacher la véritable identité de son pensionnaire et de mêler une femme de cet âge à toute cette histoire. Mais elle devait l'interroger, tenter d'en savoir plus.

— Prends ton temps, Edonia, lui dit-elle avec douceur.

— Il est compté, Elda, il est compté…

La voix chevrotante lui fendit le cœur.

— Maxence, le jumeau d'Antoine, reprit-elle, n'était pas un garçon comme les autres. Bien différent de notre Andoni.

— C'est-à-dire ?

— Les rares fois où Viktor l'avait laissé à Frantzisko parce qu'il ne pouvait faire autrement, toujours seul, sans Antoine, il restait des heures devant la fenêtre, la nuit, le regard vide. Mon Frantzisko l'avait même retrouvé au cimetière.

— Qu'y faisait-il ?

— Il... il jouait tout seul, entre les tombes, et s'adressait à des gens imaginaires. Aux morts, peut-être. En tout cas ils le fascinaient. Un jour, il a attrapé un oiseau et l'a écrasé d'une main, comme s'il pressait une éponge. Il n'avait que quatre ans, Elda, quatre ans. Frantzisko m'avait raconté tout ça, et aussi qu'il avait dit à Viktor qu'il ne voulait plus de Maxence chez lui.

— Et sais-tu ce qu'il avait exactement ? S'il avait une maladie ou un retard mental ?

— J'ignore comment ça s'appelle et si ça a un nom, tout ce que je sais, c'est qu'il faisait peur à son grand-père et que Franztisko le croyait même possédé. Alors il l'a conduit chez un prêtre. Cet homme est revenu s'installer ici, dans une ancienne bergerie. Il était guide aussi, et il avait pour habitude d'emmener des groupes d'enfants dans la montagne. Il adorait les enfants, et ce jour-là...

Edonia s'interrompit, le menton tremblant, un peu perdue.

— Quel jour ? demanda Flores en prenant garde de ne pas brusquer la vieille femme dont les souvenirs douloureux remontaient à la surface un à un.

— Le jour de... de la catastrophe du mont Perdu, c'était lui qui avait emmené les enfants, dont Antoine...

Flores et Wieder échangèrent un regard discret.
— Était-ce un homme appelé Loyola ?
Edonia fouilla dans sa mémoire.
— Loyola… Oui, c'est ça, Loyola.

61

7 février 2023, au village

Possédé. Flores se réveilla avec ce mot en tête après un retour tardif de la soirée chez Edonia. Selon la vieille femme, Maxence Mendi était possédé. Les forces du mal contre la raison et la science. Et l'esprit cartésien de la capitaine penchait plutôt du côté de ces dernières. Mais quelles que soient les croyances de chacun, ce mot fait toujours frémir. Parce que l'idée même de possession effraie. On peut posséder ou être possédé de différentes façons. Exercer un contrôle sur quelqu'un ou être soi-même sous emprise. D'une drogue, d'un manipulateur ou de forces maléfiques. Pour Edonia, il s'agissait sans aucun doute d'une possession diabolique. Loyola avait pratiqué un exorcisme sur Maxence Mendi, peu de temps avant le drame. D'après elle, le jumeau d'Antoine semblait en être revenu apaisé.

— J'ignore comment, mais ce prêtre l'avait libéré, avait raconté la vieille paysanne. Seulement… il a dit à Frantzisko qu'il voulait le garder un peu.

— Comment ça, le garder ? avait aussitôt réagi Flores, soupçonnant les penchants obscurs de Loyola.

— En observation, qu'il avait dit. Au cas où l'esprit malin se manifesterait de nouveau.

Alors qu'il lui aurait fallu un psychiatre en urgence, avait pensé Flores en secouant la tête.

— Il l'a gardé en « observation » combien de temps ?

— Je ne sais pas trop… Frantzisko m'a dit que Maxence était revenu à la maison deux jours avant… avant la catastrophe.

— Où le prêtre l'a-t-il gardé ?

— Chez lui. Mais pour l'exorcisme, il avait emmené Maxence là-haut, dans la montagne. Au plus près de Dieu. Et parce que l'air de la montagne nettoie et purifie l'esprit.

— Tu peux m'en dire un peu plus sur Maxence ? Comment était-il avec Antoine ? Avec son entourage…

— Je ne l'ai pour ainsi dire pas connu. Seulement au travers de ce que m'en a dit mon Frantzisko.

— Ce sera déjà ça.

— C'était comme si Maxence avait laissé à Antoine toute la lumière, et qu'il avait pris toute l'ombre. Antoine n'était que lumière. Un excellent élève, un fils et un petit-fils aimant, drôle, parfois réservé, mais quel garçon ne l'est pas à cet âge… Il était tel qu'il est aujourd'hui.

Flores et Wieder avaient échangé un nouveau regard entendu. Si Edonia apprenait que ce fils et ce petit-fils adoré était probablement mort depuis toutes ces années et que le survivant à l'avalanche, qui était revenu sous l'identité d'Antoine, était en réalité ce monstre, ça la tuerait.

— Tu m'as parlé d'une lettre que lui avait laissée

Viktor, avait lâché Flores. Pourquoi ne pas s'être adressé aussi à Maxence ? À ses deux fils ?

— Je ne peux pas te répondre, Elda, tout simplement parce que je n'en sais rien. Sans doute que pour Viktor, c'était Antoine, son fils. Maxence était... était celui du diable.

— Pourtant, tu as dit que la séance d'exorcisme l'avait changé, qu'il semblait être revenu comme apaisé. Comme si l'esprit malin l'avait quitté.

— C'est ce que m'a dit Frantzisko. Mais Maxence avait disparu dans l'avalanche avant que Frantzisko et Louise aient pu voir si ce changement allait durer.

Oui, peut-être Frantzisko avait-il voulu se convaincre de ce changement chez Maxence, tout comme il s'était convaincu que celui qui avait survécu était Antoine, le petit-fils qu'il chérissait, s'était dit Flores avec tristesse. Comment pouvait-on se tromper à ce point ?

Les yeux perdus dans le noir de son café, un noir aussi profond que l'âme insondable du frère d'Antoine Mendi, Flores réfléchissait. Et attendait que le cabinet du Dr Tackian, le psychiatre qui suivait Maxence, soit ouvert pour appeler. Edonia l'avait laissée jeter un œil aux affaires d'« Antoine » dans sa chambre. Elle avait découvert dans le sac de voyage de Mendi un carnet Moleskine passablement corné, dans lequel étaient inscrits quelques adresses, numéros de téléphone et lieux et, glissée dans le rabat, la carte de visite du Dr Alex Tackian, psychiatre. Elle en avait déduit que Maxence Mendi était suivi, probablement pour sa schizophrénie. Du prêtre et des séances d'exorcisme, il était passé à la psychiatrie. Flores voulait obtenir du professionnel des explications et des réponses.

Son café terminé, Flores prit son portable et composa le numéro du psy. Une voix féminine se manifesta au bout de quelques sonneries.

— Bonjour, je souhaiterais joindre le Dr Tackian, s'il vous plaît, dit Flores.

— C'est moi-même. Si c'est pour un rendez-vous, malheureusement, je ne prends pas de nouveaux patients, je suis navrée.

— Ce n'est pas pour un nouveau patient, mais pour un de ceux que vous suivez.

— Je ne crois pas pouvoir faire quoi que ce soit pour vous, désolée, au revoir.

— Attendez… Je suis le capitaine Flores, de la gendarmerie de Bagnères-de-Bigorre et je souhaite m'entretenir avec vous au sujet d'Antoine Mendi.

Un blanc suivit la demande de Flores.

— Enfin, reprit-elle, Antoine ou Maxence Mendi. Ça dépend sous quelle identité il s'est présenté.

— Que lui voulez-vous ? Vous savez très bien que je suis tenue au secret médical.

Flores, qui connaissait par cœur la rengaine, sourit intérieurement.

— Bien entendu, mais disons qu'une collaboration sur un plan officieux faciliterait grandement les choses. Surtout dans le cadre d'une enquête criminelle.

Nouveau silence.

— Allô ? Vous êtes toujours là ?

— Une enquête criminelle, dites-vous ? Et quel est le rapport avec mon patient ?

Flores nota que la psychiatre avait éludé le sujet de l'identité de celui-ci.

— Il est le principal suspect.

— De quoi le soupçonne-t-on ?

— Secret médical contre secret de l'enquête… Êtes-vous prête à collaborer ? Il y a urgence, vraiment. D'autres personnes pourraient être en danger, docteur.

— En quoi puis-je vous aider ?

Flores dévoila certains éléments, notamment l'origine criminelle de l'avalanche, qui convainquirent la psy de collaborer.

— Comment puis-je avoir l'assurance que vous êtes bien de la gendarmerie ? demanda-t-elle après une hésitation.

— Vous pouvez appeler Bagnères ou bien je scanne ma carte et vous l'envoie, mais nous perdrons du temps.

— Mais vous comprendrez que votre incitation à trahir le secret médical va à l'encontre de la déontologie et nécessite un minimum de vérification.

— Ne bougez pas, je vous envoie ma carte par mail. Votre adresse ?

Quand la psy eut reçu la carte, son ton se radoucit.

— Il m'a parlé de vous, récemment, au téléphone, dit-elle.

— Qui ça ? Antoine ou Maxence ?

— En fait, il s'agit de la même personne.

Flores dut s'asseoir.

— Qu'est-ce que ça veut dire ?

— Qu'Antoine et Maxence sont une seule et même personne.

62

7 février 2023, au village

Flores se dit qu'elle n'avait pas bien compris. La psy avait dû faire allusion à la confusion entre les jumeaux. Après la mort de son frère, Maxence, dans une décompensation, avait pu s'attribuer son identité, peut-être pour répondre au désir des grands-parents, qui aimaient tant Antoine.

— Mais… vous voulez dire qu'il n'y a qu'une seule personne pour deux identités ?

— C'est l'un de mes cas les plus complexes, répondit la psychiatre en détachant ses mots. Avant moi, c'était le Dr Wieder qui le suivait. Sa spécialité était… l'ombre.

— L'ombre ?

— Oui. Vous connaissez sans doute Carl Gustav Jung, psychiatre fondateur de la psychologie analytique.

— Freud, Jung, la psychanalyse, oui, vaguement.

— Jung a mis en avant cette part abyssale et obscure de notre psyché qu'il a nommée l'ombre. Pour lui, l'ombre est notre inconscient personnel. Elle représente l'animalité, ce qui est primitif et archaïque en l'humain. Ce que nous refoulons aussi, pour correspondre à un idéal aux yeux d'autrui et de la société. L'ombre possède une énergie qui peut être destructrice pour soi-même et pour les autres. Surtout si on projette notre propre ombre sur autrui avec des sentiments négatifs.

— Et quel est le lien avec Antoine et Maxence ?

— Maxence est l'ombre d'Antoine. Toute sa part obscure, inavouable.

— Ils sont deux en un seul être ? Deux identités ?

— Non, pas vraiment, il ne s'agit pas d'un trouble dissociatif de la personnalité. Antoine n'a fait que nommer son ombre, tout en ayant conscience qu'elle fait partie de lui.

— Antoine est donc sa véritable identité ? Celle qui apparaît sur son état civil ? Et Maxence n'existerait pas en tant que personne physique ?

— Maxence est Antoine et Antoine est Maxence, mais sur l'état civil, c'est Antoine Mendi, en effet.

— Vous êtes sûre que les Mendi n'ont pas eu deux fils, justement des jumeaux ?

— Certaine. Je sais que c'est difficile à concevoir, mais la psyché est l'une des créations les plus complexes de la nature. Déjà tout petit, Antoine Mendi, et je dis bien Antoine, parce que c'est le prénom que lui ont choisi ses parents, avait donné un nom à son ombre : Maxence, qu'il appelle Max. À l'instar de l'ombre physique, l'ombre psychique ne nous quitte jamais, bien que parfois nous fassions tout pour nous en débarrasser, parfois en la projetant sur autrui. Elle est un rappel constant de la force obscure qui nous habite. Enfant particulièrement précoce, Antoine en avait pris conscience très tôt. Ses parents étaient la plupart du temps absents pour affaires. Antoine en souffrait beaucoup, il pensait qu'il n'était pas assez bien pour eux, qu'ils préféraient le laisser à un oncle ou aux grands-parents parce qu'il n'était pas le fils qu'ils auraient aimé avoir.

— Alors que ce n'était pas le cas, dit Flores, dont l'émotion grandissait.

— Ses parents l'aimaient, bien sûr, mais à leur façon de parents très pris par leurs affaires et leurs déplacements professionnels. Une vie dans laquelle Antoine n'avait guère de place. Son esprit a donc projeté son ombre vers une sorte de double imaginaire.

— Dans ce cas, pourquoi l'épouse du grand-père d'Antoine n'a-t-elle pas nié l'existence de ce jumeau ? Elle a même dit qu'à leurs yeux, il était bizarre.

— Louise et Edonia l'ont-elles vraiment vu ? Ou bien en ont-elles simplement entendu parler ?

— Edonia Mendi n'en a eu des échos que par son mari, le grand-père d'Antoine. Il lui a longuement parlé du jumeau d'Antoine, qui aurait été un monstre. Sombre, violent, différent, déjà tout jeune. Quant à Carol Wieder, la fille du Dr Wieder, elle dit même avoir « couché » avec celui qu'elle pense être le jumeau d'Antoine, Maxence Mendi. Elle aurait décelé des détails qui l'auraient amenée à ces soupçons, parce que justement, elle connaissait l'existence du jumeau d'Antoine. Elle a également mentionné la schizophrénie.

— Oui, je vois, sourit la psy au téléphone. Le terme de schizophrénie est un vrai fourre-tout. On en vient même à en perdre le sens véritable de cette maladie.

— Seulement, là, elle ne faisait que reprendre les termes du diagnostic établi par son père. Or, si vous dites qu'il était un psychiatre jungien spécialiste de l'ombre, pourquoi aurait-il conclu à une schizophrénie dans le cas d'Antoine Mendi ?

— Parce que Antoine a en effet déclaré une schizophrénie à la préadolescence. Deux ans après le traumatisme.

— Vous voulez parler de l'avalanche ? Selon Astrid, son nom figurait dans la liste des victimes. Alors qu'il a visiblement survécu.

— L'avalanche a été un grand traumatisme sans doute, mais ce qu'il a vécu juste avant en est un bien plus profond et déstructurant.

— C'est-à-dire ?

Flores commençait à craindre le pire. Elle sentait des crampes à l'estomac et ce n'était pas à cause de la faim.

— Ce qui normalement n'arrive jamais. La perte de son ombre.

— Quoi ? De Max ?

— Oui. De cette part refoulée de lui-même.

— Mais pourquoi l'a-t-il… perdue ? Suite à quoi ?

— Il m'a raconté l'avoir perdue là-haut, dans la montagne, après une séance de purification de l'âme. Parce qu'on avait décrété qu'il était possédé. Un adulte, un prêtre, qui avait pratiqué sur lui une séance d'exorcisme. À l'issue de laquelle Antoine ne savait plus vraiment s'il était Antoine ou Max. Pour finir, il a compris qu'en réalité le prêtre s'en était pris à Max et l'avait fait partir. Ça l'a bouleversé. Il n'a plus été lui-même.

Une douleur à la glotte fit déglutir Flores.

— Il vous a donné les détails de cette séance d'exorcisme ?

— J'ai repris tout le travail qu'il avait fait avec le

Dr Wieder à l'époque. Il m'a raconté la même chose qu'à son premier psychiatre. Ce prêtre lui avait dit que pour se débarrasser de l'esprit malin qui l'habitait, il fallait qu'il fasse tout ce qu'il lui dirait. Antoine ne savait plus si c'était Max ou lui qui agissait…

— Qu'est-ce que ce salopard lui a fait faire ? lâcha Flores sans se contrôler cette fois.

Sa voix tremblait comme une flamme dans la tempête.

— Approcher Dieu et l'aimer à travers lui. Autrement dit, un rapport sexuel dont je vous épargnerai les détails.

— Et des deux, qui se trouvait entre les griffes du prédateur durant ce moment, Antoine ou Max, son ombre ?

— C'était Max. Et quand Antoine est revenu, Max était parti, le laissant seul avec lui-même et avec Dieu. Mais j'ai une autre théorie.

— Laquelle ? demanda Flores, épuisée par cette conversation éprouvante.

Elle se demandait quand la réalité cesserait de surpasser la fiction dans l'horreur.

— Il arrive aussi que des enfants fantasment des rapports sexuels avec un adulte. Ou que pour protéger l'adulte qu'ils aiment, à commencer par leurs parents, ils fassent des projections sur un autre adulte.

— Vous voulez dire que…

— Il n'est pas impossible qu'Antoine ait été victime d'un inceste de son père, Viktor Mendi. C'est suite à cela que Max aurait fait son apparition. Pour protéger Antoine.

63

7 février 2023, au village

Wieder avait de la peine à croire ce que Flores venait de lui raconter de son entretien avec le Dr Tackian. Dès qu'elle avait eu fini avec la psychiatre, la capitaine avait demandé à la Suissesse de la rejoindre au plus vite dans les locaux provisoires de la Rurale.

— Comment aurais-je pu me fourvoyer à ce point ? objecta Carol Wieder. Et comment Edonia a-t-elle pu évoquer le jumeau d'Antoine de façon aussi précise ?

— C'est incroyable, en effet, mais il y a une explication. Tout d'abord, Edonia en a seulement entendu parler. Ensuite, pour vous, Carol, la mort d'Antoine dans cette avalanche en 1999 a été un véritable traumatisme. Et le processus de deuil à peine achevé des années après, voilà qu'Antoine Mendi refait surface, et que vous vous revoyez. C'est alors que naît en vous un conflit intérieur. D'un côté, vous êtes tellement heureuse qu'Antoine ait survécu que vous acceptez cette réalité sans trop vous demander comment il s'en est sorti.

— Je le lui ai demandé, bien sûr, mais il n'en avait aucun souvenir, coupa Wieder.

— En effet. Et, d'un autre côté, poursuivit Flores,

ça vous paraît tellement énorme, voire improbable, que, ayant peut-être entendu parler de l'existence d'un jumeau…

— C'est Antoine qui m'en a parlé.

Flores s'arrêta en plein élan et dévisagea Wieder avec un léger agacement.

— D'accord, dit-elle. Cette « résurrection » vous a donc semblé si improbable que votre inconscient s'est employé à relever les plus petites différences entre l'Antoine de dix ans et l'Antoine adulte, pour vous conforter dans l'idée, moins séduisante mais plus acceptable, que c'était en réalité le jumeau d'Antoine, Maxence Mendi. Or, comme me l'a certifié le Dr Tackian, Antoine n'a pas de jumeau.

— Antoine m'a menti, alors ? Et ses parents et ses grands-parents auraient inventé cette histoire de jumeaux ? Dans quel but ?

— Les avez-vous vus ensemble, Antoine et Maxence ?

Cette fois, Wieder se troubla.

— Je dois avouer que non. Antoine m'en parlait plutôt rarement, c'est vrai. J'étais même étonnée, connaissant la force du lien gémellaire. Mais Maxence semblait vraiment exister.

— Et pour cause. Car celui dont vous parlait Antoine était Antoine lui-même. Ou plus exactement son ombre. Le côté « Max » d'Antoine.

— Dans ce cas, il s'agit d'un trouble dissociatif de l'identité et de la personnalité…

— Selon le Dr Tackian, qui a repris le suivi de votre père, pas exactement. On va dire que c'est un trouble atténué, Antoine ayant pleinement conscience d'avoir donné un nom à cette autre part de lui-même. Il n'est pas un autre, il reste lui. En deux parties. Ce qui relève de la lumière et ce qui appartient à l'ombre. Antoine et Max. Ou, si vous préférez, Antoine et Antoine *bis*.

— Et sa famille? Ses parents et ses grands-parents? D'après Edonia, le grand-père parlait d'un jumeau possédé...

— Ils ont joué le jeu.

— Je ne comprends pas...

Flores se gratta le front. Geste qui trahissait son embarras dans certaines situations.

— Ils ont joué le jeu à la demande de votre père, qui suivait Antoine depuis l'âge de quatre ans, après cet épisode où il avait étouffé l'oiseau dans sa main avec un «sourire mauvais». La notion d'ombre jungienne était un peu trop complexe pour des gens simples comme ses grands-parents. Ceux-ci n'ont connu Antoine que vers ses deux ans. Viktor et Dolores Mendi ont simulé l'existence d'un jumeau, Maxence, en leur expliquant qu'il avait dû être placé pour suivi pédiatrique. Sur les conseils de votre père, ils ont prétexté ne pas vouloir leur confier les jumeaux en même temps. Pour les grands-parents, c'était donc Maxence qui avait étouffé l'oiseau, parce que Viktor leur avait dit qu'il leur déposerait Maxence, alors que c'était en réalité Antoine, bien sûr.

— Mais Antoine jouait le jeu aussi et répondait donc au prénom de Maxence?

— Dans ce cas-là, oui. Viktor lui disait qu'il envoyait Maxence, son ombre, chez ses grands-parents. Pour Antoine, il n'y avait aucun problème à s'entendre appeler Maxence, puisque Maxence était inséparable de lui.

— C'est complètement tordu! Et mon père n'aurait jamais pu avoir ce genre d'idée! réagit Wieder.

— Pourtant, c'est ce que m'a rapporté le Dr Tackian. Dommage que votre père ne puisse pas confirmer ses dires. Il doit avoir gardé une trace du dossier d'Antoine. Au moins une copie, s'il a tout transmis à Tackian.

— Je vous l'ai dit, tout ce que j'ai trouvé était un diagnostic de schizophrénie.

— Qu'Antoine a déclaré deux ans après le double traumatisme, l'avalanche et les supposés abus sexuels, comme me l'a également confié la psychiatre.

— Vous pensez vraiment que son père a pu le…

— Tout est possible. Ce serait assez cohérent avec la présence de Max. Je me suis renseignée sur cette psy, c'est une pointure. Elle s'occupe de cas cliniques.

— Et tout ça expliquerait qu'Antoine ait voulu s'en prendre à votre village en provoquant une avalanche meurtrière ? Et quel est le lien avec le carnaval sauvage ?

— Contrairement à ce que j'ai cru, ce seraient deux affaires différentes. La cible de l'avalanche, ce n'était pas le conseil municipal, mais les gens du village. Reste à découvrir le mobile. Dans tous les cas, retrouver Antoine est urgent, et c'est désormais notre priorité. Il peut représenter un danger pour autrui et pour lui-même. Je veux aussi faire une petite visite au cimetière. Parce que l'enfant qui n'est pas sur la photo n'est donc pas le « jumeau » d'Antoine, mais un autre enfant. Et il faut à tout prix découvrir qui.

64

7 février 2023, hameau de la Guara

Seule. Un mot qui sonnait sinistrement et prenait pour elle désormais tout son sens. Miren était seule. Seule et incapable de se déplacer assez loin pour trouver de l'aide ou des médicaments, malgré l'attelle que le Messager lui avait confectionnée. Il n'avait pas eu le temps de la lui installer mais elle avait réussi à la fixer elle-même autour de sa jambe cassée. Quoi qu'il en soit, il n'était pas question pour elle de retourner dans la forêt. Elle n'y avait plus aucune attache. La solitude s'apprend et elle apprendrait. Heureusement, le Messager avait des réserves : des légumes cuits de son potager conservés dans des bocaux, trois énormes jambons pendant du plafond, des saucissons et du lard à la croûte moisie, des patates terreuses, de la confiture d'airelles et de l'eau-de-vie de mirabelle. Miren découvrit ce festin dans le garde-manger en claudiquant péniblement jusqu'à la petite pièce à part. De plus, dans sa communauté, elle avait appris à puiser dans les ressources naturelles ce qu'il fallait pour vivre.

Entendant caqueter, elle découvrit qu'il y avait des poules dans un grand clapier contre la maison. Cette présence la réconfortait. Elle aurait des œufs chaque jour et, si elle avait le courage de lui trancher la tête, elle pourrait même faire cuire un poulet en attendant de pouvoir marcher à peu près normalement. Le Messager avait parlé de semaines, voire de mois. Faisant l'inventaire des réserves de nourriture, elle estima qu'elle pourrait tenir environ trois mois. Une chose était sûre, le jour où elle quitterait cet endroit, ce serait pour ne jamais y revenir. L'Espagne se trouvait juste derrière la maison, dans la direction qu'avait prise le visiteur. Rien ne l'empêcherait de tenter d'y construire une nouvelle vie. Elle avait conscience qu'elle avait toujours vécu dans la communauté où elle avait des tâches à remplir pour mériter gîte et couvert. Et puis, l'Espada, envers laquelle ils avaient tous une dette, les avait considérés, Noah, Yorick, Raquel et même elle, comme ses enfants. « Tout se gagne, à condition de travailler », disait-elle. Mais Miren préférait passer son temps avec Nuage. Et à dessiner. Elle dessinait à merveille depuis qu'elle était en âge de tenir un crayon. Elle gardait précieusement des tas de croquis de son loup, ainsi que des portraits de Raquel et des dessins d'arbres. Tous ceux qu'elle avait appris à reconnaître et à aimer. Elle reproduisait sur le papier leur écorce, leurs veines, leurs branches et leurs feuilles avec tous leurs détails, qui constituaient déjà en eux-mêmes des motifs. Des animaux aussi, qu'elle avait pu observer. En entendant les poules, elle se dit, amusée, qu'elle n'en avait jamais encore dessiné et que sa longue convalescence lui en donnerait l'occasion. Elle apprivoiserait sa solitude comme elle pourrait avant son départ, sans doute au printemps.

Avant de sortir du garde-manger, elle eut l'heureuse

surprise et l'émotion de découvrir dans un coin un bâton avec une tête de loup sculptée en guise de pommeau qui lui rappela Nuage. Miren s'en saisit, et prit aussi une bouteille d'eau-de-vie dont elle retira le bouchon de liège avec les dents. Elle n'en avait bu qu'une seule fois, lors de la fête annuelle organisée par l'Espada en l'honneur d'Abellio et, ayant manqué s'étouffer, n'y avait plus jamais touché.

Un peu grisée par l'odeur, elle se risqua à en goûter et colla le goulot sur ses lèvres pour en avaler une gorgée. La première, au parfum légèrement sucré de prune, lui chauffa agréablement la gorge et l'invita à en boire une deuxième, puis une troisième. L'alcool se répandit aussitôt dans son corps, la plongeant dans une douce torpeur. Elle s'endormit sur la chaise et fut tirée de son sommeil par des crampes d'estomac. Elle n'avait rien mangé depuis la veille.

Armée de ses deux bâtons, elle explora plus encore les lieux et dénicha un bol contenant trois œufs, une boule de pain que le Messager avait dû confectionner lui-même, et la moitié d'une meule de fromage de brebis sur une planche à découper, sur laquelle elle se jeta. Elle n'avait pas mangé avec un tel plaisir depuis longtemps et manifesta son contentement par un énorme rot qui la fit éclater de rire. Pour la première fois aussi depuis belle lurette. Elle fit ensuite réchauffer le reste de soupe de pommes de terre et de carottes que lui avait préparée le Messager, l'avala avec une tranche de pain, ce qui lui donna les forces nécessaires pour aller voir les poules.

Celles-ci caquetaient et gloussaient tout bas dans leur abri grillagé et s'agitèrent un peu lorsqu'une inconnue boiteuse ouvrit la porte.

Jetant un coup d'œil à l'intérieur du grand clapier, elle constata qu'elles n'avaient presque plus rien à manger. Se demandant où se trouvaient les céréales que le Messager leur donnait, elle aperçut un tonneau à côté de leur abri. Elle fut soulagée de voir qu'il était plein de graines et leur donna leur ration. Nourrir les oies de la communauté avait fait partie des tâches qu'elle avait dû accomplir et elle savait comment s'y prendre. La découverte de quatre œufs encore chauds et un peu crottés la réjouit.

— C'est bien, ça, mes jolies… Beau travail, merci ! Je penserai à vous en mangeant une bonne omelette ! chanta-t-elle en glissant les œufs dans un sac en toile sans doute prévu à cet effet.

Elle rentra avec sa récolte, qu'elle déposa dans un saladier. Au moins, elle savait ce qu'elle aurait à dîner. Mais tous ces efforts avaient réveillé la douleur dans sa jambe. Elle se mit alors en quête d'un remède et découvrit sur une cagette une boîte de secours en métal à la peinture rouge écaillée, sur laquelle elle put lire en lettres blanches : Beechcraft 58TC.

À cette vue, Miren se figea. La même inscription que sur le morceau d'aile d'avion à moitié enfouie dans la neige. D'une main tremblante, elle ouvrit la boîte. À l'intérieur, une bande de gaze, un tuyau en plastique transparent relié à un masque à oxygène, des plaquettes de comprimés, des pièces de monnaie, une montre chronomètre d'homme au verre fissuré dont la date et l'heure s'étaient arrêtées au 17 janvier 8 h 47, un portefeuille au coin arraché et un agenda épais relié en cuir marron sur lequel étaient gravées les initiales « V. M. », à la dorure en partie effacée. Des objets précieusement conservés comme des reliques, et dont l'état n'était pas seulement dû à l'usure et aux effets du temps.

Intriguée par la présence de cette boîte provenant apparemment de l'avion, Miren prit le carnet, l'ouvrit, fit défiler les pages remplies de mots écrits à la plume. Gardant la lecture pour plus tard, elle ouvrit le portefeuille et en sortit un passeport gondolé, ainsi qu'une photo jaunie. Le passeport était au nom d'un certain Viktor Mendi. Quant à la photo, c'était celle d'un garçon d'une dizaine d'années à peine, aux cheveux châtain clair bouclés et aux grands yeux gris-vert à la vue duquel Miren sentit les poils de sa nuque se hérisser sans vraiment savoir pourquoi. Elle retourna la photo et vit ces mots, tracés d'une écriture enfantine un peu maladroite : « Pour toi, papa, je t'aime. Andoni. »

65

7 février 2023, cimetière du Bois-aux-chênes

Elles avaient été enterrées chacune dans un trou, côte à côte. Les sept victimes de 1999. Au pied de sept chênes âgés désormais de vingt-quatre ans se tenaient sept plaques en pierre, gravées au nom des défunts pour six d'entre elles. Saverio et Ando Mora, Enéa Ferrer, Naïa Berges, Adur Abadie, Bergon Castro. Des vies fauchées en pleine jeunesse. Quatre garçons et deux filles.

La dernière plaque était vierge. Étrangement, le sexe de la septième victime ne figurait pas dans le fichier. Et aucune autopsie n'avait été pratiquée sur aucun de ces enfants. Une négligence inconcevable, s'était dit Flores en le découvrant. Elle s'était promis de découvrir pourquoi. Officiellement, les familles avaient refusé. Leurs enfants avaient été tués par une avalanche, c'était largement assez pour ne pas ajouter à cette tragédie une telle violation de leurs dépouilles. Le septième corps n'avait jamais pu être identifié, il était méconnaissable. Le visage était si abîmé qu'on l'aurait dit mutilé. Et plus étrange encore, le corps n'avait jamais été réclamé.

Flores et Wieder, arrivées au cimetière en fin de

matinée sous une petite pluie glacée, se tenaient devant le chêne avec la stèle de l'enfant inconnu. Elles avaient eu la surprise de découvrir un petit bouquet d'immortelles jaunes détrempées dans un pot en verre dont l'étiquette avait été décollée. En chemin, Flores avait pris la peine d'avertir Wieder de la particularité de ce cimetière où un chêne poussait sur chaque tombe, ce qui donnait un groupe d'arbres de tailles et d'âges différents, espacés de trois mètres environ les uns des autres. Les plus vieux avaient près de deux siècles.

— La septième victime n'est pas inconnue de tout le monde, on dirait, souffla Flores après une minute de recueillement, en faisant allusion aux immortelles.

— C'est la première fois que ça arrive ?

— Je dois avouer que je ne suis jamais revenue ici depuis les obsèques de ces enfants. J'aurai toujours en tête ces scènes déchirantes de mères poussant des cris de douleur, soutenues par leur mari ou leur père, eux-mêmes prostrés. Des familles détruites. C'était terrible. J'ai toujours évité de remettre les pieds ici.

— Je comprends. Ça a dû être très difficile comme expérience, pour vous.

Flores tourna la tête vers Wieder et la dévisagea d'un air perplexe.

— C'est-à-dire ?

— Vous étiez sur les lieux, avec les équipes de secouristes, non ?

La capitaine n'avait pas le souvenir d'avoir raconté quoi que ce soit à Carol Wieder à propos des recherches.

— Comment le savez-vous ? Par votre ami flic ?

— En partie, oui. Vous étiez jeune. Ça a dû être éprouvant pour vous…

— Pas seulement pour moi. Les secouristes étaient

à cran, bouleversés, lorsqu'ils ont dû rassembler les corps et les ramener.

— Je sais qu'à cet âge, continua Wieder, on voudrait changer le monde, pouvoir sauver des vies, surtout des enfants, on se croit capable de déplacer des montagnes et, lorsqu'on s'aperçoit qu'en réalité nous sommes minuscules, le sentiment d'impuissance qui nous saisit peut mener à la dépression.

— Vous auriez dû être psy, vous aussi, lâcha Flores en tournant le dos à la tombe. Mais je n'ai pas fait de dépression.

— Je n'ai pas la prétention de vous analyser, Elda. Je voulais juste que vous sachiez que je partage votre culpabilité de n'avoir rien pu faire de plus. Parce que si la décision vous avait appartenu, vous auriez continué les recherches.

— Qu'est-ce que vous voulez, Carol ? En rajouter encore un peu plus ?

— Les recherches n'ont pas été interrompues en raison du mauvais temps.

Cette déclaration eut l'effet d'un coup derrière la tête pour Flores, mais elle laissa Wieder poursuivre.

— La décision d'arrêter les recherches a été prise en haut lieu. Le mauvais temps était la version officielle.

— Qu'en savez-vous ?

— Comme je vous l'ai dit, j'ai beaucoup travaillé sur cette catastrophe. J'ai obtenu auprès de la maison des Guides des Hautes-Pyrénées le bulletin météo exact du moment où les recherches ont été stoppées. Il peut pleuvoir dans la vallée et faire un soleil éclatant en montagne. C'était le cas ce jour-là. Vous le savez et ça vous ronge, Elda. Ça vous ronge, d'avoir dû obéir. Qui plus est à votre père. Votre père qui a lui-même reçu des ordres de plus haut. De Txabi Hirigoyen, déjà maire à l'époque et président de la ligue des Chasseurs des Hautes-Pyrénées. Et savez-vous pourquoi les recherches ont été interrompues ? Alors que quatre autres enfants étaient portés disparus et auraient pu être retrouvés ?

Sous sa capuche que la pluie cinglait comme de minuscules clous, Flores se terrait dans un silence obstiné, le regard au loin. Loin dans le passé et ce qu'elle n'avait pas voulu voir ou savoir.

— Parce que chaque journée de recherches là-haut coûtait une fortune à la commune et que Hirigoyen préférait garder l'argent pour dédommager ses copains les bergers, qui faisaient partie de la ligue des Chasseurs et qui avaient perdu des bêtes dans des attaques de loups. Le loup, après avoir été complètement éradiqué de France, était de retour dans les années quatre-vingt-dix. Il arrivait d'Italie. Et ce n'est pas tout. Regardez la photo des enfants partis ce jour-là dans la montagne.

Accompagnant ces mots du geste, Wieder sortit de sa besace un grand carnet duquel elle tira une photocopie qu'elle mit sous les yeux de Flores.

— Qu'est-ce que je devrais voir ? demanda la capitaine dont le visage tout en longueur semblait s'étrécir de plus en plus.

— Là, cette fillette blonde, elle fait partie des quatre enfants qui n'ont jamais été retrouvés. Il s'agit d'Alba Hirigoyen, la plus jeune fille du maire, la sœur d'Astrid.

66

7 février 2023, cimetière du Bois-aux-chênes et village

Le choc avait laissé Flores sans voix. Puis elle s'était ressaisie. Carol Wieder lui offrait sur un plateau des éléments qui lui donneraient l'occasion de se racheter, mais avant tout de réparer la lâcheté de son père, qui avait gardé le silence, au lieu de contrevenir aux ordres et de poursuivre les recherches coûte que coûte. Pourtant, certains points demandaient à être éclaircis et vérifiés.

— Impossible. Alba Hirigoyen est morte accidentellement, corrigea-t-elle. Une mauvaise chute. Si je la contacte, sa sœur aînée pourra le confirmer. De plus, le nom d'Alba ne figure pas sur la liste.

— Et pour cause… Faisons le compte. Quatre enfants n'ont jamais été retrouvés, commença Wieder en comptant sur ses doigts. Six enfants décédés ont pu être identifiés. Un septième est resté non identifié. Et nous avons un survivant, Antoine.

— Si ce que vous avancez se révèle exact, Carol, Alba serait la quatrième disparue avec Raphaël et Maël Borie et la petite Emma Cazes.

— Nous ignorons celui du septième.

Une hypothèse glaçante était en train d'émerger de la démonstration de la spécialiste en avalanches.

— Si c'est bien Alba Hirigoyen sur la photo de groupe, ça veut dire qu'elle n'est pas morte dans une chute accidentelle mais peut-être dans l'avalanche, et que son nom a échappé au listage… ou qu'il a été délibérément escamoté.

La Suissesse hocha la tête.

— Je ne connaissais pas tous les enfants, avoua Flores. J'ai donc pensé que les noms correspondaient. En revanche, si Astrid a vu cette photo dans la presse, elle était forcément au courant pour sa sœur. Elle a dû regarder chaque visage, dans ce cas, il est impossible qu'elle n'ait pas reconnu sa sœur ! D'ailleurs, comment avez-vous appris que cette fillette était Alba Hirigoyen ? Encore votre ami flic ?

— Il m'a bien aidée, c'est vrai.

— Et comment a-t-il trouvé tout ça ?

— Il est de la région et il a fait jouer ses relations. L'une d'elles connaissait Hirigoyen et ses enfants. En voyant la photo du groupe, elle a aussitôt identifié la petite. D'ailleurs, la date de sa prétendue mort dans une chute correspond à la date à laquelle quatre des onze enfants, chiffre officiel, ont été déclarés disparus dans l'avalanche, le 19 janvier 1999.

— Raison de plus pour que ça n'ait pas échappé à Astrid ! s'écria Flores.

— Peut-être l'a-t-elle découvert récemment ?

— Ce qui expliquerait les derniers événements…

Indéniablement, l'étau se resserrait sur Astrid Hirigoyen, pensa la capitaine. D'où les sept bonhommes de neige dans le champ de Mathias Dangles et près de l'ancienne bergerie de Loyola, le carnaval sauvage suivi de l'avalanche qui cible bien la mairie en plein conseil municipal, et où le maire avait trouvé la mort… Tout ça avec la complicité de Sergio Farès. Ou d'Antoine Mendi… Ou des deux. Astrid, à l'époque à l'internat, avait appris bien plus tard, peut-être même récemment, que sa petite sœur se trouvait dans le groupe de jeunes randonneurs et que son père lui avait caché les circonstances de sa mort. Sans doute avait-elle décidé de venger Alba. Peut-être en demandant à Antoine de l'aider. Il avait accepté, d'où sa présence ici. Ensuite, devant Flores, ils avaient joué la rencontre fortuite d'un soir, au village.

Flores sortit son portable et appela Perez.

— Olivia, il faut mettre les bouchées doubles sur les recherches, il se peut qu'Astrid Hirigoyen soit impliquée, avec la complicité de Mendi et de Farès. Il va falloir procéder à l'exhumation des sept corps des victimes de l'avalanche de 99.

— À ce propos, mon capitaine, j'ai reçu le rapport d'autopsie concernant Mathias Dangles, la femme retrouvée sur la Lera, ainsi que le noyé du lac Glacé.

— Je vais voir tout ça, transfère-le-moi pour gagner du temps, on arrive.

— On va peut-être avoir encore du nouveau, Carol, dit-elle en remettant son portable dans sa poche. Je vais juste récupérer le petit bouquet d'immortelles, même si, avec la pluie, il y a peu de chances de trouver un ADN, mais sait-on jamais. À ce stade, on ne doit plus rien négliger.

Flores se pencha sur la tombe de l'enfant inconnu et ramassa de ses mains gantées le petit bouquet soigneusement ficelé qu'elle glissa dans un sachet en plastique. Même si c'étaient des immortelles, le bouquet avait sans doute été déposé récemment. Avec la neige, la pluie, le vent, il n'aurait pas tenu longtemps à l'extérieur. Mais qu'il soit récent ne voulait rien dire pour autant. Il pouvait très bien s'agir d'un rituel annuel de commémoration. Après tout, le 17 janvier, date anniversaire de la catastrophe, n'était pas très loin. Mais qui l'avait apporté ?

— Et si la tombe d'Alba se trouvait ici ? demanda soudain Flores, dans la voiture, sur le chemin du retour. Ça me semblerait logique.

— Mais ça voudrait dire que le cercueil est vide… Hirigoyen aurait poussé le vice très loin.

La remarque terriblement pertinente de Wieder traversa Flores avec la fulgurance d'une flèche.

— Et qu'Alba a quand même son arbre au cimetière du Bois-aux-chênes ! À leur retour de l'internat, Astrid et sa sœur aînée n'ont vu qu'une tombe. Elles ne pouvaient pas imaginer qu'elle était vide. On y retourne, on ne peut pas rester sur un doute…

Flores freina et fit demi-tour dans un crissement de pneus et un léger dérapage sur le chemin mouillé.

De retour au cimetière, elles parcoururent chacune de leur côté les rangées de chênes qu'elles estimaient proche de l'âge de vingt-quatre ans. Alors que Flores s'apprêtait à déclarer forfait, elle entendit Wieder l'appeler.

— Regardez, c'est ici. « Alba HIRIGOYEN, 27 novembre 1987 - 19 janvier 1999. »

— La date de son décès, souffla Flores qui venait d'arriver en courant, le jour où les quatre enfants ont été déclarés disparus. Le salopard… Comment peut-on faire ça à sa propre fille ? On va vérifier tout ça. Un huitième cercueil à ouvrir.

— Ça veut dire qu'il va falloir abattre tous les arbres d'environ vingt-quatre ans ? s'inquiéta Wieder.

— Je le crains, oui. Les racines risquent d'empêcher l'exhumation. On fera au mieux, mais c'est l'enquête qui prime.

Flores fit une photo de cette huitième plaque et de l'emplacement où se trouvait la sépulture et elles repartirent.

Olivia les attendait avec l'impatience de quelqu'un qui détient une information capitale.

— Vous avez pu lire le rapport d'autopsie des trois corps, mon capitaine ? demanda-t-elle dès que Flores entra dans le premier préfabriqué, suivie de Carol.

— Je n'ai pas encore eu le temps, mais je te sens pressée que je le fasse. Du nouveau ?

— Oui. Le corps du noyé du lac Glacé porte sur le torse la trace d'une blessure bien antérieure aux coups reçus sur le crâne et au visage. Tenez, c'est écrit là…

Olivia présenta à sa supérieure l'écran de son smartphone, où s'affichait un paragraphe du rapport médico-légal.

Flores put lire ceci : « Cicatrice ancienne placée au niveau du sternum, consécutive à une blessure non létale provoquée par un objet pointu. L'hypothèse d'un alpenstock est privilégiée. »

67

8 février 2023, cimetière du Bois-aux-chênes

L'autorisation d'exhumer devait être accordée par la mairie. Une jeune élue aux Affaires sociales, à laquelle Flores avait fait son compte rendu, donna son aval. Flores était en charge de la supervision des opérations, dont elle devait assurer le bon déroulement dans le respect de la réglementation. Elle devrait établir un procès-verbal au terme des huit exhumations.

Préserver les arbres fut impossible. Les forestiers appelés sur place arrachèrent les troncs comme des molaires, avec leurs racines, dans des grincements effroyables de bois et de machines. Il avait été convenu avec les autorités locales et le légiste que les corps ne seraient pas déplacés jusqu'à Bagnères ou Tarbes. Le capitaine des pompiers avait mis à disposition un espace au fond de la caserne pour les entreposer. L'ouverture des cercueils devait impérativement avoir lieu en présence d'un officier de police ou de gendarmerie, en l'occurrence Flores. Ensuite, l'équipe médico-légale pourrait procéder aux constats et aux éventuelles autopsies.

Ébranlés par les machines, les arbres tombaient un

à un dans la neige. Le spectacle était poignant, même pour Flores, pourtant habituée à croiser, lors de ses balades avec Botox, des bûcherons en plein travail, coupant des pans entiers de forêt pour vendre le bois à la menuiserie du coin. Feuillus, conifères, tout était bon à exploiter pour la fabrication de meubles ou la construction de maisons et de charpentes.

Vint enfin le moment où les fossoyeurs purent creuser jusqu'aux cercueils à l'aide de pelleteuses mécaniques. En un rien de temps, le paisible cimetière aux chênes avait pris des allures de chantier et le manteau immaculé qui recouvrait le sol entre les chênes n'était plus que boue et cailloux.

Commencées vers 8 heures, les sept premières exhumations furent achevées aux alentours de 10 h 30 sous un soleil déjà haut dans une immense toile bleue sans nuages. Au moins, ce moment accablant fut quelque peu réchauffé de rayons généreux. Les familles, ou ce qu'il en restait, furent tenues à l'écart des opérations pour des raisons de sécurité. Les parents, un père ou une mère devenus veufs après la tragédie, le chagrin ayant œuvré pour la grande faucheuse, les frères, les sœurs, tout ce monde de nouveau réuni dans une même douleur, une même colère, échangeaient tout bas devant la grille en attendant la fin des opérations. Mais, à mesure que les cercueils encore fermés défilaient sous leurs yeux pour être chargés à bord des fourgons qui attendaient à l'extérieur, le silence s'abattait tel une chape de plomb. Un silence absolu, vertigineux, duquel Flores et Olivia émergèrent passablement ébranlées.

Il y eut un problème au cours de l'exhumation du huitième cercueil, le chêne ayant enroulé ses racines tout autour. Une intervention d'ordre presque chirurgical fut nécessaire pour l'extraire de ses entraves végétales. Les fossoyeurs, aidés des forestiers, furent obligés d'y aller à la pioche et à la tronçonneuse, puis à la scie, en faisant attention de ne pas abîmer le cercueil. Chaque coup et chaque découpe des racines pouvaient l'endommager en même temps que son contenu.

Flores brûlait d'impatience. Les restes d'Alba s'y trouvaient-ils ?

Au bout d'une demi-heure, le cercueil fut enfin prêt à être remonté. Les fossoyeurs creusèrent dessous, passèrent des câbles autour, qu'ils attachèrent au crochet de la petite grue. Sur un signe d'un fossoyeur, le conducteur de la machine commanda la levée du cercueil, qui amorça le mouvement mais s'arrêta brusquement et bascula. Manifestement, une racine le retenait encore. Écartelé, le cercueil céda et s'ouvrit, tandis que la partie inférieure retombait au fond du trou dans un fracas épouvantable.

— Non ! cria Flores qui, de désarroi, enleva son casque de sécurité blanc et le balança dans la neige souillée, à côté de la fosse. Non, pas ça ! Qu'est-ce que vous avez foutu, bordel ?!

— Désolé, m'dame…, risqua le fossoyeur.

— Déjà, ce n'est pas « m'dame », mais « capitaine » ! rugit Flores, hors d'elle. Et ensuite, quand on ne connaît pas son boulot, on en change ! Quitte à y passer un peu plus de temps, vous deviez vous y prendre mieux que ça et faire attention !

Les cinq hommes autour d'elle se lançaient des regards penauds et se taisaient. Parce qu'il n'y avait en effet rien à plaider devant cette grossière négligence.

Flores se pencha sur ce qu'il restait du cercueil dans la fosse et fit ce terrible constat : hormis le tissu moisi du capitonnage, il n'y avait rien dans le cercueil, rien que de la terre et les quelques pierres dont on l'avait rempli.

Muette, Flores ne pouvait détacher le regard de ce spectacle saisissant. Hirigoyen avait fait croire à tout le monde que la dépouille de sa gamine, prétendument tuée dans une chute, était dedans. Alors qu'il la savait quelque part ensevelie sous la neige, là-haut, perdue, morte de froid… Et il avait quand même suspendu les recherches… Sa femme avait-elle été complice et était-elle morte de culpabilité ? se demandait la capitaine, abasourdie que Wieder ait eu raison.

— Qu'est-ce qu'on fait, capitaine, on le sort quand même ? osa l'un des fossoyeurs qui avait saisi le problème.

— Bien sûr, finit par articuler Flores après un court silence. Et faites attention, cette fois. Je veux tous les morceaux du cercueil, avec son contenu.

Il était déjà presque midi lorsque, avec le feu vert de Flores, on procéda à l'ouverture des sept cercueils. L'équipe médico-légale se trouvait là, prête, sous la supervision du Dr Arsac. Ce fut un moment particulièrement éprouvant pour Elda. L'image des jeunes visages presque tous souriants sur la photo ne la quittait pas. Voilà qu'on venait troubler leur repos en violant leur dernière demeure, à cause d'adultes criminels et d'une histoire de vengeance. Peut-être n'auraient-ils pas approuvé celle-ci. Peut-être auraient-ils juste voulu être en paix, loin de ce monde de violence, de haine et de cupidité dans lequel un adulte pervers s'en était pris à leur innocence. Chaque nom claquait dans la tête de Flores, comme une balle de fusil.

C'est dans un état second que, à l'issue de l'examen médico-légal, elle perçut les mots du légiste à son adresse : « Mort des cinq enfants de sexe masculin, dont un sans identification, par asphyxie et blessure post-mortem au crâne au moyen d'un objet pointu de type piolet. »

68

9 février 2023, hameau de la Guara

Depuis sa double découverte, la boîte de secours qui provenait de l'avion et la photo, bien des questions assaillaient Miren. Comment ces objets s'étaient-ils retrouvés ici ? Pourquoi le Messager les avait-il gardés comme des reliques ? Pourquoi avait-elle eu cette réaction à la vue d'un portrait de jeune garçon ? Pourquoi avait-elle éprouvé le besoin de le reproduire par un dessin d'une précision surprenante ?

Cela faisait un moment qu'elle n'avait pas touché un crayon. Et voilà qu'elle s'y était remise, spontanément, comme pour chercher une réponse. Et, d'un premier dessin, elle s'était essayée à un deuxième, puis un troisième, jusqu'à une dizaine. En les observant tous éparpillés devant elle sur la table, l'évidence la frappa de plein fouet. Imperceptiblement, au fil des portraits, elle avait vieilli les traits de son modèle. Or, celui-ci, dans les deux derniers dessins, ressemblait de façon frappante à ce gendarme qui l'avait sauvée de la crevasse, et qui s'était ensuite pointé chez le Messager, très menaçant. Ce ne pouvait être un hasard. Ce garçon, c'était lui enfant. Et son père était l'une des deux victimes du crash, dont le vieil ermite avait récupéré quelques objets personnels qui, projetés loin de la carlingue, avaient échappé aux flammes. Ceci expliquait-il sa présence dans la montagne, sur les lieux de l'accident ? Cherchait-il lui aussi à faire parler la neige et les pierres ?

À l'extérieur, le vent s'était levé et faisait battre les lourds volets. À l'aide de ses deux bâtons, Miren se leva et traîna sa jambe endolorie jusqu'à la fenêtre. Une fois qu'elle eut péniblement refermé les volets, elle remit du bois dans le feu et retourna s'asseoir à table devant un bol de potage fumant qu'elle venait de préparer sur le poêle. Reviendrait-il la voir ? Elle avait entendu, dans un demi-sommeil, sa conversation avec le Messager. Il avait promis de revenir la chercher.

Miren repensa à leur étrange rencontre dans la crevasse. S'il ne l'avait pas remontée, elle serait morte. Malgré la méfiance naturelle qu'il lui inspirait, il l'attirait. Quelque chose dans son regard lui était familier. Aussi se surprit-elle à souhaiter sa présence. À souhaiter de toutes ses forces voir la porte s'ouvrir et son sauveur apparaître. Après tout, les jeunes filles n'ont-elles pas des rêves secrets de prince charmant ? Pas forcément armé, mais charmant quand même.

Elle avala le potage en quelques gorgées, puis reporta son regard sur les dessins. Exécuté avec un réalisme virtuose, le modèle prenait vie sous ses yeux. Certaines de ses expressions d'enfant sonnaient comme une réminiscence. Il ressemblait à un garçon qu'elle avait croisé autrefois, elle en était certaine. Oui… elle l'avait déjà vu. « Andoni », signait-il pour son père. Mais ce n'était pas sous ce nom-là qu'elle l'avait rencontré. Antoine, ou quelque chose d'approchant. Deux visages qui surgissaient du brouillard.

Un brouillard qui l'enveloppait depuis toutes ces années.

Elle fit ensuite le portrait du visiteur, et celui du Messager.

Elle avait regardé dans le portefeuille, au cas où d'autres choses pourraient l'éclairer. Un passeport, des papiers, mais elle n'avait trouvé qu'une autre photo, d'une femme cette fois, les cheveux noirs et les yeux charbon, très maquillée, les cheveux courts. Aucune indication au dos de la photo sur son identité, juste une date, 19/09/1985. Sans doute celle à laquelle la photo avait été prise. Intriguée et fascinée par la beauté latine de son visage, elle entreprit de la dessiner, s'attachant particulièrement aux ombres de ses paupières et à la lumière qui mettrait en valeur ses lèvres charnues et sensuelles.

Absorbée par son dessin, Miren n'entendit pas la porte s'ouvrir. Lorsqu'elle leva la tête, surprise par des bruits de pas, les deux intrus, une femme et un homme, étaient déjà entrés. Elle reconnut l'homme aussitôt et se troubla. Celui qu'elle avait appelé en silence pour qu'il revienne vite. Celui dont les portraits à différents âges étaient bien visibles sur la table. Rouge d'embarras, elle les ramassa en une petite liasse qu'elle retourna.

— Déjà debout ? demanda Antoine. Comment va ta jambe ?

À côté de lui se tenait la femme, silencieuse et tendue, osant à peine affronter le regard sauvage de Miren.

— J'arrive à me déplacer, c'est déjà ça. C'est qui ?

— Quelqu'un à qui j'ai parlé de toi et qui voulait te voir. Tu dessinais ?

— Pas vraiment… un peu…

S'apercevant qu'elle avait oublié de ranger les deux photos, Miren voulut s'en saisir, mais Antoine avait déjà posé la main dessus et blêmi à leur vue.

— D'où tu tiens ces photos ?

— Elles étaient dans un vieux portefeuille là-dedans…

Miren lui désigna la boîte de secours posée à ses pieds. Antoine semblait incapable d'articuler un mot.

— Dis-lui, lui glissa la femme qui l'accompagnait.

— C'est toi, sur la première photo ? demanda Miren sans détour.

— On dirait bien, oui.

— Et sur l'autre ?

Antoine soupira.

— C'est ma mère, Dolores.

— Qu'est-ce que ça fait ici ?

— Cette mallette de secours appartient à l'avion qui s'est écrasé. Celui de mes parents. Le crash qui a provoqué l'avalanche. En 1999. Tu ne te souviens pas ?

— Pourquoi je devrais m'en souvenir ?

— Parce que nous y étions. Toi et moi, avec les autres. Ando, Saverio, Enéa, Naïa, Adur, Bergon, Emma, Raphaël, Maël…

Miren se figea. Non, c'était impossible. Pas ça. Pas lui. Pas eux.

— Qu'est-ce que tu racontes ? C'est n'importe quoi… Je les connais même pas et toi non plus, je te connais pas…

— C'est la vérité ! s'écria la femme.

— Quoi ? Mais c'est qui, elle ?

— Astrid ! Je suis Astrid, ta sœur, Alba, je suis ta sœur !

69

9 février 2023, à la caserne

La dépouille des sept enfants décédés en 1999 avait été examinée. Alors que les corps des deux filles présentaient uniquement des traces d'asphyxie, les cinq garçons portaient des blessures faites par le même objet. Pour deux d'entre eux post-mortem. En revanche, pour les trois autres, le légiste avait finalement exprimé des doutes. Peut-être les coups avaient-ils été portés en vue de les achever. Le corps de la victime non identifiée présentait le plus de dégâts. Les os du visage et du crâne avaient été réduits en charpie après un acharnement d'une violence inouïe.

Un acte sans nom, dont l'ignominie accablait Flores. Elle pensait inévitablement à Loyola et à Mathias Dangles, son second de cordée. Les deux seuls à avoir eu un piolet dans leur équipement, comme on pouvait le voir sur la photo, accroché à leur ceinture. Dangles était mort mais Loyola courait toujours.

— C'est incroyable que le rapport médico-légal de l'époque n'ait pas mentionné des détails aussi importants, fit remarquer d'un air sidéré Carol Wieder, qui l'avait rejointe entre-temps et venait d'apprendre cette défaillance de la bouche de la capitaine.

— Il ne pouvait pas, puisque l'examen médico-légal n'a même pas été pratiqué, soupira Flores. Les enfants avaient trouvé la mort dans l'avalanche, par asphyxie et hypothermie. Les causes étaient limpides. On n'a pas jugé nécessaire d'infliger aux familles l'épreuve supplémentaire d'une autopsie.

— Ou bien il était préférable de les enterrer au plus vite…

Flores se perdit dans les yeux de fjord norvégien de la Suissesse. Peut-être Hirigoyen était-il passé par là, en effet, se dit-elle. Mais pour quelle raison ? Était-il de mèche avec Ekain Loyola, et adepte des mêmes pratiques pédophiles ? Ou partageait-il l'obscure croyance évoquée par Loyola pour entraîner ses « protégés » là-haut, le culte de Millaris, le géant des montagnes, dont la première neige avait été le linceul ?

— Il reste encore des choses à éclaircir, y compris celle-là, approuva gravement la capitaine.

Le plus étrange, dans cette affaire, était la similitude entre la nature des blessures des cinq garçons et celle du noyé du lac Glacé. Lui aussi portait la trace d'un coup de piolet au torse. Une vieille cicatrice, d'après le légiste. Se pouvait-il qu'elle remonte à l'enfance ? Dans ce cas, il s'agirait bien de meurtres rituels et l'inconnu du lac y aurait survécu. Peut-être figurait-il parmi les jeunes proies du Prêcheur…

— Vous pensez à la même chose que moi… le noyé, c'est ça ?

— Exactement. Son corps aussi porte la marque d'un ancien coup de piolet.

Le regard bleu glacier de Wieder s'illumina tout à coup.

— Qu'y a-t-il ? demanda Flores, intriguée par ce changement subit.

— Une idée insensée me traverse l'esprit à l'instant… Et si l'homme du lac était… était, comme Alba Hirigoyen, l'un des quatre enfants disparus ? Il aurait survécu…

Flores s'arrêta de respirer. Elle n'avait pas même osé l'envisager. Ce serait à peine croyable. Mais ce n'était pas impossible.

— Ce qui expliquerait sa présence là-haut, dans les parages de l'avalanche. Il serait peut-être revenu à la recherche d'indices lui permettant de retrouver les corps de ses camarades disparus…

— Et il a fait une mauvaise rencontre, enchérit Wieder.

— Ou bien il a été repéré et suivi par quelqu'un qui voulait l'empêcher de fouiller dans le passé… La personne a eu assez de force pour le repousser dans l'eau glacée à coups de crampons…

— De force, ou de haine…

— Des pulsions cachées, comme celles de l'ombre jungienne, par exemple ?

Carol Wieder hocha la tête après une courte hésitation. Cette hypothèse accusait encore Antoine, qui avait découvert le corps du noyé.

— Alors pourquoi nous l'avoir signalé, à Olivia et à moi ? raisonna Flores tout haut. Il se doutait bien qu'une autopsie serait pratiquée… Non, ça ne tient pas. En essayant de sortir le corps du lac, il a failli y passer. À mon avis, c'est Loyola qui a encore frappé.

C'était l'hypothèse la plus plausible pour le moment, se dit Elda. Bien qu'Antoine ait été diagnostiqué psychotique, elle ne croyait pas qu'il ait pu tuer l'inconnu du lac, puis les appeler, Olivia et elle. Même si son ombre pouvait lui souffler les pires choses. Mais que le noyé soit l'un des quatre enfants disparus était tout simplement incroyable. Comment avait-il survécu ? Qui l'avait donc sauvé à l'insu des secours et du capitaine Flores père ? Et pourquoi ne pas l'avoir ramené à sa famille ? Où et avec qui avait-il vécu toutes ces années ? Vingt-quatre ans… Si le noyé du lac était l'un des enfants disparus, c'était forcément l'un des deux frères Borie, Raphaël ou Maël. Mais le drame avait ébranlé la famille Borie, comme toutes les autres. Après avoir cassé une dent à Loyola revenu sain et sauf, et retrouvé sa femme pendue dans la cuisine deux ans après le drame, le père Borie vivait en reclus dans la vieille maison en pierre héritée de ses parents. Les Borie avaient perdu leurs deux fils dans l'avalanche.

— Je dois rendre visite à quelqu'un, mais ça risque d'être très éprouvant, voire dangereux… vous venez avec moi ou vous préférez m'attendre ? demanda-t-elle à Wieder.

— Pourquoi dangereux ?

— Il s'agit du père Borie, dont les deux fils font partie des gosses disparus… Il a vrillé après le suicide de sa femme. Les uniformes lui rappellent ceux que portaient les gendarmes lorsqu'ils sont venus frapper à sa porte pour lui annoncer qu'on n'avait pas retrouvé Raphaël et Maël et qu'on arrêtait les recherches à cause de la météo.

— Je vois… mais je viens quand même. Et je n'ai pas d'uniforme.

La propriété des Borie, autrefois cossue et prospère, ressemblait désormais à un taudis. Rats, souris, araignées de toutes tailles et bêtes nocturnes comme des chouettes et des chauves-souris y avaient élu domicile. Le père Borie, membre de la fédération des Chasseurs des Hautes-Pyrénées présidée par Hirigoyen, avait fondé sa propre entreprise d'apiculture, et ses miels d'exception avaient joui d'une réputation internationale. À la disparition de ses deux fils, il n'avait trouvé de réconfort que dans le travail et sa production avait doublé, avec la sortie de deux variétés de miels, de sapin et de fleurs, baptisés « Raphaël » et « Maël ». Mais le suicide de sa femme avait signé la déchéance des miels Borie. L'apiculteur avait dû mettre la clé sous la porte et vivre sur ses économies. Le jour où celles-ci avaient manqué, il n'avait pu se résoudre à vendre sa propriété, au cas où ses fils reviendraient, clamait-il en insultant à tout va « ceux qui n'avaient rien branlé pour les retrouver ». Ainsi s'était-il fâché à mort avec le maire et avait-il rendu sa carte de membre de la fédération.

— Borie ! cria Flores derrière la barrière entourée de barbelés, comme toute la propriété.

— Sacré dispositif… On se croirait à l'entrée d'un camp de concentration…, dit Wieder devant les pointes dressées, prêtes à transpercer la peau et la chair de quiconque se risquerait à forcer le passage.

— C'est un peu ça, une concentration de douleur, lui glissa Flores. Borie ! Ouvrez !

Grincement de la porte d'entrée qui s'entrouvrit sur le canon long d'un fusil.

— Reculez, Carol… Il ne plaisante pas. Borie, c'est Elda Flores, je veux seulement vous parler !

— Casse-toi, salope ! vociféra Borie, échevelé, le visage bouffi de l'alcool dont il était imbibé du matin au soir.

— Quel accueil, souffla Wieder dans le dos de Flores qui ne bougeait pas, la main sur la crosse de son arme.

— Je vous l'avais dit… Restez à l'écart.

Utilisant les grands moyens, Flores sortit de sa poche la photo de Noah sur la table d'autopsie, un gros plan sur son visage figé et violacé, et la brandit au-dessus de sa tête.

— Borie ! J'ai quelque chose à vous montrer ! Borie, vous entendez ? Laissez-moi entrer et rangez ce fusil ! C'est important !

— Aussi important que ce que ta pourriture de père m'a annoncé, en janvier 1999, hein ? Qu'après seulement deux jours de recherches, ils n'avaient pas pu retrouver mes fils ? Hein, salope !

— Je ne suis pas responsable de ce qui s'est passé à l'époque, Borie ! Je vous assure que si j'avais été aux commandes, j'aurais fait poursuivre les recherches ! Je veux juste vous parler et vous montrer quelque chose ! Et je vous demande aussi d'être correct envers une représentante de l'ordre ! Alors vos « salope », vous vous les gardez.

Le canon recula tout à coup pour disparaître complètement et laisser la place à celui qui le tenait. Les deux femmes virent, avec un coup au cœur, un vieillard à la tête toute blanche, si voûté que son menton aurait pu toucher terre, les jambes en cerceau et les mains toutes tordues. Alors qu'il n'avait que soixante-dix ans tout au plus. Le chagrin avait transformé son corps en une vieille branche cagneuse.

Flores fit prudemment un pas et se tint contre la barrière en prenant soin que les piques des barbelés ne viennent pas se planter dans sa parka, tandis que Borie arrivait en claudiquant, son fusil à la main.

— Le fusil, ce n'est pas nécessaire, Borie, gronda Flores lorsqu'il fut tout près.

— Que tu dis ! Alors quoi ? C'est quoi que tu veux me montrer ? Tu vas m'annoncer qu'on a retrouvé mes fils ? Hein ?

— J'aimerais que vous jetiez un œil sur cette photo, Borie. Et que vous me disiez si ce visage vous est familier.

— Attends… je prends mes yeux…

La goutte au nez, le vieux sortit de sa poche une paire de lunettes dont l'unique branche était fixée avec un pansement sale. Il regarda la photo, les paupières plissées. Après une poignée de secondes qui semblèrent interminables à Flores, il se pinça le nez et prit une inspiration.

— Ouais… c'est bien lui… le voyageur. Un gars que j'ai trouvé, un jour, il y a peut-être cinq ans… ou dix… assis devant ma porte. Il m'a dit qu'il voyageait à pied et faisait de petits boulots à droite à gauche. Il m'a même demandé si je cherchais quelqu'un pour garder la propriété. Je lui ai ri au nez. Je crois bien qu'il m'avait dit son nom… Noah… c'est ça, Noah. Un prénom pareil, ça s'oublie pas.

70

9 février 2023, hameau de la Guara

Trop, ce fut trop d'un coup pour Miren, qui s'affaissa sur la table. Tout lui revenait. Un maelstrom d'images floues, de souvenirs qu'elle avait contenus toutes ces années. Pour survivre. Et parce qu'on lui avait fait croire que sa vie avait commencé là-bas, dans la forêt. Que tous ses souvenirs d'avant étaient faux, venaient de son imagination. Qu'elle avait reçu un choc à la tête dans la coulée de neige, qu'il avait engendré des choses qui n'avaient jamais existé, mais que tout rentrerait dans l'ordre. Et tout était rentré dans l'ordre. Ou presque. Tel avait été le pouvoir de conviction de l'Espada. Et puis, un jour, des années plus tard, il y avait eu Nuage. Et Miren avait compris qu'il n'y avait pas d'autre vie, nulle part ailleurs. Elle s'était découvert une aptitude particulière au dessin, sans qu'il lui vienne à l'esprit qu'elle n'était pas nouvelle. Qu'elle l'avait depuis toujours en elle. Au fil des années, les rares images de sa vie d'avant qui venaient encore hanter ses cauchemars s'estompèrent, pour disparaître complètement. Et voilà que surgissaient, sans prévenir, deux fantômes de cette autre vie. Deux fantômes qu'elle ne reconnaissait pas, même si ce qu'ils lui racontaient sonnait étrangement vrai et faisait écho aux images fanées de sa mémoire oubliée. Ils avaient ouvert la boîte de Pandore de son inconscient et tout son contenu déferlait sur elle.

Penchée au-dessus de sa petite sœur, Astrid lui caressait le front avec tendresse. C'était bien elle, car personne, à des kilomètres à la ronde, n'avait ce coup de crayon. Et c'était grâce à ce talent qu'Antoine avait pu faire le rapprochement entre les dessins accrochés aux murs du chalet d'Astrid et les croquis de Nuage et d'arbres qui remplissaient le carnet de Miren, trouvé dans le sac à dos récupéré dans la crevasse. La frappante proximité entre les dessins chez Astrid et ceux-ci l'avaient alerté. Lorsqu'il avait pris le relais de l'interrogatoire d'Astrid, il lui avait montré le carnet et lui avait révélé sa provenance, en lui racontant sa rencontre avec Miren. Il lui avait également parlé de sa blessure et de son état, sans lui rapporter les mots alarmants du Messager quant à la santé précaire de sa protégée. Astrid avait alors supplié Antoine de la conduire à elle.

— Comment est-ce possible, Alba ? pleurait-elle doucement, comment as-tu pu survivre à cette avalanche et où as-tu vécu toutes ces années ?

— Dans… dans la forêt. Mais il y a pas eu d'avalanche…

— Tu n'étais pas toute seule, j'imagine…

— Avec Ceux de la forêt. Là où j'ai toujours vécu.

— Non, Alba, pas toujours. Tu verras, les souvenirs te reviendront, tu verras les dessins que tu faisais, petite… je les ai tous gardés. Tu partais te promener et…

— Tu mens, c'est pas vrai, gémit Alba dont la voix était tout à coup devenue celle d'une enfant.

— C'est dur, je sais, de revenir à la réalité, quand durant vingt-quatre ans t'es restée dans une putain d'illusion !

Cette constante envie d'ailleurs… c'était donc ça, le visage perfide de l'illusion. Une illusion entretenue pendant vingt-quatre ans par une femme, l'Espada, qui lui avait donné un autre nom, Miren. Mais aussi par elle-même, qui avait étouffé tout au fond de sa mémoire sa véritable identité. Le choc à la tête. Le trou noir. Lorsqu'elle s'était réveillée, il n'y avait plus d'Alba Hirigoyen. Seulement Miren, le prénom qui avait accueilli son retour à la vie. Pourtant, elle avait senti, toujours, ce caillou dans sa chaussure, cette poussière dans l'œil, lorsqu'elle regardait au loin. Ce n'était pas cet ailleurs fantasmé qui lui manquait, c'étaient ses racines, les siens, ses sœurs, sa famille, effacés dans le silence. Ils avaient cessé tout simplement d'exister. Ou peut-être était-ce elle… Oui, Alba avait cessé d'exister. Et voilà qu'elle ressurgissait dans la bouche de cette étrangère qui prétendait être sa sœur, Astrid. Astrid… l'étoile. L'étoile qui vient lui montrer le chemin. Celui de la mémoire, la vraie. Celui de la vérité. Et cette vérité n'avait qu'un seul nom : Alba. Alba Hirigoyen.

Mais c'était trop d'un coup. C'était une montagne qui s'écroulait, un pont qui se rompait, la faisant basculer dans le vide. Miren… Alba… Miren… Alba… Laquelle des deux resterait ? Avec laquelle des deux continuerait-elle de vivre désormais ? Elle avait grandi, était devenue adulte avec Miren. Pour Raquel,

Noah, Yorick et tous les autres, elle avait été Miren. Et pour elle ? Qui serait-elle, maintenant ?

— Tu es seule ? demanda Antoine, penché vers elle.

Alba hocha la tête. Ses joues retrouvaient peu à peu des couleurs.

— L'homme qui vivait ici… Où est-il ? insista Mendi.

— Je sais pas. Il m'a dit qu'il partait chercher de quoi manger. Et… il est pas revenu.

Habitué aux menteurs et aux dissimulateurs, lui-même en faisant partie, Antoine sentit qu'Alba lui cachait quelque chose. Son regard s'attarda sur le sol.

— On va l'attendre ici, alors.

— Il faut la ramener, Antoine, lui glissa Astrid. Tout raconter à Flores. Elle doit savoir quelle ordure était notre père.

— Tu oublies que nous sommes probablement recherchés. Elle ne nous fera pas de cadeau, pour ce qui est de notre escapade. Pour elle, nous sommes en cavale et je suis soit ton otage, soit ton complice. Le plus sûr serait de rester ici quelque temps.

— Et si l'autre revient ?

— Quelque chose me fait penser qu'il ne reviendra pas. Regarde les taches de sang séché. Ta sœur en sait plus qu'elle ne veut bien nous en dire.

Astrid se tourna vers Alba.

— Qu'est-ce qui est arrivé, dans cette maison ? Tu peux tout nous dire, Alba… Nous sommes là pour toi, pour t'aider.

— Je suis pas Alba… Je suis Miren…

La jeune femme claquait des dents et paraissait transie. Antoine alimenta le feu dans la cheminée avec deux grosses bûches.

— Je vous laisse, je vais faire un tour, elle te parlera

peut-être plus facilement seule à seule, dit-il avant de sortir.

Une fois dehors, le soleil lui fit cligner des yeux. Les autres maisons un peu plus bas étaient inhabitées, la plupart en ruine. Il entendit les poules caqueter et fit quelques pas dans leur direction. Ne voyant rien de suspect, il décida d'élargir son inspection. Il n'eut pas besoin d'aller bien loin pour tomber sur les fosses que le Prêcheur avait creusées lors de son passage. La terre tassée était encore fraîche et se détachait en trois rectangles sombres dans la neige.

Trois corps avaient été enterrés ici. Cela expliquait peut-être l'absence du Messager. Pressentant le pire, Antoine chercha des yeux une pelle. Tandis qu'il scrutait les environs, son regard s'arrêta sur ce qui dépassait de la couverture neigeuse, à une dizaine de mètres à côté de l'église. Il s'approcha. C'était une vieille croix en bois plantée sur un monticule. Une tombe, se dit-il, surpris qu'elle soit à cet endroit au lieu de se trouver avec les autres, dans le petit cimetière derrière l'église. Des fleurs prenaient l'air dans un pot en verre. Des immortelles.

Mais lorsque ses yeux se posèrent sur les mots et les chiffres gravés sur une plaque en ardoise, Antoine se mordit la joue pour ne pas crier. Il lut et relut l'inscription sans y croire. Mais c'était bien ce qu'il voyait, la réalité, terrible, implacable, sans appel. Ces lettres, qui le brûlaient, écrites en français : « À Dolores, ma femme, mon amie et ma compagne ».

71

9 février 2023, au village, quelques heures auparavant

Flores était repartie de chez Borie plus troublée qu'en arrivant. Elle pouvait désormais mettre un prénom sur le visage du noyé du lac Glacé. Noah. Le vieil homme, en dépit de sa confusion mentale, était sûr de lui. Malgré ses refus obstinés, Noah était revenu régulièrement le solliciter pour des travaux à accomplir et lui apportait même de quoi se nourrir et du vin, qu'il laissait sur le pas de la porte.

— Vous ne trouvez pas ça bizarre, cet homme qui traînait régulièrement dans les parages des Borie et qu'Antoine a retrouvé mort dans le lac Glacé ? demanda Carol Wieder, sur le chemin du retour.

— Pour commencer, on pourrait peut-être se tutoyer, non ? Pour répondre à ta question, oui, ça m'intrigue aussi. Et je pense même que j'aurais dû insister auprès de Borie.

— Comment ça ?

— Le confronter davantage à ses souvenirs et même à son désir le plus cher, profondément enfoui…

— Que ses fils, ou du moins l'un d'eux, aient survécu, contre toute vraisemblance ?

— C'est ça. Et lui demander si l'un de ses deux fils

portait la trace d'un coup de piolet sur le torse… À moins qu'il ait été frappé à coups de piolet, comme les autres, après l'avalanche. Si tu veux connaître le fond de ma pensée, eh bien, se sentant menacé depuis la découverte des bonhommes de neige à côté de sa bergerie, Loyola a cherché et retrouvé, par je ne sais quel moyen, la trace d'une des quatre victimes disparues, encore en vie…

— Noah… qui serait l'un des deux fils Borie…

— Exact… Et Noah représentait un danger : il pouvait raconter ce qu'il s'était vraiment passé avec leur guide, attiré par les jeunes garçons. Loyola, donc, l'a suivi dans la montagne, ou bien l'a entraîné jusqu'au lac Glacé, et il l'a tué.

— Et Mathias Dangles ? Loyola l'aurait tué aussi ? suggéra Wieder, pensive.

— Pour l'empêcher de parler, peut-être… Mathias, parti à la recherche de ses fils, s'est fait avoir par Loyola qui l'attendait.

— Mais… Antoine, dans tout ça ?

— Mon intuition me dit de plus en plus qu'Astrid et lui ont filé ensemble. Pour une raison qui m'échappe et qu'il faut trouver à tout prix, et vite.

— Peut-être Antoine et elle recherchent-ils Loyola ? Dans ce cas, les menaces dont il a fait l'objet avec les bonhommes de neige viendraient d'Antoine…

— Possible, approuva Flores. Mais ce que je ne m'explique pas, c'est pourquoi Noah n'aurait pas dit à Borie qu'il était son fils…

— Peut-être se sentait-il coupable.

Flores ralentit légèrement, mettant en route les essuie-glaces à cause d'une petite neige fine qui s'était mise à tomber.

— Coupable de quoi ? s'étonna-t-elle.

— D'avoir été le seul survivant des deux fils Borie.

— Bonne remarque, Carol. En effet… Il ne voulait sans doute pas avoir à répondre à une pluie d'interrogations. Reste à savoir où il a vécu tout ce temps.

— Et si… Non… c'est absurde…

Mais le visage de Wieder s'était soudain illuminé.

— Dis toujours. Jusqu'à présent, aucune de tes hypothèses n'a été absurde ou insensée.

— Et si Loyola et Dangles avaient retrouvé les quatre enfants signalés comme étant disparus avant l'arrivée des secours ? Ils n'auraient pas eu le temps de trouver les autres. Ou bien ils les ont découverts, mais trop tard, et ils ont laissé leurs corps sur place. Peut-être même en les recouvrant de neige… Loyola a caché les quatre enfants quelque part et s'est occupé d'eux en secret, jusqu'à ce qu'ils deviennent autonomes.

— Une hypothèse qui pourrait tout à fait se tenir. Tu aurais même pu être une bonne enquêtrice, Carol, seulement Loyola ne les aurait pas laissés devenir adultes.

— Pourquoi ?

— Parce que tous ces enfants étaient les enfants de la première neige, ceux qu'il sacrifiait à Millaris, le géant de la montagne, d'après une vieille légende pyrénéenne à laquelle il croyait. Ou bien derrière laquelle il se réfugiait pour justifier l'élimination des jeunes témoins victimes de ses pulsions pédophiles.

— Dans ce cas, pourquoi n'a-t-il pas supprimé Mathias Dangles à l'époque ?

— Va savoir. En tout cas, si les quatre enfants étaient retombés entre ses griffes, il n'y aurait eu aucun survivant. Loyola est plus dangereux qu'une avalanche. Quelqu'un d'autre les a sauvés. En tout cas un sur les quatre. Il faudrait faire un test de paternité, mais Borie ne se laissera jamais approcher pour un prélèvement. On devra probablement utiliser la force… Et Noah mort, on n'est pas plus avancés. C'est quand même incroyable… Lui et peut-être Alba, des enfants survivants, devenus adultes, qui auraient totalement coupé avec leur passé, leur famille…

Flores essayait de contenir son émotion.

— Pas complètement, regarde Noah, dit Carol Wieder. Il est bien revenu là où il a vécu avant d'être brutalement séparé des siens.

— Sans pour autant révéler sa véritable identité à son père. Ni son visage, dissimulé sous une barbe épaisse. Et…

La sonnerie de son portable empêcha Flores de poursuivre. Wieder put la voir se décomposer.

— C'était Olivia, dit-elle en raccrochant. Les collègues en hélico ont repéré deux individus qui marchaient en direction du mont Perdu, à peu près au niveau de Tuquerouye. Un homme et une femme… Leur signalement pourrait correspondre à Mendi et Astrid.

72

9 février 2023, hameau de la Guara

Antoine n'avait pas entendu les appels d'Astrid. Il n'entendait rien d'autre que les battements affolés de son cœur contre la neige qui recouvrait le monticule où il était tombé à genoux. Non, ce n'est pas possible, pas ça, répétait-il, un filet de salive coulant de ses lèvres entrouvertes.

— Tu sais bien que c'est possible, tu l'as su dès que tu l'as vu, le vieux, lui susurrait Max. Tu as vite compris, mon gars ! Et la boîte de secours retrouvée dans les restes de l'avion… ce n'est qu'une confirmation de ce que tu avais déjà deviné.

— Tais-toi, Max… Tais-toi…, suppliait Antoine, prostré.

— Antoine ! Où t'es passé ? Antoine !

Mais Antoine était là où plus rien ni personne ne pouvait l'atteindre. Hors de cette réalité fracassante qui venait de le frapper de plein fouet. Il était dans les bras de sa mère, garçonnet tout blond et frisé, encore inconscient de l'abîme de noirceur et de violence qu'était ce monde, à l'abri derrière un rempart de tendresse dont il profitait avidement. Jusqu'à ce que le rempart se dérobe et les laisse, lui et son ombre, vulnérables et nus, face à l'absence de celle dont il ne garderait que le parfum des cheveux. Un parfum maternel et lointain. Et ces mains si douces, ailes fragiles qui, un jour, avaient cessé de battre après un dernier envol.

Astrid arriva près de lui en courant dans la neige marquée de ses empreintes.

— Qu'est-ce qui s'est passé, Antoine ? Parle-moi… Antoine… Tu m'entends ? Regarde-moi ! haleta-t-elle.

Mais celui qui se retourna vers elle, les lèvres blanches et pincées, n'était plus Antoine. C'était un inconnu au regard noir, et cet inconnu semblait ne pas la reconnaître.

— Antoine ?

Elle prononça encore une fois son nom, mais n'était plus sûre que ce soit lui, à l'intérieur de ce corps transi. Elle vit alors le nom et la date gravés sur la plaque grise.

— C'est…

— C'est rien, ni personne, dit-il en se levant.

Tout en lui était mécanique. Il se mouvait comme un jouet qu'on venait de remonter.

— Mais elle… elle porte le même nom que…

— Ta gueule ! cria Max. Un nom ! Ça ne veut rien dire ! Des Dolores, il y en a plein, en Espagne !

— D'accord, Antoine, pas la peine de t'énerver, répondit Astrid. C'est bon, j'ai compris. C'est… c'est juste une coïncidence. Ce devait être une habitante du hameau.

— C'est ça ! On se tire d'ici.

— Je ne pars pas sans Alba.

— Qui te dit qu'on va la laisser ?

— Tu as vu son état ? Elle ne fera pas dix mètres.

— Il y a un traîneau, dehors. Elle n'aura pas besoin de marcher.

— Antoine… Il faut que je te dise quelque chose…

— Quoi ? dit-il avec une impatience dans la voix.

— Ce n'est pas sa blessure que je crains le plus.

— Qu'est-ce que tu veux dire à la fin ?

Les yeux d'Astrid se voilèrent.

— Elle… Alba ne vivra pas vieille. Elle est condamnée. Et qu'elle soit déjà parvenue à cet âge, trente-trois ans, relève du miracle.

Elle n'en a pas pour longtemps. Les mots du Messager, qui sonnaient comme une sentence. Comment avait-il su ? Manifestement, ce n'était pas la première fois qu'il la voyait. Était-ce lui qui l'avait trouvée dans la neige après l'avalanche ?

— Le Vieux me l'a déjà dit. C'est donc vrai… Qu'est-ce qu'elle a ?

— Une malformation cardiaque. Les médecins ne lui donnaient pas plus d'une trentaine d'années à vivre.

— Et pourtant, elle est toujours là. Et après tout ce qu'elle a enduré, elle va vivre encore des années.

— Je le souhaite de toutes mes forces, mais je la sens si fragile. J'ai vu les trois fosses encore fraîches… C'est lié aux taches de sang séché dans la maison, c'est ça ? Le Messager, comme vous l'appelez, est là-dessous…

— Je ne sais pas. Peut-être. On s'en fout. On doit partir d'ici.

— Mais tu avais dit qu'on allait rester quelque temps.

— J'ai changé d'avis, dit Antoine, en se dirigeant vers la maison.

— Tu ne veux pas en savoir un peu plus ?

— Sur quoi ?

— Sur ce qu'il s'est passé ici ? Tu es gendarme, non ? C'est ton métier d'enquêter sur des crimes…

— C'est peut-être juste une coïncidence, le Vieux a dû se blesser en découpant des patates.

— Antoine, on a enterré ici trois corps, c'est évident. Et c'est pas Alba qui a pu le faire !

— Écoute, Astrid, ta sœur sait quelque chose, mais elle ne veut pas en parler. Je ne vais pas lui faire passer un interrogatoire maintenant et surtout pas ici. On doit la sortir de là.

— Les fosses sont récentes, on peut creuser et au moins voir si le Messager s'y trouve…

— Andoni, tu sais qui il y a dans l'une de ces fosses, fais pas ta mule, ricana Max.

— Ta gueule, lui répondit Antoine.

— Hé, tu me parles autrement ! s'indigna Astrid qui le rattrapa et lui barra le chemin.

— Je t'ai dit de ne pas t'en mêler. On part, c'est tout.

Il la contourna et remonta le chemin jusqu'à la maison, où il trouva Alba assise à table, les cheveux défaits. Une cascade d'or blanc dans son dos et sur ses épaules. Il l'observa quelques instants.

— Il les a enterrés, dit-elle d'une voix rauque, sans se retourner.

— Qui ça ?

— Le guide.

Antoine frémit.

— Le guide ?

— Tu le connais aussi. C'est l'homme qui nous a conduits là-haut.

Elle se rappelait enfin. Antoine exulta intérieurement. Il vint s'asseoir en face d'elle.

— Et qui a-t-il enterré ?

— Le Messager… l'Espada et… Yorick.

La voix d'Alba s'étrangla.

— Qui sont l'Espada et Yorick ?

— La chef du clan, de Ceux de la forêt. Yorick, c'était le frère de Noah.

— Et qui est Noah ?

— Le préféré de l'Espada. Et l'amour de Raquel. Raquel, elle était comme ma sœur. Et elle est morte… sur le pierrier, la Lera… Elle est tombée… Non, je l'ai poussée… Je sais plus… Noah lui a fait une tombe avec les pierres.

La jeune femme dont ils avaient découvert le corps, en effet, sous un monticule de pierres, à proximité de celui de Mathias Dangles. Mais Alba semblait confuse dans ses propos.

— Tu l'as poussée ? Pourquoi ?

— Je ne sais pas… Je voulais pas qu'elle et Noah m'amènent ici.

— Pourquoi voulaient-ils t'amener ici ?

— L'Espada… elle connaissait bien le Messager. J'avais dit à Raquel que j'avais tué un homme et elle l'a répété à l'Espada. Il voulait me violer dans la grange…

— Là où tu as perdu ton bonnet. C'était le fermier ?

— Oui. Ensuite on a continué tout seuls, Noah et moi. On a traversé le lac et la glace s'est cassée sous son poids. Il est tombé… je l'ai empêché de remonter.

Le noyé du lac Glacé, se dit Antoine avec des frissons en se rappelant comment il avait failli y rester à cause de ce macchabée. Cette fille semait la mort derrière elle.

— Et les trois, ici ? C'est toi aussi ?

— Non. J'étais couchée dans la chambre, j'ai entendu une dispute entre le Messager et l'Espada.

— Ils se disputaient à quel sujet ?

— À cause de moi et à cause de…

— De quoi ?

— Le Messager disait à l'Espada qu'il l'aimait encore, même si elle avait préféré donner un autre père à leur fils.

— L'« autre père », c'était qui ?

— Celui qui vivait avec l'Espada. Le Vieux. Il faisait tout ce qu'elle voulait.

— Toujours dans la forêt ?

Alba hocha la tête.

— Tu pourrais m'y conduire ?

— Il est mort.

— Je veux quand même y aller. Quelqu'un saura peut-être… Et les deux autres, comment sont-ils morts ?

— Je sais pas, je les ai trouvés par terre et le Messager, il baignait dans son sang. Il y avait un couteau, à côté de son corps.

— Yorick et l'Espada n'ont pas été blessés ?

— Non, je crois pas.

— Tu as dit que c'est le guide qui les a enterrés. Pourquoi est-il venu jusqu'ici ?

— Je sais pas, moi ! Il est venu, c'est tout. J'ai eu peur… mais il m'a pas touchée et ensuite il m'a laissée…

— Comment peux-tu être sûre que c'est le même homme ? C'était il y a des années et tu ne te souvenais même pas d'avoir été avec le groupe, ce jour-là, Alba.

— J'oublie pas les regards. C'est ce que je préfère dessiner.

— Il est reparti ? Tu sais où ?

— Il allait en Espagne. J'aurais voulu partir moi aussi, mais il ne m'a pas attendue.

— C'est sans doute mieux comme ça. On partira demain à la première heure.

73

9 février 2023, fin d'après-midi, au village

— Il ne faut surtout pas qu'ils s'aperçoivent qu'ils ont été repérés, donc allez-y par voie terrestre, dit Flores à son homologue de la gendarmerie de Bagnères-de-Bigorre, auquel elle avait fait appel pour les recherches.

C'était le capitaine Mathieu Fourcade, un gars d'une quarantaine d'années, qu'elle avait formé et qu'elle appréciait pour son sérieux, mais dont la haute estime de lui-même l'agaçait.

— Et soyez prudents avec Mendi, il est très futé, et réfractaire à l'autorité. Il n'hésitera pas à se défendre par tous les moyens.

Elle avait volontairement tu le grade d'Antoine qui, a priori, n'avait plus d'avenir dans la gendarmerie. Désormais il n'était plus qu'un suspect potentiellement dangereux en cavale. Suspecté d'avoir provoqué l'avalanche sur le village, ainsi que la mort de Noah. Elle avait également préféré cacher pour le moment à Fourcade le profil psychiatrique de Mendi. Il lui aurait fallu se lancer dans de plus amples explications, sans doute évoquer Max, or il y avait urgence. Mendi et Astrid avançaient vers la frontière espagnole qu'ils atteindraient bientôt si rien n'était fait. Mais il y avait une chose à élucider, un point qui reliait les cinq garçons du groupe à l'homme du lac. Une question turlupinait Flores.

— Pourquoi seules les victimes de sexe masculin, dit-elle, ont-elles reçu un coup d'alpenstock ? Et tous pratiquement au même endroit ? Un coup mortel, d'après le légiste… mais qui n'a finalement fait que précipiter leur mort. Pourquoi Loyola, seul ou avec la complicité de Dangles, n'a-t-il pas fait la même chose aux deux filles, Enéa Ferrer et Naïa Berges ? Il avait pourtant choisi tous ces enfants pour les sacrifier à Millaris…

— Peut-être parce que son terrain de prédilection est les garçons et que, n'ayant pas pu procéder au sacrifice rituel, il devait aussi éliminer de jeunes témoins qui auraient pu le dénoncer ? suggéra Wieder.

De la caserne, après la visite au père Borie, les deux femmes étaient retournées aux préfabriqués où un radiateur électrique venait d'être installé. Elles se réchauffaient avec un thé et un café en attendant qu'il dispense assez de chaleur.

— Hmm, réfléchit la capitaine, ses longs doigts croisés devant sa bouche. Parmi les disparitions inquiétantes recensées dans les villes où il a sévi figurent aussi des filles mineures. Ses instincts pédophiles semblent s'étendre aux deux sexes.

— Avec une préférence, peut-être ?

— Je ne sais pas… Mais si, à prime abord, ça m'a effleurée, quelque chose me dit que ça cloche par rapport à son profil.

— Ce ne serait pas lui ?

— C'est possible. Mathias Dangles était le deuxième

à avoir un piolet dans son équipement. Dans ce cas, ce serait lui… Mais la question se pose toujours, pourquoi ?

— Penses-tu qu'il aurait pu être abusé par Loyola et qu'il aurait fait une sorte de transfert sur les garçons ? En les supprimant, c'est une part de lui-même qu'il a voulu effacer… Une part souillée par un prédateur sexuel.

Flores fixa intensément Wieder par-dessus les lunettes de presbyte qu'elle venait de chausser pour consulter le fichier des victimes sur son ordinateur.

— Si on se lance dans la psychologie, on n'a pas fini…

— Je pense que c'est inévitable.

— Tu as raison. Sauf que ça, c'est le domaine du psychocriminologue. Et nous n'en avons pas sous la main… Bon, je vais retourner chez Borie. J'ai comme un sentiment d'inachevé et je n'aime pas ça. Je veux vérifier s'il a un lien de parenté avec Noah.

— Et si c'est le cas ?

— Eh bien… Je devrai lui annoncer la mort récente de son fils, vingt-quatre ans après sa disparition.

— Tu vas faire comment pour avoir son ADN ? Tu as dit qu'il faudrait sans doute employer la force…

— C'était pour te faire un portrait du personnage, mais il a le droit de refuser. Ce n'est pas un suspect. Je vais m'inviter à boire un verre chez lui et je lui subtiliserai le sien… Tu m'attends ici ?

— Je ne bouge pas, sourit Wieder.

Flores sortit sur un petit signe de tête, monta dans sa voiture et prit le chemin de la ferme des Borie. La vallée et, plus haut, les alpages, étaient recouverts d'une neige plus tendre et molle qu'avant. Des plaques d'un vert sombre et humide apparaissaient déjà. Alors qu'en temps normal elle tenait au moins jusqu'à fin mars. Mais, depuis quelques années, on n'était plus en temps normal. Réchauffement climatique ou autre chose… Revirement brutal de la nature. Flores avait lu dans un magazine scientifique un article sur la manipulation de la météo par des puissances comme la Chine, la Russie, les Émirats, qui possédaient déjà la technologie leur permettant cette dangereuse prouesse. Si les motivations, au départ, étaient de repousser les effets du réchauffement et la sécheresse en « faisant pleuvoir » par l'ensemencement de nuages, les conséquences de cette manipulation pouvaient s'avérer désastreuses. En favorisant la formation de nuages, elle intensifiait les phénomènes tels que les orages, les inondations, les changements subits de températures. En voulant la réguler, on dérègle la nature, s'était dit Flores. Mais bien qu'elle comprenne le combat de certains groupes d'activistes écolos tels que celui d'Astrid, elle n'approuvait pas toujours leurs méthodes. La société se radicalisait, de quel côté que ce soit, et c'était bien le plus inquiétant. Depuis quelque temps, Flores étouffait. Les relents extrémistes et les dérives totalitaires de certains gouvernements, sous couvert de protéger le peuple, la frappaient au cœur lorsqu'elle écoutait la radio ou regardait la télévision. Elle avait d'ailleurs arrêté. C'est pourquoi elle se sentait malgré tout encore protégée par ces montagnes des Hautes-Pyrénées et leurs glaciers mourants. Souvent, elle avait envié les aigles, sentinelles gracieuses et planantes, observateurs puissants, en suspension au-dessus des sommets enneigés, rois du ciel, libres et majestueux. Prédateurs, certes, mais fascinants. Tellement éloignés de ces prédateurs humains dont l'intelligence ne suffisait plus à maîtriser les pulsions.

Plongée dans ses pensées, elle arriva sous la pluie chez les Borie, se gara devant la ferme et poussa la grille, sans appeler cette fois. Elle frappa à la porte et attendit. Mais personne ne se manifesta. Bizarre, se dit-elle en se dirigeant vers la grange. La porte était entrouverte, détail qui l'intrigua, le père Borie ne laissant rien ouvert. Elle se glissa dans l'embrasure et alluma la torche de son smartphone, qu'elle pointa devant elle, sans parvenir à croire à ce qu'elle avait sous les yeux.

Ressortant aussitôt, elle eut du mal à trouver le numéro de son adjointe dans son répertoire tant ses mains tremblaient.

— Olivia, souffla-t-elle, je viens d'arriver chez Borie. Il est dans sa grange. Il s'est pendu.

74

10 février 2023, vers la forêt

Antoine n'avait aucun souvenir d'Alba. La photo était la seule preuve matérielle qu'ils avaient tous les deux fait partie du groupe encadré par Loyola et Mathias Dangles ce jour de janvier 1999, et compté parmi les victimes et les disparus de l'avalanche. Mais Antoine s'expliquait mieux maintenant l'étrange familiarité qui l'avait aussitôt saisi lorsqu'il l'avait vue pour la première fois. Après vingt-quatre ans. Avaient-ils été proches, s'étaient-ils connus avant la randonnée en montagne ? Alba ne détenait pas non plus la réponse. Ou bien ne voulait-elle pas s'en souvenir, comme le lui chuchotait Max ? Il fallait toujours qu'il le pollue avec ses soupçons et ses idées noires.

Après une nuit écourtée par une tempête de neige et une fois l'attelage, que tracterait Antoine, prêt pour accueillir la blessée, ils partirent au petit matin, un peu plus tard que prévu. Mais il avait fallu attendre que le vent et la neige se calment. Antoine n'avait qu'une paire de raquettes, qu'il donna à Astrid. La neige était épaisse et molle. Sans raquettes, les pieds s'y enfonçaient par endroits jusqu'aux mollets, ce qui rendait la progression difficile. Le soleil se levait face à eux, dans un bain de roses et d'orangés. La bise soufflait encore, juste assez pour empêcher tout survol en avion ou en hélicoptère dans une zone délicate. Mais dès qu'elle cesserait, le danger serait de nouveau présent au-dessus de leur tête. Pour ne pas risquer d'être repérés, ils devaient à tout prix gagner le refuge de la Brèche et s'y abriter jusqu'au lendemain, avant de repartir à l'aube.

Ce qu'ils firent, plus tôt cette fois, la nuit ayant à peine pâli. Toujours pas d'hélicoptère en vue, constata Antoine avec soulagement. Pourtant, il savait que les gendarmes pouvaient emprunter la voie terrestre et les traquer à pied. Il n'y avait donc pas de temps à perdre.

Ils gagnèrent le refuge en fin de matinée, alors que, seul, Antoine aurait mis à peine deux heures. Mais tirer le traîneau et sa charge dans la poudreuse demandait le double d'efforts, et Astrid dut aider Antoine plus d'une fois pour que le traîneau ne s'enlise pas. Ils passèrent le reste de la journée, puis la nuit, cachés dans le refuge désert. Alba souffrait sans une plainte. Une secousse plus forte avait résonné dans tout son corps. Ses joues étaient creusées et ses lèvres craquelées saignaient un peu. Astrid s'occupait de sa petite sœur autant qu'elle le pouvait, en espérant qu'Alba tiendrait le coup jusqu'à la forêt.

Partis aux alentours de 4 heures, ils y arrivèrent enfin vers 8 heures, après quelques passages difficiles qui arrachèrent des gémissements à Alba. L'épuisement qu'elle voulait dissimuler se lisait sur son visage. Paupières rougies, cernes violacés, teint crayeux. L'ombre de la mort planait sur elle.

Ils furent accueillis par des tintements de casseroles,

c'était la coutume lorsqu'un rare visiteur arrivait. La plupart du temps en s'étant égaré. Un homme, cheveux longs et gras, visage émacié prolongé d'une fine barbichette, cicatrice au front, d'une maigreur surprenante, vint à leur rencontre.

— Miren ? dit-il d'une voix de baryton, en se penchant sur la jeune femme qu'il avait aussitôt reconnue.

— Elle est blessée, s'interposa Antoine.

— T'es qui ?

— Aucune importance, je la ramène. C'est bien ici qu'elle vit, non ?

— Ouais…

— Qui dirige cette communauté ?

— L'Espada. Elle est pas encore revenue. Pourquoi ? Qu'est-ce que tu lui veux ?

— J'aimerais lui parler de Miren. J'ai quelques questions.

— Vas-y, pose-les.

— Non, d'abord vous nous donnez à boire et à manger, on a fait du chemin. Et elle doit recevoir des soins d'urgence. Après, je veux voir celui ou celle qui remplace l'Espada.

— Ben c'est moi.

— Ars, arrête, souffla Alba. C'est pas toi. Appelle la Luce.

— Qui est la Luce ? demanda Antoine.

— L'une des filles de l'Espada. L'aînée.

— Vous attendez ici.

« Ici » était l'entrée de la forêt, que délimitaient deux énormes hêtres reliés par une arche faite de branches souples entrelacées. On devinait dans la pénombre les silhouettes des cabanes en rondins, qui entouraient la demeure, plus grande, de l'Espada. Le dénommé Ars disparut dans cette semi-obscurité végétale d'un pas nerveux et revint une poignée de minutes plus tard, suivi de Luce, dont le gabarit était celui d'un sumo, ce qui ne l'empêchait pas de se mouvoir avec une grâce étonnante, ni de présenter des traits plutôt fins émergeant de la graisse du cou, et une paire d'yeux d'un noir abyssal.

— Elle est où, ma mère ? Noah et Raquel ? demanda-t-elle criant comme une mouette.

— On peut entrer ? Vous voyez bien qu'elle n'est pas en état d'attendre davantage, éluda Antoine en esquissant un pas vers Luce.

Mais celle-ci dégaina un poignard à la lame aussi affûtée que celle d'un rasoir et le pointa vers Antoine, qui ne cilla pas.

— Ma mère ! grinça-t-elle.

— Comment voulez-vous qu'on sache où est votre mère ?

— Elle est partie avec Yorick là-haut, chez le Messager, voir si Noah, Raquel et Miren y étaient. Et Miren revient, seule, avec des inconnus ! Où ils sont ? Ma mère et les autres ? Allez-y les gars !

En même temps qu'elle prononçait ces mots, Antoine entendit un bruissement proche, derrière eux. Il se retourna trop tard. Ils étaient déjà sur lui, à deux, des gars à queue-de-cheval, qui l'empoignèrent avec une force inouïe et le mirent à terre.

— Arrêtez ! cria Astrid en se précipitant sur l'un d'eux. Qu'est-ce que vous f…

Une gifle monumentale qui la fit valser en arrière l'empêcha de terminer sa phrase.

— Luce ! s'époumona soudain Alba, avec le peu de forces qu'il lui restait. Je vais t'expliquer ! Laisse-les !

— Et comment, que tu vas m'expliquer ! Mais je les laisse pas, ça non !

— C'est ma sœur, Luce ! C'est Astrid et elle est ma vraie sœur !

Luce se redressa, interloquée.

— Ta sœur ? C'est quoi, ces conneries, Miren ?

Astrid se relevait péniblement, une main sur sa joue en feu, tandis que les deux gars à queue-de-cheval tentaient d'immobiliser Antoine.

— C'est pas des conneries... tu sais bien comment je suis arrivée ici. Et que Miren, c'est le nom que m'a donné ta mère. Mon vrai nom, c'est Alba. Alba Hirigoyen, née dans la vallée, au village, chez Ceux d'en haut. Astrid, c'est ma sœur et elle m'a retrouvée.

— Et l'autre, là, c'est qui ?

— Antoine, il est gendarme, il m'a sauvée.

— Sauvée de quoi ?

— Je suis tombée dans une crevasse et me suis cassé la jambe... Il m'a trouvée et m'a aidée à remonter. Après, il m'a conduite chez le Messager...

— Et Raquel et Noah ?

— Ils... ils sont morts dans la montagne. J'ai rien pu faire, Luce, je te jure que j'ai rien pu faire ! Alors j'ai poursuivi ma route et j'ai pas vu la crevasse... Heureusement, Antoine est passé par là...

— Alors t'étais chez le Messager, quand ma mère et Yorick sont montés ! glapit Luce dans une gerbe de postillons.

La lame de son poignard envoyait des éclairs métalliques dans la pénombre.

— J'ai rien vu, mais après qu'ils sont arrivés, j'ai entendu une dispute... des cris, ça gueulait, le Messager, l'Espada... Et plus rien... Quand j'ai pu me lever et aller voir, il y avait trois cadavres par terre… Ils étaient morts, Luce ! Mais je sais pas comment c'est arrivé ! Le Messager avait été saigné comme un porc, une entaille au cou et il baignait dans son sang. L'Espada et Yorick, ils avaient rien, mais ils étaient morts aussi. Je crois que le Messager leur a donné quelque chose à boire et ça les a tués…

— Je m'en fous de ce que tu crois ! Je veux savoir ce qui s'est passé et pourquoi ma mère et Yorick ne reviendront plus ! hurla Luce entre deux sanglots.

— Je… je t'ai tout dit, Luce…

— Sauf que tu mens ! Ça a pas pu se passer comme tu dis !

— C'est la vérité, pourtant.

Luce se tourna avec une vivacité étonnante vers Antoine, qui venait de parler.

— Pourquoi le Messager aurait tué ma mère et Yorick ? C'est n'importe quoi ! C'est vous !

— Nous n'avions aucune raison de le faire, dit Antoine, que maintenaient toujours les deux types.

— Le Messager non plus !

— Il… j'ai entendu qu'il parlait d'un fils, souffla Alba, celui qu'il aurait eu avec ta mère et qu'elle aurait élevé avec un autre homme… Ton père…

Avant que Luce ait eu le temps de répondre, une vive clarté les éblouit dans une odeur de bois et de résine brûlée. Des cris s'élevèrent des cabanes qui se vidèrent aussitôt. Une mère affolée, son bébé en pleurs dans les bras, accourut vers Luce.

— La forêt brûle ! criait-elle, les yeux exorbités. On est encerclés par les flammes !

Alors que la peur gagnait la communauté sylvestre qui se voyait déjà piégée par l'incendie circulaire, sans moyen de se sauver, une silhouette sombre se tenait, immobile, à l'extérieur du cercle de feu et de la forêt, le visage dissimulé sous un masque au sourire figé. Le masque de Guy Fawkes.

75

9 février 2023, fin d'après-midi chez les Borie

Après son appel, Olivia Perez avait aussitôt rejoint Flores à la ferme du père Borie, où elle avait trouvé la capitaine appuyée contre la porte de la grange, les yeux dans le vague.

— Capitaine ? Ça va ?

— Ça pourrait aller mieux. On dirait que tout se dresse sur notre chemin pour nous empêcher d'avancer dans l'enquête.

— Vous avez pu déterminer si c'est vraiment un suicide ?

— Il s'est bien pendu tout seul, comme sa femme, soupira Flores, une paire de gants en latex à la main. Le tabouret renversé sous ses pieds, la longueur de la corde, l'attache, tout colle avec la thèse d'un suicide. Et il n'avait pas d'amis, mais pas d'ennemis non plus, depuis qu'il n'est plus dans les affaires.

— Mais pourquoi faire ça maintenant ? Aurait-il quelque chose à se reprocher ?

— Ce qui le rongeait depuis des années. La perte de deux fils qu'il avait laissés faire cette randonnée en montagne.

Précédée de Perez, Flores retourna à l'intérieur de

la grange à reculons. La vue de ce corps sans vie, suspendu comme un vulgaire morceau de viande, la révulsait.

Olivia avait déjà contacté le légiste et l'équipe de police technique. En les attendant, elle se mit en quête d'indices. Elle souleva le tabouret et le remit sur ses pieds.

— Qu'est-ce que tu fais ? Attends la Scientifique ! s'écria Flores.

— Même si c'est pour trouver quelque chose ? sourit Perez en lui tendant un papier cartonné fin rectangulaire.

Une photo.

— Fais voir, maintenant que c'est fait…

Flores regarda la photo qu'elle venait de prendre du bout des doigts. Un garçon d'environ douze ou treize ans, au sourire un peu crispé. Elle reconnut tout de suite l'un des enfants du groupe de jeunes randonneurs. L'un des deux frères Borie, Raphaël.

— Il a dû regarder la photo avant de se pendre, dit Flores en la glissant dans un sachet transparent.

— Il avait pourtant deux fils.

— Cherchons là où tu l'as trouvée, il y en a peut-être une autre.

Mais elles ne trouvèrent aucune autre photo.

— Peut-être l'a-t-il sur lui, suggéra Perez.

— On ne pourra vérifier ça que lorsque l'équipe aura dépendu le corps.

— Et s'il n'y a pas de photo de son autre fils sur lui…

— Ça voudra dire qu'il savait, répondit Flores.

— Quoi ?

— Que celui qui venait le voir, ce Noah… c'était en réalité Raphaël.

— Pourquoi pensez-vous ça ?

— Des deux, il a été le seul à revenir à la maison familiale. Et lors de ma précédente visite, je lui ai montré le cadavre de Noah en photo. Si c'est bien Raphaël, il est normal que, l'ayant vu mort, tout espoir se soit brisé, cet espoir qui le faisait tenir malgré le suicide de sa femme.

— Vous croyez vraiment que Borie ne s'en doutait pas, mon capitaine ?

— Il le sentait certainement, au fond de lui, sans parvenir à s'expliquer pourquoi il éprouvait cette sensation d'intimité et cette connexion avec cet « inconnu ». Mais le choc émotionnel aurait été trop fort, il a préféré rester dans le déni. Ce n'est pas évident d'accepter l'idée que son fils disparu tout ce temps avait survécu au pire et vivait ailleurs. Borie aurait eu à faire face à de lourdes interrogations. Comment avait-il survécu et qui l'avait recueilli et gardé ? Pourquoi n'était-il jamais revenu vivre à la ferme ? Pourquoi se présenter comme un gars à la recherche de petits boulots sans lui dire qui il était ?

— Peut-être lui en voulait-il de quelque chose ? Si on regarde bien cette photo, on ne peut pas dire que Raphaël Borie respirait la joie !

— C'est vrai, mais les ados ou préados sont rarement épanouis sur les photos. C'est le début de l'âge ingrat et de toutes les interrogations existentielles…

— Pas seulement. Il y a quelque chose de triste dans son regard.

— Bon, quoi qu'il en soit, ce ne sont que des supputations pour le moment. L'ADN nous dira si nous faisons fausse route ou non. Mais il faudra attendre quelques jours.

Le portable que Flores avait encore à la main se mit à vibrer.

— Oui, Fourcade ? Du nouveau sur les recherches ?

— Plus que ça, capitaine. J'ai déployé une équipe au sol pour effectuer les recherches en montagne sur le parcours que vous m'aviez indiqué. Les deux individus qui ont été repérés aux jumelles longue portée près du refuge de la Brèche sont avec une troisième personne.

— Comment ça ? Qui est le troisième ?

— Une jeune femme sur un traîneau que tire l'homme, probablement notre cible. Elle a l'air de ne pas pouvoir se déplacer.

— Qu'est-ce qu'ils foutent avec une femme estropiée ?

— On les appréhende au refuge, mon capitaine ?

— Non, vous les suivez. Si c'est Mendi et Hirigoyen, ils sont censés être en cavale. Or ils reviennent sur leurs pas et je veux savoir pourquoi et où ils vont exactement.

76

10 février 2023, dans la forêt

— Hé… Astrid ! Par ici !

Ces paroles sortaient du masque de Fawkes. Dans la clarté des flammes qui les encerclaient, Astrid vit surgir la silhouette noire encapuchonnée, le visage dissimulé derrière le sourire figé qu'elle connaissait. Elle reconnut aussi la voix.

— Antoine ! cria-t-elle, tandis que, balancé par terre comme un sac par les deux gars à la queue-de-cheval prenant la fuite, l'ancien chasseur alpin se relevait en toussant dans la fumée âcre qui s'élevait des arbres embrasés.

— Astrid ! Où es-tu ?

— Ici !

— Et Alba ?

— Elle est là, avec moi ! Viens ! Quelqu'un nous aide à sortir d'ici !

— Qui ça ?

Antoine émergea de la fumée en clignant des yeux et en titubant, une main sur le nez et la bouche.

— C'est pas le moment de faire les présentations ! Magnez-vous ! s'irrita le Masque.

— Attends ! Ma sœur ne pourra pas tenir debout ! Pas question de la laisser ici !

— Partez devant, je la récupère !

Le Masque se pencha sur le traîneau pour aider Alba à se redresser et pouvoir la porter, mais Luce bondit comme un fauve malgré son poids et s'interposa, le poignard levé.

— Dégage ! Tu entends ! Dégage ! Elle reste avec nous !

— Si vous comptez griller ici, c'est votre affaire, nous, on fout le camp et on l'emmène, alors pousse-toi, répondit le Masque calmement.

— Dans ce cas tu devras me passer dessus, connard !

— Mais avec plaisir…

Avec une détente de félin, le Masque à l'éternel sourire lui envoya de toutes ses forces son pied chaussé de baskets à semelles épaisses en pleine face. Un geyser écarlate pissa de l'arcade sourcilière et du nez de la sumo, qui s'écroula, K-O au premier round. Mais dans sa chute, la main crispée sur le manche du poignard vint se planter dans la poitrine d'Alba, dont les jambes furent écrasées par les cent cinquante kilos de Luce.

— NON ! ALBA ! Oh non ! hurla Astrid.

Antoine, les bras autour d'elle, l'empêchait de se jeter sur Luce.

Le Masque ne bougeait plus, hébété et impuissant devant la vision de la jeune femme qui se vidait de son sang à une vitesse fulgurante. La pointe du couteau avait transpercé le cœur.

— Il faut y aller ! cria Antoine. Le feu avance et se resserre ! On va tous y passer !

Déjà leur parvenaient les hurlements terribles

de ceux que les flammes avaient rattrapés, dont le dénommé Ars qui les avait accueillis.

— Alba ! gémissait Astrid en se tordant les mains.

— Je suis désolé, lui glissa Antoine à l'oreille. Mais on doit y aller, sinon on va finir en barbecue… On ne peut plus rien pour Alba.

— Alors on… on la laisse brûler ici ?

Plus vive qu'un éclair, la silhouette noire à la carrure d'athlète s'arc-bouta sur ses jambes musclées et poussa la masse inerte qui recouvrait à moitié le corps d'Alba. Une fois celui-ci dégagé et le poignard arraché de son thorax, le Masque, dont on pouvait percevoir les sanglots, la souleva dans ses bras avec précaution, mais surtout une infinie tendresse.

— Allons-y, dit-il d'une voix étranglée.

En tête du trio, malgré sa charge, il leur fraya un passage hors de portée des flammes. Ils parcoururent ainsi plusieurs kilomètres dans la neige avant que le Masque ne s'arrête enfin, à bout. Il déposa délicatement le corps d'Alba sur la couche immaculée et vierge. Tous trois gardèrent un silence recueilli qu'Antoine finit par rompre, en même temps que les sanglots d'Astrid reprenaient.

— Bon, déjà, tu peux nous dire qui tu es ? Et ce que tu faisais là au moment où la forêt s'est embrasée ?

— C'est pas important, renifla le Masque en reprenant son souffle.

— Si, ça l'est. Un feu ne prend pas comme ça, en plein hiver, dans une forêt humide, à moins qu'on lui donne un bon coup de pouce. C'est toi ?

— Bien deviné.

— Et alors ?

— Et alors ? Grâce à ça, vous êtes libres, non ?

— Oui, mais en attendant, Alba est…

Antoine maintint Astrid sur le point de s'écrouler.

— Je pouvais pas prévoir que ça tournerait mal.

— Pourquoi mettre le feu à cette forêt ?

— C'est moi ! s'écria Astrid.

Antoine la regarda, incrédule.

— Comment ça, toi ?

— C'est moi qui l'ai contacté pour lui dire que… qu'on avait retrouvé Alba et où on allait…

Antoine n'y comprenait plus rien.

— Astrid… Si tu commençais par me dire qui c'est ? souffla-t-il. Et ensuite, pourquoi l'avoir contacté, lui ?

— Parce que… ils… ils se connaissent depuis longtemps. Depuis l'enfance. Il avait dit à Alba de ne pas aller faire cette randonnée, que ça risquait de mal tourner, mais ma sœur n'en a toujours fait qu'à sa tête. Elle voulait voir les aigles et les dessiner. Elle avait entendu notre père parler de l'ours dans les montagnes. Elle espérait en voir un aussi. Elle n'en avait encore jamais dessiné. Alors elle y est allée…

— Il… Mais qui ça, IL ? explosa Antoine.

— Je crois que vous vous êtes déjà croisés… Tu peux enlever ton masque.

L'inconnu s'exécuta et Antoine découvrit son visage, le même regard sombre, la petite cicatrice qui lui barrait un sourcil et les pommettes saillantes… L'homme qui l'avait abordé dans la rue au village et celui dont Flores lui avait montré la photo sur son smartphone. Sergio Farès.

77

10 février 2023, à quelques kilomètres de la forêt

Le capitaine Fourcade et son équipe avaient fait ce que Flores leur avait demandé. Suivre à distance Antoine et Astrid, ralentis par le traîneau transportant Alba. Seulement, contrairement au trio, ils avaient dû passer la nuit à faire les guets à la belle étoile. Une étoile polaire, comme les températures nocturnes de février dans les montagnes des Hautes-Pyrénées. Pendant que trois hommes dormaient dans des igloos en toile, enroulés dans un duvet et une couverture de survie, deux autres veillaient. Pourtant, personne n'avait vu sortir du refuge, à l'aube, ceux qu'ils étaient chargés de surveiller. Lorsqu'ils se rendirent compte que les lieux avaient été désertés plus tôt qu'ils ne le pensaient, ils plièrent les tentes à la hâte et empruntèrent la direction que leur montraient les empreintes. Cinq gendarmes entraînés avançaient plus vite qu'un seul homme tirant un traîneau chargé, avec une complice qui peinait sur ses raquettes en marchant comme une oie.

Ils n'avaient donc pas tardé à les rattraper, tout en restant à distance. Fourcade informait Flores au fur et à mesure. Aussi sut-elle que le trio avait atteint la forêt ce matin du 10 février, aux alentours de 6 heures. L'équipe de gendarmes, en planque à cinq cents mètres de là, les observait aux jumelles. Chacun avait une seule cible en ligne de mire et ne la quittait pas. C'est ainsi qu'ils virent la forêt s'illuminer soudain et, apercevant les flammes danser dans leurs jumelles, comprirent que ce n'était pas la clarté rose orangée du levant. Mais Fourcade avait ordonné de ne pas intervenir et avait aussitôt averti Flores.

— Je vois avec le capitaine des pompiers, avait-elle précisé. Ne les lâchez pas et concentrez-vous sur Mendi. S'ils sont en danger, vous y allez. Mais faites attention à vous. On fait notre possible, faites le vôtre.

Ce fut la toute dernière communication entre Fourcade et Flores avant que l'équipe du capitaine de Bagnères-de-Bigorre n'encercle les cibles, désormais au nombre de quatre, à quelques kilomètres de la forêt embrasée d'où ils avaient pu s'échapper avec l'aide d'un mystérieux individu masqué. Lorsque celui-ci retira son masque, Fourcade donna l'ordre de les interpeller.

Antoine, Astrid et Farès se retrouvèrent peu à peu cernés et, lorsque Fourcade et son équipe se montrèrent, leurs armes pointées sur eux, ils n'eurent pas le temps de réagir.

— Levez lentement vos bras et posez vos mains sur la tête, leur intima le jeune capitaine.

Le trio s'exécuta pendant que deux gendarmes palpaient Antoine et Farès, à qui l'un d'eux confisqua une arme de poing.

— Pas de port d'arme ? demanda Fourcade.

— Pas besoin, ici tout le monde a un fusil de chasse, railla Farès.

— Avec un permis. Mais vous, en plus, vous avez un automatique. Il va falloir vous expliquer. Sans oublier le fait que vous transportez le corps d'une jeune femme. En route, le capitaine Flores nous attend avec impatience pour les interrogatoires !

Menottés et encadrés des cinq gendarmes, Astrid, Antoine et Farès marchaient tête baissée, leurs pensées tournées vers Alba, partie rejoindre Noah, Raquel, Yorick et l'Espada. Une partie de la communauté de la forêt venait d'être décimée en quelques jours. Comme si elle avait été victime elle aussi d'une malédiction. Peut-être la même que celle de 1999, qui se réveillait vingt-quatre ans plus tard.

Astrid ne pensait qu'à la perte d'Alba. À peine la vie lui avait-elle rendu sa petite sœur qu'elle l'en privait de nouveau, et cette fois pour toujours. Aussi, à côté du chagrin, la rage creusait-elle son trou dans le cœur de la fille du maire.

Ils arrivèrent au village et aux préfabriqués en fin de matinée. Avertie par Fourcade, Flores les accueillit avec Carol Wieder, qui se retrouvait une nouvelle fois face à Antoine. Tous deux s'évitaient soigneusement du regard. Le corps d'Alba fut transporté à l'entrepôt de la caserne en attendant d'être examiné.

— Eh bien, ravie de ces retrouvailles, dit la capitaine. Fourcade, charge-toi d'interroger Farès, pendant que je m'occupe d'Hirigoyen et de Mendi. Laisse-moi trois coéquipiers qui assureront le bon déroulement de la garde à vue.

— Bien, fit-elle une fois que Fourcade, suivi d'un gendarme et d'Olivia, fut sorti avec Farès pour le conduire à l'autre préfabriqué. On va reprendre là où on s'était arrêté. Et vous allez tout me raconter. Tant que je ne connaîtrai pas l'histoire dans les moindres détails, et je saurai vite s'il en manque, on ne bougera pas d'ici et vous n'aurez même pas droit à un café. Ça vous va, comme deal ?

— Je crois qu'on n'a pas le choix, la capitaine Flores est plutôt dure en affaires, soupira Antoine, qui lança un regard à Astrid, dont elle comprit aussitôt le sens.

Elle devait le laisser parler. Et livrer à sa supérieure les détails qu'il choisirait de donner. Il se mit donc à table, attentif aux conseils de Max… Le passage de Loyola au hameau ferait partie de ce qu'il tairait. Il comptait régler certaines choses lui-même.

— J'ai donc enterré moi-même les trois corps, là-haut, avant de partir rencontrer cette communauté dans laquelle Alba avait vécu toutes ces années, conclut-il.

— Pourquoi les avoir enterrés sans m'en informer ? s'étonna Flores.

— Pour vous, j'étais en cavale. Je n'allais pas les laisser aux prédateurs et aux charognards.

— Argument recevable. Et vous, Astrid, vous avez accompagné Antoine en toute confiance ?

— Oui. Quand il m'a montré un des dessins qu'il avait récupérés dans le sac à dos d'Alba, j'ai tout de suite su que cette jeune femme qu'il avait sauvée dans la crevasse était ma petite sœur Alba. Il fallait que j'aille la retrouver. Seule, ça aurait été plus difficile.

— Et Antoine, tu dis que le Messager et l'Espada ont eu un fils ensemble, mais qu'elle a choisi de l'élever avec un autre, sais-tu qui est ce père adoptif ?

— Il est mort il y a des années.

Les yeux lapis de Flores se posèrent tour à tour sur Astrid et Antoine, qui ne cilla pas.

— Nous avons une théorie concernant un autre des enfants disparus, enchaîna la capitaine.

Elle raconta le suicide du père Borie. Face à l'idée que Noah soit le fils aîné des Borie, Antoine se troubla légèrement.

— Qu'est-ce qui te chiffonne, Mendi ?

— Rien… Ce serait… incroyable. Mais si Noah était le frère de Yorick, comme l'a dit Alba, cela signifie que Yorick est Maël Borie.

Le regard de Flores s'illumina, pour s'assombrir aussitôt. Cela signifierait aussi que le deuxième fils des Borie, Maël, serait mort au hameau de la Guara avec l'Espada, après avoir vécu, comme son frère, dans la communauté pendant vingt-quatre ans. Et que, des quatre enfants disparus, il ne restait qu'Emma Cazes.

— L'hypothèse que j'aime le moins, dit-elle. Mais elle est tristement plausible.

— Alba nous a glissé autre chose, à propos de Noah et de Raquel…

— Quoi donc ?

— Elle aurait poussé Raquel dans le vide, sur la Lera, et aurait empêché Noah de remonter lorsqu'il est passé à travers la couche de glace du laquet.

— Pourquoi aurait-elle fait ça ?

— Parce qu'elle ne voulait pas qu'ils la conduisent chez le Messager.

— Ça colle avec le rapport du légiste. Noah a reçu des coups de crampons au visage et sur le haut du crâne et la jeune femme retrouvée sur le pierrier, qui serait donc cette Raquel, est morte des suites de sa chute de plusieurs mètres. L'a-t-on poussée ou est-elle tombée à cause de la tempête qui soufflait à ce moment… En attendant, Alba avait du sang sur les mains. Beaucoup de sang.

Astrid baissa la tête. Il lui fallait se rendre à l'évidence, Alba était aussi fragile dans son esprit que dans son corps. Sa mort était sans doute ce qui pouvait lui arriver de meilleur. Elle n'aurait pas supporté de passer le reste de son existence derrière des barreaux ou internée.

— Étant donné que nous n'étions pas en cavale et que nous n'avons tué personne, dit Antoine, pouvons-nous espérer être relâchés sous peu ?

— Pas si vite, Mendi. Lors de son expertise sur le terrain, après l'avalanche qui s'est abattue sur le village, Wieder a fait une découverte.

Flores sortit de sa sacoche des sachets scellés contenant les pièces à conviction, qu'elle déposa sur la table, sous les yeux d'Antoine. Les restes de dynamite.

— Il y avait aussi une luge, de type bob, à moitié éventrée. Tu sais très bien, Mendi, à quoi sert ce dispositif, ayant reçu une formation de pisteur sauveteur.

Antoine déglutit.

— Rien ne prouve que c'était moi. Et puis, pourquoi j'aurais fait ça ?

— Après avoir appris certaines choses sur le maire…

— Lesquelles ?

— Peut-être qu'Astrid peut te rafraîchir la mémoire, dit Flores en fixant la fille du maire.

Mais celle-ci ne broncha pas.

— Astrid ? Aurais-tu perdu ta voix ?

— Je ne sais pas de quoi vous parlez.

— Ah oui ? Des recherches qu'il a fait suspendre

prématurément, à l'époque, avec l'aide du capitaine Flores, mon père. Tu savais qu'Alba était partie avec le groupe et tu as voulu venger ta sœur disparue. Tu as donc demandé à Antoine. Ou peut-être l'as-tu même payé…

Astrid se mordilla les lèvres avec nervosité.

— C'est vrai, lâcha-t-elle, je le savais, mais je n'ai pas voulu la venger, non. Je ne connaissais pas Antoine, avant de le rencontrer, récemment !

— Mendi ? Astrid Hirigoyen t'a-t-elle soudoyé d'une façon ou d'une autre pour déclencher cette avalanche ? Je suis un détecteur de mensonges, n'oublie pas.

Un léger sourire passa sur les lèvres d'Antoine. Même le meilleur détecteur a ses faiblesses.

— Je ne suis pour rien dans cette avalanche et je pense qu'Astrid non plus.

— Et pourquoi ?

— Parce que je n'aurais certainement pas utilisé ce type de dynamite. Ni de dynamite du tout, d'ailleurs.

— Alors quoi ? Comment déclencherais-tu une avalanche manuellement ?

— Avec du Secubex, moins sensible que la dynamite, et un détonateur manuel.

Flores devait se rendre à l'évidence, elle n'avait rien contre Antoine et Astrid, rien, sinon des présomptions, insuffisantes pour justifier une inculpation. D'autre part, elle avait reçu un coup de fil juste avant l'interrogatoire, l'informant que la SR de Toulouse prenait le relais dans cette affaire qui avait gagné en ampleur et menaçait d'être très médiatisée.

De son côté, Fourcade n'avait rien de plus contre Sergio Farès. Les trois suspects sortirent de garde à vue en fin d'après-midi.

Outre son innocence, bien sûr, dans le déclenchement de l'avalanche, Sergio Farès clamait, les larmes aux yeux, qu'il avait mis le feu à la forêt pour sauver celle qu'il connaissait et aimait depuis son enfance, Alba Hirigoyen. Flores avait bien sûr fait le rapprochement entre le masque de Farès et celui qu'elle avait ramassé devant la maison de la fille du maire. Ce n'était pourtant pas un élément suffisant pour inculper l'homme.

Une fois rentrée chez elle, Flores sentit son portable vibrer. Un numéro masqué s'afficha, mais elle décrocha quand même.

— Je sais qui a fait ça aux enfants, dit une voix maquillée dans un grésillement.

— Qui a fait quoi ? Allô ? Vous m'entendez ? Qui a fait quoi ?

Mais le correspondant avait déjà raccroché.

78

10 février 2023, chez Edonia

Le soir même, après l'avoir préparée à son retour par téléphone, Antoine retrouvait Edonia, émue de le revoir après s'être fait un sang d'encre. Elle l'avait imaginé mort de froid, quelque part, là-haut. Même si elle en était originaire, la montagne avait toujours représenté à ses yeux un monde de dangers et de mystères. Ceux qu'elle passionne, même les plus aguerris, disparaissent, parfois sans laisser de traces. Elle n'avait eu personne à pleurer parmi les victimes de la catastrophe de 1999, pourtant, elle l'avait ressentie jusque dans ses tripes. La perte de onze enfants était un drame et une injustice inconcevables. Y laisser Antoine maintenant l'aurait achevée. Elle n'avait plus que lui, même si elle le voyait peu.

— Je t'ai préparé une bonne garbure, mon Andoni. Ça va te retaper, après le froid de là-haut.

Elle avait même du mal à prononcer le mot. Montagne.

— Merci, Edonia, mais je n'ai pas très faim, tu ne m'en veux pas ?

— Comment je pourrais t'en vouloir, après ce que tu as dû vivre, tout seul…

— Tu sais, j'en ai vu d'autres.

— Quel monde de fous ! Je te garde ta part au chaud, comme ça, tu pourras en manger cette nuit, si la faim te réveille. Ce n'est pas très bon de se coucher le ventre vide.

— Ne t'inquiète pas, Edonia. D'ailleurs, je vais monter, là, j'ai vraiment besoin de me reposer.

— Fais, fais. Tu es revenu, c'est l'essentiel. J'espère seulement qu'Elda ne te cherchera pas trop de poux dans la tête.

— Elle ne fait que son travail. Bonne nuit, grand-mère, répondit-il en l'embrassant sur le front.

Edonia faillit s'étrangler d'émotion. C'était la première fois qu'Antoine lui manifestait un tel signe d'affection en l'appelant ainsi.

Les yeux rougis, elle lui parut soudain si petite… Oui, elle avait dû s'en faire, un sang d'encre… Il monta à sa chambre, qu'il retrouva telle qu'il l'avait laissée, à part le lit, qu'Edonia avait pris soin de refaire avec des draps propres dès qu'elle avait su qu'il rentrait. À peine s'allongea-t-il sur la couette qui sentait la lessive à la lavande, le parfum préféré de la vieille femme, que la voix de Max lui chatouilla désagréablement l'intérieur du crâne.

— Au fond, tu savais que tu la connaissais, « Miren », non ? Que tu l'avais déjà vue…

— Tu sais que t'es un emmerdeur, Max ? Surtout quand tu as raison, soupira-t-il, allongé, les bras croisés sous sa nuque.

Alba. Miren. Il essaya de remonter loin, le plus loin possible dans ses souvenirs, juste avant l'avalanche. En vain. Il ne parvenait pas à « revoir » la fillette qu'elle avait été à cet âge. La revoir parmi les gamins du groupe. Dans une réaction de protection et de survie, son cerveau l'avait déconnecté de cet événement, dont les séquences, effrayantes et douloureuses, lui revenaient la nuit, dans ses cauchemars.

Mais ce qui l'affectait le plus, c'était le présent. D'abord, Flores l'avait soupçonné d'avoir déclenché l'avalanche sur le village. Il avait cru avoir une relation de confiance avec sa supérieure, même s'il reconnaissait l'avoir en quelque sorte trahie. Ensuite, ce qui s'était passé au hameau, et la mort d'Alba. Il repensa à sa découverte, près de la chapelle en ruine. Cette tombe… ces immortelles… Une attention particulière au défunt, une tendresse même, ou bien un amour fou. Éternel. Et ce prénom sur la plaque… Dolores. Il y en avait plein, des Dolores, tout comme des Mendi, Max avait encore raison. Pourtant, celui qui avait gravé cette plaque n'avait mentionné aucune date. Ni le jour de la naissance, ni celui de la mort de la défunte. Comme s'il tenait à ce qu'ils restent secrets. Il revit celui qui se faisait appeler le Messager. Pourquoi ce surnom, d'ailleurs ? Messager de quoi ? Messager divin ? Messager de la fin du monde ?

Le cerveau en ébullition, Antoine ne parvenait pas à trouver le sommeil. Il se leva, prit son sac à dos et en sortit les dessins d'Alba qu'il avait pu récupérer chez le Messager avant de partir. Ceux qu'elle avait faits là-haut. Il se reconnut, enfant, sur plusieurs d'entre eux. Elle avait également dessiné Loyola et il put identifier, sur trois portraits, le visage du Messager. D'un réalisme surprenant, dans un jeu impitoyable et sans concession de clairs-obscurs, les moindres détails y figuraient. À la seule clarté d'un feu de cheminée,

Antoine n'avait pas pu vraiment voir le visage de l'ermite, que des cheveux longs dissimulaient en partie. Ses yeux, surtout. Mais le dessin d'Alba révéla ce qu'il n'avait pu voir. Cette légère « coquetterie » dans l'œil droit, dont la pupille fuyait sur le côté. Il n'y avait désormais plus de doute.

79

10 février 2023, chez Flores

Je sais qui a fait ça aux enfants. Les mots de l'inconnu au téléphone cognant dans sa tête, Elda avait retrouvé l'intimité de son appartement et la compagnie de Botox qui célébrait sans faillir chacun de ses retours. Cet amour animal inconditionnel était sans doute ce qui la comblait le plus dans son existence solitaire. Une existence qu'elle avait choisie. Parce que trop de proximité avec les humains finissait par lui peser, même si elle avait fait ce métier pour les protéger.

« Je sais qui a fait ça aux enfants », avait dit la voix, dont elle n'aurait su définir le sexe. De quoi voulait-il ou voulait-elle parler ? De ce qui avait pu se passer avant la catastrophe ou bien des coups de piolet qu'avaient reçus les garçons dont on avait découvert les corps ?

Ce soir-là, elle ressortit la photo du groupe, non pas pour marquer sa chair, mais pour revoir un visage, s'y attarder plus longtemps, l'examiner de plus près et plus attentivement. Car cette photo, finalement, n'avait été qu'un prétexte à expier une faute, celle d'un autre, qu'elle s'était attribuée par confort. Il était plus facile de s'en vouloir à elle-même et d'infliger ce traitement à son propre corps que de prendre le risque de se rebeller contre l'autorité paternelle. Flores n'avait pas été seulement un père intransigeant et sévère, il avait été avant tout capitaine de gendarmerie. Avec sa fille sous ses ordres.

Le visage qui retenait désormais son attention était celui d'Emma Cazes. En admettant que les trois autres enfants disparus soient Noah, Yorick et Miren, de leur vrai nom Raphaël et Maël Borie et Alba Hirigoyen, Emma Cazes était-elle également une survivante ? Et où pouvait-elle se trouver ?

Flores scanna la photo et, une fois téléchargée sur son PC, zooma sur le visage qu'elle supposait être celui d'Emma Cazes. Elle chercha dans les traits un peu épais de la préadolescente quelque chose qui puisse la mettre sur une piste. La gamine avait un type un peu oriental. La bouche charnue, le teint qu'elle devinait mat, malgré le noir et blanc de la photo, le front haut, les yeux sombres frangés de longs cils et les cheveux noirs. Mais rien qui retienne son attention. Sauf… ce détail, celui qui était trop évident pour être remarqué tout de suite. Un grain de beauté juste au-dessus de la lèvre supérieure. Elle fit apparaître depuis son dossier « légiste » la photo qui se trouvait dans le rapport d'autopsie de la jeune femme retrouvée sur la Lera, celle qu'Alba appelait Raquel. Au-dessus de sa lèvre, Flores put voir le même grain de beauté. La capitaine se renversa sur son siège de bureau et étira les bras au-dessus de sa tête. Le quatrième enfant disparu, Emma Cazes, venait d'être retrouvé sous le nom de Raquel. Morte, elle aussi, vingt-quatre ans plus tard. Comme si le destin avait achevé ce qu'il avait commencé.

Excepté le septième enfant, non identifié, le groupe était désormais au complet, Flores était certaine que les analyses ADN le confirmeraient. Restait à vérifier si ce septième enfant avait reçu un coup de piolet. Il fallait maintenant envoyer d'urgence une équipe au hameau exhumer les trois corps. Et ramener avec eux une partie de la vérité.

80

11 février 2023, chez Flores et au hameau la Guara

La vidéo était arrivée dans la nuit sur son smartphone. À 2 h 05. Elle la découvrit à son réveil aux alentours de 6 heures. L'expéditeur était Antoine Mendi. Pressentant le pire, sans avoir encore pris son café, elle la lança. Le visage défait et pâle d'Antoine apparut à l'écran.

« Bonjour Elda, quand tu trouveras cette vidéo, je serai déjà loin. Ne te fatigue pas à envoyer une équipe sur mes traces, je ne suis pas en cavale, ni en fuite. J'entends juste régler personnellement une affaire qui me tient à cœur depuis longtemps. C'est d'ailleurs pour ça que je suis revenu. Mais je veux que l'enquête avance, le dénouement n'a que trop tardé. C'est pourquoi je vais te livrer dans cette vidéo tous les éléments dont je dispose, en espérant qu'ils t'aideront. Il y a maintenant peu de chances de retrouver un autre survivant, je pense d'ailleurs être le seul, même si je n'arrive toujours pas à recouvrer la mémoire des faits. J'imagine que Carol t'a parlé de notre rencontre et de moi, dans les détails. Tu dois être au courant de mon suivi psychiatrique. Mais je tiens à t'assurer de mon entière innocence dans l'affaire de l'avalanche sur le village. Tu trouveras les preuves là-haut, chez le Messager. Des preuves que je n'ai pas su ou voulu voir. Je te prie juste de me croire et de t'y rendre au plus vite avec Olivia. Avant de partir, j'ai caché la pièce à conviction dans le plancher du cellier. Tout est là. Cette nuit, j'ai fait une découverte qui a confirmé mes doutes. Là encore, Alba nous a donné un sacré coup de main. Regarde bien ce dessin. Un portrait qu'elle a réalisé du Messager. C'est en le regardant en détail que la vérité m'a sauté aux yeux et à la gueule. C'est un portrait de mon père, Elda. Le Messager était mon père. Je l'ai réalisé à son œil droit qui fuit. Les conséquences d'un coup qu'il avait reçu à la tête, au cours d'un match de boxe, dans sa jeunesse. Astrid est déjà au courant. En revanche, elle ne sait rien des preuves que j'ai cachées. J'ignore comment il a survécu au crash. En tout cas, ma mère, elle, est bien morte. Et mon père, apparemment, a retrouvé son corps et l'a enterré à côté de l'église du hameau. Il y a déposé une plaque qu'il a lui-même gravée de son prénom, Dolores. Je suis tombé dessus par hasard et ça m'a ébranlé. Même s'il n'y avait que son prénom et qu'il est très répandu par ici, surtout en Espagne, j'ai tout de suite su et fait le rapprochement avec ce que j'ai enterré dans le cellier. Depuis toutes ces années, Elda, mon père vivait en ermite dans ce hameau abandonné, sans jamais avoir cherché à me revoir. Je le croyais mort et il m'avait laissé cette lettre… »

La voix d'Antoine s'altérait sur ces mots. Pour reprendre, plus dure, plus profonde.

« Maintenant, je sais pourquoi il n'a pas cherché à me revoir. Il avait un autre fils et une autre femme dans son cœur, l'Espada. Il ne lui avait jamais pardonné de l'avoir privé de ce fils en l'élevant avec un autre homme, dans la forêt. L'Espada ne montait au hameau que rarement. Mais Viktor est resté là-haut pour être au plus près d'elle et sans doute de ce fils. Sur la tombe de ma mère, il y avait un bouquet d'immortelles. Je me dis qu'il a malgré tout dû l'aimer. Voilà, Elda, tu sais tout ce que je sais et j'espère que ça t'aidera. Concentre-toi là-dessus et sur les trois corps que j'ai enterrés. Parmi eux, il y a celui de cet homme qui fut mon père. Un étranger. J'aimerais avoir le rapport d'autopsie, quand ce sera fait. Comprendre ce qui s'est réellement passé et voir si ça correspond avec ce qu'a raconté Alba sur la dispute qui a éclaté entre Viktor Mendi et l'Espada. Tu considéreras sans doute que c'est un abandon de poste, mais pour moi ce n'en est pas un. Je dois juste faire ce que j'ai à faire. Retrouver ce fils caché. Sinon, je vivrai avec ce poids, ce goût d'inachevé le reste de ma vie, et tu sais mieux que personne ce que c'est, n'est-ce pas, Elda... »

La séquence se terminait là-dessus. La gorge serrée, Flores alla se faire enfin un café et revint s'asseoir au bar. Des immortelles. Toute son attention s'était accrochée à ce détail. Les mêmes fleurs ornaient la tombe de l'enfant non identifié au cimetière du Bois-aux-chênes. Était-ce une coïncidence ? Ces fleurs poussaient en nombre dans les montagnes des Hautes-Pyrénées et il se pouvait que des personnes endeuillées eussent la même idée et la même envie d'honorer un défunt de ces fleurs à forte symbolique. Maintenant qu'elle avait appris que le Messager était en réalité Viktor Mendi, elle ne pouvait s'empêcher d'y voir un lien. Or, si, selon toute probabilité, il avait su que le crash de son avion avait provoqué une avalanche faisant douze jeunes victimes, pourquoi serait-il venu déposer un bouquet d'immortelles sur la seule tombe de la victime anonyme ? Cette préférence avait un sens. Il avait un lien avec cet enfant. Un lien aussi fort qu'avec sa femme Dolores… Ou peut-être même plus. En lui donnant ces éléments, Antoine lui avait ouvert une autoroute. Son cadeau d'adieu. Parce que, au fond d'elle, Flores savait qu'il ne reviendrait pas. Que s'il le fallait, il passerait le reste de sa vie à chercher ce demi-frère inconnu.

Elle contacta Fourcade à la première heure, espérant avoir des renforts pour monter au hameau de la Guara, mais le jeune capitaine et son équipe avaient dû partir sur la scène d'un gros carambolage. Il lui restait l'option de l'hélicoptère, la plus rapide, mais la plus risquée aussi : il n'y avait peut-être pas d'endroit où se poser. Or elle n'avait pas de temps à perdre en hésitations. S'assurant de la disponibilité de l'hélicoptère auprès du surveillant, elle donna rendez-vous à Olivia à l'héliport et passa chercher Wieder. Les trois femmes décollèrent vers 8 heures, Flores aux commandes. Il leur fallut moins d'une demi-heure pour arriver sur les lieux.

La Gazelle fit un vol stationnaire sous un ciel décapé, le temps de faire un repérage et d'évaluer le meilleur endroit pour atterrir. Olivia, aux jumelles, avisa, à cinq cents mètres du hameau, une sorte de plateforme naturelle enneigée qui en été servait sans doute de pré aux vaches. Elles ne pourraient pas procéder à l'exhumation des corps sans l'aide de toute une équipe, mais Fourcade lui avait dit qu'il les rejoindrait dès que possible avec la sienne. Ils se feraient déposer en hélicoptère, sans avoir à atterrir, la Gazelle occupant déjà la seule place assez près du hameau pour transporter les corps à bord. Il faudrait sans doute deux allers-retours, et une partie des effectifs redescendrait à pied.

Suivant les indications d'Antoine, les trois femmes trouvèrent sans peine la vieille demeure de Viktor Mendi qui surplombait le hameau. Tandis que les poules, alertées par une présence étrangère, se mettaient à caqueter et à gratter, les trois femmes entrèrent, la porte n'ayant pas été fermée à clé.

— Je vais inspecter le cellier. Fouillez le reste de la maison. Tout indice est bon à prendre, et ensuite nous irons voir la tombe de Dolores, vers l'église.

— Elda, commença Carol Wieder, hésitante, je ne suis pas habilitée à le faire…

— J'en prends la responsabilité. Nous ne sommes pas obligées de dire que tu as participé à la fouille des lieux. Officiellement, tu ne fais que nous accompagner en tant que consultante.

Olivia et Wieder se partagèrent la chambre et la pièce principale avec la cuisine, pendant que Flores s'occupait de sonder les lattes du plancher dans le cellier. Enfermée dans la petite pièce et tout à ses recherches, donnant des coups pour trouver une cache, Flores entendit soudain une détonation. Elle se précipita dehors, en même temps que Perez et la Suissesse. Un grondement sourd faisait trembler la montagne au-dessus de leurs têtes. Elles virent alors le haut du versant se disloquer et une vague blanche dévaler la pente dans leur direction à une vitesse folle.

— Avalanche ! Elle arrive sur nous ! cria Wieder. Courons à l'église, c'est en contrebas, sur la gauche, avec un peu de chance, nous sortirons de sa trajectoire !

Les trois femmes se mirent à courir à toutes jambes

sans se retourner. Mais Olivia ne vit pas le trou juste devant elle, son pied gauche glissa et se retrouva bloqué.

— Au secours ! hurla-t-elle.

Flores se retourna aussitôt et aperçut la jeune gendarme essayant vainement de sortir son pied coincé alors que l'avalanche gagnait méchamment du terrain et menaçait déjà d'engloutir la maison de Viktor Mendi.

— Elda ! s'époumonait Wieder, déjà près de l'église, les mains en porte-voix. Tu n'auras plus le temps d'arriver ! Elda !

— Je ne peux pas la laisser !

Revenant sur ses pas, la neige molle aspirant ses rangers comme la boue d'un marécage, Flores parvint jusqu'à Olivia, qu'elle aida à extirper enfin son pied du trou. La demeure du Messager venait de disparaître dans la gueule énorme de l'avalanche qui roulait vers elles dans un fracas terrifiant. Tout le versant tremblait sous son poids. Elles seraient englouties à leur tour d'une seconde à l'autre. Olivia, qui s'était foulé la cheville, n'arrivait pas à suivre.

— Je… mon capi… taine…, haletait-elle de douleur, allez-y ! Sauvez-vous…

Flores croisa son regard. Le regard désespéré d'un animal pris au piège, qui se savait perdu. Elle pensa à Ramon, son corps désarticulé, son visage livide et bleu. C'était assez d'avoir perdu un homme, il n'y aurait pas de deuxième mort à la Rurale, ça non !

— NON ! cria Flores en se précipitant vers Olivia qui s'était affaissée dans la neige.

Un cri de rage comme elle n'en avait jamais poussé. Un cri plein de tout ce qu'elle avait retenu toutes ces années et depuis son enfance. Un cri qui couvrit le mugissement du monstre, dont elle pouvait sentir le souffle glacé. Et, surtout, un cri de colère de s'être laissé berner. Parce que en même temps qu'elle attrapait Olivia par le bras pour l'entraîner hors de la trajectoire de la déferlante blanche, elle comprit. Elle comprit qu'Antoine l'avait attirée ici avec cette histoire de preuves pour la faire disparaître dans l'avalanche qu'il allait déclencher. Tout comme il avait déclenché l'avalanche sur le village.

81

11 février 2023, hameau de la Guara

Tout avait cessé aussi soudainement que cela avait commencé. L'écho assourdissant s'était tu et la montagne n'était plus que silence. La vieille demeure où Viktor Mendi vivait en ermite depuis vingt-quatre ans n'existait plus. Effacée, rayée de la surface terrestre, il n'en restait plus rien. Des poules non plus. Réfugiées dans le clocher, les trois femmes réalisaient qu'elles avaient échappé au pire. Olivia, dont la cheville avait doublé de volume, éclata d'un rire nerveux.

— Je me suis bien fait entuber, souffla Flores, et je vous ai entraînées là-dedans. Je m'en veux…

— Tu ne pouvais pas savoir, dit Wieder dans une tentative de réconfort.

— Il a voulu nous tuer. Et il a manqué son coup de justesse.

— L'essentiel est qu'il l'ait manqué, justement.

— J'espère que l'hélicoptère…

— Il est toujours là, la rassura la Suissesse qui venait de regarder par les minces ouvertures du clocher. On peut le voir d'ici.

— Aurions-nous de la chance, dans notre malheur ?

— Déjà, d'être en vie, oui.

— L'ordure, lâcha Olivia massant sa cheville. Vaut mieux pas que je le croise sur mon chemin !

— Si tu le croises, eh bien, tu lui mets les menottes et on le livre à la justice. Moisir des années derrière les barreaux est le pire qui puisse lui arriver. Cette avalanche pourrait-elle avoir été provoquée naturellement ?

— Très peu de chances... Désolée, Elda, je sais que c'est ce que tu voudrais, tellement c'est... ignoble, mais il y a eu une détonation, on l'a, toutes les trois, entendue bien distinctement. C'est la méthode utilisée par les pisteurs. La même que pour l'avalanche du village.

— La pourriture ! s'exclama Olivia, toujours dans sa colère et sa douleur. Pourquoi... pourquoi a-t-il fait ça ?

— Peut-être a-t-il obéi à Max...

— Max ? C'est qui, un complice ?

Flores et Wieder se regardèrent. Olivia n'était pas encore au courant.

— C'est un peu long à expliquer, là. On doit sortir d'ici, s'il n'y a plus de risque...

— Non, pas de risque d'autre avalanche, dit Carol, mais... si Max est derrière ça, la menace est désormais humaine. Il est peut-être même en train de surveiller la zone, pour voir si l'une de nous s'en est tirée... Il devient dangereux, Elda.

— Je me demande si c'est vraiment une nouveauté. Allons-y, prudemment. Occupe-toi d'Olivia, je sors d'abord et je vous fais signe si tout est OK.

Libérant son arme de poing de son holster, Flores sortit à l'air libre et inspira à pleins poumons. Elle n'en revenait pas d'être encore en vie. Elle pensa à

Botox avec émotion. Que serait-il devenu si elle y était restée ?

Les yeux humides et les deux mains refermées sur la crosse de son arme au bout de ses bras tendus devant elle, Flores avançait prudemment, scannant les alentours, attentive au moindre mouvement. Mais la nature semblait s'être figée dans la peur après le passage de la vague blanche.

— RAS ! La voie est libre ! cria-t-elle.

Soutenant Perez de chaque côté, Flores et Wieder se dirigèrent vers l'hélicoptère, heureusement épargné par l'avalanche. Ce fut Flores qui, la première, remarqua les traces rougeâtres sur la neige qui partaient vers l'arrière de l'appareil.

— Attendez ici.

Son arme pointée devant et le souffle court, Flores longea la Gazelle jusqu'à la queue, où elle manqua défaillir. Là, sous ses yeux, attaché à la dérive par les poignets, pendait le corps d'Antoine Mendi, du sang frais coulant de son crâne fracassé.

82

11 février 2023, au village

Flores et ses trois passagers, dont un pour l'éternité, avaient atterri à l'héliport en milieu d'après-midi, attendus par une équipe de pompiers, le Dr Arsac et le capitaine Fourcade. Flores ignorait comment elle avait pu ramener la Gazelle à bon port. Elle était descendue de l'engin dans un état second et Carol Wieder n'était pas en meilleure forme. Mathieu Fourcade se précipita vers elles, pendant que les pompiers déchargeaient le corps d'Antoine.

— Que s'est-il passé, capitaine ?

— Je n'en sais rien, mais il va falloir trouver et vite. On a failli y passer.

— Comment ça ?

En quelques mots, Flores, qui n'aspirait qu'à une chose, rentrer chez elle et se glisser sous la couette, raconta au jeune officier ce à quoi elles avaient échappé.

— J'ai vraiment cru que Mendi nous avait attirées dans un piège.

— Et ces preuves dont il parlait, vous les avez trouvées ?

— J'avais tout juste commencé à chercher dans

le cellier, sans plus d'indications sur l'emplacement exact. Comme s'il s'était arrangé pour que j'y passe du temps.

— Bizarre, en effet. Je comprends que vous ayez pu douter d'Antoine Mendi.

À cet instant, Flores lança à Fourcade un drôle de regard. Oui, j'ai douté de lui et je l'ai même soupçonné, à tort, pensa-t-elle très fort, en attendant, tu ne lui arrives pas à la cheville. La mort d'Antoine est une grande perte, se dit-elle.

— Tout va bien, mon capitaine ?

— Comme tu peux le voir, Fourcade, tout va bien.

Elle le laissa planté là en levant les yeux au ciel et haussant les épaules.

— Merci quand même ! lui lança-t-elle en s'éloignant.

Fourcade avait toujours su comment se placer et était monté en grade comme on grimpe une échelle trop haute, surtout si on a le vertige. Flores s'était demandé comment il était arrivé au grade de capitaine si vite et attribuait en grande partie cette réussite à l'enseignement qu'elle lui avait prodigué sur le terrain. Mais le côté propret de Fourcade l'avait toujours agacée. La mort d'Antoine l'accentuait comme sous l'effet d'une loupe grossissante. Une nouvelle enquête pour homicide volontaire était ouverte.

— Je crois que j'aurais préféré qu'il nous ait piégées, souffla Flores à la Suissesse en la rejoignant.

Wieder semblait abattue.

— Si je peux faire quelque chose, Carol…

— J'aurais préféré aussi. Au moins, j'aurais eu une raison de le haïr.

— Il me reste à annoncer la nouvelle à Edonia.

— Je viendrai avec toi, si tu veux.

— J'irai ce soir, à l'heure du dîner. Et je resterai avec elle. Pauvre femme… Je ne sais pas si elle y survivra… Maintenant, elle n'a plus personne.

— Qui a pu faire ça, Elda ? dit Wieder d'une voix tremblante. Qui a pu le tuer ?

— L'assassin ne l'a pas seulement éliminé, il a voulu nous envoyer un message.

— Tu as déjà ton idée, non ?

— Peut-être. Mais ce n'est qu'une présomption.

— Celui dont vous n'avez pas retrouvé la trace… Ce Loyola ?

— Ou Sergio Farès.

— Pourquoi Farès aurait-il fait ça, après avoir sauvé Antoine ?

— Il n'a pas sauvé Antoine, il a sauvé Alba et Astrid. Justement, je voudrais bien lui poser deux, trois questions, à celle-ci.

Cinq minutes plus tard, les deux femmes étaient en route pour le chalet de la fille du maire, Flores au volant du 4 × 4 de la Rurale, qu'elle gara à distance de la maison pour ne pas alerter trop tôt sa propriétaire, comme toujours.

Suivie de Carol Wieder, elle frappa à la porte de son poing fermé et attendit, l'oreille collée contre le bois. Elle perçut du mouvement à l'intérieur, mais personne ne se manifesta.

— Astrid ! Je sais que tu es là ! Ouvre, c'est Elda Flores ! Ouvre tout de suite ! s'énerva la capitaine en frappant de nouveau.

Les coups qu'elle donna résonnèrent jusque dans sa poitrine. À cet instant, elle entendit distinctement de l'autre côté des pieds traîner sur le parquet. La porte s'ouvrit dans un léger grincement sur le visage bouffi d'Astrid, enveloppée dans un kimono, clignant des yeux comme une taupe émergeant à la lumière du jour.

— Qu'est-ce qu'il y a encore ?

— Ce serait mieux que je te l'annonce à l'intérieur, dit Flores en entrant d'autorité. Tu peux venir, lança-t-elle à Carol.

— M'annoncer quoi ? demanda Astrid d'une voix pâteuse, avec une vieille haleine d'alcool.

— Tu es seule ?

— On dirait bien.

— Antoine Mendi est mort.

Flores dut rattraper Astrid avant qu'elle ne tombe à la renverse sur son kilim.

— C'est… c'est des conneries ?

— Est-ce que j'ai pour habitude de venir chez les gens pour des conneries, comme tu dis ?

— Comment… Il est… mort comment ?

Flores évoqua leur aventure au hameau et la fin tragique d'Antoine.

— Voilà. Et maintenant, on recherche le meurtrier. Qui est probablement l'auteur des deux avalanches, dont celle qui a failli nous tuer.

— Et vous êtes aussi venues ici pour ça…

— Au cas où tu pourrais nous aider.

— Vous perdez votre temps, c'est un mauvais plan.

— Tu en as un meilleur à nous proposer, peut-être ? Astrid, si tu veux bien nous aider, ça nous sera précieux. Pour Antoine. C'est grâce à lui que tu as retrouvé ta petite sœur, non ?

Tout en tirant sur un joint qu'elle venait d'allumer, Astrid regardait obstinément ses ongles des pieds dont le vernis mauve commençait à s'écailler comme la peinture d'un banc usé.

— Astrid ?

— C'est qui, votre suspect ?

— Il y en a deux pour le moment. Loyola et…

— Et ?

— Sergio Farès, soupira Flores.

— Ah ! Je vous vois venir !

Au même moment, quelqu'un toussa à l'étage. La capitaine porta machinalement la main à son holster et se leva.

— Tu n'étais pas censée être seule ? Tu te fiches de qui, là ?

— C'est rien…

— Eh bien, on va voir, si c'est « rien », dit Flores en se dirigeant vers l'escalier qui montait à la mezzanine.

— OK, c'est bon ! C'est un mec, un plan cul pour la nuit, ça vous va ?

— Dis-lui de descendre.

— Vous le connaissez pas…

— Dis-lui de descendre tout de suite ou bien je vais le chercher. Et je te coffre pour achat et consommation de stupéfiants.

La main toujours sur son holster, Flores avait haussé le ton.

— Vous fatiguez pas, capitaine, j'arrive.

Trois paires d'yeux se levèrent sur la mezzanine où Farès venait de faire son apparition torse nu, en caleçon.

— Mais je vous préviens, enchaîna-t-il en toussant comme un forcené, je crois que j'ai chopé un virus.

— C'est vrai ! Il tient à peine debout !

— Ça ne l'a pas empêché de passer une nuit torride,

apparemment, ton plan cul… Salut, Farès, contente de te revoir !

Il descendit les marches pieds nus en chancelant. En le voyant de plus près, Flores comprit qu'il ne plaisantait pas sur son état. Malgré un physique d'athlète, ses yeux étaient vitreux et ses joues tellement creusées qu'on l'aurait cru atteint de scorbut.

— Je ne crois pas que ce soit une bonne idée de rester, souffla-t-il à travers une petite quinte de toux qu'il tenta d'étouffer dans sa paume.

— Tu es dans cet état depuis quand ? éluda Flores.

— Ça m'est tombé dessus cette nuit… Heureusement, on avait déjà bien baisé. C'est un super coup, la miss…

— Astrid, tu risques de l'attraper aussi, dit Flores en sortant deux masques de sa poche.

Peut-être n'était-ce qu'une grosse grippe, préféra se dire Flores en passant les lanières de son masque derrière les oreilles. En attendant, quel que soit le virus qu'il avait contracté, Farès pouvait le remercier, l'infiniment petit venait de le disculper pour un temps.

83

12 février 2023, Bagnères-de-Bigorre

Flores ne pouvait s'empêcher de faire le lien entre le mystérieux appel reçu la veille de leur escapade au hameau et la tentative d'assassinat dont elles avaient été victimes. Peut-être était-elle la seule visée.

Elle était encore sous le coup de leur visite à Edonia. Apprenant la mort de celui qu'elle aimait comme un petit-fils, la vieille femme était restée pétrifiée devant son assiette de garbure, aussi immobile qu'une statue. Seules ses mains s'étaient mises à trembler, tout d'abord imperceptiblement, puis de plus en plus vite. Elle les avait aussitôt posées sur ses genoux, jointes dans un geste de pudeur et de détresse, et peut-être de reproche muet à un dieu qu'elle priait depuis toujours et qui l'avait trahie. Flores avait lu dans ce regard voilé par un début de cataracte que c'en était fini. Que plus rien ne rattachait cette âme à un monde où elle n'avait désormais personne à aimer. Que, bientôt, elle s'en irait à son tour. Sans bruit. Et la capitaine avait senti une main presser son cœur jusqu'à en avoir mal. Elle n'avait pas trouvé les mots pour la réconforter. Tout simplement parce que aucun n'aurait été assez fort ni assez doux, face à ce chagrin contenu. À cette tempête souterraine qui ravageait Edonia. Qui lui arrachait déjà ses dernières forces vitales.

Flores s'était réveillée ce matin du 12 février en pensant à Antoine. Il allait être autopsié dans la journée. Elle espérait que cela donnerait des indications sur son assassin. Antoine avait donc pris la direction du mont Perdu et de la Guara. Déjà, pour cacher les preuves. « Je ne suis pas en cavale, ni en fuite. J'entends juste régler personnellement une affaire qui me tient à cœur depuis longtemps », avait-il dit dans sa vidéo. Et ensuite il avait parlé de retrouver le fils inconnu de son père et de l'Espada. Envisageait-il de passer la frontière, pensant qu'il pouvait se trouver quelque part en Espagne ? Ou bien cherchait-il quelqu'un d'autre… Voulait-il retrouver Loyola pour lui régler son compte ? Flores aurait été prête à fermer les yeux… Cette ordure ne méritait que ça. Mais l'autre avait dû rester en embuscade et le surprendre, tel le prédateur qu'il était.

Et dire qu'elle avait cru Antoine le plus dangereux de tous, avec Max, son ombre… Flores s'en voulait d'avoir cédé trop facilement aux apparences.

La capitaine trébuchait malgré tout sur un point. L'avalanche de 1999 avait-elle également été déclenchée volontairement ? Il n'y avait plus aucun témoin et Antoine ne s'était souvenu de rien. Personne ne savait exactement comment cela s'était passé. On est peut-être face à un mode opératoire, se dit Flores en promenant Botox autour du pâté de maisons. Et si c'était le même auteur, il avait au moins une vingtaine d'années à l'époque et, déjà, une solide expérience en dynamitage. Ce qui semblait peu probable. Autre hypothèse : Loyola avait attiré ses jeunes proies dans un traquenard et, une fois arrivés là-haut, il s'était éclipsé avec Mathias Dangles en leur disant de l'attendre avant de provoquer l'avalanche vers les enfants qu'il voulait sacrifier. Dans ce cas, l'histoire du crash d'avion avec la rupture du glacier n'était qu'une coïncidence. Il fallait à tout prix le rattraper, sinon il risquait de recommencer.

Elle ramena Botox et troqua son jogging contre son uniforme, en vue d'assister à l'autopsie de son lieutenant à la morgue de Bagnères. De son côté, Fourcade était chargé de rassembler gendarmes et pompiers pour déblayer la neige là-haut et dégager ce qu'il restait de la vieille maison du Messager, et de rendre les trois fosses accessibles. Par ailleurs, il y avait de grandes chances que la personne qui avait déposé les immortelles sur la tombe de l'enfant inconnu soit Viktor Mendi lui-même. Quel était le lien entre cet enfant et le père d'Antoine ? Se pouvait-il que… Elle chassa aussitôt cette hypothèse sinistre de sa tête et se concentra sur la piste que, depuis le début, son instinct lui disait de suivre. Celle de Loyola.

Elle arriva à Bagnères-de-Bigorre vers 9 heures et se gara devant la morgue de la gendarmerie où l'attendait le légiste. C'était une femme, la quarantaine blonde frisottée, rondelette, un air de Candice Renoir, se dit Flores amusée. En tout cas une allure de poupée joviale, qui devait dénoter dans l'ambiance glacée de ce genre d'endroit. Elle fit d'ailleurs claquer ses gants bleus en latex au-dessus du cadavre avec une certaine théâtralité. Flores évita de poser son regard sur le corps nu de Mendi étendu sur la table métallique.

Il fallut une heure pour faire parler le cadavre dans la clarté de la scialytique, telle une lune froide braquée sur la dépouille. Une heure durant laquelle Flores avait dû contenir son émotion et faire abstraction de tous les sentiments contraires qu'elle avait pu éprouver envers le lieutenant Mendi. Avec sa barbe de quelques jours et ses cheveux qui avaient poussé, Antoine ressemblait à un Christ tombé de sa croix. Une croix qui avait fini par l'écraser de tout son poids.

Retirant ses gants dans un claquement sec, «Candice Renoir» poussa un long soupir.

— Je vous passe les détails techniques dans un jargon que je réserve au rapport, commença-t-elle, mais au vu des diverses contusions et fractures que présente le corps, la conclusion qui s'imposerait, si la médecine légale, comme la médecine, d'ailleurs, était une science exacte, est qu'Antoine Mendi est décédé des suites d'une chute sur de la roche, dont j'ai mis au jour de minuscules fragments que voici. Une roche sédimentaire typique de ces montagnes et plus précisément du massif du mont Perdu.

— On l'aurait poussé? demanda Flores.

— Non, il ne présente aucune marque d'agression physique, ni de défense…

— Mais il aurait pu être poussé par surprise.

— Je ne pense pas, dit la légiste en calant trois radios sur le bloc lumineux. Regardez, sur ce cliché, on voit une nette fracture du coccyx ainsi que, côté crânien, en plus d'un écrasement de la vertèbre atlas, de la partie basilaire de l'os occipital, parmi les plus courantes après une glissade sur une plaque de verglas ou une peau de banane, une fracture de la partie supérieure de l'occipital… Il s'agit malheureusement d'un banal accident, capitaine, désolée de n'avoir rien trouvé qui puisse vous aider davantage ou venir confirmer l'hypothèse d'un meurtre.

— Je vous rappelle, docteur, dans quelle position on a découvert le corps. Attaché à la dérive de l'hélicoptère par un câble…

— Un câble de grippage, même, couramment employé pour les ascenseurs et les pédales et les leviers d'une cabine de pilotage.

— Il ne s'est quand même pas attaché là tout seul après sa chute !

— Pas lui-même, non, mais la chute, accidentelle, a été mortelle. Quelqu'un a pu découvrir le corps et l'attacher à l'hélicoptère de gendarmerie, en gardant l'anonymat pour ne pas risquer d'être soupçonné. Mais ça, c'est votre partie, capitaine.

Quelqu'un qui aurait déjà des choses à se reprocher, se dit Flores, perplexe. Pourquoi l'inconnu avait-il utilisé ce câble ? Un câble d'ascenseur… ou d'avion. L'avion… il y en avait bien un qui s'était écrasé dans le coin… Celui des parents d'Antoine. Ce dernier avait-il récupéré quelques mètres de ce câble au cours de ses recherches sur les lieux du crash ? Celui qui avait découvert le corps après la chute fatale s'en serait alors servi pour l'attacher à la dérive… Flores avait du mal à le croire et à envisager une fin aussi insensée pour Antoine, qui connaissait les pièges de la montagne. Et pourtant, la légiste semblait sûre de ce qu'elle avançait. Ce fut à ce stade de sa réflexion que son portable vibra.

— Oui, Olivia, du nouveau ?

— Le brûlé de l'incendie de la forêt s'est réveillé. Il s'agit d'un membre de la communauté et, d'après lui, il a des choses importantes à révéler. Son nom est Ars.

84

12 février 2023, hôpital de Bagnères-de-Bigorre

Sous une pluie battante et des rafales glacées, les doigts et les lèvres déjà bleus sur les quelques mètres qui la séparaient de sa voiture, Flores quitta la morgue pour les urgences de l'hôpital… En entrant dans la chambre, elle vit un type famélique, les mains et la tête sous un bandage d'où émergeaient une paire d'yeux affolés et des orifices nasaux réduits. Il avait le visage et le cuir chevelu brûlés par endroits et était sous morphine. Ce qui pouvait laisser supposer qu'il délirait. Mais Flores, assise à côté de lui, était bien décidée à l'écouter jusqu'au bout, comme le lui dictait son instinct.

— Abellio a fait de moi un miraculé, dit-il d'une voix faible, évoquant la divinité à laquelle Ceux de la forêt vouaient un culte. C'est pas pour rien. Je dois dire ce que je sais. Tout ce que j'ai vu et entendu. Vous en ferez ce que vous voudrez.

— Prenez votre temps, Ars. J'ai tout le mien.

Flores posa son portable sur la petite table, à la tête du lit, et activa le mode enregistreur.

— D'abord, pourquoi vous vous décidez enfin à parler ?

— C'est… c'est trop lourd. Et, de toute façon, elle est plus là.

— Qui ça ?

— L'Espada.

— Je vous écoute, Ars. Libérez-vous.

— C'était il y a plus de trente ans, je sais plus très bien… L'Espada est tombée enceinte et elle a accouché dans la forêt. Sauf qu'à l'époque, elle n'avait personne. Pas de petit ami, pas de mari. Et l'Espada, c'était tout, sauf la Sainte Vierge ! Un an plus tard, elle se mettait avec le Vieux. C'est lui qui a élevé le gamin.

— C'était un garçon ? Comment s'appelait-il ?

— Adrian.

— Continuez.

— Un jour, des années plus tard, un type a débarqué. Il était guide de haute montagne et il était accompagné d'un jeune gars.

Flores se tendit, à l'affût. Loyola.

— Comment s'appelait ce jeune ?

— Je sais plus. Il a pas ouvert la bouche et le guide a demandé à voir l'Espada.

— Que lui voulait-il ?

— À elle, rien… Mais il faisait la pub pour des randonnées en montagne et proposait une initiation aux gamins qui le souhaitaient. L'Espada a refusé, mais il est revenu deux jours après. Il l'a bien baratinée, d'où son surnom, sans doute. Le Prêcheur.

Flores ravala sa salive. L'enfoiré, se dit-elle.

— À la fin, elle a accepté, poursuivit Ars.

— Qu'a-t-elle accepté ?

— Ben, qu'il emmène des enfants de la communauté pour une initiation. Enfin… il y en a qu'un seul qui avait l'âge.

— Qui était-ce ?

— Justement, le fameux fils que l'Espada aurait eu avec le Saint-Esprit : Adrian !

Adrian. L'enfant à qui l'Espada avait donné un père adoptif. Le cerveau de Flores turbinait. C'était forcément lui, le fils de l'Espada et de Viktor Mendi, qui n'était alors pas encore le Messager…

— Et vous, quel âge aviez-vous ?

— C'était en novembre 98, j'allais avoir seize ans, mais je détestais la montagne. Il a dit qu'il préparait une grande randonnée au mont Perdu en janvier et qu'il allait les entraîner. Mais, après trois mois d'entraînement, quand il est revenu chercher Adrian, la veille du jour J, l'Espada avait encore changé d'avis. Elle a refusé qu'il aille faire la randonnée. Adrian a piqué une crise, elle l'a enfermé. La météo étant mauvaise, la randonnée a été repoussée de trois jours… J'ai eu pitié et j'ai aidé Adrian à sortir de là le jour même de l'excursion. Faire cette rando au mont Perdu, c'était son rêve. Elle avait pas le droit de l'en empêcher. Alors je l'ai libéré en lui donnant un sac avec de quoi boire et manger pour quelques jours. Et comme j'avais entendu Loyola parler de sa bergerie et dire où elle se trouvait, j'ai… j'ai dessiné un plan que… j'ai donné à Adrian. Le pauvre gosse… il était aux anges, il m'a remercié en me sautant au cou. Seulement…

La voix d'Ars s'éteignit.

— Seulement ? Allez-y, Ars, c'est le moment de soulager votre conscience, l'encouragea Flores d'un sourire bienveillant.

— Si j'avais su que… que je le conduisais à la mort, je l'aurais jamais fait !

L'homme se mit à sangloter, le menton appuyé sur sa poitrine.

— À cause de l'avalanche, c'est ça ?

Il acquiesça d'un signe de tête.

— Vous ne pouviez pas savoir, Ars. Personne n'aurait pu prévoir ça. Pas même le guide. C'est un crash d'avion qui a provoqué cette avalanche. Du moins, pour ce que l'on en sait à ce jour. Vous n'avez pas à vous en vouloir. L'Espada a su que vous aviez aidé Adrian à s'enfuir ?

— Non. Sinon, je serais pas là, en train de vous raconter tout ça.

— Pourquoi ? Elle vous aurait fait du mal ?

— Ça se voit que vous l'avez pas connue…

En effet, Flores commençait à cerner la femme qu'avait été l'Espada. Dure, aussi tranchante et effilée qu'une lame, sans doute avait-elle porté en elle une montagne de douleur et de colère, qui l'avait rongée.

— Que s'est-il passé, ensuite ? Elle s'est aperçue de la fuite d'Adrian ?

— Évidemment ! Mais c'était trop tard, le guide et les gamins étaient déjà partis. Adrian… Il est jamais revenu. Voilà, capitaine. Depuis toutes ces années, j'ai la mort d'un enfant sur la conscience.

— C'est important que vous ayez tout déballé, Ars. Et ça va nous aider. Et Noah, Yorick, Raquel et Miren étaient-ils déjà dans la communauté ?

— Vous les connaissez, cap… capitaine ?

— En quelque sorte…

— Quand le temps s'est amélioré, après l'avalanche, reprit Ars péniblement, l'Espada a voulu aller à la recherche d'Adrian avec le Vieux. Elle a formé un petit groupe de huit marcheurs, dont j'ai fait partie.

J'aimais toujours pas la montagne et encore moins après ça, mais bien sûr, je l'ai pas ramenée. Apparemment, des gamins avaient déjà été retrouvés, tous morts, et les recherches avaient été arrêtées. On est montés avec les outils et on a entendu appeler sous la neige. On s'est tous mis à creuser comme des fous. Oh, le bonheur quand on en a sorti quatre ! Deux filles et deux garçons ! Ils ont eu un sacré bol... Ou je sais pas comment appeler ça. Alors qu'ils auraient pu mourir étouffés sous des mètres de neige, ils étaient restés en surface, dans une espèce de poche d'air. La baraka, je vous dis, capitaine ! Ces enfants-là étaient des élus. Alors on les a ramenés chez nous, dans la forêt.

— Et Adrian ?

Ars secoua tristement la tête.

— Rien... on l'a pas retrouvé. Et moi, je savais qu'il était quelque part, sous ces tonnes de neige, puisque je l'avais aidé à réaliser son rêve... L'Espada, elle a toujours gardé espoir au fond d'elle qu'il ait juste fait une fugue et qu'il revienne. Le pire, c'est qu'elle a accusé le Vieux de l'avoir aidé à s'évader. Le pauvre gars, il a juré que non, mais elle lui a craché dessus. S'il a choppé cette saloperie qui l'a fait mourir, je suis sûr que c'est à cause de ça. Avoir été accusé à tort. Ça l'a miné. Et moi, j'ai été qu'un lâche, un minable. Je l'ai laissé se faire accuser sans rien dire. Parce qu'elle m'aurait tué, c'est... c'est sûr.

— On peut comprendre que vous ayez eu cet instinct de survie, avant de dire que c'était de la lâcheté. Au contraire, vous avez eu le courage d'aider Adrian. Et ces quatre enfants sont en quelque sorte devenus ceux de la matriarche de votre communauté.

— Elle... elle leur a donné des noms...

Ars semblait avoir de plus en plus de mal à respirer.
— Noah, Yorick, Raquel et Miren, c'est ça ?
— Oui… c'est… c'est exact…
L'homme se renversa soudain, pris de convulsions. Les pulsations cardiaques s'affolèrent à l'écran, montant à 160. Flores appela aussitôt l'infirmière et le médecin.
— Qu'est-ce qu'il a ?
— Il fait sans doute un choc septique, ça arrive parfois aux brûlés, dit l'infirmière sous son masque. Il est en fibrillation. Vous devez sortir de la chambre. En plus, vous n'avez même pas mis de protection !
— Je… je suis désolée…
Tandis qu'ils essayaient de réanimer Ars, Flores arpentait le couloir de long en large en se répétant tout ce qu'il venait de lui révéler. Une dizaine de minutes plus tard, elle vit le médecin et les deux infirmières sortir de la chambre, le visage fermé.
— Alors ? s'inquiéta Flores.
— Son cœur n'a pas tenu. D'autres patients m'attendent, fit le médecin avant de lui montrer le dos sans plus d'explications.
Voilà, c'était tout. Une vie venait d'être soufflée comme une flamme par un coup de vent et le monde continuait de tourner. La malédiction du mont Perdu, décidément, se poursuivait, pensa Flores. À croire que tous ceux qui avaient approché la catastrophe d'une façon ou d'une autre étaient condamnés à mourir. Mais au-delà de ça, ce que Flores voyait désormais était d'une limpidité effrayante. Les quatre enfants disparus avaient vécu tout ce temps avec Ceux de la forêt, comme des membres à part entière de la communauté. L'Espada avait comblé la perte de son

fils Adrian, qu'elle avait eu avec Viktor Mendi, par l'adoption de ces quatre enfants. Or il restait Adrian. Il faisait partie du groupe, mais ne figurait pas sur la photo prise la veille de l'excursion en montagne. Et pour cause : il était encore enfermé. Il n'y avait plus guère de doute, Adrian ne pouvait qu'être le douzième enfant, l'enfant inconnu, enterré dans le cimetière du Bois-aux-chênes. Et sans doute était-ce son père biologique, Viktor Mendi, qui venait déposer un bouquet d'immortelles le 17 janvier de chaque année. Restait à trouver comment Antoine avait découvert son identité, et pour quelle raison son corps avait été mutilé au point de le rendre méconnaissable.

85

12 février 2023, locaux provisoires de la gendarmerie

Flores voulait confronter les prélèvements qui allaient être réalisés sur les corps de l'Espada et de Viktor Mendi à ceux déjà effectués sur l'enfant inconnu. Quelques-uns de ses cheveux avaient été extraits du cercueil. Flores n'avait pas encore eu le temps d'aller annoncer aux parents d'Emma Cazes qu'on avait probablement retrouvé la dépouille de leur fille. Mais il n'était pas question qu'ils l'apprennent par la presse, aussi inscrivit-elle cette pénible visite au programme de cette journée déjà bien chargée. Les journalistes continuaient à affluer, et les hébergements du coin annonçaient complets. La plupart avaient été réquisitionnés pour loger ceux dont la maison s'était retrouvée ensevelie et qui avaient eu la chance inouïe d'échapper au pire…

Pourtant, Flores ne se doutait pas que le prochain appel sur son portable ferait l'effet d'un séisme dans les locaux éphémères de la Rurale. Lorsqu'elle vit le nom de Mathieu Fourcade s'afficher à l'écran, elle pensa qu'ils avaient trouvé les trois corps. Mais Fourcade l'appelait pour lui apprendre qu'un homme s'était approché du périmètre de recherches, seul et sans arme, pour se livrer aux gendarmes. Il déclarait s'appeler Ekain Loyola.

— Il a ses papiers sur lui ? demanda-t-elle, le souffle court.

— Il a une carte d'identité, à un autre nom.

— Comment ça ? Lequel ?

— Viktor Mendi.

— Quoi ? Qu'est-ce qu'il fiche avec la carte d'identité de Viktor Mendi sur lui ? Et la photo ? C'est la sienne ?

— C'est la sienne, oui, mais le collage a été fait à l'arrache.

— OK, et il est venu comme ça, de son plein gré ?

— Il prétend ne rien avoir à se reprocher.

— Du grand n'importe quoi en somme. Bon, tu me l'amènes tout de suite.

— On est loin d'avoir fini, ici…

— Fourcade, je veux Loyola ici dans les plus brefs délais. Il est quand même recherché pour meurtre sur un officier de gendarmerie, bordel ! L'hélicoptère, ça sert aussi à ça, non ? Tu te débrouilles mais tu le fais décoller avec Loyola à son bord !

Flores raccrocha, hors d'elle.

— À quoi il pense, franchement ? Le garder là-haut, au frais ? s'énerva-t-elle.

— Ils ont retrouvé Loyola ? demanda Olivia.

— Apparemment, c'est lui qui est venu les trouver.

— Tout seul ?

— En effet. Et je n'aime pas ça.

La capitaine tournait comme un tigre en cage depuis un peu plus d'une demi-heure sous les yeux d'Olivia et de Carol Wieder, lorsqu'on entendit la neige crisser sous des semelles comme de la meringue près de la porte du préfabriqué. Sans attendre plus longtemps, Flores se précipita et ouvrit. Le visage sec et barbu du Prêcheur, menottes aux poignets, se dessina et son regard d'aigle la transperça. Fourcade l'accompagnait avec un autre gendarme.

— Contente de vous voir enfin, Loyola !

— Nous le sommes tous les deux, ma chère Elda.

— On va aller dans l'autre préfabriqué pour l'interrogatoire, parce que mon collègue Fourcade vous l'a sans doute stipulé, vous êtes en garde à vue. Désolée pour l'absence de chauffage, mais un bon café vous réchauffera, une fois que vous vous serez mis à table, bien sûr.

— Vous devez savoir qu'il faudra un peu plus qu'une panne de chauffage pour que vous me regardiez geler sur place, chère Elda, répondit Loyola sur un ton insupportablement mielleux.

Mais Flores y prêta à peine attention et le conduisit à la salle d'interrogatoire improvisée. Olivia les suivit, tandis que Fourcade et le gendarme regagnaient l'hélicoptère.

— Bien, pour commencer, Loyola, pourquoi avez-vous cette carte d'identité au nom de Viktor Mendi ? Et c'est quoi ce montage photo grossier ? Vous comptiez entrer en Espagne ? Vous prenez les douaniers pour des abrutis ou quoi ?

— Non, j'en connais deux ou trois qui auraient fermé les yeux sur mes piètres talents de faussaire. Je suis déjà passé en Espagne par la montagne. À pied, bien sûr. En principe, on n'a même pas besoin de papiers, mais d'un bon équipement. Ça ne grouille pas vraiment de touristes, là-haut.

— Et comment la carte d'identité de Mendi

s'est-elle retrouvée en votre possession ? Vous le connaissiez ?

— Oui, finit par dire Loyola après une hésitation. On se connaissait depuis l'enfance.

— Comment ça, il avait votre âge ? Vous n'avez que cinquante-deux ans, selon le fichier central des identités.

— Je me suis mal exprimé. C'était moi, l'enfant, et lui, il avait dix ans de plus.

— Qu'est-ce qui a favorisé ce rapprochement, alors ?

— Lui. Ses pulsions.

Flores leva un sourcil.

— C'est-à-dire ?

— Il aimait les enfants. Garçons et fillettes confondus. Avec une préférence pour les garçons. Et… en particulier pour le sien.

Flores faillit s'en mordre la joue.

— Pardon, Loyola, mais je crois que vous êtes en train de projeter sur un défunt vos propres déviances… C'est une accusation grave.

— Les apparences sont contre moi, je sais. Surtout après…

— Après ?

— Ma relation avec Mathias.

— Dangles ?

Le Prêcheur hocha la tête.

— Nous nous aimions, malgré notre différence d'âge. Profondément. Depuis le début. Contrairement à Viktor Mendi, qui n'éprouvait qu'un désir sexuel pour ses proies. Sauf que… Mathias ne l'assumait pas. Il évoluait dans un milieu qui ne l'aurait pas accepté.

— « Depuis le début », vous voulez dire, déjà à

l'époque où vous aviez tous les deux emmené ce groupe d'enfants dans la montagne ?

— C'est ça.

Flores se retint de l'insulter.

— Parlez-moi de Millaris, Loyola, lâcha-t-elle en croisant ses longs bras.

Le regard du Prêcheur se fit encore plus perçant.

— Qu'est-ce que Millaris vient faire là ?

— À vous de me le dire. Les enfants de la première neige, ça doit vous parler, non ? Les enfants du groupe n'avaient pas le même âge, mais tous étaient nés lors de la première neige. Comme s'ils avaient été choisis en fonction de ça et… quand on connaît la légende de Millaris… Vous les conduisiez là-haut dans un but précis, non ?

— En effet, leur faire découvrir ces montagnes, les mettre face à leurs peurs pour certains, et leur montrer que Dieu a créé ce monde fabuleux pour eux. Un monde qu'ils devaient à leur tour préserver et, pour ça, il fallait qu'ils apprennent à mieux le connaître. Les enfants nés lors des premières neiges sont les plus résistants. Ça n'avait rien à voir avec Millaris. La neige ne devait pas être leur linceul.

— Et pourtant, c'est ce qui s'est passé. Par ailleurs, j'ai répertorié toutes les disparitions d'enfants dans les villes de la région et même au-delà, exactement au moment où vous vous y trouviez. Pouvez-vous m'expliquer ces coïncidences plus qu'étranges, Loyola ?

— Justement, ce sont des hasards, sans doute. Ou bien… quelqu'un les a peut-être provoqués.

— Qu'est-ce que vous racontez ?

— Viktor Mendi. Il fut mon initiateur aux choses du sexe et de l'amour. Du moins, l'ai-je cru. J'ai cru qu'il m'aimait, que j'étais son préféré. Naïf que j'étais, à treize ans ! Un jour il m'a rejeté, en me menaçant d'être bien plus méchant si je racontais ce qu'il m'avait fait et ce qu'il aimait faire à d'autres enfants et à son fils. Bien sûr, vous n'avez pas fait le rapprochement entre sa présence dans ces mêmes villes et les disparitions d'enfants. Mais vous ne pouviez pas savoir.

— C'est un peu facile d'accuser un mort, vous ne trouvez pas, Loyola ?

— Si je suis venu trouver les gendarmes et leur capitaine, là-haut, c'était pour vous remettre ceci. Je peux ?

Flores lui fit un petit signe d'assentiment. Lentement, de ses mains jointes par les menottes, Loyola sortit de la poche intérieure de sa parka un carnet en cuir usé et le tendit à la capitaine.

— Écrit de la main de Viktor Mendi lui-même. Je suis sûr que l'analyse graphologique vous le confirmera. Ce sont ses confessions.

— Pourquoi est-ce vous qui les avez ?

— J'étais en route pour traverser la frontière du côté du Monte Perdido et je suis passé par le hameau abandonné. J'ai vu de la fumée sortir de la cheminée d'une maison qui avait été entièrement retapée, la seule d'ailleurs. J'étais fatigué de toute cette marche dans les bourrasques et je suis entré. Il y avait une jeune femme, à l'intérieur. Mais elle n'était pas seule. Enfin… presque. Trois cadavres gisaient au sol, dont un dans une flaque de sang.

— Et ensuite ? Vous vous êtes manifesté ?

— Elle était apeurée. Mais j'ai réussi à la calmer et j'ai jeté un coup d'œil aux corps. C'est là que je l'ai reconnu, malgré sa barbe et ses cheveux hirsutes.

Viktor Mendi. Ses yeux étaient grands ouverts et le droit fuyait en arrière. C'était bien lui. Alors qu'il était censé être mort dans le crash de son avion. C'est là que j'ai compris que le Messager, c'était en réalité Viktor. Le premier homme que j'avais aimé. Mon initiateur.

— Et le Messager, vous en aviez déjà entendu parler ?

— Son nom courait sur certaines lèvres dans la région. Mais je ne l'avais jamais croisé.

— Et Ceux de la forêt ? L'Espada ? Ils vous disent quelque chose, non ?

Loyola émit un petit rire.

— Je vois que vous avez de bonnes sources.

— Vous êtes allé dans la forêt proposer une excursion et un entraînement à l'alpinisme aux enfants. Pourquoi pas aux adultes ?

— Je préfère la compagnie des enfants. J'aime leur apprendre ce que je sais. C'est mon droit et ça ne fait pas de moi un pédophile. Ce qu'était en revanche Viktor Mendi. Lisez ses confessions et on en reparlera.

— J'y compte bien. En attendant, vous ne bougerez pas d'ici. Vous avez donc rencontré la matriarche de la forêt, cette Espada.

Flores raconta en quelques mots à Loyola ce que lui avait dit Ars avant de succomber à un choc septique à la suite de ses brûlures.

— Saviez-vous que ce garçon, Adrian, qui s'est joint à votre groupe le jour même de la randonnée, sans l'autorisation de sa mère, s'est littéralement enfui après avoir été enfermé après votre dernière visite dans la communauté, et qu'il était le fils illégitime de l'Espada et de Viktor Mendi ?

Loyola soupira.

— Je sentais que cet enfant n'était pas comme les autres, quand il venait aux entraînements. Sa mère avait vis-à-vis de lui un comportement qui relevait presque de la paranoïa.

— Il était le demi-frère d'un autre enfant de votre groupe, Antoine Mendi. Lui, vous saviez de qui il était le fils…

— Non. Des Mendi, il y en a à la pelle. Et c'est Mathias qui s'était occupé de son inscription. Antoine venait toujours seul. Sans être accompagné d'un adulte. À aucun moment je n'ai fait le rapprochement.

— Les trois corps, là-haut, Antoine, justement, m'a dit les avoir enterrés.

— Ce n'est pas vrai. C'est moi qui les ai enterrés. Mais c'était le même Antoine ?

— Oui. Il est revenu au village pour intégrer la gendarmerie rurale au poste de lieutenant. L'homme que vous avez attaché à la dérive de l'hélicoptère après lui avoir fait faire une chute mortelle, dit Flores sans détour.

— Vous plaisantez ?

— Jamais dans le cadre de mon travail. Comment expliquez-vous que les corps des garçons retrouvés après l'avalanche soient tous marqués d'un coup de piolet ? Seul Antoine, qui a été découvert vivant, ne porte pas cette marque. Mathias et vous en êtes sortis sains et saufs. Ces enfants étaient peut-être encore vivants. Mais Dangles et vous les avez achevés d'un coup de piolet.

À cet instant, Loyola lança à Flores un regard atterré.

— Jamais on n'aurait fait ça, Elda ! Je l'ignorais, même… Mais alors… c'était donc ça !

— Quoi ?

— Ce que Viktor décrit dans son carnet comme un plan B. Il a dû lui-même chercher et trouver les corps…

— Viktor Mendi venait de survivre au crash de son avion, Loyola. Il ne devait même pas être en état de faire trois mètres sur ses jambes. Arrêtez donc de me prendre pour une conne !

— Pourtant, c'est écrit dans son carnet… Et c'est ce qui pourrait expliquer la toile de parachute pliée que j'ai trouvée rangée à l'extérieur de sa maison au hameau, à côté du poulailler, lorsque j'ai cherché une pelle et une pioche !

Flores fut soudain saisie d'un vertige. Parce que la vérité qui se profilait était proprement vertigineuse. Et que, là encore, la réalité dépassait de loin l'imagination la plus fertile. D'après les éléments que venait de lui donner Loyola, s'il était de bonne foi, Viktor Mendi aurait planifié son propre sauvetage tout en déguisant en suicide le crash dans lequel sa femme avait trouvé la mort. Une mort qu'il voulait. Un crime parfait. Le meurtre de sa femme, minutieusement organisé, qui lui avait permis de vivre incognito en ermite et de se rapprocher de l'Espada. S'il avait vraiment été l'auteur de ces coups de piolet sur les garçons, c'était lui aussi qui avait massacré le corps d'Adrian jusqu'à le rendre méconnaissable. Un acharnement qui en disait long sur la haine et la rancœur qui l'habitaient depuis que l'Espada l'avait privé de son fils. Il avait donc maquillé cet acte odieux en assénant aux autres garçons un coup de piolet au même endroit. Mais avec

Adrian, il n'avait pas été capable de dominer sa rage. Cela avait été sa vengeance, et la douleur de l'Espada et du vieux, le père adoptif, avaient été sa victoire. Un scénario macabre qui tenait la route.

— Tout ça paraît invraisemblable, je sais, Elda, mais c'est la vérité.

— Et le carnet, donc ?

— Après avoir découvert que Viktor était le Messager, j'ai fait mine de partir, mais j'ai rebroussé chemin et j'ai dormi au hameau, dans une autre maison, en ruine, celle-ci. J'ai attendu le moment propice pour aller fouiner chez Viktor.

— Avec le risque d'attendre longtemps.

— Je l'ai pris. Une fois que la fille est partie avec un homme et une femme un peu plus âgée qu'elle, je suis retourné chez le Messager et, en fouillant, je suis tombé sur ce carnet dans une boîte. Je savais que ce serait une pièce à conviction qui me disculperait.

— Pas si sûr, Loyola. Parce que je n'oublie pas que vous êtes passé chercher les deux fils de Mathias chez eux et que vous avez dit à Inès que leur père était d'accord.

— Oui, c'était pour les élever un peu. Ils étaient en train de s'abrutir devant leurs écrans et leurs tablettes et de devenir de vrais idiots. Je les aime comme mes fils. Mais, une fois là-haut, à l'espugne, je suis allé me soulager dehors et ces crétins en ont profité pour se sauver. Je les ai cherchés partout où j'ai pu, sans résultat. J'espère qu'ils sont rentrés.

— Oui, ils sont rentrés, Loyola, mais pas grâce à vous ! Alors je trouve votre version un peu trop légère.

— Je vous jure devant Dieu que c'est la vérité.

Même si j'ai quitté les ordres, je serai toujours Son serviteur.

Le Prêcheur couva Flores d'un regard brûlant où se lisait une foi authentique. Elle devait bien le reconnaître, la version de Loyola collait en tout point avec celle de Josu et de Yannick, qu'elle avait pu interroger avant d'annoncer à Inès la mort de son mari. Les deux adolescents avaient répété à Flores qu'ils avaient trouvé Loyola plutôt « chelou », et lorsqu'elle leur avait demandé pourquoi, ils avaient été évasifs sans pouvoir soutenir son regard. L'important était qu'il ne leur ait pas fait de mal. Peut-être n'en avait-il pas eu le temps, s'était dit Flores.

— Et le corps d'Antoine Mendi attaché à la dérive de l'hélicoptère peu de temps après l'avalanche ? demanda-t-elle. Une avalanche déclenchée manuellement, au passage. Vous êtes guide de haute montagne, vous devez vous y connaître, en déclenchement d'avalanches, non ?

— Il faut du matériel que je n'ai pas. Vous pouvez aller tout de suite vérifier dans ma bergerie.

— Vous avez très bien pu l'entreposer ailleurs, mais c'est ce qu'on va faire.

— Je n'ai déclenché aucune avalanche, fait de mal à aucun de ces enfants, ni aux fils de Mathias, et je n'ai pas tué Antoine Mendi.

— Vous êtes blanc comme neige, en fait.

— Le ou les coupables courent toujours, désolé, Elda. Il aurait été plus simple que je sois votre homme. Mais ce n'est pas le cas. À mon avis, l'auteur de l'avalanche est aussi celui qui a éliminé Antoine et qui l'a attaché à la queue de l'hélicoptère.

86

12 février 2023, chez Flores

Flores avait envie de sauter à la gorge de Loyola pour lui faire cracher le morceau. Son calme et son sang-froid presque insolents dans une telle situation l'insupportaient. Elle restait persuadée qu'il avait inventé toute cette histoire et qu'il éprouvait une satisfaction perverse à les manipuler. Pourtant, le carnet existait bel et bien. Mais toutes ces pages avaient-elles été noircies de la main de Viktor Mendi lui-même, comme le prétendait Loyola, ou ce dernier avait-il imité son écriture sur un carnet vierge, déjà vieilli et usé ?

Flores n'avait qu'une hâte, découvrir ce qu'il contenait et le soumettre aux compétences d'un graphologue. À sa demande, Edonia l'avait laissée visiter la chambre d'Antoine à l'étage, où elle avait récupéré la lettre de Viktor Mendi dans laquelle il expliquait à son fils les raisons de son suicide avec Dolores. Si Loyola disait la vérité au sujet du parachute, le plan de Mendi était diabolique. Flores espérait de toutes ses forces que les équipes avanceraient assez vite dans le déblayage de ces tonnes de neige afin de voir si le récit du Prêcheur se confirmait. Pourquoi Antoine avait-il menti en disant qu'il avait lui-même enterré les corps ? Comme pour cacher que quelqu'un était passé chez le Messager et qu'il savait de qui il s'agissait. Mais comment avait-il pu le savoir ? Avait-elle raté quelque chose dans la chambre d'Antoine ? À vrai dire, elle s'était contentée de regarder en surface dans les affaires du lieutenant, cherchant juste la lettre.

D'autre part, selon Fourcade, le smartphone d'Antoine n'était pas sur lui lorsque son corps avait été transporté de là-haut par hélicoptère. Elle n'avait cependant pas vérifié s'il l'avait au moment où elles avaient découvert le cadavre attaché à la dérive et s'en voulait. Antoine était-il en lien avec Loyola ? Le carnet qu'avait trouvé l'ancien guide faisait-il partie des preuves dont parlait Antoine dans sa vidéo ? Le Prêcheur avait été fouillé et n'avait pas de portable sur lui. Sans doute pour ne pas être localisé. Ou bien avait-il, dans sa vie à l'écart du monde, proscrit la technologie moderne ?

Flores croulait sous les questions qui s'imposaient à elle au fil des découvertes et des interrogatoires. Astrid et Farès étaient probablement hors de cause dans l'avalanche du village. Loyola était peut-être en train de s'amuser avec elle. Flores sentait qu'elle allait devoir le cuisiner davantage. Changer de méthode. Un véritable défi, face à ce genre de personnalité, rompue à la solitude et aux conditions extrêmes, dont le refuge ultime était la foi.

Elle regagna son cocon, fourbue mais excitée à la pensée de lire le carnet censé avoir appartenu à Viktor Mendi. Loyola était sous bonne garde, dans l'un des deux préfabriqués où on lui avait jeté un matelas par terre et une vieille couverture. Pour le chauffage, il s'en remettrait à Dieu.

Avant de commencer, Flores compara l'écriture légèrement inclinée à droite et bien tracée de la lettre à celle du carnet, plus maladroite, mais avec la même inclinaison. Elle trouva d'incontestables similitudes, qui demanderaient toutefois à être confirmées par un professionnel. Un nœud à la gorge, elle attaqua.

Au fil des pages, le nœud se resserrait. Elle avait l'impression que sa trachée n'était plus qu'un tube tout juste assez large pour y glisser un fil dentaire. Parfois elle se surprenait à relire trois fois la même phrase, pour s'assurer d'avoir bien compris. Les mots, crus, sans pudeur, mordants, s'entrechoquaient, se superposaient, frappaient, révoltaient, cinglaient comme des coups de lanière, se plantaient dans la chair, tels des clous ou des punaises. Flores se demandait quel esprit, quelle âme avait pu écrire tout ça et surtout, le vivre. Une âme à la noirceur absolue, sans doute. Le Mal personnifié. Ou l'une de ses incarnations. Des bribes marquaient ses yeux au fer rouge, incandescent, mais elle y revenait, horrifiée, se faisant mal, se punissant, s'infligeant cette souffrance comme elle s'était infligé la morsure du fouet. N'importe qui d'autre aurait jeté le carnet dans les flammes, celles de l'enfer, ou serait allé vomir tripes et boyaux jusqu'à la bile. Mais Flores n'était pas n'importe qui. Avoir mal, elle connaissait. L'abjection aussi. Même si celle-ci atteignait des sommets. L'inimaginable. L'inconcevable.

« Oui, j'aime, j'aime cette chair impubère, fraîche, innocente, vierge de toute copulation, j'aime le goût douceâtre, entre sucre et sel, de cette peau nue, où un duvet blond commence à poindre, comme un champ de blé. » Ou encore : « Cette jeune bouche inexperte qui me suce et m'aspire avec application, en y mettant toute sa bonne volonté, ces lèvres frémissantes que je lèche jusqu'au vertige.» Puis, comme une terrible et inacceptable justification : «Je suis ainsi fait, marié à une femme, amoureux d'une autre et fou de désir de ces corps purs en pleine germination, pas encore adultes et plus tout à fait enfantins.»

À quelques pages de la fin, les doigts de Flores, pris d'un tremblement qu'elle avait de la peine à calmer, tournèrent une page lue péniblement, révélant la suivante sur laquelle était écrit un nom : Adrian. Un chapitre consacré à ce fils inconnu et fantasmé, à travers lequel Viktor Mendi épanchait sa rancœur et sa frustration. «Toi, Kristina, l'amour de ma vie, tu m'as privé du plus grand bonheur qui soit, celui d'élever et de voir grandir mon fils. Parce que tu m'as jugé, décidant de mon sort. Mais un jour, ce sera mon tour de décider du tien, de t'arracher le cœur en t'enlevant l'être le plus cher, je te reprendrai ce que tu m'as volé. Et je sens que ce jour n'est pas loin.» Une page datée de décembre 1998. Suivie d'autres qui descendaient le fil du temps. On était désormais en janvier 1999. Quelques jours avant le crash. Flores continua sa lecture dans un état nauséeux. «Cette rencontre inattendue a changé ma vie. Un peu plus âgé que les autres, mais quel corps, quelle prestance à quatorze ans à peine! Mon cher Mathias...» Flores interrompit sa lecture, les yeux rivés aux flammes dévorant les bûches dans le foyer. Mathias... Se pouvait-il que ce soit Mathias Dangles?

«... tes baisers et tes caresses me comblent... Mais où as-tu appris tout ça? Tu parles peu, ça ne fait rien, nous ne sommes pas là pour bavasser. Tu m'as pourtant dit l'essentiel. C'est grâce à toi si je sais maintenant qu'Adrian s'est préparé à faire cette excursion avec vous au mont Perdu. Le 17 janvier. Dans une semaine. Je souhaite de toutes mes forces que mon plan fonctionne. Dans le cas contraire, comme je te l'ai dit, je compte sur toi, mon cher Mathias, pour prendre le relais et terminer le travail. »

C'était la dernière phrase des confessions de Viktor Mendi. Sibylline et laissant pourtant entrevoir une vérité terrifiante. Les pièces s'assemblaient, formant un ensemble presque limpide, qui restait cependant du domaine de l'hypothèse. Cela montrait que le plan de Viktor Mendi était lié à Adrian. « Je compte sur toi, mon cher Mathias, pour prendre le relais et terminer le travail. » Flores en était certaine, le « travail » était bien de tuer Adrian. Et ce plan était forcément lié au crash. Si la présence d'une toile de parachute chez Viktor Mendi, alias le Messager, était confirmée, le crash planifié était non seulement un faux acte suicidaire et un meurtre déguisé, mais il faisait partie du plan évoqué dans le carnet. Mendi avait prévu que son avion s'écraserait sur le groupe d'enfants dont faisait partie Adrian. Savait-il que son autre fils, Antoine, se trouvait là lui aussi ? Sans doute pas, puisqu'il lui avait écrit cette lettre lui révélant que sa mère et lui-même avaient décidé de mettre fin à leurs vies. À moins que cette trace écrite ne fasse aussi partie de son plan…

Mais l'avion ne s'était pas écrasé sur le groupe, Viktor Mendi avait raté sa cible. En revanche, il avait provoqué une avalanche, ce qu'il n'avait sans doute pas prévu. Et c'était là que Mathias intervenait. C'était pour ça que seuls les garçons du groupe avaient reçu un coup de piolet : pour être sûr qu'ils ne s'en relèveraient pas.

— Non… impossible, dit Flores à voix haute en arpentant son salon, le carnet à la main.

La capitaine doutait que Mathias ait accepté d'accompagner Loyola à l'endroit où l'avion devait s'écraser ce même jour. Ça ne tenait pas debout. Quelque chose lui échappait. Elle alla s'installer à son bureau, prit une loupe, et braqua la lampe sur les dernières pages du carnet, où le pédophile s'adressait à Mathias.

— Non, souffla-t-elle, la loupe juste au-dessus du prénom manuscrit. Nom de Dieu…

Elle décortiqua lettre après lettre une dizaine de fois. C'était là, sous ses yeux ahuris. Celui qu'elle avait pris pour Mathias était en réalité Mathieu.

87

12 février 2023, au village

Malgré l'heure tardive, Flores se rhabilla chaudement et roula sous une averse de neige qui tombait en diagonale et que la lumière des phares du 4 × 4 rendait aussi phosphorescente que des milliers de petites méduses. De chaque côté de la vallée, on devinait les pics et les massifs tourmentés des Hautes-Pyrénées, comme les dents d'une mâchoire gigantesque. Elle voulait parler à Loyola.

Elle se gara devant les deux blocs des préfabriqués autour desquels les gendarmes de Fourcade montaient la garde. Celui dans lequel se trouvait Loyola, pieds et poignets entravés, était allumé. En entrant, Flores le vit recroquevillé sous la couverture miteuse, tel un SDF, et eut un petit coup à la poitrine. Un froid glacial et humide s'était installé dans l'unique pièce du préfabriqué et même si le guide de haute montagne était rompu aux conditions extrêmes, Flores éprouvait une certaine compassion pour son sommeil gelé.

S'approchant de la couche, elle se pencha sur lui et le secoua doucement. Mais Loyola ne bougea pas. Elle réitéra son geste sans succès, sentant une certaine raideur dans ce corps en position fœtale. Redoutant le pire, elle souleva la couverture et, d'une pression de la main, le fit basculer d'un coup sur le dos. Ses yeux tombèrent dans ceux de l'ancien guide, grands ouverts et vitreux.

— Non, c'est pas vrai… HÉ ! RAMENEZ-VOUS ICI ! cria-t-elle aux deux hommes dehors.

— Qu'est-ce qui s'est passé avec le suspect ? hurla-t-elle.

— Ben qu… quoi ? bégaya l'un des deux, un petit rougeaud coiffé d'un bonnet bleu sur lequel reposait une couronne de flocons, suivi de son collègue.

— Il est mort ! MORT !

Les deux gendarmes se regardèrent, hébétés.

— Vous êtes sûre, mon cap… capitaine ?

— Si vous ne savez pas reconnaître un mort d'un vivant, changez de métier ! aboya Flores. Vous allez me dire s'il y a quelqu'un qui est entré ici et quand ! Je veux un rapport détaillé !

— On n'est pas entrés, nous, lâcha le second gendarme, un grand costaud au teint mat.

— Alors qui ? QUI ? J'ai quitté Loyola en fin d'après-midi, il était en pleine forme ! Je le retrouve quelques heures plus tard, mort ! Vous m'expliquez ?

— Je vous assure, mon cáp… capitaine, reprit le bègue, qu'on n'a rien à v… voir avec ça.

— Ouais, mon collègue a raison. On a pris notre tour vers 21 heures.

— Et qui était de garde avant ?

Les deux hommes se lancèrent un coup d'œil embarrassé.

— Je vous demande QUI était là avant vous ?

— Le capitaine Fourcade, mon capitaine.

Flores faillit s'étrangler avec sa salive. Le prénom

du jeune capitaine la frappa de plein fouet. Mathieu. Mathieu Fourcade.

Tout se mit à tourner autour de Flores, qui attendit une accalmie à coups de profondes inspirations et expirations. Elle n'avait jamais voulu céder à la mode du yoga et parfois, surtout à cet instant, s'en mordait les doigts. La coïncidence entre le prénom de l'adolescent qui apparaissait sur les pages du carnet et celui de Fourcade, la concordance des âges, cette mort suspecte, étaient suffisamment troublantes pour que Flores se penche sur la question.

— Le capitaine Fourcade était-il seul ?

— Oui. Quand on est arrivés, on l'a juste vu sortir…

Le coup de coude censé être discret que le bègue donna dans les côtes de son binôme n'échappa pas à Elda.

— Vous n'avez rien à craindre, vous ne faites que répondre aux questions d'un officier et obéir aux ordres. Vous l'avez vu sortir d'ici seul, c'est ça ?

Hochement de tête du grand costaud, qui semblait plus enclin à collaborer.

— Très bien, dans ce cas, je vais voir tout ça avec votre capitaine. Vous pouvez disposer.

— Et le corps ?

— Je m'en occupe. Mais avant tout, je veux voir le capitaine Fourcade.

Une fois que les deux gendarmes eurent quitté les lieux, Flores enfila la paire neuve de gants en latex qu'elle avait toujours sur elle et commença l'inspection des parties visibles du corps de Loyola, sur lesquelles elle ne constata aucune marque suspecte. La vérification terminée, elle prit son portable et, malgré l'heure tardive, appela Perez, qui décrocha aussitôt.

— On a un gros problème, Olivia. Je viens de trouver Loyola mort sur le matelas, dans l'espace de garde à vue. Je ne peux pas tout t'expliquer au téléphone, mais je veux que tu me dégottes tout ce qui est possible sur Fourcade.

— Fourcade… Le capitaine Fourcade ou bien la légiste ?

Le cœur de Flores fit un bond.

— La légiste s'appelle Fourcade aussi ?

— La remplaçante du Dr Arsac, oui. Je l'ai vu sur son badge.

Dans la salle d'autopsie, Flores était dans un tel état que ce détail lui avait complètement échappé.

— Sais-tu s'il y a un lien de parenté avec le capitaine ?

— Je vais me renseigner.

— Trouve tout ce que tu peux, et même ce que tu ne peux pas, sur les deux Fourcade. Je préfère que ce soit toi qui t'y colles, ce sera plus discret, au cas où mes faits et gestes seraient surveillés. C'est urgent, Olivia.

— Je m'y mets tout de suite, mon capitaine.

— Et trouve aussi la raison pour laquelle cette légiste a remplacé le Dr Arsac ce jour-là. Le jour de l'autopsie du corps d'Antoine.

— Ah, mais ça, je le sais. Le Dr Arsac a eu un accident le matin même, sur la route, alors qu'il se rendait à Bagnères-de-Bigorre.

— C'est grave ?

— Son pronostic vital est engagé.

— Connaît-on la cause de l'accident ?

— Je vais contacter les services, mais il est tard…

— Si tu peux, oui. Et fais attention à toi, si tu sors. Évite de te retrouver seule avec Fourcade. Je t'expliquerai, mais il est probable qu'il soit impliqué dans l'avalanche qui a failli nous tuer et dans la mort d'Antoine. Et Loyola…

À cet instant, Flores sentit un courant d'air dans son dos. Elle fit volte-face : en tenue de montagne, Mathieu Fourcade lui souriait, les lèvres retroussées sur des canines de loup. Le type menaçant que Flores avait devant les yeux, braquant son arme sur elle, était bien loin de l'élève modèle de l'école de gendarmerie.

— Je dois te laisser, Olivia. N'oublie pas ce que je t'ai dit. On se retrouve ici dès que tu peux. Qu'est-ce que tu fiches, Fourcade, avec cette arme ?

— On se calme, capitaine.

Et comme Flores regardait par la porte entrouverte :

— Inutile de chercher du renfort, j'ai renvoyé les deux gardiens dormir au chaud chez eux. C'est moi qui prends le relais. Pour tout, maintenant.

— Tu peux m'expliquer, Mathieu ? demanda Flores en appuyant sur le prénom. Comment as-tu su que j'étais ici ?

— Avec votre smartphone, vous géolocaliser est un jeu d'enfant ! ricana-t-il.

Elda regretta de ne pas avoir été plus vigilante, et aussi un peu plus geek. Ça aide, de nos jours, se dit-elle tout en se traitant d'idiote.

— Tu m'expliques, pour Loyola ?

— Oh lui ? Juste un arrêt cardiaque… Mais j'avoue que je lui ai donné un petit coup de pouce.

Fourcade brandit une seringue vide sous les yeux de Flores.

— Je ne comprends toujours pas pourquoi tu as fait ça.

— Je pense que Loyola vous en a déjà trop dit. Et peu à peu, inexorablement, vous auriez remonté la piste jusqu'à moi. J'ai préféré prendre les devants et être du bon côté du pistolet.

— Quelle est ton implication dans cette histoire ?

— Vous le saurez en temps voulu, mais pour le moment, on va sortir faire un tour. Et vous allez commencer par poser votre arme à terre et la faire glisser vers moi avec la pointe de votre pied.

Flores leva les bras.

— Je n'ai pas d'arme sur moi. Je l'ai oubliée. Tu peux vérifier.

Sur ces mots, Fourcade fit quelques pas, s'arrêta devant elle, à quelques centimètres, et commença la palpation sans baisser son pistolet. Sans prévenir, Flores se cabra, pivota sur elle-même et, prenant de l'élan, envoya de toutes ses forces le coude droit frapper Fourcade en plein visage. Les os du nez et le cartilage craquèrent tandis que le capitaine poussait un cri de douleur en chancelant. Flores en profita pour lui asséner du tranchant de la main un autre coup, cette fois sur les cervicales, qui l'envoya s'écraser au sol de tout son long. Le pistolet lui échappa et Flores le récupéra avant que Fourcade ait pu se relever.

— On dirait que les rôles s'inversent, dit-elle, l'arme braquée sur son ancien élève. Allez, lève-toi lentement et pas d'entourloupe ! Ce n'est pas au vieux singe…

— Flores ! Baissez cette arme ou je vous troue la peau !

Une voix glaçante de femme vint se planter entre les omoplates de Flores, qui n'avait pas perçu les pas sur le sol. Une voix familière, même si elle ne l'avait entendue qu'une seule fois. Flores maintint malgré tout l'arme pointée sur Fourcade qui, le nez en sang, essayait de se remettre sur ses jambes.

— Je ne plaisante pas, capitaine Flores.

Un déclic résonna juste derrière sa nuque. Elle plia donc les genoux et déposa avec précaution l'arme de Fourcade par terre. Celui-ci, qui se tenait toujours le nez, la récupéra en soufflant par la bouche.

— Tournez-vous, doucement. Et donnez-moi votre portable.

Ce que fit Flores, croisant ainsi le regard de celle qui était venue au secours de son mari, Amélie Fourcade, la légiste intérimaire.

88

13 février 2023, quelque part dans la montagne

Ils étaient sortis en empruntant l'attitude normale de trois personnes qui se connaissaient et travaillent ensemble. Mais à un observateur plus attentif, la scène aurait envoyé des signaux inquiétants. L'éclair métallique d'une arme dans la pâleur d'une nuit neigeuse, le visage barbouillé de sang coagulé d'un officier de gendarmerie qui avançait en boitant, une femme très grande, marchant voûtée, sous la menace de l'arme en question vers un 4 × 4 stationné dans l'obscurité. Les portes claquèrent et Flores se retrouva tassée sur le flanc, dans le coffre du véhicule où on lui avait intimé de monter et où flottait une odeur de froid et de mort. Elle n'aurait su dire si c'était la sienne qu'elle sentait désormais proche ou bien l'odeur de l'hiver, un mélange de fumée et de rouille.

Aux virages qui la bringuebalaient sans ménagement, Flores comprenait que le 4 × 4 roulait vers les hauteurs. Il s'arrêterait là où cessait la route pour devenir un chemin de terre et de cailloux, lui-même voué à s'effacer et disparaître dans la végétation et la rocaille.

Au bout de ce qui lui parut être une éternité, la

voiture s'arrêta et le hayon s'ouvrit en grand, laissant s'engouffrer l'air glacial.

— Descendez, on est arrivés.

Le ton sec d'Amélie Fourcade ne laissait rien présager de bon. Son mari diminué, elle semblait avoir pris les rênes en main et la lueur perverse qui se devinait dans son regard démentait l'apparente jovialité qu'elle avait affichée lors de la première rencontre. C'était peut-être même elle qui menait la barque et qui était la plus dangereuse.

Une fois dehors, Flores leva la tête vers les étoiles qui miroitaient dans le velours d'une nuit éternelle. Une plainte s'éleva au même moment, suivie de gémissements et de grognements proches. Amélie Fourcade braqua alors une lampe torche dans leur direction, laissant entrevoir à Flores ce qui l'attendait. Collé à un cabanon, un enclos grillagé dans lequel se pressait une meute de huit loups aux flancs maigres et gondolés.

— Oui, le repas arrive, mes amours, sur ses deux jambes ! leur lança la légiste.

— Je crains qu'ils n'aient grand-chose à manger, sur ma pauvre carcasse, dit Flores qui trouvait encore la force de faire de l'humour.

— Ils n'ont rien eu à se mettre sous la dent depuis des jours et ils ont faim, très faim. Ce n'est pas ça qui va les déranger et, justement, ils vont se repaître jusqu'au dernier morceau de chair, au plus petit éclat d'os…

— Vous êtes malade, Amélie.

— J'aurais espéré un meilleur plaidoyer pour votre défense, chère capitaine !

Mais ignorant la remarque, Flores, qui sentait déjà ses extrémités geler, se tourna vers son ancien élève, dont le nez avait doublé de volume.

— Bon, si tu m'expliquais à quoi rime cette mascarade, Fourcade ? Qu'on en finisse, on ne va pas attendre de se transformer en glaçon…

— Je pense que c'est à toi de t'expliquer, Flores, répondit Fourcade d'une voix nasillarde. Comment as-tu fini par me soupçonner ?

— D'abord, qu'est-ce qui te fait dire que je te soupçonne de quoi que ce soit ?

— L'un de mes gars m'a appelé pour me dire que tu étais arrivée au préfabriqué et qu'en découvrant que Loyola était mort et que j'en assurais la garde avant eux, tu as eu un air bizarre…

— Ah, c'était donc ça, ta fameuse géoloc ? Un cafteur !

— Non, ça s'appelle de la loyauté envers son supérieur. Tu leur as même dit que tu allais voir tout ça avec moi. J'ai tout de suite compris.

— Tu as bien de la chance, parce que moi, je ne comprends toujours pas ce que je fais ici, prête à servir de repas à tes loups !

— Pendant son transfert en hélicoptère, Loyola a évoqué un carnet, dans lequel ce vieux salopard de Viktor Mendi se confessait et avouait ses penchants…

— Il parlait aussi d'un certain Mathieu, qui, je le cite, « devait terminer le travail » au cas où son plan échouerait. Ce Mathieu, c'était toi.

— Un jour ou l'autre, dans la vie, on est tous manipulés par un adulte, que ce soit nos parents, un enseignant, ou plus tard, un chef, un collègue, une femme, une maîtresse, un amant… Avec Viktor, je n'y ai pas échappé. Il aurait tout fait pour arriver à ses fins.

— Lesquelles ?

Les volutes blanches qui s'échappaient de leur

bouche en même temps que les mots se rejoignaient pour former un nuage de vapeur en suspension.

— Éliminer sa femme, Dolores, en lui faisant croire à un suicide à deux, pour échapper à une montagne de dettes et à la prison, et retrouver Adrian, le bâtard qu'il avait eu avec cette femme, l'Espada, pour le tuer.

— La prison ? Pourquoi ?

— Une bonne enquêtrice se serait penchée sur son passé et aurait découvert qu'il n'était pas seulement pédophile. Il avait escroqué des gros bonnets de la finance. Il avait les flics et la mafia à ses trousses.

— Je ne t'avais pas donné tous les détails de l'enquête, comment as-tu su que le Messager était Viktor Mendi ?

— J'ai eu accès au dossier, ma chère. N'oublie pas que je suis officier de gendarmerie, capitaine, comme toi.

Ça se présentait mal pour elle. Il lui fallait à tout prix gagner du temps. Elle comprenait en même temps qu'en envoyant Fourcade là-haut, elle avait scellé le destin d'Antoine et le sien.

— Assez de palabres, intervint la légiste, le temps presse. Mathieu, on s'en débarrasse ! Tu ne vois pas qu'elle joue la montre ?

Sur ces mots, la légiste sortit un trousseau de clés et commença à chercher celle qui ouvrirait le cadenas de l'enclos.

— Non, attendez… Mathieu, le travail à achever, tu l'as fait, n'est-ce pas, le plan de Viktor Mendi ayant échoué ? Tu as suivi le groupe à distance et quand tu as vu que l'avion avait manqué sa cible en s'écrasant, tu t'es occupé d'Adrian, c'est ça ? L'objet de sa vengeance… Adrian qui était l'enfant non identifié, le septième corps, sauvagement mutilé au piolet… Il n'avait pas de grandes chances d'échapper à une avalanche, pourquoi t'être toi-même mis en danger pour faire le sale boulot ? Mendi était criblé de dettes, il n'avait pas pu te promettre de l'argent.

— Je ne le savais pas, à l'époque. C'était un homme d'affaires à la tête d'une chaîne d'hôtels de luxe et de casinos, j'avais une certaine admiration pour lui et pour sa réussite. Il m'avait dit qu'il me coucherait sur son testament. Antoine faisant partie du groupe de randonnée, s'il mourait ou disparaissait, Viktor n'avait plus d'héritier direct.

— Mais pourquoi pas seulement Antoine et Adrian, alors ?

— C'était pour brouiller les pistes. Il aurait été bien plus suspect qu'un seul des garçons du groupe porte des blessures au piolet. Là, ça pouvait faire penser à un crime rituel ou à une vengeance collective.

— Même si, pour la plupart, les coups ont été portés post-mortem…

Mathieu Fourcade se troubla.

— L'avalanche, qui n'était pas prévue, a fait le gros du travail, c'est vrai. Mais je devais être sûr qu'aucun ne survive. Et Viktor m'avait montré la photo d'Adrian, qui était en effet sa cible principale. J'ai pu le reconnaître quand je l'ai retrouvé. Par chance, ils n'avaient pas été complètement ensevelis sous des mètres de n…

À cet instant, l'air nocturne trembla. Un bourdonnement se rapprochait en même temps qu'une lumière se déplaçait dans le ciel, éclairant les conifères et le relief accidenté comme en plein jour. Une fois pris dans l'œil de ce cyclope lumineux, il était impossible de rester invisible.

— Un hélicoptère ! cria Amélie Fourcade d'une voix suraiguë, qui perça même les tympans de son mari.

Olivia ! sourit Flores de l'intérieur. Par chance et pour que son enlèvement reste discret, ils ne lui avaient pas attaché les mains. Grosse erreur, pensa-t-elle en se préparant et priant que la Gazelle survole la zone où ils se trouvaient.

À peine eut-elle formulé pour elle-même ce vœu muet que le projecteur qui balayait consciencieusement le périmètre les aveugla l'espace de quelques secondes. Profitant de la confusion, Flores tendit les bras vers l'appareil et agita les mains dans le cercle lumineux, avant que celui-ci ne poursuive sa trajectoire après une courte station. Était-il possible qu'Olivia n'ait pas repéré ses gestes désespérés ? Flores fut prise d'un doute atroce. Et si ce n'était pas Perez ? Si ce n'était qu'une coïncidence, et que l'hélicoptère survole la montagne à la recherche de randonneurs dont on aurait signalé la disparition ? Il n'y avait qu'une seule issue.

Avant que les Fourcade aient pu réagir, Flores bondit à la vitesse d'une biche et disparut dans la nuit désormais profonde. Mais à peine avait-elle atteint l'épaisse forêt de conifères pour s'y fondre qu'elle entendit des hurlements d'excitation. À cet instant, elle comprit que sa vie ne tiendrait qu'à sa capacité à semer la meute affamée lancée sur ses traces. Les huit loups qu'Amélie Fourcade venait de libérer de leur enclos.

89

13 février 2023, quelque part dans la forêt

Flores était seule dans l'obscurité glacée de la montagne, sans portable ni arme, contre deux fous qui, eux, en étaient pourvus et avaient lancé à ses trousses des loups dont la férocité naturelle était attisée par la faim et l'enfermement. Au moindre signe de faiblesse, c'en serait fini. Le vrombissement des rotors n'était plus qu'un écho étouffé. À bout de souffle, les pieds et les mains engourdis, Flores avait envie de pleurer. Pleurer sur cette chance qui s'éloignait à la vitesse des pales, sur Botox orphelin, sur sa chair dont les loups allaient se repaître… Il lui sembla pourtant que leurs aboiements entrecoupés de halètements avaient cessé de se rapprocher. Au contraire, ils se perdaient au loin. Avait-elle réussi ? Elle n'osait espérer. La désillusion l'achèverait cette fois.

Ce qu'elle comprendrait plus tard, c'était que Botox lui avait certainement sauvé la vie. Ou plutôt, son odeur. Même à huit, les loups, affaiblis par des jours de jeûne, avaient senti qu'ils n'auraient pas le dessus contre un chien. Peut-être même, aux relents hormonaux, en avaient-ils évalué la taille… en tout cas le sexe. Un mâle. Botox n'étant pas castré. Leur enthousiasme, une fois libérés, avait donc tourné court. Mais dans cet élan de survie et cette liberté retrouvée, ils avaient flairé d'autres proies… Des proies humaines elles aussi, dont l'une sentait déjà la mort. Des proies plus faciles. A priori.

Peu importaient les raisons de ce revirement et ce qu'il adviendrait des uns et des autres, Flores avait une occasion à saisir. Son instinct, forgé par la rudesse des vieilles montagnes des massifs de Bigorre et de Néouvielle, lui souffla de continuer dans la direction qu'elle avait prise. Soudain, alors qu'elle se remettait en route, un cri qui n'avait plus grand-chose d'humain perça la nuit. Suivirent des coups de feu, un premier hurlement, puis un deuxième, encore deux coups de feu, des gémissements déchirants… Dressant l'oreille, Flores parvint à distinguer les cris humains auxquels se mêlaient des hurlements animaux. Elle n'aurait su dire qui avait l'avantage, mais apparemment ça tournait mal. Des balles avaient certainement atteint leur cible. Sur les huit loups, combien en resterait-il ? Fourcade avait récupéré son Sig-Sauer, modèle SP-2022, un 9 mm. D'une portée d'une cinquantaine de mètres, il disposait de dix coups. S'il avait bien visé, dix chances de sauver leur peau de la frénésie lupine. Il pouvait perdre deux balles, pas plus. Et sa main ne devrait pas trembler. D'autres détonations résonnèrent. Elle en compta dix au total et pria pour qu'il n'ait pas de recharge. À plus petite allure, elle poursuivit sa course vers le nord. Les poumons gonflés d'air froid, elle avait trouvé son rythme et ses réflexes d'ancienne marathonienne. La couche neigeuse l'obligea à ralentir, une fois sortie du bois. Elle s'arrêta et tendit de nouveau l'oreille. Le vrombissement de l'hélicoptère avait cessé, sans doute était-il hors de portée d'ouïe, et les hurlements n'étaient plus qu'une vague clameur au loin. Flores ne put s'empêcher de penser que même si l'arrivée de l'hélicoptère lui avait offert une occasion unique d'échapper à une mort certaine, elle aurait aimé en savoir davantage de la bouche de Fourcade. Savoir s'il avait croisé Antoine, là-haut.

Elle ne connaissait pas cette partie de la montagne et ne pouvait se diriger qu'à l'aide des étoiles. Sa lampe frontale, dans la poche intérieure de sa parka, avait échappé à la vigilance du couple psychopathe, mais il n'était pas question de risquer de se faire repérer en l'allumant. Aussi, pour éclairer son chemin, devait-elle s'en remettre à la phosphorescence de la neige sur laquelle se reflétait une demi-lune cotonneuse. Traversant une zone déboisée, elle se retrouvait à découvert, encore plus vulnérable, mais plus visible au cas où l'hélicoptère reviendrait. Ses rangers s'enfonçaient dans le matelas neigeux à mi-jambes. Entre les efforts déployés avec l'impression de faire du sur-place et le froid qui s'intensifiait, Flores sentit qu'elle s'épuisait. Elle n'aurait su dire combien de temps elle marcha, jusqu'à ne plus sentir ses extrémités. Elle était partie précipitamment de chez elle pour se rendre au préfabriqué, pas pour faire de la montagne en pleine nuit.

Les hurlements effrénés des loups mêlés aux cris humains, des cris aigus de détresse, avaient cessé, laissant place à un épais silence. Elle sentait parfois le sol se dérober sous ses pieds, à moins que ce ne fût l'inverse. Avec la fatigue et la désorientation, ses pas étaient de moins en moins assurés, ses jambes tremblaient. Une soif féroce lui asséchait la bouche, il lui semblait que sa gorge rétrécissait à chaque inspiration. Un nuage cacha la lune. Elle ne vit pas le dénivelé brutal et son pied se posa dans le vide. Impuissante, n'ayant rien à quoi s'accrocher, Flores bascula en avant et retomba face contre terre, le front heurtant quelque chose de bien plus dur que la neige. Un petit rocher solitaire qui émergeait à cet endroit précis. La capitaine roula sans connaissance sur quelques mètres dans la pente neigeuse avant de s'arrêter, la pâle clarté de la lune revenue éclairant son visage en sang.

90

13 février 2023, hôpital de Bagnères-de-Bigorre

S'il y avait bien un endroit où Flores ne s'attendait pas à se réveiller, c'était dans une chambre d'hôpital du service des urgences de Bagnères-de-Bigorre, le crâne dans un pressoir à raisin, les mains et les pieds entourés de bandages. Et les deux personnes qu'elle s'attendait le moins à voir à son chevet étaient Olivia Perez et Carol Wieder, dont le visage s'éclaira sous son masque dès que Flores ouvrit les yeux.

— Qu'est-ce… que je fais là, articula-t-elle d'une bouche pâteuse d'analgésiques, en essayant de se redresser, en vain.

— Ne bouge pas trop, Elda, tu as une commotion cérébrale, dit Wieder doucement.

— Vous avez eu de la chance, mon capitaine ! s'écria Olivia, émue de voir sa supérieure bien vivante. On a eu peur…

— Où… où sont-ils ? Mathieu Fourcade et…

— Reposez-vous, mon capitaine. Dès que vous irez mieux, je vous ferai un rapport.

— Et Botox ?

— Il va bien, il est entre de bonnes mains, répondit Olivia en regardant Wieder.

— On a pu le récupérer, expliqua la Suissesse, je l'ai pris avec moi, la propriétaire du gîte était d'accord. Tout ira bien. On te laisse te reposer, on repassera plus tard.

— Merci, souffla Flores à bout de forces.

— À plus tard, mon capitaine. Il y a deux collègues devant la porte, qui assurent votre protection. Je vous ai mis votre portable sur le plateau, là.

Sur ces dernières recommandations, Perez sortit, suivie de Wieder qui lança un dernier coup d'œil encourageant à Flores. Une fois seule, Flores ferma les yeux et resta ainsi, sur le dos, à essayer, en vain, de se souvenir comment les choses s'étaient déroulées avant qu'elle ne perde connaissance.

La porte s'ouvrit sur une infirmière masquée venue vérifier les constantes de la patiente, sortie assez rapidement du coma.

— Bon, ça se présente plutôt pas mal, surtout après un tel choc. Vous avez la tête dure !

Oui, Flores devait le reconnaître, elle avait la tête dure et une bonne résistance. Et pas seulement aux coups. L'infirmière échangea sa perf contre une nouvelle poche d'un mélange d'antalgiques et de glucose et, après quelques mots rassurants, sortit de la chambre.

Commotion cérébrale, trauma crânien, sans parler des engelures. Depuis son réveil, entre les visites d'Olivia, de Wieder, de l'infirmière et du médecin, Flores n'avait entendu que ces mots. Elle avait l'impression de n'être plus que cela : une commotion.

Ce n'est que plus tard, en fin d'après-midi, qu'Olivia revint. Seule, cette fois. Elle avait des choses à dire à Flores. Des choses qui devaient rester dans le cadre de l'enquête, confidentielles. Mais pas seulement.

— Le médecin m'a dit que vous devrez rester quarante-huit heures en observation. Si l'IRM est bonne, vous pourrez rentrer chez vous avec un arrêt d'une semaine, mon capitaine, dit-elle, la mine réjouie.

Flores, qui, grâce au cocktail intraveineux, avait repris du poil de la bête, avait même pu, avec l'aide de l'infirmière, se redresser un peu, calée contre l'oreiller rêche. Elle tenait à peine en longueur dans le lit et devait tenir les jambes pliées.

— Tu me racontes ce qui s'est passé ? Comment m'avez-vous retrouvée ?

— Votre portable avait borné en différents endroits. D'abord, dans la montagne…

— L'hélico, c'était toi ?

— Oui. J'ai pu trouver un pilote et embarquer avec un pompier. Je vous ai repérée aux jumelles infrarouges, face à vos agresseurs, mais impossible de se poser. Trop dangereux. On est repartis pour vite revenir par voie terrestre. Ce qui nous a permis de vous retrouver, inconsciente, mais en vie.

— Et les autres… Où sont-ils ?

— Mathieu Fourcade est en détention provisoire ici, à Bagnères. De simples préfabriqués, c'est pas assez sûr. Sa femme… elle a été dévorée, sans doute par des loups.

Flores se rappela les cris qui déchiraient la nuit. Ça aurait pu être elle.

— Merci, Olivia, c'est surtout grâce à toi que je suis encore là. Et qu'ils sont hors d'état de nuire. Fourcade a parlé ?

— Non, il n'a pas demandé d'avocat.

— Tiens, bizarre…

Une pensée totalement insensée traversa l'esprit de Flores. Et si Fourcade avait voulu que le portable de la captive soit localisé ? Le cerveau de cette histoire était sa femme, c'était clair. Son empressement, son impatience à l'idée d'éliminer Flores, les loups, tout tendait à le prouver. Pourtant, depuis le début, c'était Fourcade qui avait agi. D'abord pour Viktor Mendi, et maintenant, sous une autre emprise, celle de sa femme. Et si Mathieu Fourcade n'était qu'une proie facile pour des manipulateurs comme Viktor Mendi et Amélie ?

— Pour le mandat de perquise à leur domicile, c'est en cours et c'est passé par le lieutenant Savin, poursuivit Olivia. Au fait, le Dr Arsac n'est heureusement plus en urgence vitale.

— Capitaine Savin… Catherine Savin de la section de recherches de Toulouse ?

— Oui. C'est elle qui prend le relais, avec la SR.

— Ah, ça y est… Ils sont sur le coup…

Même si Flores s'y attendait depuis un moment, ce pôle de la gendarmerie étant dédié aux affaires judiciaires et aux enquêtes longues, elle eut un petit pincement à l'âme. Pour elle, c'était comme une intrusion dans une histoire qui appartenait aux gens d'ici. Mais face à l'ampleur qu'avait pris l'affaire, c'était la suite logique, elle le savait.

— En tout cas, merci, Olivia, c'est très bien. Et Carol ?

— Elle attend que vous soyez sortie de l'hôpital pour repartir en Suisse.

91

16 février 2023, entre Bagnères-de-Bigorre et le village

Pour Flores, qui avait enfin pu quitter l'hôpital, il n'était pas question de rester à se morfondre à la maison alors que des zones d'ombre demandaient à être éclaircies. Avant de reprendre la route pour la Suisse, Carol Wieder lui avait ramené Botox, tout heureux et frétillant de retrouver sa maîtresse. Les deux femmes s'étaient saluées à regret, se promettant de rester en contact. Flores s'était engagée à tenir Wieder au courant de la suite, une fois l'enquête terminée.

En jetant un coup d'œil dans le rétroviseur extérieur, les yeux humides, Carol Wieder ne laissait pas seulement derrière elle ces rudes et fascinantes montagnes des Hautes-Pyrénées, mais une part d'elle-même. Une part qui s'appelait Antoine. Elle n'avait même pas pu aller se recueillir sur sa tombe, le corps se trouvant encore à la morgue. Peut-être était-ce mieux ainsi. Partir sans se retourner. Elle pourrait désormais faire son deuil et tourner la page. Après tout, n'était-ce pas ce qu'elle était venue chercher ici, dès qu'elle avait su qu'Antoine était revenu ? Elle avait rempli sa mission brillamment et d'autres l'attendaient. Elle laissa une larme couler, qui alla mourir dans le col de sa polaire. Bientôt, les souvenirs, encore à vif, en feraient autant.

Flores regarda le SUV s'éloigner avec, déjà, une pointe de nostalgie au cœur. En dehors du travail, Wieder et elle auraient certainement pu devenir amies. Mais ce qui attendait la capitaine l'empêcha de s'attarder sur les regrets et elle rejoignit Olivia, qui l'accueillit avec une bienveillante sévérité.

— Vous n'êtes pas sérieuse, mon capitaine ! Vous devriez vous reposer…

— Merci, Olivia, mais j'ai déjà une mère et c'est largement suffisant ! Bon, qu'a donné la perquise ?

— Maison, cave et véhicules passés au peigne fin. Voici les pièces qu'on a trouvées.

Olivia montra sur l'écran de son ordinateur les photos des pièces à conviction dans leur enveloppe transparente scellée. Trois au total, un piolet rouillé, des explosifs et une combinaison de camouflage blanche qui rappela à Flores ce que Loyola avait eu le temps de lui rapporter avant d'être assassiné. Il avait aperçu une silhouette au moment où Antoine avait été tué. Parce qu'il était désormais clair qu'Amélie Fourcade avait donné de faux éléments lors de l'autopsie. Restait à savoir lequel des deux, la légiste ou le capitaine Fourcade, avait commis le meurtre.

— Mathieu ? Il s'est décidé à cracher le morceau ?

— Il ne veut parler qu'à vous. Sinon, le déblaiement a avancé, et les corps du Messager, de l'Espada et de Yorick ont été retrouvés, en assez bon état dans les trois fosses. Le froid les a conservés. On attend les résultats des analyses ADN, qui risquent de prendre du temps.

— C'est déjà mieux que rien.

— On a lancé un drone sur la zone où votre portable a borné la première fois et on a pu identifier sur la vidéo les cadavres de six loups.

Six loups, se dit Flores. Fourcade en avait donc raté deux, qui avaient pu s'échapper, pensa-t-elle avec soulagement, éprouvant plus de compassion pour ses potentiels agresseurs animaux que pour ses tortionnaires humains. Au moins, l'animal était dépourvu de méchanceté ou de mauvaises intentions et n'obéissait qu'à son instinct.

— L'identité de Dolores Mendi doit aussi être confirmée.

— Même si on sait d'avance qu'elle le sera. En attendant, je vais voir ce que Fourcade a à me dire.

— Mon capitaine… C'est vraiment pas prudent. Je peux vous conduire, au moins ? C'est à plus de cinquante bornes…

— Merci, Olivia, mais il vaut mieux que quelqu'un reste ici au cas où il y ait du nouveau. Je te tiens au courant, promis.

Il était presque 9 heures lorsque Flores monta dans sa voiture de fonction. Elle roula jusqu'à Bagnères dans un petit crachin. Les saisons se fondaient et se confondaient, l'été avait tendance à grignoter sur l'automne qui, lui-même, repoussait l'hiver, et celui-ci hésitait entre le froid et la tiédeur d'un printemps précoce. Arrivée à la maison d'arrêt après quelques bouchons dus aux intempéries, Flores demanda à voir Mathieu Fourcade. Elle obtint le parloir, malgré sa visite imprévue. L'homme qu'elle vit de l'autre côté de la vitre n'avait rien à voir avec celui qu'elle connaissait. La barbe de quelques jours recouvrait la moitié de son visage comme la suie celui d'un mineur.

Il avait des yeux hagards, trahissant un manque de sommeil. Il y avait de quoi, sa carrière et son couple avaient volé en éclats.

— Bonjour, Mathieu, alors, il paraît que tu ne veux parler qu'à moi ?

Elle l'appelait volontairement par son prénom, espérant réinstaurer leur connivence passée même si elle n'avait jamais été très sincère.

— Mais avant toute chose, pour t'éviter de perdre ton temps en mensonges et de me faire perdre le mien, je préfère te dire qu'on a retrouvé chez toi des éléments qui t'accablent. Un vieux piolet, sur lequel les experts scientifiques dénicheront bien quelques anciennes traces de sang et un explosif utilisé pour déclencher des avalanches.

Sur ce coup-là Flores bluffait, sans être pour autant loin de la vérité.

— Si je t'ai fait venir, Flores, ce n'est pas pour t'embrouiller. Au point où j'en suis, je n'ai pas envie de m'enfoncer encore plus. Alors, écoute ce que je vais te dire, parce que je ne le dirai qu'une seule fois, rien que pour toi. Devant le tribunal, je nierai tout, s'il le faut.

— Ce qui ne fera qu'aggraver ton cas.

— Non, parce que c'est vrai. Mais je vais tout te dire à une condition : tu me donnes ta parole d'honneur que tu témoigneras en ma faveur.

— Je te reconnais bien là, Mathieu ! Toujours aussi opportuniste. Et pourquoi je ferais ça ?

— Tu verras, tu ne le regretteras pas. Ton enquête va faire un sacré bond. Alors, marché conclu ?

Mais Flores ne pouvait plus lui faire confiance, elle opta donc pour le bluff.

— C'est d'accord, Mathieu. En revanche, si tu trahis cette confiance…

— Pas de danger. Primo, je plaide coupable pour l'avalanche le jour où vous étiez au hameau, toi, Perez et Wieder. C'était moi. Je venais de déclencher l'avalanche avec des explosifs. Mais je n'ai pas tué Antoine Mendi. Pas plus que Loyola. J'ai juste retrouvé son corps et je l'ai attaché à la dérive de la Gazelle. Quant au Prêcheur, c'est ma chère épouse qui lui a injecté le produit mortel. C'est elle, le médecin, pas moi.

— Et l'avalanche de 1999 ?

Fourcade détourna le regard.

— En apprenant que le Messager était sans doute Viktor Mendi, tout s'est précipité dans ma tête. Je ne voulais pas courir le risque que tu retrouves des preuves de son plan. Même si ce n'était pas moi qui étais là-haut, le 17 janvier 1999, jour du crash et de l'avalanche.

Flores cessa de respirer quelques secondes.

— Qui, alors ? Viktor Mendi t'avait pourtant confié le travail, son plan B.

Mathieu Fourcade crachota sur ses doigts la rognure d'ongle qu'il venait de s'arracher.

— J'en ai assez de prendre pour elle. Elle a dirigé une partie de ma vie, mais c'est fini, ça. C'est Amélie qui est montée, ce jour-là. Je lui avais parlé du plan de Viktor et de ce qu'il m'avait promis.

— Vous étiez déjà ensemble ?

— Oui. Ma plus grande erreur. Elle n'avait plus qu'une seule idée en tête, l'héritage, la fortune de Mendi. Elle s'est servie de Mathias Dangles avec qui elle était au collège.

— Mathias connaissait le plan ?

— Non, bien sûr que non ! Elle l'a embobiné, lui aussi. Ce n'était pas difficile. Tout ce que je t'ai raconté sur ce qui s'est passé là-haut est exact, sauf que c'était Amélie, pas moi.

— Les coups de piolet, c'était elle ?

— Avec l'aide de Mathias. Il retrouvait les corps et elle finissait.

— Et Adrian, c'est elle aussi qui l'a défiguré ?

— Ce n'était pas Adrian.

Nouveau séisme dans la tête endolorie de Flores.

— Qu'est-ce que tu racontes, Fourcade ?

— La vérité.

— Alors qui c'était, ce gamin ?

— Un gosse échappé d'une famille d'accueil. Né sous X. Il s'appelait Sergio Farès.

92

16 février 2023, maison d'arrêt de Bagnères-de-Bigorre

— Tu me fais marcher, Mathieu. Farès est ici, vivant, je l'ai vu il y a quelques jours.

Flores ne savait pas ce qui l'avait le plus sonnée, le coup de crosse sur le crâne ou bien ce que Fourcade venait de lui révéler.

— Eh bien, ce type, c'est Adrian. Je ne l'ai pas reconnu tout de suite, lorsqu'on les a interpellés après le feu de forêt. Ça faisait des années qu'on ne s'était pas revus. Il a bien changé. À mon avis, tu devrais t'en occuper, avant qu'il ne te file entre les mains.

— Adrian était censé faire partie du groupe, comment a-t-il pu être remplacé par cet autre gamin ?

— Adrian était mon meilleur ami, Flores… Avec ce que je savais, je n'allais certainement pas le laisser partir faire cette randonnée mortelle… même pour ce que m'avait promis Viktor.

— Comment ça, ton meilleur ami ? Il était pourtant impossible d'approcher Ceux de la forêt…

— À l'époque, beaucoup moins. C'est après la disparition d'Adrian que ça l'est devenu. La communauté a suivi l'Espada dans son deuil et s'est refermée sur elle-même.

— Et comment Adrian a-t-il pu prendre l'identité de ce Sergio Farès ?

— Avec mon père, on l'a aidé. Il avait des relations un peu partout, dans la gendarmerie, chez les flics, dans l'administration… Je lui ai dit que le vrai père d'Adrian voulait le retrouver pour l'enlever et le tuer. Il a tout de suite été d'accord pour l'aider.

Sergio Farès était Adrian, le fils caché de l'Espada et de Viktor Mendi. À partir de cette nouvelle donne, tout devenait terriblement limpide. Mathieu Fourcade disait la vérité. Une vérité terrifiante, monstrueuse, comme elle savait si souvent l'être. Bien plus que le mensonge.

— L'avalanche sur le village, c'était donc lui, c'était Adrian, dit Flores, consternée.

— Il en voulait à tout le monde, ici, pour l'avalanche de 99. Personne n'a rien fait quand les recherches ont été arrêtées. Personne n'a réagi. Si je ne l'avais pas prévenu, il aurait fait partie des victimes.

— Et seul Antoine s'en est sorti… Crois-tu qu'Adrian l'ait tué ? Et pas la peine de le couvrir, si c'est vraiment lui, Mathieu.

— Je ne couvre plus personne, comme tu peux voir, Elda. Sinon, tu n'aurais jamais su qu'Adrian est toujours en vie sous une fausse identité. Mais je ne sais pas qui aurait pu tuer Antoine, ni s'il a vraiment été tué. Amélie n'avait rien décelé en ce sens, lors de l'autopsie.

— Lui fais-tu encore confiance ?

— Quand il s'agissait de son travail, elle restait très pro. Mais, comme n'importe qui, elle avait ses faiblesses et pouvait se tromper. Fais pratiquer une autre autopsie par un confrère.

— C'est ce que je vais faire, Mathieu. De ce pas.

— Arsac a un jeune assistant qui est plutôt brillant. Guillaume Abbès. À mon avis, il sera un excellent légiste un jour. Va le voir.

— Oui, je l'ai déjà croisé. Je t'aurais remercié, Mathieu, si je ne m'étais pas retrouvée aux urgences à cause de toi et de ta chère épouse.

— Je comprends. C'est de bonne guerre.

— Et cette guerre, Mathieu, c'est toi qui l'as déclenchée. Pourquoi m'aider maintenant ?

Fourcade baissa la tête.

— Tout le monde a droit à une deuxième chance.

— Antoine ne l'a pas eue, lui. Si tu m'as dit la vérité et que tu n'as finalement tué personne, je te souhaite de l'avoir, cette deuxième chance. Au revoir, Mathieu.

Précédée d'un gardien, Flores retraversa les couloirs de la maison d'arrêt. Relevant leur état déplorable, elle se fit la réflexion qu'ici comme à l'hôpital, les administrations publiques souffraient d'une vétusté indigne de son pays.

Une fois dehors, elle appela le centre médico-légal pour demander à parler à Guillaume Abbès. Au bout d'une courte attente, celui-ci se présenta au téléphone, d'une voix plutôt avenante.

— L'autopsie a déjà été pratiquée sur le lieutenant Antoine Mendi, je ne peux pas intervenir sans l'aval de mon supérieur, dit-il cependant, après avoir écouté Flores.

Il en fallait plus pour la décourager.

— Comme vous le savez sans doute, rétorqua-t-elle aussitôt, le Dr Arsac n'est pas vraiment en état de vous le donner et sa remplaçante est décédée.

Un silence suivit ces mots.

— Vous êtes là ?

— Oui, oui…

— Je vous demande juste de confirmer ou d'infirmer le rapport de l'intérimaire, Amélie Fourcade. Il nous faut savoir si le lieutenant Antoine Mendi a été assassiné ou non. C'est urgent. Et le capitaine Fourcade m'a vanté vos compétences.

— Écoutez… Je ne suis qu'assistant, et comme je n'ai pas l'intention de le rester toute ma vie, ce n'est pas ça qui…

— C'est vous qui allez m'écouter, Abbès, dit Flores qui perdait patience, il s'agit d'innocenter un suspect et d'arrêter un assassin. Je pense que ça fera mieux dans votre C.V. que de mentionner votre refus au Dr Arsac, que je connais très bien. Il semblerait que vous soyez promis à un bel avenir dans la médecine légale, ce serait dommage de le gâcher.

— Comme vous voulez, capitaine. Dans ce cas, je vous attends.

Une demi-heure plus tard, Flores se retrouvait dans la salle d'autopsie, le cadavre d'Antoine, qui avait viré au vert-de-gris, sous les yeux. C'était dans ces circonstances qu'elle n'était pas mécontente de devoir porter un masque chirurgical qui lui permettait de prendre une certaine distance avec la réalité.

Derrière des lunettes spéciales qui lui couvraient les yeux jusqu'aux joues comme un masque de plongée, Guillaume Abbès, plutôt bel homme, taillé dans un roc et arborant une barbe de hipster, entreprit une inspection du cadavre au centimètre près, à l'extérieur comme à l'intérieur. Puis il le retourna sur le ventre.

Nous ne sommes qu'un tas de viande, se dit Flores sombrement, à la vue de toutes ces manipulations.

— La fracture du coccyx et celle de l'occipital peuvent en effet évoquer une mauvaise chute en arrière, comme une glissade accidentelle, finit-il par dire. En revanche, il semblerait qu'il y ait eu une petite confusion… Les radios que le Dr Fourcade vous a montrées ne sont pas celles du lieutenant Mendi.

— Comment ça ? Je ne comprends pas…

— Eh bien, moi non plus. Peut-être s'agit-il d'une erreur, car c'est bien son nom qui figure sur les étiquettes…

— Et à quoi voyez-vous que les radios ne correspondent pas ?

— Aux multiples points d'arthrose cervicale et aux becs-de-perroquet au niveau des dorsales… Ce sont les radios d'un sujet âgé. Avec une telle atteinte, le lieutenant Mendi n'aurait pas pu exercer son métier et son squelette serait celui d'un vieillard.

— C'est dingue…

— Nous allons vérifier en lui faisant passer des radios. On aura les bonnes, cette fois.

Une fois la séance effectuée, l'assistant plaça les clichés sur le tableau lumineux et les regarda.

— C'est bien ce que je pensais… De multiples fractures, le corps devenu un sac d'os, des organes vitaux qui ont éclaté… Le lieutenant Mendi a été victime d'une explosion. C'est le souffle qui l'a tué. Sa tête a dû heurter une pierre ou un rocher. Mais en l'absence de plaies externes provoquées par des éclats, de verre, de métal ou de bois, ce n'est pas évident à déterminer.

Le souffle d'une explosion… Forcément celle qui

avait provoqué l'avalanche sur la maison du Messager, dans la Sierra de Guara. L'avalanche déclenchée au moyen d'explosifs par Mathieu Fourcade. Il n'avait peut-être pas eu l'intention de tuer Antoine, ne sachant sans doute même pas qu'il se trouvait dans les parages. Pourtant, cette action avait entraîné la mort. En plus de sa tentative de meurtre sur une personne dépositaire de l'autorité publique, Fourcade avait donc commis un homicide involontaire. Flores ne comptait pas lui faire de cadeau.

93

16 février 2023, au village et dans la montagne

Flores avait prévenu Olivia au sujet d'Adrian et de l'usurpation d'identité et en avait référé au capitaine Savin de la section de recherches de Midi-Pyrénées, pour envoyer une équipe appréhender le suspect chez Astrid.

Quand elle arriva, Savin était déjà là avec son équipe, répartie dans deux 4 × 4 de la gendarmerie, prête à partir pour le chalet d'Astrid. Flores et Catherine Savin avaient fait leurs classes en même temps, puis s'étaient croisées à quelques reprises. Leurs rapports étaient cordiaux, mais sans grande affinité. Flores enfilait son équipement à la hâte lorsqu'elle fut interrompue.

— Capitaine Flores, dit Savin en s'avançant, engoncée dans son gilet pare-balles sous sa parka, les cheveux poivre et sel ramassés sous un bonnet au sigle de la SR. Je suis navrée, mais dans votre état, je ne peux pas vous prendre avec nous. Vous êtes en arrêt de travail.

— Il me semble vous avoir bien aidée, en me déplaçant jusqu'à Bagnères pour recueillir les aveux de Mathieu Fourcade, malgré mon « état », comme vous dites. D'autre part, je connais Astrid Hirigoyen mieux qu'aucun membre de votre équipe. Alors que vous le vouliez ou non, capitaine, je viens, et même, je vous précède. Allons-y, Olivia, tu conduis, s'il te plaît ?

Dans un petit rire intérieur, Perez attrapa les clés du 4×4 que lui lança Flores et s'installa derrière le volant, au nez de Savin, furibonde.

— C'est qu'ils ne vont pas venir faire la loi chez nous, non mais ! bougonna Flores, remontée, pendant qu'Olivia démarrait, un large sourire approbateur découvrant deux rangées de dents parfaites.

Au détour d'un virage, le chalet apparut dans un brouillard, visage sombre et solitaire de géant aux paupières closes sous un chapeau d'ardoise. Les lieux semblaient déserts. La voiture d'Astrid n'était pas là.

— On arrive peut-être trop tard, souffla Flores en mettant sa casquette. On va se garer là, sur le côté.

Les deux 4×4 de la SR qui la suivaient s'arrêtèrent à leur hauteur, leurs énormes pneus mordant le mélange de neige et de boue du terrain. Catherine Savin donna l'ordre à son équipe de se déployer autour du chalet. Elle rejoignit ensuite Flores et Olivia qui vérifiaient le magasin de leur arme avant de la remettre dans leur étui.

— Allons-y, dit Flores à voix basse.

Elle dépassait Savin d'une tête et demie, en revanche, l'officier de la SR avait un physique de skieuse. Un fessier dont les muscles roulaient sous son pantalon à chaque pas et qui pouvait absorber les chocs sans trop de casse, quant aux cuisses, elles étaient en béton. Mais ce genre de détails n'intimidait pas Flores, qui croyait davantage aux performances du cerveau.

Les phalanges de ses doigts repliés dans d'épais

gants en polaire rebondirent sur le bois massif de la porte.

— Sésame, ouvre-t…

— Qu'est-ce que vous lui voulez, à Sésame ?

Astrid Hirigoyen en personne venait de se matérialiser dans l'encadrement de la porte. Des poches sous les yeux et une haleine de crocodile qui n'allaient pas vraiment de pair avec une vie saine et une alimentation bio.

— Tu es seule ? demanda Flores.

— On dirait bien. Toute seule, toute seule, toute seule au fond de l'espace…, se mit-elle à chantonner en reprenant une chanson de Cabrel.

— Tu as laissé ta voiture chez un mécanicien ?

— Non, pourquoi ?

— Elle n'est pas là…

— Oh… euh, oui, je l'ai amenée chez le garagiste, pour le contrôle technique.

— Son nom ? demanda Savin, d'un ton irrité.

— Ben… je m'en souviens plus.

— Astrid, arrête un peu ta comédie. Où est-elle ?

— Bon, allez, intervint la capitaine de la SR en décrochant sa paire de menottes, on l'embarque.

Flores lui lança un regard noir qui aurait torpillé n'importe qui d'autre.

— Ça va pas, qu'est-ce que vous foutez ? cria Astrid en reculant.

— Tu n'arranges pas les choses, gronda Flores. Dis-nous où est ta voiture, bon sang ! Ça t'évitera peut-être une troisième garde à vue…

— Et une mise en examen pour complicité de meurtre ! compléta Catherine Savin en s'avançant vers elle.

— C'est Farès qui l'a prise.

— Pour aller où ?

— Il m'a pas dit. Juste qu'il ramènerait des clopes.

— Il est parti à quelle heure ?

Astrid secoua sa tignasse décoiffée.

— Je sais pas, il y a deux heures, peut-être moins.

— Pourquoi avoir voulu nous le cacher ?

— Parce qu'il nous a sauvé la vie, à moi et à Antoine. Alors s'il a des problèmes avec les flics, ça ne me regarde pas.

— Complicité, entrave à la justice, bien sûr que ça risque de te regarder, Astrid, dit Flores d'une voix posée et ferme. On peut entrer ?

— Vous avez un mandat ? Non ? Alors au revoir.

Elle referma la porte, mais Savin fut plus rapide et la bloqua avec son pied, avant de siffler deux fois. Trois gendarmes rappliquèrent aussitôt, leur arme à la main.

— Rangez ça, ordonna leur supérieure. Et embarquez-moi cette furie, bracelets aux poignets. Faites gaffe, elle mord !

Empoignée de chaque côté, Astrid se laissa tomber par terre et se mit à hurler comme si on l'égorgeait.

— Je n'aime pas vos méthodes, capitaine Savin, glissa Flores à l'oreille de sa consœur. Laissez-moi faire, je la connais. Elle est hystérique, mais j'arriverai à lui faire entendre raison.

— On voit ce que ça donne.

Flores rattrapa les deux gendarmes qui traînaient Astrid dans la neige.

— Astrid, écoute-moi, tu pourrais t'éviter cette humiliation… Sergio Farès n'est pas celui que tu crois. Le vrai Sergio Farès est mort.

— Ha ! ha ! ha ! Si vous croyez que je vais gober ça ! s'esclaffa la fille du maire dans un rire nerveux qui montrait qu'elle ne croyait pas davantage à ses propres mots.

— On n'a pas de temps à perdre avec elle, capitaine Flores, la rappela à l'ordre Savin assez sèchement. Je lance le signalement. Le modèle et le numéro d'immat de la voiture ?

Flores l'ignora et la fille du maire refusa de répondre.

— Astrid ! Celui qui se fait passer pour Farès est en réalité Adrian Mendi, le fils naturel du père d'Antoine et de l'Espada ! Et il a déclenché l'avalanche qui a fait quatre-vingt-deux victimes au village, dont ton père !

— On peut dire qu'il m'a rendu service, alors !

— Tu ne penses pas ce que tu dis… C'est vraiment dommage, tu avais juste à nous laisser entrer.

— Désolée, j'ai pas eu le temps de faire le ménage !

— Il va falloir pratiquer une analyse toxicologique, soupira Flores en regardant les hommes de Savin s'introduire dans le chalet. En attendant, notre suspect doit être loin…

Elle guetta le moment propice pour se glisser à l'arrière d'un des deux 4 × 4 de la SR, à côté d'Astrid, qui reniflait entre ses larmes.

— Je me suis encore fait baiser…

— Tu ne pouvais pas savoir, Astrid, lui dit la capitaine avec douceur. T'a-t-il précisé pour combien de temps il en aurait ?

— Non…

— A-t-il parlé à quelqu'un au téléphone avant de partir ?

— Je crois, oui.

— Tu crois ou tu es sûre ?

— Il l'appelait Mat…

Mat, comme le diminutif de Mathieu, pensa Flores. Mathieu Fourcade. Il avait eu droit à un appel, et avait dû le prévenir.

94

16 février 2023, côté espagnol, Monte Perdido

Pendant qu'on le cherchait là où il n'était plus, Adrian, alias Sergio Farès, un sac de marin sur le dos contenant entre autres une pelle et une pioche, passait la frontière espagnole à pied, dans la neige, côté mont Perdu.

Il partait avec ses faux papiers, mais espérait un jour pouvoir vivre sous son vrai nom, Adrian Mendi. Le nom de ce père qu'il avait tant désiré, tant attendu. Ce père dont il avait appris l'existence par hasard, en surprenant une conversation tendue entre sa mère et le Vieux. Le ton qui montait, des voix qui s'entrechoquaient, avaient alerté Adrian. Il s'était fait tout petit et avait écouté sous les fenêtres, en claquant des dents. Des mots lâchés, abrupts, coupants, irrévocables, des bribes qui tombaient comme des météorites et Adrian avait su qu'il n'aurait jamais vraiment sa place ici. Un bâtard. Le fruit d'un amour perdu. Un fruit pourri, tombé de l'arbre trop tôt.

En l'aidant à se sauver, Ars lui avait donné ce qu'il fallait pour tenir, dans un sac de marin. Adrian l'avait gardé toutes ces années et y transportait aujourd'hui un précieux paquet. Les restes de l'enfant inconnu, la septième victime de l'avalanche, Sergio Farès.

Quoi qu'ait dit Mathieu Fourcade à Flores, Adrian et lui n'avaient jamais cessé d'être en contact. Grâce aux indications de Loyola, Mathieu Fourcade avait mené son enquête sur le vrai Sergio Farès et avait découvert que sa mère vivait dans un village espagnol, près du mont Perdu.

Après l'exhumation des corps, et une fois les prélèvements effectués, Fourcade s'était introduit de nuit à l'intérieur de la caserne où les restes des jeunes victimes avaient été entreposés sans surveillance renforcée. Il avait mis ceux de Sergio Farès dans un sac, qu'il avait rapporté pour le donner à Adrian, et y avait substitué les ossements d'un autre enfant qu'un chasseur avait découverts dans la région. Amélie Fourcade avait été chargée de la reconstitution du squelette avant que l'affaire ne soit classée. Elle avait fourni le crâne et des os à son mari pour faire l'échange, toujours persuadée que c'étaient les restes d'Adrian qu'il voulait récupérer. Mais pour Mathieu Fourcade, Loyola, qui connaissait la vérité sur Sergio Farès, était devenu un témoin gênant. L'exhumation des corps et de l'affaire avait signé son arrêt de mort.

Désormais, Adrian était seul avec Sergio Farès et lui-même. Il s'était promis d'aller enterrer les restes de l'adolescent dans le village de sa mère, même s'il n'y était pas né et n'y avait pas été conçu. C'était sa façon de rendre à l'enfant inconnu né sous X une dignité. Réhabiliter un autre bâtard, dont la mère n'avait pas voulu.

Il marcha plusieurs heures jusqu'au village, passant des cols et escaladant de véritables murs minéraux, empruntant des sentiers impraticables en voiture et même à pied, pour ceux qui n'étaient pas entraînés à un tel effort. Mais Adrian avait passé des années à développer ses capacités mentales et physiques, dans l'attente du jour de sa délivrance. Cet instant où il redeviendrait lui-même, Adrian Mendi, laissant derrière lui le bâtard et son enveloppe de chrysalide. Adrian le Phénix renaîtrait bientôt de ses cendres.

C'est lui qui avait fabriqué les bonhommes de neige dans le champ de Mathias Dangles et sous les fenêtres de Loyola. Deux salopards qui avaient entraîné des enfants vers leur mort. Mais ils n'étaient pas les seuls responsables. Ceux qui les avaient laissés mourir et qui n'avaient rien dit l'étaient tout autant.

Il atteignit le village en fin de journée, les pieds en sang dans ses chaussures montantes à semelles dures. Il finit par trouver la maison qu'il cherchait, en demandant son chemin à trois reprises. Mathieu Fourcade lui avait donné un nom et une adresse. Ceux d'une femme seule, veuve, Conchita Sanchez. C'était donc elle, la mère de sa couverture. Madame X.

Voyant de la lumière par les fenêtres, Adrian frappa. Il avait appris l'espagnol, pour mieux coller à son identité. La porte, en bois sculpté de têtes d'animaux, des loups, des ours, des chamois et des aigles, s'ouvrit dans un grincement de vieux gonds, laissant apparaître une femme vêtue de noir, d'une maigreur saisissante, au visage froissé, les cheveux longs hésitant entre le jaunasse et le gris paille de fer, retenus dans un catogan noir. Dès qu'il le croisa, Adrian se perdit dans les lagons de son regard. Cette femme avait dû être d'une grande beauté, dont quelques restes émergeaient encore, îlots de résistance dans le flux impitoyable des années.

— *Hola*, dit Adrian, touché par ce qu'il percevait dans ce paysage tourmenté. Une âme craquelée.

De quel droit faisait-il ça ? De quel droit venait-il troubler la fin d'une existence dont il ne savait rien ? Par égoïsme. Pour se libérer lui-même de ce fardeau qu'il allait lui remettre. « Bonjour, voici des nouvelles du fils que vous avez effacé de votre vie à la naissance. Il s'appelait Sergio Farès, le nom donné par l'Assistance et avait treize ans et demi quand il est mort dans une avalanche, le 17 janvier 1999. Faites-en ce que vous voulez. Qu'il repose en paix et moi aussi. » Adrian avait préparé son discours en espagnol. Mais rien ne sortait de sa gorge nouée. Sa vie aussi s'était arrêtée au même âge. Adrian était mort quelque part dans une forêt. Il avait vécu toutes ces années avec Sergio Farès. Pourrait-il retrouver Adrian un jour ?

— *Hola*, répondit la femme, intriguée.

Sa voix fêlée d'Espagnole. Ou de gitane, peut-être. Elle attendit, sans crainte, que l'inconnu au sac de marin d'où dépassaient une pelle et une pioche lui dise ce qui l'amenait ici, dans un village isolé du mont Perdu. Elle n'avait pas peur. Il ne pouvait lui prendre plus que ce que la vie lui avait déjà pris.

— Je peux vous aider ?

Non, elle ne pouvait pas. Personne ne le pouvait, à part lui-même.

— Je suis venu m'installer ici et je cherche du travail. Mon nom est Adrian Mendi, mais on m'appelle aussi le Messager.

ÉPILOGUE

Un mois plus tard

Malgré le signalement à Interpol, on avait définitivement perdu la trace d'Adrian-Farès. C'était comme s'il n'avait jamais existé. Peu de temps après sa disparition, la voiture d'Astrid avait été retrouvée au fond d'un ravin, sans personne à l'intérieur. L'étude du terrain avait montré qu'il n'y avait pas de traces de freinage et les experts avaient conclu à une mise en scène. On avait volontairement précipité la voiture dans le gouffre pour faire croire à un accident.

Les analyses ayant confirmé la prise de stupéfiants, Astrid fut envoyée dans un centre de désintoxication, où elle effectuerait quelques travaux d'utilité publique, comme le nettoyage d'aires de camping. Elle devait revenir au village six mois plus tard.

Les identités de Noah et d'Yorick furent confirmées et ils purent être inhumés auprès de leurs parents sous le nom de Raphaël et Maël Borie. Le corps dans la tombe près de la petite église du hameau était bien celui de Dolores Mendi, son ADN ayant matché avec celui d'Antoine. De même, le Messager était bien Viktor Mendi.

La maison du Messager fut complètement déblayée

de sa chape de neige et la toile de parachute fut retrouvée, pliée dans un coffre, confirmant le plan diabolique de l'homme d'affaires. Un plan qui, si l'avion avait atteint sa cible, aurait probablement été le crime parfait.

Les victimes de l'avalanche regagnèrent leurs cercueils et leurs tombes au cimetière du Bois-aux-chênes, au pied de l'arbre qui leur était dédié. Antoine Mendi fut enterré avec les honneurs militaires. Bientôt, un arbre pousserait sur sa tombe, où quelqu'un avait déposé un bouquet d'immortelles.

Les quatre-vingt-deux victimes de la coulée de neige sur le village furent inhumées avec tous les honneurs dans un nouveau cimetière aménagé à cet effet en périphérie. Astrid n'assista pas à la mise en terre du cercueil de son père.

Flores eut à accomplir la tâche pénible d'annoncer aux parents d'Emma Cazes la mort de leur fille, disparue dans l'avalanche et qui avait vécu toutes ces années dans une communauté fermée, sous l'emprise d'une matriarche autoritaire et sous le nom de Raquel. Ils avaient juste demandé à la voir. Le deuil étant désormais possible, leur vie venait enfin de retrouver un sens.

Mathieu Fourcade fut mis en examen pour le meurtre prémédité d'Ekain Loyola, homicide involontaire sur la personne d'Antoine Mendi, lieutenant de gendarmerie, et tentative de meurtre sur la capitaine Elda Flores. Il serait condamné à l'issue d'un procès éclair à quinze ans de prison ferme. Flores ne témoigna pas en faveur de son ancien élève.

Flores racheta la vieille bergerie d'Ekain Loyola et le terrain autour, qui ferait le bonheur de Botox. Mais elle ne s'y installa pas seule… Avec toute sa force de persuasion et sa belle énergie, elle réussit à convaincre Edonia de mettre sa maison en vente et de venir vivre avec elle dans l'une des dépendances.

En cette mi-mars, l'hiver n'avait pas encore tiré sa révérence et Botox, après quelques roulades dans la neige, les poils pris dans des boules de glace, ressemblait à un sapin de Noël sur pattes. Flores et Edonia éclatèrent de rire en le voyant ainsi empêtré dans ses dreadlocks glacées. Il avait arrosé copieusement les bonhommes de neige en cercle, ou ce qu'il en restait, à côté de la bergerie, et chacun portait une trace jaune de son baptême canin. C'était la première fois depuis un mois qu'Edonia riait.

Bientôt, Millaris, le géant des montagnes, enveloppé de son linceul blanc, s'en irait à grandes enjambées pour de longs mois, laissant les enfants du Bois-aux-chênes dormir enfin en paix dans le silence de la neige.

REMERCIEMENTS

Chaque livre terminé est une victoire et une fierté après des mois d'élaboration dans un ermitage voulu et nécessaire. Quitter ses personnages plus ou moins malmenés, mais tous aimés, est un déchirement. Sentiment malgré tout atténué par l'idée qu'ils auront une vie propre, au fil et au gré des lectures et de leurs rencontres avec les lecteurs. Encore une fois, merci à vous, qui venez de refermer ce livre, de leur donner mille vies et de les avoir accompagnés dans leurs aventures et leurs émotions. Dans leur noirceur aussi. D'avoir plongé sans hésiter dans leurs abîmes.

Toute ma gratitude renouvelée à Dorothée Cunéo et à sa formidable équipe chez Denoël, une nouvelle fois mobilisée avec enthousiasme, pour le meilleur, grâce à Talya Chaumont, éditrice, Tania Fouquet, chef correctrice, et sa team, Martin de Broglie, responsable commercial, et Stanislas Zygart, à l'origine de cette immaculée conception en première de couverture.

Ma profonde gratitude à Caroline Lépée qui, depuis toutes ces années, supportant mes humeurs et dissipant mes doutes avec une patience infaillible, m'évite bien des écueils et des fausses routes.

Ma gratitude aux libraires, aux bibliothécaires et aux bibliothèques, aux salons, aux blogueurs et à tous ceux qui rendent cette aventure littéraire encore plus belle, passionnée et passionnante.

Enfin, mes remerciements à l'imprimeur, un travailleur de l'ombre ô combien essentiel.

DE LA MÊME AUTRICE

Aux Éditions Gallimard

LE HAMEAU DES PURS, 2019, Folio Policier nº 897.

Aux Éditions Denoël

ABÎMES, 2022, Folio Policier nº 983.
LE DERNIER CHANT, 2021, Folio Policier nº 955.
L'HOMME DE LA PLAINE DU NORD, 2020, Folio Policier nº 929.
CATARACTES, 2019, Folio Policier nº 909.
BORÉAL, 2018, Folio Policier nº 881.
RÉCIDIVE, 2017, Folio Policier nº 853.
QUAND LA NEIGE DANSE, 2016, Folio Policier nº 828.
DUST, 2015, Folio Policier nº 796.

Aux Éditions Paulsen

SUR L'ÎLE NOIRE, 2021.

COLLECTION FOLIO POLICIER

Dernières parutions

855.	Akimitsu Takagi	*Irezumi*
856.	Pierric Guittaut	*La fille de la Pluie*
857.	Marcus Sakey	*Les Brillants III En lettres de feu*
858.	Matilde Asensi	*Le retour du Caton*
859.	Chan Ho-kei	*Hong Kong Noir*
860.	Harry Crews	*Des savons pour la vie*
861.	Mons Kallentoft, Markus Lutteman	*Zack II Leon*
862.	Elsa Marpeau	*Black Blocs*
863.	Jo Nesbø	*Du sang sur la glace II Soleil de nuit*
864.	Brigitte Gauthier	*Personne ne le saura*
865.	Ingrid Astier	*Haute Voltige*
866.	Luca D'Andrea	*L'essence du mal*
867.	DOA	*Le cycle clandestin, tome II*
868.	Gunnar Staalesen	*Le vent l'emportera*
869.	Rebecca Lighieri	*Husbands*
870.	Patrick Delperdange	*Si tous les dieux nous abandonnent*
871.	Neely Tucker	*La voie des morts*
872.	Nan Aurousseau	*Des coccinelles dans des noyaux de cerise*
873.	Thomas Bronnec	*En pays conquis*
874.	Lawrence Block	*Le voleur qui comptait les cuillères*
875.	Steven Price	*L'homme aux deux ombres*
876.	Jean-Bernard Pouy	*Ma ZAD*
877.	Antonio Manzini	*Un homme seul*
878.	Jørn Lier Horst	*Les chiens de chasse*
879.	Jérôme Leroy	*La Petite Gauloise*

880.	Elsa Marpeau	*Les corps brisés*
881.	Sonja Delzongle	*Boréal*
882.	Patrick Pécherot	*Hével*
883.	Attica Locke	*Pleasantville*
884.	Harry Crews	*Car*
885.	Caryl Férey	*Plus jamais seul*
886.	Guy-Philippe Goldstein	*Sept jours avant la nuit*
887.	Tonino Benacquista	*Quatre romans noirs*
888.	Melba Escobar	*Le salon de beauté*
889.	Noah Hawley	*Avant la chute*
890.	Tom Piccirilli	*Les derniers mots*
891.	Jo Nesbø	*La soif*
892.	Dominique Manotti	*Racket*
893.	Joe R. Lansdale	*Honky Tonk Samouraï*
894.	Antoine Chainas	*Empire des chimères*
895.	Jean-François Paillard	*Le Parisien*
896.	Luca d'Andrea	*Au cœur de la folie*
897.	Sonja Delzongle	*Le hameau des Purs*
898.	Gunnar Staalesen	*Où les roses ne meurent jamais*
899.	Mons Kallentoft, Markus Lutteman	*Bambi*
900.	Kent Anderson	*Un soleil sans espoir*
901.	Nick Stone	*Le verdict*
902.	Lawrence Block	*Tue-moi*
903.	Jørn Lier Horst	*L'usurpateur*
904.	Paul Howarth	*Le diable dans la peau*
905.	Frédéric Paulin	*La guerre est une ruse*
906.	Paul Colize	*Un jour comme les autres*
907.	Sébastien Gendron	*Révolution*
908.	Chantal Pelletier	*Tirez sur le caviste*
909.	Sonja Delzongle	*Cataractes*
910.	Elsa Marpeau	*Son autre mort*
911.	Joe Ide	*Gangs of L.A.*
912.	Francesco Dimitri	*Le livre des choses cachées*
913.	Jo Nesbø	*Macbeth*
914.	Dov Alfon	*Unité 8200*
915.	Jérôme Leroy	*Un peu tard dans la saison*
916.	Pasquale Ruju	*Une affaire comme les autres*

917. Jean-Bernard Pouy — *Trilogie spinoziste*
918. Abir Mukherjee — *L'attaque du Calcutta-Darjeeling*
919. Richard Morgiève — *Le Cherokee*
920. Antonio Manzini — *La course des hamsters*
921. Gunnar Staalesen — *Piège à loup*
922. Christian White — *Le mystère Sammy Went*
923. Yûko Yuzuki — *Le loup d'Hiroshima*
924. Caryl Férey — *Paz*
925. Vlad Eisinger — *Du rififi à Wall Street*
926. Parker Bilal — *La cité des chacals*
927. Emily Koch — *Il était une fois mon meurtre*
928. Frédéric Paulin — *Prémices de la chute*
929. Sonja Delzongle — *L'homme de la plaine du nord*
930. Sébastien Rutés — *Mictlán*
931. Thomas Cantaloube — *Requiem pour une République*
932. Danü Danquigny — *Les aigles endormis*
933. Sébastien Gendron — *Fin de siècle*
934. Jørn Lier Horst — *Le disparu de Larvik*
935. Laurent Guillaume — *Là où vivent les loups*
936. J. P. Smith — *Noyade*
937. Joe R. Lansdale — *Rusty Puppy*
938. Dror Mishani — *Une deux trois*
939. Deon Meyer — *La proie*
940. Jo Nesbø — *Le couteau*
941. Joe Ide — *Lucky*
942. William Gay — *Stoneburner*
943. Jacques Moulins — *Le réveil de la bête*
944. Abir Mukherjee — *Les princes de Sambalpur*
945. Didier Decoin — *Meurtre à l'anglaise*
946. Charles Daubas — *Cherbourg*
947. Chantal Pelletier — *Nos derniers festins*
948. Richard Morgiève — *Cimetière d'étoiles*
949. Frédéric Paulin — *La fabrique de la terreur*
950. Tristan Saule — *Mathilde ne dit rien*
951. Jørn Lier Horst — *Le code de Katharina*
952. Robert de Laroche — *La Vestale de Venise*
953. Mike Nicol — *L'Agence*

Tous les papiers utilisés pour les ouvrages des collections Folio sont certifiés et proviennent de forêts gérées durablement.

Composition APS-ie
Impression Grafica Veneta
à Trebaseleghe, le 20 mars 2023
Dépôt légal : mars 2023

ISBN 978-2-07-301664-5 / Imprimé en Italie

559604